EMILY HAUSER

Die Frauen von Troja

Tochter des Meeres

GOLDMANN
Lesen erleben

EMILY HAUSER

DIE FRAUEN VON TROJA

TOCHTER DES MEERES

Historischer Roman

Deutsch von Sonja Hauser

GOLDMANN

Die Originalausgabe erschien 2017 unter dem Titel
»For the Winner« bei Transworld Publishers,
a division of The Random House Group Ltd., London.

Dieses Buch ist auch als E-Book erhältlich.

MIX
Papier aus verantwortungsvollen Quellen
FSC® C083411
FSC www.fsc.org

Verlagsgruppe Random House FSC® N001967

1. Auflage
Deutsche Erstveröffentlichung Februar 2019

Covergestaltung: UNO Werbeagentur nach einem Entwurf
von Penguin Randomhouse UK
Covermotiv: Prisma Archivo/Alamy Stock Foto
Hintergrund © Nine Tomorrows/Shutterstock
Karte: © Peter Palm, Berlin, auf Basis einer Karte von Liane Payne
Redaktion: Irmi Perkounigg
BH · Herstellung: kw
Satz: Uhl + Massopust, Aalen
Druck und Bindung: CPI books GmbH, Leck
Printed in the Czech Republic
ISBN: 978-3-442-48503-1
www.goldmann-verlag.de

Für meine Eltern und für Oliver, immer

N
W
O
S
THRAKIEN
THESSALIEN
OLYMP
PROPONTIS
LEMNOS
IOLKOS
TROJA
ITHAKA
PEGASÄ
PEPARETHOS
MYSIEN
ORCHESTOS
ACHAIA
ATTIKA
MYKENE
MÄONIEN
GRIECHEN-
LAND
SPARTA
ÄGÄIS
IONIEN
LYKIE
RHODOS
KRETA
0
124 MEILEN
0
150 KM

KAUKASUS
WARZES MEER
KOLCHIS
KYTOROS
NA
KAŠKA
NATOLIEN
HITER
PELION
MAKRONITA
KALADROSOS
IOLKOS
LECHONIA
PEGASÄ
APHUSSOS
BUCHT VON PAGASÄ
SKIATHOS
ZYPERN
0 6 MEILEN

Inhalt

TEIL III
ANATOLIEN

TEIL IV
GRIECHENLAND

Prolog

Der Berater des Königs erklimmt den Berghang. Schneeflocken wirbeln um ihn herum; in der eisigen Luft bekommt er eine Gänsehaut. Er drückt das wertvolle Bündel, das er bei sich hat, fester an seine Brust, als könnte er es so vor dem, was ihm bevorsteht, schützen. Der Wind peitscht gegen die Kiefern und biegt sie wie Grashalme. Schnee und Dunkelheit erschweren dem Berater die Orientierung; die Kälte nagt trotz seiner Schweinslederhandschuhe an seinen Fingerspitzen. Dies ist keine Nacht, um allein auf den Hängen des Pelion-Gebirges unterwegs zu sein, den Stürmen des Zeus ausgesetzt, in denen der Schnee die Augen verklebt und sich Eiskristalle im Bart bilden. Dies ist keine Nacht für eine solche Tat.

Doch er muss dem Befehl des Königs Folge leisten. Schließlich ist er nur ein Berater, und das noch nicht lange. Was würde aus seiner Familie, wenn er sich den königlichen Anweisungen widersetzte? Er muss an seine Frau und seine Kinder, an seine kleine Tochter, denken.

Ihn schaudert.

Trotzdem wäre es ihm lieber, wenn er es nicht tun müsste.

Der Wald lichtet sich. Bald wird der Berater den Gipfel erreichen, wo nackter Fels in den Himmel aufragt. Ein Blitz erhellt den steilen, gewundenen Weg. Festhalten kann er sich nur an den Wurzeln junger Bäume, denn der Stein ist rutschig vom frisch gefallenen Schnee. Ihm ist, als würden die Windböen ihn antreiben, immer weiter, wie die Hand eines göttlichen Wesens. Donnergrollen erschüttert ihn bis ins Mark. Er murmelt Gebete, während er die glitschigen Felsen hinaufklettert, das Bündel im heulenden Wind fest an die Brust gepresst, Gebete an Götter, an die er kaum noch glauben kann, weil sie der Ausführung von König Iasos' Befehl tatenlos zusehen. Welche Götter – die höheren Mächte mögen ihm verzeihen – können das zulassen, was er gerade tut?

Und er denkt: Nicht für sich selbst sollte er beten.

Der Gipfel des Berges ist kahl, leer gefegt von den Winden, die von Troja übers Meer herüberwehen, zu spitzen Zacken geformt wie Wellen auf hoher See. Der Berater sieht sich nach einer gegen Wind und Schnee geschützten Stelle um und verflucht sich selbst für seine Dummheit. Als würde das einen Unterschied machen.

Doch am Ende entdeckt er tatsächlich einen schmalen Spalt zwischen den Felsen und scharrt trockenes Laub, das ein wenig Wärme spendet, auf einem Haufen zusammen, bevor er das Bündel vorsichtig darauflegt. Dieses Bündel ist nicht größer als seine beiden Handflächen zusammengenommen und in feines Linnen und Wolle gehüllt. Der Säugling regt sich im Schlaf und ballt die winzigen Fäuste.

Der Berater des Königs richtet sich auf. Seine Finger zittern, als er den Rückweg in die dunkle kalte Nacht antritt.

»Auf Wiedersehen, Tochter des Iasos«, sagt er.

Oben auf dem Olymp, dem Zuhause der Unsterblichen, eilt eine Göttin durch die leeren Räume von Heras Palast. Das einzige Licht dringt unter der Tür des Gemachs am anderen Ende des Flurs hervor: Heras Schlafzimmer, ihre Zuflucht, wenn sie sich eine Intrige gegen Zeus ausdenkt oder zu wütend ist, das Bett mit ihm zu teilen. Iris weiß, dass die Göttermutter Hera, um diese mitternächtliche Stunde ungeduldig auf ihre Rückkehr wartend, auf dem kühlen Marmorboden hin und her läuft.

Die Götterbotin öffnet leise die Tür.

Hera steht in der Mitte des Raums, mit dem Rücken zu Iris, die lockigen dunklen Haare unter einem goldenen Eichenlaubkranz, entschlossen, sich nicht anmerken zu lassen, wie gespannt sie auf die Nachricht ihrer Botin ist. Hera wendet sich Iris bedächtig zu.

»Und?«, fragt sie.

Iris neigt das Haupt. »Es ist vollbracht.« Ihr Gesicht ist bis auf eine winzige Falte in der Mitte ihrer Stirn, wo ihre Augenbrauen zusammentreffen, ausdruckslos. Als sie den Kopf hebt, um Hera anzusehen, kräuselt sich ihr Gewand und schillert im Licht der Lampe.

Hera atmet hörbar aus. »Es ist vollbracht«, wiederholt sie leise, geht zu ihrem Bett, setzt sich darauf, betrachtet ihre Hände und denkt nach. Schließlich blickt sie Iris an. »Niemand hat gesehen, wie du gegangen bist? Nicht einmal Hermes?«

»Als ich aufgebrochen bin, hat er gerade Dionysos und die Mänaden in seinem Palast empfangen.«

Hera nickt. »Und Zeus?«

»Der schaut bei der Schlacht von Kadesch zu.«

Hera lacht, und dieses Lachen hallt von den Marmorwänden wider. »Gut gemacht, Iris – sehr gut. Nicht einmal Hermes hätte es besser gekonnt.«

»Bestimmt nicht«, meint Iris und schaut zur Decke empor, die sich zum Nachthimmel öffnet, zu samtener Schwärze mit einem Schleier aus Sternen.

Als Hera eine der flackernden Öllampen löscht, leuchten die silbrigen Sterne ein wenig heller. »Also wird das Mädchen sterben.«

»Ja.« Iris nickt.

Schweigen. Es ist, als könnten Iris und Hera sehen, wie die drei Schicksalsgöttinnen im dunkelsten Abgrund des Hades den goldenen Faden von Atalantes Leben von ihrem Spinnrad lösen und mit den Zähnen durchtrennen, sodass nur noch ein kurzes Stück übrig ist. Als könnten sie beobachten, wie die eine ihn in ihre uralten knotigen Finger nimmt und ihn über den Rand der Höhle schnippt, wie er in die unendlichen Tiefen der Unterwelt fällt und sich zu all den anderen Resten nie geführter sterblicher Leben gesellt. Iris und Hera löschen die verbleibenden Öllampen; dünne Rauchfahnen steigen in die Dunkelheit auf.

»Hast du noch andere Wünsche?«, erkundigt sich Iris. Die Göttinnen schimmern schlank und fahl im Mondlicht wie zwei Marmorsäulen.

»Nein«, antwortet Hera. »Es ist vollbracht. Endlich kann ich ruhig schlafen. Ich habe gewonnen.«

»Dann gehe ich jetzt.«

Doch als Iris die Tür hinter sich schließt und zwischen den Palästen des Olymp hindurchschreitet, in denen die Götter ruhen, fragt sie sich, ob es immer das Ende der Geschichte ist, wenn die Schicksalsgöttinnen den Faden menschlichen Lebens mit den Zähnen durchtrennen.

Und ob es möglich wäre, der Vorsehung ein Schnippchen zu schlagen.

TEIL I

Achtzehn Jahre später

GRIECHENLAND
1260 v. Chr.

Dort wachsen Ähren ohne Zahl und Trauben für den Wein:
Immer wieder gehen Regenschauer hernieder, sanft legt sich
Tau auf die Wiesen; das Land eignet sich gut für das Weiden
von Ziegen und Ochsen, darauf wachsen Bäume jeder Art,
und die Seen trocknen niemals aus.

Homer

Die Jagd

Pelion-Gebirge

Stunde der Opfergaben
Vierter Tag des Segelmonats

Rennend schob ich Dornengestrüpp und Farne beiseite und trampelte junge Triebe nieder. Meine Oberschenkel schmerzten, mein Atem ging schnell, die Sohlen meiner Füße bogen sich, meine Arme pumpten. Der Pfad war kaum zu erkennen, ein Jagdweg, überwuchert von wildem Gras und Heidekraut, doch ich kannte mich im Gebirgswald so gut aus wie jeder erfahrene Jäger. Meine Augen brannten vom Schweiß, Strähnen meiner kastanienbraunen Haare klebten an meiner Stirn, aber trotzdem eilte ich weiter, entschlossen, erst dann stehen zu bleiben, wenn ich mich so weit von Kaladrosos entfernt hätte wie möglich. Ich wich einem tief herabhängenden Ast aus, sprang über einen umgestürzten moosbewachsenen Baum und landete sicher.

»Aura – schneller!«

Aura, die Jagdhündin meines Vaters, lief mit hängender Zunge, die Ohren flach am Kopf, neben mir her. Hier standen die Eichen dicht beieinander. Krumme graugrüne Stämme bohrten sich tief in die Erde, knorrige Wurzeln wucherten über den Pfad. Bisweilen drang die fahl schimmernde Nachmittagssonne durch das Blätterdach. Ich rannte mit wild klopfendem Herzen und schweißbedeckten Oberschenkeln; mein Lederköcher – die eine Hälfte mit den Pfeilen geschlossen, die andere mit dem Bogen offen – schlug bei jedem Schritt auf meinen Rücken. Ich hastete an einem Wasserfall vorbei, der sich über Felsen in ein grünblaues Becken ergoss, und durch den Kissos-Bach. Aura sprang platschend durch eine seichte Stelle. Und weiter ging's durch den Eichenwald zu den weit ausladenden Buchen, die die Flanken des Bergs hinanwuchsen.

Nun wurde das Licht heller und ergoss sich golden über die Blätter. Eine Lichtung tat sich auf. Ich blieb schwer atmend stehen, die Hände auf den Oberschenkeln. Aura hielt ebenfalls mit sich heftig hebenden und senkenden Flanken inne, während ich mich umsah. Felsvorsprünge wechselten sich ab mit niedrigen Kreuzdornbüschen, gelb blühendem Ginster und fahlen Baumstämmen. Der Geruch von frischen Pflanzen und Wasser vom nahe gelegenen Kissos stieg mir in die Nase. Ich holte tief Luft. Allmählich verrauchte mein Zorn; das Blut, das durch meine Adern pochte, wusch ihn aus meinem Körper heraus. Nur meine Ohnmacht blieb. *Sie versteht mich nicht*, sagte eine Stimme in meinem Kopf. *Sie meint, es gebe nichts anderes als ihr Leben in Kaladrosos, wo sie jahrein, jahraus Wolle zu Fäden verspinnt und immerzu dieselben Menschen im selben Dorf sieht.*

Ich zog verächtlich schnaubend meinen Dolch aus dem Gürtel.

Und stutzte.

Aus dem Hagedorngestrüpp auf der anderen Seite der Lichtung drang Rascheln. Ich lauschte. Aura begann zu knurren, ihr sträubte sich das Fell.

»Still, Aura«, flüsterte ich und legte den Finger an die Lippen. Sofort wurde aus dem Knurren ein leises Winseln. Ich hielt sie mit der einen Hand am Nacken, während ich mit der anderen meinen Dolch fester packte. Aura wand sich und hob ihre schwarze Schnauze in Richtung der

Bäume. Wieder raschelte es im Unterholz, diesmal lauter. Ein Zweig knackte unter schwerem Gewicht, das Geräusch hallte durch die Waldlichtung.

Meine Hand verkrampfte sich um Auras Nacken.

Lautlos schob ich den Dolch zurück in die Scheide, griff in den Köcher auf meinem Rücken, holte den Bogen heraus und zurrte die lose Sehne fest. Dann ging ich hinter einem Ginsterbusch auf ein Knie, nahm einen Pfeil, legte ihn auf, zog das gefiederte Ende mit der Sehne zurück und spürte den vertrauten Druck an meinen Fingern. Das Blut rauschte in meinen Ohren, und mein Puls raste vor Erregung und Angst, als ich zwischen den Zweigen hindurch einen Blick auf das Tier zu erhaschen versuchte.

Ich richtete die Spitze des Pfeils auf den niedrigsten Ast in dem Dickicht vor mir, ahnte, wo das Tier sich bewegte, spürte, wie sich sein schwerer Körper über den Waldboden schob, konnte fast hören, wie seine Tatzen sich in das Moos drückten. Nun spannte ich die Sehne des Bogens, so weit es ging, und zielte. *Vergiss nicht, Atalante, du triffst immer*, dachte ich.

Du triffst immer.

Doch bevor ich den Pfeil abschießen konnte, hörte ich knackende Äste links von mir. Ich wirbelte herum. Ein weiteres Tier stürmte brüllend mit gefletschten Zähnen aus etwa hundert Schritten Entfernung auf mich zu. Das Herz schlug mir bis zum Hals, als ich mich wieder dem Dickicht zuwandte, in dem ich das erste Tier gehört hatte. Nun sah ich ein zweites Muskelpaket aus etwa der gleichen Distanz durchs Unterholz auf mich zurennen. Aura bellte erneut, und die beiden Ungeheuer stürzten wie goldene Blitze mit weißen Zähnen und langen Krallen heran.

Löwen.

Mit einem Brüllen, das die Bäume bis in die Wurzeln zu erschüttern schien, lief der eine mit wogenden Muskeln auf mich zu, ein bronzefarbener Schimmer vor gelben Blumen und dunklen Blättern. Meine Finger zitterten an der Sehne des Bogens, der Ochsendarm schnitt in meine Haut, aber ich war bereit. Ich verengte die Augen, bis ich nur noch die Pfeilspitze und mein Ziel wahrnahm. Ruhig folgte ich mit dem Bogen den Bewegungen des Tieres. Als würde sich die Zeit auf eine endlose Abfolge von Einzelmomenten verdichten, sah ich, wie der Löwe sich auf die Hinterbeine aufrichtete, um über einen umgestürzten Baum zu springen. Ich hörte das Knistern des trockenen Laubs unter seinen Tatzen. In dem Augenblick ließ ich den Pfeil von der Sehne schnellen. Ich wartete nicht auf den Schmerzensschrei des Tieres, als der Pfeil durch die Brust in sein Herz drang, sondern zog noch einmal den Dolch aus meinem Gürtel und schleuderte ihn dem Pfeil nach, sodass er sich tief in den Körper des Löwen senkte. Er brüllte ein letztes Mal auf, bevor er sein Leben aushauchte.

Dann wirbelte ich herum, holte einen weiteren Pfeil aus dem Köcher, legte ihn auf, zog die Sehne bis zum Ohr zurück und wandte mich dem zweiten Tier zu. Das hatte mittlerweile mit einem argwöhnischen Blick seiner bernsteinfarbenen Augen und gefletschten Zähnen im Angriff innegehalten und begann, mich in gebührendem Abstand zu umschleichen, um den besten Angriffswinkel zu finden. Aura sträubte sich das Fell, sie fletschte ebenfalls die Zähne, und ein tiefes Knurren entrang sich ihrer Kehle.

»Aura, *nein*!«

Die Löwin machte einen Satz auf Aura zu. Ich versetzte der Hündin einen Tritt, sodass sie zur Seite geschleudert wurde, nahm, ohne auf ihr Winseln zu achten, blitzschnell, bevor sich die rasiermesserscharfen Zähne in mein Fleisch bohren konnten, den Pfeil vom Bogen und warf diesen weg. Das Untier war mir so nahe, dass ich den Speichel aus seinem Maul fliegen sah. Ich sprang mit gestrecktem Arm nach rechts, um den Pfeil, den ich in der Hand hielt, flach auf den Boden zu legen, während ich eine Rolle darüber machte. Die Löwin geriet ins Schlittern, weil ihr Gewicht sie mit Wucht nach vorne warf, und versuchte, an den Felsen Halt zu finden, während ich, Auge in Auge mit dem Tier, beide Hände um den Schaft des Pfeils, in die Hocke ging. Kurz herrschte Stille, dann setzte die Löwin mit einem gutturalen Knurren und mit ausgefahrenen Krallen zum Sprung an. Ich stieß ihr die scharfe, kalte Flintsteinspitze mitten ins Herz, tiefer und tiefer … Dann rollte ich zur Seite, ertastete den Weg in die Sicherheit eher, als dass ich ihn sah, und meine Fingerspitzen vergruben sich in die dunkle Erde. Kurz darauf hörte ich ein ohrenbetäubendes Grollen sowie den dumpfen Aufprall des riesigen Körpers auf dem Boden hinter mir und wusste, dass ich nichts mehr zu befürchten hatte. Ich erhob mich schwer atmend und betrachtete den massigen Kopf, die schlaffen Glieder und das Blut, das aus der Wunde mit dem abgebrochenen Pfeil auf den Boden tropfte. Da vernahm ich aus der Ferne ein Geräusch, das sich durchs Unterholz näherte. *Ein Dritter*, dachte ich, und mein Puls beschleunigte sich. Ich bückte mich, nahm meinen Bogen in die Hand und legte den nächsten Pfeil auf.

»*Atalante!*«

Ich drehte mich in die Richtung, aus der die Stimme kam. Aura wandte sich ebenfalls um, legte die Ohren an und stellte den Schwanz warnend auf.

»Tochter!«

Wieder die Stimme. Ich senkte den Bogen. Zwischen den Bäumen tauchte eine gebeugte Gestalt mit brauner Haut und Strohhut auf, die das Dornengestrüpp mit einem Holzstock beiseiteschob.

»Vater …« Ich atmete aus. »Was machst du denn hier?«

Er näherte sich mir langsam, eine Hand im Rücken. Ich ging in die Hocke und hielt Aura noch einmal am Nackenfell fest, die ihn begrüßen wollte.

»Atalante«, keuchte er, setzte sich auf einen mit Flechten bewachsenen Baumstumpf und wischte sich die Stirn ab, »du kannst nicht einfach so weglaufen.«

Ich ließ Aura los. Sie rannte zu meinem Vater und leckte ihm die Hand, doch er schenkte ihr keine Beachtung, weil er die beiden erlegten Löwen entdeckt hatte. Ich sah, wie er blass wurde. »Was, bei allen Göttern …«

Sein Blick wanderte über die Pfeile, die aus den Körpern der Tiere ragten, zu dem Blut um die Wunden und den dunklen, größer werdenden Fleck auf dem Laub, dann zu dem Köcher auf meinem Rücken und dem Bogen zu meinen Füßen.

»Bei allen Göttern des Olymp. Warst du das, Atalante?«

Ich nickte.

Er schluckte. »Aber wie?«

Ich nahm den Bogen in die Hand, legte einen Pfeil auf, zielte auf die andere Seite der Lichtung und ließ ihn losschnellen. Ein Rascheln, dann fiel ein Büschel Kiefernzapfen auf den Waldboden. »Mit Pfeil und Bogen, die du mir gegeben hast, Vater.« Ich wandte mich ihm zu. »Siehst du jetzt, dass ich in der Lage bin, mich zu verteidigen? Und mehr kann als …«, ich kickte einen Stein weg, »… als Frauenarbeit?«

Er nahm wortlos den Strohhut ab und wischte sich noch

einmal über die Stirn. Schließlich erhob er sich und wölbte die Hände um mein Gesicht. »Ist dir klar, was hätte geschehen können?«, fragte er. Wieder wanderte sein Blick zu den Kadavern der Löwen, um die die Blutlachen größer wurden. »Warum musst du dich wieder und wieder in Gefahr begeben? Auch dreißig Jägern mit Speeren und Netzen gelingt es nicht immer, einen Löwen zu töten!«

»Es ist doch nichts passiert, Vater! Ich habe sie erlegt!«

»Diesmal vielleicht, aber was ist das nächste Mal? Und danach? Du bist jung und wagemutig, doch deine Mutter und ich, wir machen uns Sorgen um dich. Du kannst nicht ewig gewinnen …«

Er setzte den Hut wieder auf, verknotete die Schnur und winkte mich zu sich heran. »Komm, Atalante. Wir müssen nach Hause. Deine Mutter möchte mit dir sprechen.«

Ich versuchte mich abzuwenden, aber er packte mein Kinn und drehte mein Gesicht ihm zu. Auf seiner Stirn waren Sorgenfalten. »Ach, Tochter, du warst schon als Kind eigensinnig.« Er schmunzelte. »Es geht um mehr als nur um Frauenarbeit. Ich muss dir etwas sagen.«

Ich bückte mich und trat in die Lehmhütte in Kaladrosos ein. Meine Augen brauchten eine Weile, bis sie sich an das verrauchte dunkle Innere gewöhnten. Die hölzerne Schöpfkelle flog über meinen Kopf und klappernd gegen die Wand hinter mir, bevor sie mit einem dumpfen Geräusch auf dem Boden landete.

»Was in aller Götter Namen hast du dir dabei gedacht?«

Meine Mutter nahm eine zweite Schöpfkelle in die Hand und drohte mir damit wie eine Kriegerin mit einem Bronzeschwert. Sie stand bei der Feuerstelle in der Mitte des Raums, die Schürze rußgeschwärzt, die Hände voller Asche von den brennenden Holzscheiten unter dem Fleisch, das über dem Feuer briet. Ich ließ Bogen und Köcher von meinem Rücken gleiten und lehnte beides an die Wand.

»Atalante! Antworte mir!«

»Beruhige dich, Tyro«, sagte mein Vater, der nun ebenfalls eintrat. Er nahm den Hut vom Kopf, hängte ihn an einen Holzhaken an der Wand und stellte seinen Gehstock darunter ab.

»Und was ist mit der Ziege, die nicht angebunden war und der ich in der Mittagshitze über die Felder nachjagen musste?«, fragte sie, die Hände in die Hüften gestemmt. »Und mit dem Eintopf, auf den sie für mich aufpassen sollte? Der ist angebrannt.« Sie deutete aufs Feuer, neben dem ein Tontopf mit verkohltem Inhalt stand. »Warum kannst du nicht hierbleiben und tun, was man dir sagt?« Wieder drohte sie mir mit der Schöpfkelle.

Ich setzte mich auf einen Hocker, nahm den Bogen, ein Wolltuch und Bienenwachs aus meinem Köcher, in dem sich außerdem ein Dolch, Stoffstreifen für Verbände, ein Wetzstein und einige Wachstücher befanden, und begann, das Eschenholz zu polieren, um meine Mutter nicht ansehen zu müssen. »Vielleicht weil ich mehr will, als immer nur am Feuer zu sitzen.« Ich rubbelte, spürte eine Unebenheit am oberen Ende und beseitigte sie. »Und nicht immer das Gleiche machen möchte.«

»Beruhige dich, Frau«, mischte sich mein Vater ein und legte eine Hand auf ihren Arm. Obwohl seine Miene ernst war, spielte ein Lächeln um seine Mundwinkel. »Später wird noch genug Zeit sein, Atalantes Fehler aufzuzählen. Zuerst würde ich gern mit dir reden.« Er sah mich an. »Atalante, pass auf deinen Bruder und deine Schwestern auf, während ich mit deiner Mutter spreche.«

Ich nickte, betrachtete die kleine Korykia in ihrem Bettchen, die in ein ausgefranstes Flickentuch aus Wolle gewickelt war, dann Maia und Leon, die vor sich hin plappernd mit einer Puppe vor dem Familienschrein spielten, von wo aus die schlichte Holzfigur von Artemis, der Göttin des Berges, über uns alle wachte. Mein Vater zog den dicken Vorhang vor dem Raum beiseite, in dem wir alle schliefen, folgte meiner Mutter hinein und ließ ihn hinter sich zufallen.

Ich tippte verärgert mit dem Fuß auf den Boden und wischte mit dem Tuch wieder und wieder am Holz des Bogens entlang. Hier hatte sich nie etwas verändert, in den ganzen achtzehn Jahren meines Lebens nicht: die Ziegel um die Feuerstelle, ein wenig verkohlt von den Flammen; das Kinderbettchen aus Kiefernholz; das Meckern der Ziege draußen vor dem Fenster. Wieso begriffen sie nicht, dass ich mehr wollte – und konnte? In meiner Kindheit hatte mein Vater mich in den langen Winternächten auf seinen Schoß gesetzt und mir Geschichten von den größten Helden der Griechen erzählt: von Herkules, der die männermordenden Amazonen tötete; von Perseus, der der Gorgone Medusa das Haupt abschlug; von Bellerophon auf seinem geflügelten Ross Pegasus. Ich hatte mit kindlicher Beharrlichkeit davon geträumt, ebenfalls eine Heldin zu werden. Jede Nacht hatte ich einen von Fischern aus einer Muschelschale gefertigten Dolch unter mein Kissen gelegt. Und jeden Tag hatte ich mich unbemerkt von meiner Mutter hinaus in den Wald geschlichen und war auf steinigen Pfaden mit den Hasen um die Wette gelaufen. Als ich älter wurde, hatte ich mir selbst beigebracht, wie man mit einem Pfeil den Stamm einer Kiefer trifft, wie man mit Schwert und Speer gegen dicke Äste kämpft, wie man Rotwild, Füchse und wilde Vögel jagt und schneller rennt als alle Bauern des Pelion-Gebirges. Doch meine Eltern wollten mich nur im Haus sehen, wo ich am Spinnrad sitzen und meine Glieder so verrenken sollte, wie man es bei einer Frau für schicklich hielt.

Ich legte leise den Bogen auf dem Boden ab und schob das Tuch zurück in den Köcher. Korykia schlief, einen feisten Daumen im Mund, und Aura lag in einem Sonnenfleck auf dem Steinfußboden. Ihre Schnauze bebte leicht im Schlaf. Maia und Leon, die damit beschäftigt waren, aus Holzspänen und Stroh ein Haus für ihre Puppe zu basteln, hoben nicht einmal den Blick, als ich, dem spritzenden Fett von dem Fleisch über dem Feuer ausweichend, zur gegenüberliegenden Wand schlich.

Ich presste mich flach dagegen, spürte den kühlen Stein an der nackten Haut meines Arms und hielt das Ohr an den Spalt zwischen Vorhang und Wand.

»…es wird Zeit, dass wir es ihr erklären«, hörte ich meinen Vater so leise sagen, dass ich es beim Gebrutzel des Fleisches und Leons begeistertem Gegluckse kaum verstand.

Kurz herrschte Stille, in der lediglich das Knistern der Flammen zu vernehmen war.

»Jetzt, Eurymedon?«, fragte meine Mutter ebenso leise. »Ich dachte, das wollten wir machen, wenn sie zwanzig Jahre alt wäre.«

»Wir haben immer gewusst, dass es schwer werden würde.«

»Aber…«

»Wir haben es ihr lange genug verschwiegen.« Mein Vater klang ruhig, aber bestimmt. »Sie verdient es, die Wahrheit zu erfahren.«

»Und wie willst du es ihr sagen?« Die Stimme meiner Mutter war nur noch ein Raunen. Ich drückte mich dichter an die Wand und lauschte. »Wie soll man einem Kind erklären, dass es nicht die Tochter seiner Eltern ist?«

Mein Vater antwortete etwas, das ich nicht verstand. Summen wie von tausend wütenden Bienen erfüllte meine Ohren …

Wie soll man einem Kind erklären, dass es nicht die Tochter seiner Eltern ist?

Die Worte hallten in meinem Kopf nach, während ich versuchte, ihren Sinn zu begreifen. Mein Blick war auf den Steinfußboden gerichtet, als wollte ich mir jede Fuge und Ritze einprägen, und an den Fingerspitzen fühlte ich die raue Oberfläche des bearbeiteten Kalksteins überdeutlich. Der Schock schien meine Sinne geschärft zu haben.

Nicht die Tochter ihrer Eltern …

Mein Herz pochte gegen meine Rippen wie bei der Jagd.

Nicht die Tochter …

Da ertönte ein gellender Schrei. Ich drehte mich blinzelnd um. Korykia weinte, schlug mit den Fäusten um sich, die Augen zugepresst, Tränen auf den Wangen. Maia stieß ihrer Schwester lachend mit der Holzpuppe in den Leib, während Leon begeistert auf und ab hüpfte und immer wieder rief: »Noch mal, noch mal!«

»Verdammt!« Schnell wie eine Schlange im Unterholz schlüpfte ich, den Rauch des Feuers wegwedelnd, hinüber. Ich sprang an Maia und Leon vorbei, und es gelang mir gerade noch, Korykia aus ihrem Bettchen zu nehmen, als schon der Vorhang aufging.

Ich versuchte, die Kleine zu beruhigen, und wich dem Blick meines Vaters aus. Als ich ein Wiegenlied zu summen begann, hörte sie allmählich zu weinen auf.

»Schlaf, mein Kind, schlafe süß …«

»Atalante.«

»Schlaf, Liebes, mein Kindchen, schlaf ein …«

»Atalante.«

Ich wandte meinem Vater den Rücken zu, während ich die letzte Zeile des Lieds sang: *»Mögen die Götter Schlaf dir schenken, und mögest morgen du wieder erwachen.«*

Ich legte Korykia in ihr Bettchen. Die Worte, die ich soeben belauscht hatte, trommelten einen Rhythmus in meinem Kopf, als wären auch sie Teil des Liedes.

Nicht die Tochter ihrer Eltern …

Endlich richtete ich mich auf und drehte mich zu meinem Vater um. Die Spitzen meiner Finger waren warm und kribbelten. Ich empfand Angst vor dem, was nun kommen würde, vielleicht auch Vorfreude, weil sich endlich etwas änderte – was, wusste ich nicht. »Ja, Vater?«

Er deutete auf den Stuhl, auf dem ich zuvor meinen Bogen poliert hatte.

»Setz dich«, forderte er mich auf und zog einen dreibeinigen Eichenholzhocker heran. Ich war kaum zwölf gewesen, als er diesen Hocker gemacht hatte, und erinnerte mich an das Rascheln der Blätter im Sommer, als ich hinter ihm hertrabte. Ich hatte dabei sein wollen, wie der Baum auf den Hängen des Pelion-Gebirges gefällt wurde, hören wollen, wie die scharfe Axt ins Holz schlug, sehen wollen, wie die Männer aus dem Dorf – wie groß sie mir damals erschienen waren! – meinem Vater halfen, den Baum hinunterzutragen, das Holz riechen wollen, als er es zurechtsägte und -schnitzte, es mit Bienenwachs einließ, Löcher für die Beine in die Sitzfläche bohrte und sie zusätzlich mit Schnur befestigte. Bei der Erinnerung daran musste ich lächeln, und auch die Mundwinkel meines Vaters gingen ein wenig nach oben.

In der anderen Ecke des Raums glitt meiner Mutter ein Tontopf aus den Fingern, den sie auf einen Schrank heben wollte. Er fiel zu Boden und zersprang in tausend Stücke. »Gott des Unheils! Nicht dieser Topf…« Sie kniete nieder und sammelte vor sich hinmurmelnd die Scherben in ihrer Schürze.

Mein Vater legte mir eine Hand aufs Knie. »Selbst die höchsten Bäume wachsen aus einem Samen«, begann er. »Eine Eiche aus einer kleinen Eichel, eine Buche aus einer weichen braunen Nuss. Deine Geburt bestimmt, wer du später bist. Meine Tochter…«, er schluckte, »…du musst es erfahren, denn ich sehe, dass die Welt dich ruft, und ich kenne dein Wesen.« Er holte tief Luft. »Ich habe dir immer gesagt, du bist ein Geschenk der Götter, aber das ist nicht die ganze Wahrheit.«

Ich berührte seinen Arm. »Ich weiß es schon, Vater.«

Er sah mich erstaunt an. »Du weißt es? Woher?«

»Ich habe dein Gespräch mit Mutter belauscht. Ich bin nicht eure Tochter.« Die Worte klangen merkwürdig. *Achtzehn Jahre in Kaladrosos… achtzehn Jahre, in denen ich wusste, woher ich kam, wer ich war, wer ich sein sollte… und jetzt… was?* Wieder spürte ich diese unerklärliche Mischung aus Furcht und Erregung. »Vater, in euch hatte ich die besten Eltern, die ich mir wünschen konnte.« Bittere Tränen brannten in meinen Augen. Ich nahm seine Hand und drückte sie.

»Du bist nicht… überrascht?«

»Natürlich bin ich bestürzt«, antwortete ich und musste ebenfalls schlucken. »Ich kann es noch kaum glauben. Doch ich bin immer schon anders gewesen als du, Mutter, Maia und Leon, nicht wahr?« Ich schaute hinüber zu Maia, als meine Mutter sie auf den Arm nahm. Ihre Haare glänzten im gleichen Goldton wie der Zopf meiner Mutter, und Leon und die kleine Korykia hatten beide die graublauen Augen meines Vaters. Wieso hatte ich das nicht früher bemerkt? »Es ist, als hätte ich es immer schon geahnt, ohne es wirklich zu wissen.«

Stille, die nur durch das knisternde Feuer und das leise Meckern der Ziege draußen durchbrochen wurde. Ich saß neben meinem Vater, meine Hand um die seine, und lauschte, wie meine Mutter die kleine Maia beruhigte, während sie das Fleisch am Spieß drehte.

Ich könnte so tun, als wäre nichts geschehen, dachte ich. *Als würde ich es nicht wissen. Dann wäre alles wie immer. Ich würde weiter im Pelion-Gebirge herumstreifen, meine Mutter würde mich schelten, mein Vater mich mit einem müden Lächeln verwarnen und mich dann wieder hinaus zu den Berghängen lassen, wo ich im schattigen Wald hinter dem Rotwild herjagen würde.*

Nur dass in der Realität alles anders wäre.

»Ich habe dich im Pelion-Gebirge gefunden.«

Plötzlich fühlte sich mein Mund trocken an. »Du … du hast mich gefunden?«, wiederholte ich.

Er nickte. »Ich habe im Winter in den Bergen Brennholz gesammelt – wir hatten nicht mehr viel zu Hause, und die letzten Scheite im Schuppen waren feucht, sonst hätte ich mich so spät im Jahr und so spät am Tag nicht hinaufgewagt.

Ein Wintersturm brach herein, so plötzlich, dass ich kaum Zeit hatte, Schutz zu suchen, bevor dicke Wolken sich die Hänge herabwälzten und ich von heulendem Wind und Schnee umtost wurde.«

Ich machte den Mund auf, unsicher, ob er aufhören oder weiterreden sollte. Er schien das zu spüren, legte seine andere Hand auf die meine und tätschelte sie sanft. Diese Geste war so vertraut, dass in mir ein überwältigendes Gefühl der Zuneigung und Wärme aufstieg. Ich riss mich zusammen. Nein, vor ihm würde ich nicht weinen. Ich wandte den Kopf ab und schloss die Augen. Mir war, als könnte ich die von ihm beschriebene Szene sehen: Das Eis hing in Zapfen von den Bäumen, der Schnee knirschte unter den Sohlen seiner Schuhe.

»Zeus schickte grollenden Donner«, hörte ich meinen Vater weitererzählen. »Der Wind blies so heftig und kalt, dass ich fast umgekehrt wäre, obwohl ich kaum genug trockenes Holz für ein paar Tage gesammelt hatte. Plötzlich stieß ein blendend weißer Schneefalke vom Himmel herab, der mich zu leiten schien. Wir folgten den gefährlichsten Pfaden zum höchsten Gipfel, wo es nur noch Felsen und ein paar kahle Kiefern gibt. Der Wind peitschte gegen meine Wangen, und der Falke erhob sich in die Wolken – da entdeckte ich dich. Ein winziges Bündel, weiß wie frisch gefallener Schnee. Man hatte dich, kaum einen Tag alt, zum Sterben auf die Felsen gelegt; deine kleinen Augen waren noch geschlossen … Ich konnte dich nicht dort liegen lassen und habe dich auf meinem Rücken mit nach Kaladrosos genommen.«

Er verstummte.

Ich öffnete die Augen. Es fühlte sich seltsam an, das Licht der Sonne durch die offenen Fenster hereinströmen zu sehen, den vertrauten warmen Geruch von Aura in der Nase zu haben, vermischt mit dem des gebratenen Fleisches und des Strohs aus dem Ziegenstall, denn noch Sekunden zuvor war ich in Gedanken mit meinem Vater oben auf dem Berg gewesen, mitten im Schneegestöber, im eisig kalten Wind. Ich betrachtete meinen Bogen im Köcher, die Pfeile, die ich auf diesem Hocker gespitzt, die Federn, die ich einer Reiherente an dem See im Wald ausgerupft hatte.

»Ich war also unerwünscht«, stellte ich fest. »Sie haben mich auf dem Berg zum Sterben ausgesetzt, stimmt's?« Ich wandte mich meinem Vater zu. »Sie wollten mich nicht.«

Ich war in Kaladrosos aufgewachsen, in dem Glauben, umsorgt und geliebt zu sein – manchmal vielleicht zu sehr, jedoch so unerschütterlich wie die Felsen des Berges. Und nun musste ich hören, dass man mich dem Tod überantwortet, dass die Mutter, in deren Leib ich herangewachsen war, mich mitten im Winter Schnee und Wind ausgesetzt hatte. Dass ich nur durch einen Zufall gerettet worden war, dass es eigentlich mein Schicksal gewesen wäre zu sterben …

Nur mit Mühe unterdrückte ich ein Schluchzen. Tränen drohten, mir die Wangen hinunterzurollen, als sich in mir eine klaffende Leere auftat und mir alle Sicherheiten, die ich je zu haben geglaubt hatte, geraubt wurden.

Man wollte mich nicht.

Warum?

Mein Vater erhob sich wortlos, trat an die hölzerne Kommode an der Wand, in der er und meine Mutter ihre wenigen wertvollen Dinge aufbewahrten, schloss sie auf und nahm ein kleines viereckiges Tuch heraus, in das etwas eingewickelt war, das ich nicht erkennen konnte. »Das hattest du um den Hals, als ich dich gefunden habe«, teilte er mir mit und drückte es mir in die Hand. »Die Machart scheint mir pagasäisch zu sein – jedenfalls gibt es dort mehr Goldschmiede als in Iolkos.« Er seufzte. »Ich denke, du stammst aus einer Familie in der Stadt, aber ob dieses Schmuckstück einem wohlhabenden Edelmann gehörte oder ein Geschenk an einen Sklaven war, wage ich nicht zu beurteilen.«

Mit zitternden Fingern schlug ich das Tuch zurück. Darin befand sich ein goldener Anhänger an einem langen Lederband, zu einem dünnen Rund gehämmert, darauf ein Bild von zwei Jägern, die einem Hirsch nachstellten. Ich nahm den Anhänger, spürte, wie das Band über meine Hand glitt, sah die Scheibe im Licht des Feuers glänzen. Das Gefühl des Verlusts, das ich empfand, veränderte sich. Es wurde stärker und entwickelte sich zu einer brennenden Sehnsucht – und einer Frage: *Wer bin ich?*

Warum hat man mich zum Sterben ausgesetzt?

Als ich ins Gesicht meines Vaters blickte, merkte ich, dass er auf eine Reaktion wartete. Ich wickelte das Schmuckstück wieder ein, ließ den Daumen darüber gleiten und bückte mich, um es in meinen Köcher zu legen. Das Feuer in meiner Brust loderte immer heißer – ob das Schreck, Wut oder Erregung war, wusste ich nicht: Ich wusste nur, dass ich handeln musste. Nichts zu tun, würde ich nicht ertragen.

»Die Götter hätten mir keinen besseren Vater schenken können«, sagte ich. »Würdest du es verstehen, wenn ich nach Pagasä ginge? Um meine Eltern zu finden – ihnen zu beweisen, dass es falsch war, mich auszusetzen?«

Mein Vater stieß einen tiefen Seufzer aus und lächelte matt.

»Würdest du das verstehen?«, wiederholte ich.

Er drückte meine Hand. »Von dir, Atalante, hätte ich nichts anderes erwartet.«

Plötzlich hörte ich neben mir ein Geräusch. Meine Mutter hatte sich von mir unbemerkt mit Maia auf dem Arm zu uns gesellt. Sie löste einen Lederbeutel von ihrem Gürtel und reichte ihn mir. Er klirrte leise, als ich ihn öffnete. Darin befand sich eine Handvoll Silber- und Bronzemünzen. »Bei Zeus, wir haben nicht viel«, sagte sie mit ernster Miene, als wollte ich ihr widersprechen, und auf ihren Wangen schimmerten Tränen, »aber das hier habe ich beiseitegelegt, weil ich wusste, dass dieser Tag früher oder später kommen würde. Es dürfte reichen, einen Monat, vielleicht auch ein bisschen länger, in der Stadt zu überleben.«

Ich sah sie mit großen Augen an.

Mein Vater tätschelte ihre Hand. »Du bist eine gute Frau, Tyro.«

Ich nickte gerührt. »Danke euch beiden. Ich komme zurück, das verspreche ich euch.«

Doch in meinen Gedanken breitete sich der brennende Wunsch aus: *Ich muss erfahren, wer ich bin.*

In die Stadt

Kaladrosos

Mittagsstunde
Dreizehnter Tag des Segelmonats

Einige Tage später, als die Sonne die halbe Höhe des Himmels erreicht hatte, verließ ich Kaladrosos. Vom Hang aus blickte ich zurück. Mein Vater sah mir von der Tür aus nach, meine Mutter blieb im verrauchten Innern bei den Kindern. Er stützte sich auf seinen Stock, den Hut schief auf dem Kopf, eine Hand an Auras Nacken. Die Hündin zerrte an dem Seil, mit dem sie am Türpfosten festgebunden war, sprang bellend hoch und versuchte, mir zu folgen. Tränen in den Augen, nickte ich meinem Vater zu, um ihm mit einer Geste zu sagen, warum ich gehen musste. Er rang sich ein Lächeln ab und verabschiedete sich mit einem Winken von mir. Als ich an meine Mutter dachte, schnürte es mir die Kehle zu. Fast wäre ich zurückgekehrt, um mich noch einmal von ihr umarmen zu lassen, den Geruch des Rauchs in ihrem Gewand einzuatmen, Korykia ein letztes Mal auf die Pausbacken zu küssen und Leon einzuschärfen, dass er in meiner Abwesenheit mit seinem kleinen Holzbogen üben müsse.

Ich wandte mich ab und machte mich auf den Weg.

Den Anhänger, den mein Vater mir gegeben hatte, trug ich unter meinem Gewand um den Hals. Er schwang beim Gehen gegen meine Brust. Anfangs folgte ich noch bekannten Pfaden durch den Wald, wo der Schatten meine

Glieder kühlte und mir der Geruch der Kiefern in die Nase stieg. Hin und wieder blieb ich stehen, um zu trinken und mich mit Wasser aus einem Bach zu erfrischen. Der Weg wand sich am Fuß der Berge nach Süden und Westen dahin. Rechts von mir erhoben sich hoch aufragende, mit Olivenbäumen bewachsene Felsen. Die ersten Schritte fort von Kaladrosos fielen mir schwerer, als ich gedacht hatte, weil sie voller Erinnerungen waren: die Hütte des Schreiners in Lechonia, wo mein Vater den ersten Bogen für mich hatte fertigen lassen; das Tal, in dem ich Äste der Silbertanne für die Göttin Artemis geschnitten hatte, um damit unsere Tür zu bedecken, als meine Mutter mit Maia im Kindbett lag; das sandige Ufer des Bergsees inmitten von Kiefern, in dem Aura und ich so gern schwammen. Doch als der Himmel sich weitete und sich der Ausblick auf olivenbestandene Hänge bis zur breiten blauen Bucht auf der einen und die fernen Berge auf der anderen Seite eröffnete, wuchs meine Erregung, und meine Gedanken wandten sich von dem, was ich verlassen hatte, dem zu, was ich vor mir finden mochte.

Pagasä ist die westlichste der Städte in der Bucht und liegt unter dem Pelion-Gebirge, hinter der Zitadelle von Iolkos an der Stelle, wo das Land dem Meer zustrebt. Die Worte meines Vaters klangen mir beim Laufen in den Ohren, sie hallten mit dem Klatschen meiner Sandalen von den Felsen wider. So weit war ich noch nie zuvor von Kaladrosos weg gewesen – weiter hatten wir uns auch nicht entfernen müssen, denn wir tauschten das Holz, das mein Vater im Wald schlug, im Hafen von Kaladrosos gegen Fisch und Gewürze von den Händlern, die auf offener See segelten. Ich genoss die neuen Eindrücke und die Wärme der Sonne auf meinem Gesicht, die im Westen hinter den Bergen unterging und den Himmel in Orange- und Rottöne und schließlich in ein fahles Lila tauchte. Zikaden hielten leise in den Ästen der Kiefern Zwiesprache, während Mauersegler über mir kreisten oder kreischend auf die Bucht herniederstießen. Voller Vorfreude lief ich den sich dahinschlängelnden Pfad entlang.

Die Nacht verbrachte ich in der Hütte eines Holzfällers über dem Hafen des kleinen Ortes Aphussos und nahm meine Abendmahlzeit mit seiner Familie rund um ein kleines Feuer ein, das er aus trockenem Reisig entzündet hatte. Als ich unter den schimmernden Sternen Stücke vom Brot abbrach, Fleisch vom Spieß abschnitt und mich mit der Frau des Mannes unterhielt, blickte ich immer wieder zu den Lichtpunkten der Städte im Norden und Westen der Bucht hinüber und überlegte, welche zu Pagasä gehörten und was ich dort wohl finden würde.

Sobald die Strahlen der Sonne am folgenden Morgen den Dunst auflösten, der vom Wasser aufstieg, brach ich in Richtung Norden auf. Ich folgte dem sandigen Ufer der Bucht, watete durch Flüsse, die von den Bergen zum Meer hinabflossen, passierte Olivenhaine und kleine, von Zypressen umgebene Ansiedlungen, die grünen Hänge des Pelion-Gebirges zu meiner Rechten. Am nördlichen Ende der Bucht wurde der Boden trockener und staubiger, Schwalben flogen über mir, und das Gras wuchs in fahlgrünen Büscheln unter meinen Füßen. Der Pfad gabelte sich und führte nach rechts über die Ebene zu einer Festung auf einem fernen Hügel, doch ich folgte weiter meinem Weg, lief an Fischern, Händlern und Hausierern mit Bauchläden vorbei und hielt mich nahe der Bucht, wie mein Vater es mir geraten hatte. Ich wollte zu einer Landzunge, hinter der ein lang gezogener niedriger Hügel mit einer Stadt in Sicht kam. Der Pfad wand sich den Hang hinauf zu einem breiten Doppeltor und einem Turm. Als mein Magen zu knurren begann, wurde ich langsamer. Schwer atmend ließ ich die Fingerspitzen über Strandhafer und Binsen gleiten.

Pagasä.

Ich schluckte. Zweifel und Angst loderten kalt in mir auf, als mir klar wurde, was ich mir vorgenommen hatte.

Göttin Artemis, dachte ich und richtete den Blick auf eine Kiefer in der Nähe, in der Hoffnung, dass die Göttin aus ihren Ästen zu mir sprechen würde. *War es dumm von mir, Kaladrosos zu verlassen?*

War es dumm von mir zu glauben, man würde mich in der Stadt mit offenen Armen empfangen?

Man hat mich in den Bergen zum Sterben ausgesetzt… Was, wenn ich meine Familie finde und sie mir erklärt, dass sie mich nicht will?

Ich biss mir auf die Lippe und blickte über die Schulter zurück zu den dunstumhüllten Umrissen des Pelion-Gebirges auf der anderen Seite der Bucht. Dort hatte ich meine Familie zurückgelassen, mein gesamtes Leben: das vertraute Krähen der Hähne im Morgengrauen; den Geruch von Heu, Rauch und verbranntem Holz in unserem Haus; die leichte Brise in den Olivenbäumen im Hof, kurz bevor die Sonne hinter dem Berg verschwand; das Abendlicht, das die Blätter golden färbte wie frisch gepresstes Öl. Es schmerzte mich, an Aura zu denken, die bellend an ihrer Leine gezerrt hatte, als ich weggegangen war, an die Tränen auf den Wangen meiner Mutter und das Abschiedswinken meines Vaters. Hatte ich falsch gehandelt? Hätte ich bleiben und so tun sollen, als wüsste ich von nichts, wie meine Eltern so viele Jahre lang?

Ich riss mich zusammen. *Du musst stark sein.* Ich ballte

die Hände zu Fäusten. *Und ohne Angst, wie dein Vater und deine Mutter es dich gelehrt haben, wie du selbst es dir an den Berghängen beigebracht hast.*

Ich straffte die Schultern und reckte das Kinn vor.

Bis hierher hast du es schon geschafft.

Ich holte tief Luft und stieg den Hügel hinauf zum Stadttor.

Als ich näher kam, sah ich oben auf dem Turm zwei mit Tunika und Umhang bekleidete Wachleute, Bronzeschild, einen langen Bogen mit Hornspitzen und Köcher auf dem Rücken. Eine kleine Bronzeglocke mit einem Seil am Klöppel hing neben ihnen an einem Holzgestell. Sie beobachteten mich.

»Ich will in die Stadt!«, rief ich ihnen zu, hob eine Hand zum Schutz gegen das grelle Licht der Sonne über die Augen und suchte Schatten unter einem knorrigen Olivenbaum in der Nähe.

»Wie heißt du, und woher kommst du?«, fragte einer der Wächter, ein dunkler, bärtiger Mann mit muskulösen Unterarmen, und musterte mein kurzes wollenes Gewand, meine Ledersandalen und meinen Köcher.

»Ich bin Atalante aus Kaladrosos.«

»Eine Bewohnerin der Stadt?«

Ich zögerte. Schließlich hatte ich keine Ahung, wer meine Familie war: Wie mein Vater gesagt hatte, konnte sie aus Edelleuten oder auch aus Sklaven bestehen. Wer wusste schon, ob mein Anhänger ihr gehört hatte, ob sie ihn geschenkt bekommen oder möglicherweise sogar gestohlen hatte? »Nein.«

Der andere Wachmann, ein kleinerer, stämmiger Mann mit lockigen roten Haaren, runzelte die Stirn. »Du bist also eine Jagdsklavin und deinem Herrn entlaufen? Es muss schon ein merkwürdiger Mann sein, der eine Frau für sich jagen lässt.« Die beiden lachten.

»Bestimmt spielt es keine Rolle, ob ich eine Sklavin bin, denn alle, egal, ob frei geboren oder nicht, sollten Zutritt zu eurer Stadt haben.« Ich versuchte, ruhig zu bleiben.

»Nicht während eines Fests«, entgegnete der erste Wächter. »Das verbietet Zeus. Das Fest des Gottes dauert vom zunehmenden bis zum abnehmenden Mond, und in dieser Zeit darf niemand in die Stadt, der die rituellen Waschungen nicht vollzogen hat.«

Ich sah ihn mit großen Augen an. Unser Schrein im Pelion-Gebirge hatte immer offen gestanden für jeden, der einen Olivenzweig oder eine schwarze Traube davor ablegen wollte. Die Priester – eigentlich waren sie eher Fischer, denn sie kamen nur an Festtagen vom Hafen herauf und schlüpften in die weiße Priesterrobe – hatten stets gesagt, es gebe mehr Götter im blauen Meer, im Himmel und in den dunklen Erdschollen als in von Menschen erbauten Tempeln. Ja, das stimmte, hatte ich gedacht, wenn ich an den Berghängen entlanglief.

»Zeus«, wiederholte der Wachmann, als wäre ich ein Trottel, der den Namen des Göttervaters nicht kannte, »der Schutzpatron unserer Stadt.«

»Ja, ich weiß«, sagte ich. »Und wo kann ich diese Waschungen vollziehen, um den Göttervater milde zu stimmen?«

Der Wächter schüttelte den Kopf ob meiner Ahnungslosigkeit. »Wer zum Fest kommt, badet zuvor im Gebirgsquell von Makronita.«

Allmählich wurde ich ungeduldig. »Dann gehe ich dorthin.«

»Warte!«, rief er, als ich Anstalten machte, den Hang wieder hinunterzulaufen. »Du weißt noch nicht alles. Vor zwei Tagen, zur heißesten Stunde des Tages, ist der Quell versiegt. Der Priester des Königs hat das als Omen der Götter gedeutet. Nach dem Willen von Zeus darf niemand, der nicht schon in Makronita gebadet hat, nach Pagasä. Seitdem ist die Glocke, die anzeigt, dass die Tore der Stadt geöffnet werden sollen, nicht mehr geläutet worden.«

Der andere Wachmann nickte. »Sie werden erst wieder aufgemacht, wenn das Fest vorbei ist.«

Ich runzelte die Stirn. »Und wie lange wird es dauern?«

»Zehn Tage.«

»Aber …« Meine Gedanken flogen nach Kaladrosos, wie schwer es mir fallen würde, meinen Vater und meine Familie ein zweites Mal zu verlassen. Außerdem fand ich diese unbekannte Stadt voll neuer Möglichkeiten, die da vor mir lag, verlockend. »Bitte! Ich flehe euch an!«

Der Rothaarige lachte. »Verschwinde, kleine Sklavin«, sagte er, nahm seinen Bogen, zog einen Pfeil aus dem Köcher und legte ihn auf. »Der König möchte nicht, dass Nachzügler das friedliche Fest stören, und es könnte gut sein, dass mir der Pfeil entgleitet …« Er senkte ihn ein wenig, sodass die Bronzespitze in der Sonne glänzte.

Ich wurde wütend. »Ich bin ein Gast vor euren Toren! Wie könnt ihr es wagen, eine unbescholtene Fremde zu bedrohen und gleichzeitig Respekt vor dem Fest der Götter einzufordern?«

Er ließ den Bogen sinken. »Du unverschämtes …«

Der andere Wächter legte eine Hand auf seinen Arm. »Ich könnte dich aufknüpfen lassen und den Krähen zum Fraß vorwerfen für deine Dreistigkeit, Mädchen. Geh dahin zurück, wo du hergekommen bist, und hör auf, uns die Zeit zu stehlen.«

Bevor einer von ihnen Gelegenheit hatte, die Waffe zu heben, zog ich einen Pfeil aus meinem Köcher, legte ihn auf und zielte direkt zwischen die Augen des Wachmannes, der gerade gesprochen hatte. »Versuch das ruhig.«

Schweigen. Die beiden Wachen starrten die Pfeilspitze an. Dann brachen sie beide in Gelächter aus.

Einer nickte. »Wo hast du den gestohlen, Bauernmädchen?«

Ich sah, wie ihre Hände sich in Richtung der Bogen bewegten. Doch ehe sie sie auch nur heben konnten, spannte ich den meinen. Ihre Augen weiteten sich vor Schreck, und sie griffen nach ihren Schilden. Ich ließ den Pfeil losschnellen. Er flog, sich in der Luft um die eigene Achse drehend, hinauf und fand sein Ziel. Die Bronzeglocke geriet ins Schwingen und ertönte einmal, zweimal laut.

Eine Weile geschah überhaupt nichts, und ich hörte nur das Läuten der Glocke und das wilde Pochen meines Herzens.

Dann ein Knarren von unten, als die Riegel an den Toren zurückgezogen wurden und sich zuerst das eine, dann das andere langsam öffnete.

»Nein, wartet …« Einer der Wachmänner hastete an den Rand des Turms und rief zu den Sklaven hinunter: »Sie hat die rituellen Waschungen nicht vollzogen, sie darf nicht herein! Schließt die Tore! *Schließt die Tore!*«

Doch sie standen bereits weit offen. Ich nickte den Wachen zu. »Danke!«, rief ich und lief in die Stadt.

»*Halt!*« Ich hörte die Wachleute die Stufen heruntereilen. Die Sklaven, die die Tore mit langen, mittels Bronzeringen befestigten Seilen aufzogen, drehten sich erstaunt um, als ich an ihnen vorbeistürmte.

»*Haltet sie auf!*«, brüllten die Wachen.

Doch ich hatte mich bereits unter die Menschen von Pagasä gemischt.

Ich hastete die breite, mit Steinen gepflasterte Straße entlang. Holzkarren rumpelten an mir vorbei; ich sah Fischer mit vollen Netzen und Schmiede mit rußgeschwärzten Gesichtern. In meinem ganzen Leben hatte ich noch nie ein solches Durcheinander erlebt – so viele Leute auf einem Haufen, die aneinander vorbeidrängten, redeten, laut ihre Waren anpriesen oder Dieben hinterherriefen: in Umhänge gehüllte Händler und fluchende Verkäufer, weiß gekleidete Priester, Maultiere vor Karren und überall bunte Farben – rot gemusterte Gewänder, braun-grüne Tuniken, blaue Wollumhänge, rot-gelbe Röcke, lilafarbene Stoffe, ockerfarbene und schwarze Tontöpfe.

Ich war ein wenig benommen von dieser Flut der Sinneseindrücke. Wo sollte ich mit meiner Suche beginnen?

Da berührte eine Hand meine Schulter. »Komm mit.«

Eine junge Frau, kaum älter als ich. Sie trug die lockigen schwarzen Haare lose hochgesteckt, hatte dunkle Augen und verzog den Mund zu einem Lächeln. Ihr schlichtes Gewand umschmeichelte ihre Hüften; über dem groben Stoff befand sich ein Gurt, der quer über ihre Brust verlief und an ihrem Rücken verknotet war. Als sie eine Haarsträhne hinters Ohr strich, fiel mir ein Brandzeichen in Form eines von einem Kreis umgebenen Kreuzes an der Innenseite ihres Handgelenks auf, das sie als Sklavin auswies. In Kaladrosos hatten wir keine Sklaven, denn bei uns bewirtschafteten alle das Land oder fischten, um sich den Lebensunterhalt zu verdienen. Ich hatte jedoch schon von den Sklaven in den Städten gehört, wo Fürsten anderen die Freiheit raubten, um selbst ein Leben im Luxus führen zu können.

»Warum? Wer bist du?«, fragte ich sie. Ihr Mund verriet Selbstbeherrschung, in ihren Augen erkannte ich Verletzlichkeit.

»Ich heiße Myrtessa«, antwortete sie. »Komm, schnell.«

Sie hastete mir voran durch die Straßen. Dabei schwang der Saum ihres Gewands um ihre Sandalen. Ich zögerte kurz, weil ich nicht wusste, ob ich ihr vertrauen konnte – was hatte sie vor, für wen arbeitete sie? Vielleicht wollte sie mir meine Börse rauben – oder Schlimmeres …

Doch als sie über die Schulter zurückblickte und mich lächelnd heranwinkte, als ahnte sie, was ich dachte, folgte ich ihr, weil meine Neugierde die Oberhand gewann. Allerdings hielt ich mich bereit, meinen Dolch zu ziehen. Sie lief vor mir her, die Hauptstraße entlang den Hügel hinauf zur oberen Stadt. Ihre Knöchel blitzten immer wieder unter ihrem Gewand hervor. Wir kamen an kleinen Lehmziegelbauten mit offenen Läden vorbei, deren wackelige Holztische sich unter Oliven, Obst, Fisch und schweren Tonkrügen bogen. Die Händler priesen mit lauter Stimme ihre Waren an, und Kauflustige, die ihren Durst stillen wollten, drängten sich um die Stände. Wir schoben uns mehrere hundert Schritte durch die Menge, bis wir uns direkt unter der Mauer der Oberstadt befanden. Ich fragte mich immer noch, ob das Ganze lediglich ein Trick war, um mich um mein Geld zu bringen, als sie in eine schmale Gasse huschte. Ich zögerte kurz, bevor ich ihr nachlief. Wenig später befand ich mich in einer ruhigen Straße vor der Fassade eines quadratischen gelben Gebäudes, das wohl einem reichen Fürsten gehörte, aus Steinblöcken bestand und im zweiten Stockwerk direkt an die Stadtbefestigung grenzte. Zwischen den Steinblöcken befanden sich schmale Fenster, das Dach bestand aus Holzbalken. Auf der einen Seite entdeckte ich einen Garten mit

Säulengang, Weinspalieren und Obstbäumen, und vor den Fenstern im oberen Stockwerk bauschten sich dünne Vorhänge im Wind. Myrtessa wandte sich zu mir um, gab mir ein Zeichen, bog in eine Gasse seitlich des Gebäudes ein und verschwand durch eine Tür in der Dunkelheit.

Ich folgte ihr argwöhnisch, die rechte Hand auf dem Griff meines Dolchs. Ein überwältigender Geruch nach Fisch und frischem Käse schlug mir entgegen, und ich musste erst einmal blinzeln, damit meine Augen sich an die Dunkelheit gewöhnten. Zu meinem Erstaunen befanden wir uns in einer riesigen Küche mit unverputzten Wänden, rauchgeschwängerter Luft und verschwitzten Sklaven. Manche schleppten Holzbündel für die Feuerstellen, andere trugen Eimer mit Wasser aus dem Brunnen heran, scheuerten schmutzige Tassen sauber, nahmen Fische aus oder schälten Gerste. Drei lange Holztische waren beladen mit Fisch, in dem Zitronen steckten, mit Krügen voll eingelegten schwarzen Oliven, mit großem rundem Käse und Brot. Sklaven gaben weitere Laibe, noch warm aus dem Ofen, dazu. Zwei junge Frauen und ein Mann hoben den Blick, als wir eintraten. Ihre Gewänder waren mit Asche verschmiert und ihre Hände rußgeschwärzt. Sie sahen mich neugierig an. Beim Gehen hörte ich Binsen unter meinen Füßen knistern, deren sauberer süßer Geruch sich mit dem Rauch der Feuerstelle vermischte.

»Setz dich«, sagte Myrtessa und führte mich zu einem Hocker nahe beim Ofen. »Met?«

»Wer ist das, Myrtessa?«, fragte eine Frau mit roten Haaren und rückte das Gewand, das ihr von einer Schulter gerutscht war, als sie sich vorbeugte, um einen Laib in den Ofen zu schieben, wieder zurecht. »Eine neue Sklavin für Fürst Korythos? Hat er denn nicht schon genug?«

Myrtessa schüttelte den Kopf, goss Met aus einem Krug in einen Tonbecher und reichte ihn mir.

»Was soll ich hier?«, fragte ich, nahm den Becher und stellte ihn auf einen Tisch.

Myrtessa zwängte sich neben mich auf den Hocker. »Ich habe dich von der Stadtmauer aus beobachtet.« Sie tippte auf meinen Köcher, den ich von der Schulter genommen und neben mir abgelegt hatte. »Wo hast du gelernt, so mit Pfeil und Bogen umzugehen?«, fragte sie grinsend.

Ich begann, Vertrauen zu ihr zu fassen.

»Dieses Mädchen kann mit Pfeil und Bogen umgehen?«, wiederholte der Mann, der gerade Teig knetete, und hob eine Augenbraue.

Ich zog den Bogen aus dem Köcher und schloss die Finger um den Eschenholzgriff. Alle schauten mich mit großen Augen an. »Das habe ich von Kindesbeinen an gelernt. Ich bin in Kaladrosos aufgewachsen, auf der anderen Seite des Berges«, erklärte ich. »Meine Mutter meinte immer, das gehört sich nicht für ein Mädchen, aber …«

»Deine Mutter hatte recht«, bemerkte eine ältere Frau mit Kopftuch, die mit einem Korb voller Minzblätter an uns vorbeiging. »Außerdem haben Waffen in einer Küche nichts zu suchen. Das hier ist Frauenarbeit, keine Jagd.«

Die Rothaarige zuckte mit den Achseln. »Achte gar nicht auf Hora – sie hat immer etwas auszusetzen.«

Ein lauter Klang wie von Jagdhörnern sowie Hufgeklapper drangen von draußen herein. Myrtessa hastete zum Fenster und stellte sich auf die Zehenspitzen, um hinauszublicken. Kurz darauf drehte sie sich aufgeregt zu mir um. »Komm«, rief sie. »Schau, da drüben …«

Ich lugte hinaus. Sobald meine Augen sich an die Helligkeit des von der gegenüberliegenden Mauer reflektierten

Lichts gewöhnt hatten, erkannte ich eine Gruppe von Reitern. Ein Löwenkadaver hing an zwei langen Holzstangen, die sie auf den Schultern trugen, und hinter ihnen folgte ein Tross von Sklaven und Mundschenken. Ein groß gewachsener, schlanker junger Mann mit rötlich blondem schulterlangem Haar erregte meine Aufmerksamkeit. Er saß auf einem kastanienbraunen Pferd. Als er näher kam, sah ich, dass er haselnussbraune Augen und den Hauch eines Bartes hatte. Seine Haut war olivfarben, und der Schweiß auf seinen Armen ließ ihn in der Sonne glänzen wie ein Gott. Als er mich mit einem Lächeln bedachte und sich leicht in meine Richtung verbeugte, schlug mein Herz ein wenig schneller.

»Wer ist das?« Ich deutete auf ihn.

Myrtessa lachte. Dabei bildeten sich Grübchen in einer Wange. »Na, hingerissen von Fürst Meleagros? Da bist du nicht die Einzige, glaube mir. Neda beobachtet ihn auch gern, wenn er hier vorbeikommt, stimmt's, Neda?«

Neda warf ihre rötlich braunen Haare über die Schulter und drohte Myrtessa schmunzelnd mit einem Laib Brot wie mit einem Schwert. »Ich genieße das wenige, das mir vergönnt ist.«

»Meleagros ist der Sohn von Oineos, dem Herrscher von Kalydon«, erklärte Myrtessa mir leise. »Er ist einer der begehrenswertesten jungen Männer im Land und ein berüchtigter Frauenheld. Es heißt, er nimmt sich, was er will – hübsche Jungen, attraktive Kurtisanen, schlanke Mädchen wie dich.« Sie zuckte mit den Achseln. »Angeblich hat er sie alle gehabt, und sie waren ihm samt und sonders verfallen. Und noch Schlimmeres wird von ihm behauptet.« Sie senkte die Stimme. »Dass er abgrundtief böse ist, Männer und Frauen nach Lust und Laune verführt, Gewalt liebt, dass er, obwohl er auf den ersten Blick edel wirkt, heißblütig ist und wild in seinen Begierden. Ich würde dir raten, dich von ihm fernzuhalten.«

Ich lachte. »Ich neige nicht dazu, eines Mannes wegen den Kopf zu verlieren, danke dir aber trotzdem für die Warnung. Außerdem bezweifle ich, dass ein Mädchen wie ich die erste Wahl des Herrschers von Kalydon wäre, egal, wie heißblütig er sein mag.«

Neda nickte und zuckte leicht mit den Schultern, während der Sklave, der den Teig knetete, meinte: »Wie wahr.«

Ich wandte mich wieder dem Fenster zu. »Sie kommen zu dem Fest, oder?«

Myrtessa schüttelte den Kopf. »Nein, das war eine Jagdgesellschaft zu Ehren von Prinz Jason – dem Neffen des Königs«, fügte sie hinzu, als sie meinen fragenden Blick sah. »Er sucht Zuflucht in der Stadt, weil Pelias ihn vom Thron in Iolkos verjagt hat. Obwohl ich gehört habe, dass das Volk von Iolkos froh ist, ihn los zu sein.«

Sie deutete auf einen Mann mit grauen Augen, gerader Nase, schmalem Gesicht und hängenden Schultern, der kleiner war als die anderen. Er trug einen mit blauen und grünen Stickereien verzierten und einer goldenen Spange geschlossenen Umhang, lenkte sein Pferd zur Seite und gab einem der Sklaven mit dem Finger ein Zeichen, dass er ihm Wein bringen solle. Der Junge eilte zu ihm, löste den Lederriemen um den Schlauch und hob ihn zu Jason hoch. Dabei fiel ein Tropfen Wein auf Jasons Umhang. Sein Wutschrei hallte auf der Straße wider. Er versetzte dem Kopf des Sklaven einen harten Schlag mit dem Handrücken. Der Junge geriet aus dem Gleichgewicht, stolperte und landete auf dem Boden. Der Weinschlauch flog durch die Luft; der Wein vermischte sich mit dem Blut aus seinem Mund und dem Staub. Ich wollte ihm zu Hilfe eilen, doch Myrtessa hielt mich zurück.

»Lass ihn.«

»Wie kann er so etwas tun? Mit so roher Gewalt würde ich nicht einmal ein wildes Tier behandeln – und aus so nichtigem Anlass!« Mein Puls raste. »Kann nicht einer der Edelleute dem König sagen, wie schlecht sich sein Neffe benimmt?«

Myrtessa deutete stumm auf einen groß gewachsenen Mann mit grauen Bartstoppeln am Kopfende der Gruppe, der auf einem kastanienbraunen Pferd vor Meleagros herritt und den vor Schmerz keuchenden und auf allen vieren auf der Straße herumkriechenden Sklaven mit merkwürdiger Miene musterte. »Das ist der König«, erklärte sie. »Wie du siehst, ist er über Jasons Benehmen informiert, und es scheint ihn nicht zu stören. Wie der Prinz seinen Sklaven behandelt, ist nichts verglichen mit dem, was der König mit dir anstellt, wenn die Wachen ihm sagen, dass du die Stadt ohne rituelle Waschung betreten hast. Ich wette, dann steckt er dich ins Gefängnis.«

»Eher wirft er sie den Hunden vor«, murmelte die alte Hora und stopfte Minzblätter in tote Fische.

Myrtessa nickte. »Jason und sein Onkel sind nicht für ihren Gerechtigkeitssinn bekannt.«

Ich trank einen Schluck Met. *Wussten die Menschen in der Stadt um die Laster dieser Edelleute?*, fragte ich mich. Wie wenig ich doch in meinem behüteten Leben im Pelion-Gebirge über Könige und Prinzen erfahren hatte! »Und euch macht es nichts aus«, erkundigte ich mich bei den vieren, »dass ich nicht die rituelle Waschung nach den Vorschriften der Götter vollzogen habe?«

Der Mann, der den Teig knetete, lachte verächtlich. »Für

die Götter zählen nur unsere Taten.« Er zwinkerte mir zu. »Wenn es sie stören würde, dass wir uns nicht waschen, hätte Neda ein Problem.« Er stieß der Rothaarigen den Ellbogen in die Rippen, die ebenfalls lachte und ihm im Scherz auf die Schulter schlug.

»Und du, Philoetius? Du hast mindestens seit der Wintersonnenwende nicht mehr gebadet.« Sie roch an seinen Haaren und rümpfte die Nase. »Oder noch länger, dem Gestank nach zu urteilen.«

Als Philoetius sie grinsend wegschob, wandte ich mich Myrtessa zu, die sich mit den anderen Sklaven amüsierte. »Hast du mich deshalb hergebracht?«, fragte ich sie. »Um mich vor der Rache des Königs zu bewahren?«

Sie schmunzelte. »Ich dachte mir, eine junge Frau, die so gut mit Pfeil und Bogen umgehen kann wie du, ist es wert, angesprochen zu werden.«

Ich verbeugte mich. »Dann hoffe ich, deinen Erwartungen gerecht zu werden.« Ich schwieg kurz. »Vielleicht kannst du mir erklären … Die Löwen …« Ich deutete zum Fenster hinaus. »Sind sie bei der Jagd des Königs erlegt worden?«

Myrtessa runzelte die Stirn. »Löwen? Ich sehe nur einen.«

»Ja, aber waren es nicht mehr?«

Myrtessa zögerte. »Ja«, antwortete sie schließlich. »Drei, im wilden Thrakien eingefangen und zu Ehren des Prinzen auf dem Berg freigelassen. Das habe ich Fürst Korythos gestern Abend einem seiner Gefährten beim Essen erzählen hören. Woher weißt du das?«

Ich zuckte mit den Achseln. »Das habe ich geraten.«

Sie trat einen Schritt zurück. »Bei Hermes, dem Gott der Betrüger und Diebe, willst du damit sagen …?«

Ich versuchte, bescheiden zu wirken, konnte mir aber ein Grinsen nicht verkneifen. »Würdest du mir glauben, wenn ich behauptete, ich hätte zwei getötet?«

Neda schnappte nach Luft und schlug die Hand vor den Mund, Philoetius ließ die Schale mit dem Mehl fallen, und sogar Hora hörte auf, die Fische mit Kräutern zu füllen. Die anderen Sklaven, die nahe genug bei uns standen, um meine Worte gehört zu haben, lachten, halb entsetzt, halb ungläubig und flüsterten einander zu: »Unmöglich … Eine Frau ist dazu nicht in der Lage!«

Myrtessa grinste. »Es hat sich gelohnt, dich zu retten, Jägermädchen.«

»Atalante«, sagte ich und streckte ihr die Hand als Geste der Freundschaft hin.

»Atalante«, wiederholte sie und ergriff sie. »Allen ebenbürtig – ist das nicht die Bedeutung des Namens?«

Ich nickte.

»Ich glaube, ich werde dich mögen, Atalante. Du warst noch nicht oft in einer Stadt, stimmt's?«

»Wieso denkst du das?«

»Ach, ich weiß nicht«, meinte sie schmunzelnd. »Zieh diese Kleidung an.« Sie bückte sich zu einer Truhe unter dem Fenster und holte ein altes Sklavengewand heraus. »Dann zeige ich dir alles richtig. So wirst du freundlicher empfangen als an den Stadttoren. Vorausgesetzt du lässt deinen Bogen hier.«

Während wir von Korythos' Haus zum Stadttor gingen, erklärte mir Myrtessa alles und zeigte mir, was in Pagasä wichtig war.

»Das ist die Kneipe von Aktor.« Sie deutete auf ein Haus mit offener Front und Schatten spendender dunkelroter

Markise. Darunter standen große Tonkrüge mit Schöpfkellen. »Da gehen Neda, Philoetius, Opis und ich manchmal abends hin, wenn der Herr es erlaubt. Und das da drüben ist der Markt.« Sie wies auf einen kleinen Platz an einer Straßenkreuzung, wo sich einfache Holzbuden – kaum mehr als ein paar aufgebockte, mit Tüchern bedeckte Latten –, befanden, darauf Kirschen, Pfirsiche, Wicken und dunkles Fleisch, aber auch dicht gewebte Säcke, bemalte Töpfe, Fässer und sogar Sklaven. Rufe der Händler, Hämmern der Schmiede, Kinderlachen, Läuten von Glöckchen an Karren, Pferdewiehern klangen herüber. Erregung stieg in mir auf. Am liebsten hätte ich mir alles angesehen, alles probiert, alle Sinneseindrücke dieser mir unbekannten, bunten, geschäftigen Stadt gleichzeitig in mich aufgesogen. Hier warteten mehr Abenteuer auf mich, als mir in einem Jahr in Kaladrosos begegnen würden.

»Warte an dieser Ecke«, sagte Myrtessa und ließ mich an einer Bude mit bemalten Perlenketten zurück. Als sie wiederkehrte, hielt sie einen Korb mit in Honig getauchten Aprikosen in der Hand. »Ich kenne den Inhaber des Stands.« Sie deutete auf einen kräftigen Mann mit schwarzen Haaren und Bart. »Sein Sohn ist Schreiner und kommt gelegentlich in den Sklavenbereich von Fürst Korythos' Haus. Ich gebe ihm Brot aus den Öfen dafür, dass er bei uns kaputte Hocker, Schränke und Ähnliches repariert. Dafür bekomme ich immer etwas zu essen von Sagaris, wenn ich in der Gegend bin.« Sie schob eine Aprikose in den Mund und leckte genüsslich ihre Finger ab.

Am südwestlichen Ende der Stadt führte Myrtessa mich eine Steintreppe zu einem Wall mit gelb bemalten Zinnen empor. Von hier aus sah man keine fünfhundert Schritte entfernt den Hafen, wo die fahle See sich um eine Felsenküste mit Olivenbäumen kräuselte, sowie das Pelion-Gebirge mit seinen grünen Hängen und den Dörfern und kleinen Städten entlang der weiten Bucht. Ich wandte hastig den Blick ab: Hinter dem Berg lag Kaladrosos, wo mein Vater, meine Mutter, Maia, Leon und Korykia lebten. Noch würde ich mir keine Gedanken an sie gestatten, denn ich wollte nicht dieses köstliche Gefühl verlieren, dass in dieser Stadt alles möglich war, dass mich jeden Moment etwas Unerwartetes anspringen könnte wie ein Hirsch, der bei einer Jagd aus dem Unterholz bricht.

»Wohin jetzt?«, fragte ich Myrtessa und schaute hinunter auf die Straßen voller Menschen, Karren und Häuser mit flachen Dächern.

Myrtessa streckte den Finger aus. »Zur Oberstadt.« Sie lenkte meinen Blick zu einem Hügel, der mit einer niedrigen Mauer umgeben war. Dahinter sah ich einen Palast mit roten Säulen, Kiefern und etwas, das wie ein riesiger Tempel für die Götter wirkte. Sie setzte sich in Bewegung und passierte ein Gruppe von Sklavinnen, die uns auf dem Wall entgegenkamen.

Ich packte ihren Arm. »Das Tor!«, flüsterte ich und trat einen Schritt beiseite, um eine Frau vorbeizulassen. »Wenn die Wachleute mich sehen …«

Myrtessa musterte mich kurz, löste geschickt eines der langen weißen Bänder aus ihren Haaren, schlang es dreimal um meine Stirn, zog meine Locken hoch und schob sie darunter. Dann zupfte sie ein paar Strähnen auf beiden Seiten heraus und legte den Kopf schief, um ihr Werk zu begutachten. »Wunderbar. Obwohl das nicht wichtig ist. Sie bringen das Mädchen, das sie ausgetrickst hat, bestimmt nicht mit einer Frau im Sklavengewand in Verbindung.«

Ich tastete über meine Haare. Fast hätte ich gegrinst. Es fühlte sich seltsam an, den kühlen Wind im Nacken zu spüren.

»Komm.« Sie zog mich die Mauer entlang. Andere Sklaven, die ebenfalls hier oben gingen, um den Menschenmengen auf der Hauptstraße auszuweichen, drängten sich auf dem schmalen Steinweg vorbei. Darauf befanden sich Stapel mit Tontafeln und Krüge, aus denen Wasser schwappte, wenn sie an ihnen vorbeieilten, und die eine oder andere Sandale verfing sich sogar im Saum meines Gewandes. Ich hielt den Blick gesenkt, obwohl niemand von mir Notiz zu nehmen schien.

Auf dem Turm erkannte ich die beiden Wachmänner, die mich am Betreten der Stadt zu hindern versucht hatten. Sie plauderten, auf ihre Bogen gelehnt, und schauten hinaus auf die Bucht. Als wir näher kamen, wandten sie sich uns zu. Mir lief es kalt den Rücken hinunter, als der eine mich lüstern betrachtete und sich mit der Zungenspitze über die Lippen leckte. Myrtessa ging lächelnd und mit schwingenden Hüften weiter. Ich spürte, wie sie uns nachsahen.

Was, wenn sie mich erkennen?

»Meinst du, sie erinnern sich?«, fragte ich leise, als wir außer Hörweite waren.

»Denen sind nur unsere Hinterteile aufgefallen, da kannst du sicher sein«, antwortete Myrtessa. Wir mussten beide lachen. Im Weitergehen warf sie mir über die Schulter eine Aprikose zu. Ich fing sie auf, biss hinein und dankte den Göttern, dass sie mir so schnell eine solche Freundin geschickt hatten. Die Frucht war saftig und süß, der Honig klebrig an meinen Lippen und Fingern.

Von der Mauer schauten wir nach rechts hinunter zu den

weiß verputzten Häusern und nach links zu den Booten in der Bucht und zu der fernen Silhouette des Berges.

»Warum bist du nach Pagasä gekommen?«, erkundigte sich Myrtessa unvermittelt, die die Fingerspitzen über die Mauer gleiten ließ.

»Ich … ich wollte die Stadt sehen«, stotterte ich, weil ich diese Frage nicht erwartet hatte.

Sie wandte mir den Kopf zu und hob die Augenbrauen. »Aha. Und deshalb hast du dir mit deinem Bogen Zutritt verschafft?«

Wie viel sollte ich ihr verraten? Ich aß den letzten Bissen der Aprikose und warf den Kern über die Mauer. Er landete in einem Gebüsch.

»Ich bin als Säugling auf dem Pelion ausgesetzt worden«, sagte ich schließlich. Es fühlte sich merkwürdig an, das laut auszusprechen und zuzugeben, dass ich unerwünscht gewesen war.

Myrtessa schnappte nach Luft, verzog das Gesicht, blieb stehen und stützte sich auf der Mauer ab. »Auf dem Pelion«, wiederholte sie. »Und du bist nach Pagasä gekommen …?«

Ich streckte besorgt die Hand nach ihr aus. »Alles in Ordnung, Myrtessa?«

Sie schob mich weg und wandte den Blick ab. »Du bist nach Pagasä gekommen …?«, fragte sie noch einmal.

»Ich bin hier, um meine Familie zu suchen«, erklärte ich und holte den Anhänger an dem Lederband unter meinem Gewand hervor. »Um herauszufinden, wer ich bin, und um anerkannt zu werden.« Es gelang mir nicht, meine Sehnsucht zu verbergen. *All die Jahre auf dem Berg, die ich mehr gewollt hatte … Und nun … was?*

Sie nahm den Anhänger, hielt ihn zwischen den Fingern und betrachtete ihn von allen Seiten, sodass er im Licht der

Sonne glänzte. Dann sah sie mich an. »Er ist handwerklich gut gefertigt und wohl viel wert, doch ich kenne das Zeichen nicht. In der Stadt gibt es mindestens ein Dutzend Familien, die reich genug sind, um ein solches Schmuckstück in Auftrag zu geben, und jede hat ihr eigenes Symbol auf ihrem Siegelring. Der Anhänger dürfte einer von ihnen gehören.« Sie setzte sich wieder in Bewegung. »Heute Abend könnte ich den Herrn fragen.« Ihre Stimme klang merkwürdig belegt. »Bestimmt weiß er, von welcher Familie er ist, wenn ich ihn ihm beschreibe, denn er tätigt Geschäfte mit fast allen Edelleuten und Händlern der Stadt.«

»Würdest du das denn für mich tun?«

Sie lachte. »Das erfordert nicht viel Mühe, Atalante. Schau da hinüber.« Sie lenkte meinen Blick durch eine Lücke zwischen den hohen Zinnen. Mittlerweile hatten wir die Oberstadt erreicht und befanden uns hinter der inneren Mauer um die Zitadelle. Ich spähte hindurch, die Finger auf dem rauen Stein.

Und sah eine Stadt im Miniaturformat. Unter uns ragte ein Tempel auf. Sein flaches Dach erstreckte sich in Richtung des Walls, und er hatte rot bemalte Säulen, dick wie Baumstämme, die am Fries vergoldet waren. Zu beiden Seiten des Eingangs standen dem Göttervater Zeus geweihte knospende Eichen. Davor drängten sich bunt gekleidete Menschen, wie ich sie von den Straßen kannte, und beim Tempel, an einem quadratischen Steinaltar, vergoldete ein junger Sklave die gebogenen Hörner eines gewaltigen schnaubenden Bullen, der an einen Ring im Steinfußboden gekettet war. Nahebei schärfte ein Priester das Opfermesser an einem Wetzstein. Der süßliche Weihrauchgeruch, der von den Bronzebecken aufstieg, brannte in meinen Augen, und die Ohren klangen mir vom tiefen Läuten der Glocken und von den Liedern, die ein Chor weiß gekleideter Mädchen mit vergoldetem Eichenlaub auf dem Kopf rund um den Altar für den Gott sang.

»Das Fest?«, fragte ich, und Myrtessa nickte.

»Das da drüben ist der Palast«, erklärte sie.

Wir stiegen die Stufen immer zwei auf einmal hinauf, bis wir den höchsten Punkt der Mauer erreichten. Dort ragte ein Vorsprung aus dem Wall, auf den wir uns setzten, um auf den Palast hinunterzuschauen. Er war größer als jedes Gebäude, das ich kannte, hatte wie der Tempel rot bemalte Säulen und erhob sich drei oder vier Stockwerke hoch. An den Fenstern bauschten sich bunte Vorhänge, und davor befand sich ein gepflasterter Hof mit Bäumen und Springbrunnen.

»Dort wohnt der König mit seinem Sohn Prinz Lykaon.« Myrtessa deutete auf den zinnenbewehrten höchsten Turm des Palastes. »Aber man munkelt, dass Lykaon niemals König von Pagasä werden wird.«

»Warum nicht?« Ich schlug die Beine übereinander und nahm die Aprikose, die Myrtessa mir hinhielt.

Sie biss ebenfalls in eine. »Der König wünscht sich einen würdigen Nachfolger«, antwortete sie mit vollem Mund und wischte sich die Lippen mit dem Ärmel ab. »Es heißt, Prinz Lykaon sei nicht der Erbe, den der König sich erhofft hat … Er schreibt Gedichte«, fügte sie als Antwort auf meine unausgesprochene Frage hinzu. »Und Liebeslieder. Er fällt in Ohnmacht, wenn er Blut sieht, und würde viel lieber in der Bibliothek des Palastes auf Tontafeln über längst vergangene Kriege lesen, statt selbst zu kämpfen und auf die Jagd zu gehen, wie sein Vater es möchte. Weswegen Prinz Jasons Rückkehr nach Iolkos genau zum richtigen Zeitpunkt erfolgt ist.«

»Iolkos? Was hat Iolkos damit zu tun?«

Sie lachte. »Auf dem Land bekommt man nicht viel von der Welt mit, was? Allerdings ist es auch eine lange Geschichte, und ein großer Teil davon lohnt sich gar nicht, erzählt zu werden.« Sie rümpfte die Nase.

»Trotzdem würde ich sie gern hören.«

Sie aß den letzten Bissen der Frucht und warf den Kern hinunter. »Ich kenne sie nicht ganz«, hob sie an, »und das bisschen weiß ich von Gerüchten, die auf den Märkten und in den Tavernen die Runde machen.« Sie seufzte. »Angeblich fing alles mit den drei Söhnen von König Kretheos, dem Herrscher von Thessalien, an: unser König, Pelias und Aison, der Vater von Jason.

Vor seinem Tod beschloss Kretheos, sein Land unter seinen drei Erben aufzuteilen. Unserem König, dem ältesten seiner Söhne, gab er die Stadt Pagasä, nahe am Meer gelegen und mit einem geschützten Hafen, gut für den Handel. Aison, sein Jüngster, erhielt Iolkos, eine Festung weiter im Landesinnern, wo die fruchtbaren Hänge des Pelion in die Ebene übergehen. Es gab keine dritte Stadt, die er Pelias, dem mittleren seiner Söhne, hätte vermachen können, also überschrieb er ihm die Felder und Weiden des weizenreichen Thessalien. Doch Pelias wollte eine Stadt, über die er herrschen konnte. Also überfiel er, als Jason kaum älter als ein Kind war, die Stadt seines jüngeren Bruders Aison und holte sich, was er als sein Eigentum erachtete. Er tötete Aison, zwang Jasons Mutter, seine Gemahlin zu werden, und ließ den Rest der Familie in Ketten legen.

Irgendwie gelang es Jason zu entkommen. Er flüchtete in die Wälder und Höhlen des Gebirges. Was er dort tat und wie er lebte, weiß niemand. Viele Jahre später – vor ein paar Wochen – kehrte Jason als erwachsener, bärtiger Mann von den Berghängen zurück zum Palast von Iolkos und forderte als rechtmäßiger Erbe und als Entschädigung für den Tod seines Vaters den Thron zurück.«

Ich sah Myrtessa mit großen Augen an. »Und wie hat Pelias reagiert?«

Sie schnaubte verächtlich. »Er hat ihm eine bewaffnete Wache entgegengeschickt und ihn aus der Stadt geworfen, mit dem Versprechen, ihn zum König zu machen, sobald er das Goldene Vlies der Götter vom Ende der Erde gebracht hätte. Mit anderen Worten: niemals. Der Prinz ist hierher, nach Pagasä, zu seinem anderen Onkel geflohen. Vielleicht …«, sie senkte die Stimme, »… nimmt er Pelias beim Wort und plant tatsächlich, sich auf die Suche nach dem sagenhaften Goldenen Vlies zu machen.«

»Eine Suche?« Mein Puls beschleunigte sich. *Eine Suche … Wie ich es mir immer erträumt hatte – wie die der Helden Herkules, Bellerophon und Perseus …* »Aber das Goldene Vlies?«

Myrtessas Augen leuchteten. »Das mythische Vlies des goldenen Widders, der übers Meer zu den Enden der Erde flog.« Sie breitete die Hände aus wie ein Sänger, der seine Geschichte erzählt. »Die Barden und die wenigen, die über den Bosporus hinaus auf die offene See gefahren sind, behaupten, es liege in Kolchis, im entferntesten Winkel der Welt, und werde von Stieren mit Bronzehufen und feurigem Odem und einer Schlange, die niemals schläft, bewacht. Diese Suche ist nichts für Angsthasen.«

Ich runzelte die Stirn. »Was hat das alles mit Pagasä und Prinz Lykaon zu tun? Ob Jason sein Königreich zurückgewinnt oder bei dem Versuch stirbt, hat doch keine Auswirkungen auf den Herrscher von Pagasä und die Thronfolge, oder?«

»Abgesehen davon, dass Jason möglicherweise nicht nur seine Würdigkeit für Iolkos beweisen möchte. Schließlich ist er der Neffe unseres Königs und von Pelias. Und er kennt die Weissagung.«

»Die Weissagung?«

»Vor zwei Jahren ist der König zum heiligen Orakel der Hera in Perachora gefahren, um die Göttin zu befragen, wer ihm auf den Thron nachfolgen soll. Die Prophezeiung des Orakels hat alles verändert.«

»Und wie lautet sie?«, fragte ich leise.

Myrtessa holte tief Luft und hob an:

»Bring zurück den Schatz aus Gold, von dem zwei
Sagen singen,
Und der verborgen an der Erde End;
Sonst wirst du nicht die Kron der Stadt erringen,
Und musst noch sehn ihr End.«

Sie deutete auf eine Steinsäule genau in der Mitte des Tempelvorhofs unter uns, die mir bis dahin nicht aufgefallen war. Darauf standen Worte, die ich nicht entziffern konnte. »Der König hat den Wortlaut des Orakels für alle sichtbar in die Säule meißeln lassen.«

Sie erhob sich und begann, auf und ab zu gehen. »Die Herolde haben ihn an dem Tag, an dem der König von Argos zurückkehrte, auf dem Markt und den anderen Treffpunkten der Stadt verkündet. Es heißt, es gebe nur zwei sagenhafte Schätze, auf die sich die Weissagung beziehen kann – das Goldene Vlies von Kolchis ganz im Osten, wo die Sonne aufgeht, oder die Äpfel der Hesperiden am nördlichsten Zipfel der Erde, wo die Sommersonne niemals untergeht.«

Das Goldene Vlies …

»Jason hat es sich also in den Kopf gesetzt, die Prophezeiung zu erfüllen«, sagte ich. »Er will das Vlies holen, wie Pelias es wünscht, sodass er über Iolkos *und* Pagasä herrschen kann.«

»Genau«, bestätigte Myrtessa und nahm wieder neben mir Platz. »Ich habe mehr als einmal gehört, dass Jason, wenn es ihm gelingen sollte, das Vlies zu finden, die Krone von Pagasä angeboten wird statt Prinz Lykaon. Angeblich möchte Jason die Königreiche von Pagasä und Iolkos und somit Thessalien wieder unter einem einzigen Herrscher vereinen. Man munkelt sogar, dass er den Thron und den Palast nach Iolkos verlegen will und Pagasä dann zu einem unbedeutenden Ort wird, der dem König von Iolkos untersteht.« Sie spuckte einen Aprikosenkern in ihre Hand und schleuderte ihn über die Mauer.

Langes Schweigen, während ich über das, was sie mir soeben erzählt hatte, nachdachte. Das Läuten der Glocken und die Lobgesänge für Zeus klangen von der Stadt herauf. *Pagasä und Iolkos … die drei Könige von Thessalien … der Tod von König Aison und Jasons Suche nach dem Goldenen Vlies … die Weissagung der Götter …* Ich rieb mir die Stirn. Verglichen mit dem ruhigen, behäbigen Leben in Kaladrosos war das hier ziemlich kompliziert.

Ich wandte mich meiner Gefährtin zu, sah ihre helle Haut, ihre dichten dunklen Haare, die feinen Linien an Stirn und Wangen. Es erschien mir merkwürdig, dass jemand, der sich so gut ausdrücken konnte und so viel über die Stadt und ihre Bewohner wusste, als Sklavin zur Welt gekommen war. Mir fiel ihre Reaktion ein, wie ich erzählt hatte, dass ich in den Bergen ausgesetzt worden sei. »Myrtessa«, fragte ich, »wieso bist du eine Sklavin?«

Ein Schatten huschte über Myrtessas Gesicht. »Wollen

wir zu den Gärten hinuntergehen?« Sie stand auf. »In dieser Jahreszeit sind sie wunderschön.«

Eine Woche verging ohne wesentliche Ereignisse. Nachdem Myrtessa Korythos das Symbol auf meinem Anhänger beschrieben und er erklärt hatte, er kenne es nicht, hatte sie mich eingeladen, mich als Sklavin verkleidet weiterhin im Küchenbereich aufzuhalten, wo ich ungestört über mein künftiges Vorgehen nachdenken könne. In Korythos' Haus gebe es so viele Sklaven, die ihr Herr ohnehin nicht kenne, dass niemand meine Anwesenheit bemerken würde. Ich fragte Myrtessa kein zweites Mal, warum sie eine Sklavin sei. In der Küche war so viel Betrieb – Bronzekessel klapperten, Sklaven bereiteten Mahlzeiten für den Herrn zu, erhitzten Wasser für sein Bad, zerstießen Kräuter, nahmen Fische aus, kneteten Teig für das Brot oder riefen einander Anweisungen zu –, dass ich kaum Zeit hatte, mir Gedanken über meine Suche nach der Familie zu machen, die mich seinerzeit ausgesetzt hatte. Myrtessa befand sich, energisch und geschäftig wie eh und je, stets im Mittelpunkt des Geschehens.

»Wo ist das Obstmesser, Philoetius?«, fragte sie über die Schulter gewandt eines Nachmittags. Wir waren gerade vom Markt zurückgekehrt, wo sie hart gefeilscht und für einen Krug Honig von den Bienenstöcken in den Gärten ihres Herrn einen Korb voll mit Chicoréeblättern und Lauch erhalten hatte. Philoetius, dessen Gesicht schweißnass von der Hitze der Öfen war, reichte ihr das Messer.

»Hat der Herr nach mir verlangt, während ich weg war?«, erkundigte sich Myrtessa bei Neda, die ihr gegenüber Zwiebeln schälte und hackte.

Neda schüttelte den Kopf. »Nein«, antwortete sie, wischte

sich kurz mit dem Arm über die tränenden Augen und schob einen Haufen fertig vorbereiteter Zwiebeln weg. »Er hat nach Opis gefragt.«

Myrtessa atmete deutlich hörbar aus und schnitt eine Stange Lauch auf. »Wieder ein Tag Aufschub.« Sie gab die Lauchringe in eine Schale.

Neda krempelte die Ärmel ihres Gewands hoch und begann, mit raschen Bewegungen einen Hirschschlegel zu häuten. »Gib mir doch bitte mal das Salz, Atalante.«

Ich beugte mich vor, um nach dem Salzfass zu greifen. Dabei glitt der Anhänger aus meinem Gewand und landete klappernd auf dem Tisch.

Ich richtete mich auf, um ihn zurückzustecken, doch Neda war schneller als ich, ließ ihr Messer auf den Tisch fallen und packte mich am Handgelenk.

»Was soll das?«, rief ich aus.

»Was ist das?« Neda schüttelte meinen Arm.

In der Küche wurde es still. Die Sklaven wandten sich einer nach dem anderen Neda zu, die meinen Unterarm festhielt. Zwei flüsterten, die Köpfe zusammengesteckt und den Blick auf mich gerichtet.

Ich öffnete die Faust, sodass der goldglänzende Anhänger zum Vorschein kam.

Neda nahm ihn zwischen zwei Finger, um ihn genauer zu betrachten. Kurz darauf ließ sie ihn los und sah mich an. »Weißt du, was du da hast?«, fragte sie.

Ich schüttelte den Kopf. »Weißt du es denn?«

Neda schwieg.

Ein Sklave am anderen Ende des Tischs rief: »Was ist es, Neda?«

Neda musterte mich mit einem eindringlichen Blick. Mein Puls fing an zu rasen. *Was weiß sie?*

»Heraus mit der Sprache!« Myrtessa wischte sich die Hände an ihrem Gewand ab.

»Ja, Neda«, mischte sich Philoetius ein, der neben dem Brotofen stand. »Sonst bist du doch auch nicht so maulfaul.«

Neda räusperte sich und flüsterte: »Das ist das persönliche Siegel des Königs.«

Von den Göttern geliebt

Auf dem Olymp

Irgendwo auf dem allerhöchsten Gipfel des Olymp befindet sich ein kleiner, kristallklarer Teich mit Wasserlilien und Lotosblüten inmitten von Felsen, die bis zu den Wolken reichen. Es wird Abend. Die Sonne, die hinter den Bergen im Westen versinkt, lässt den Horizont warm orangefarben schimmern. Der Gesang einer Nachtigall erfüllt die Luft, und in den Zypressen zirpen Zikaden. Es ist überirdisch schön, sagen die Dichter, die es sich nur in der Fantasie ausmalen können, weil noch kein Sterblicher es mit eigenen Augen gesehen hat.

Denn dieser Teich gehört den Göttern.

»Das hätte nicht passieren dürfen!«

Heras Wutschrei durchdringt die Abendluft wie das laute Geräusch eines Steins, der in stilles Wasser geworfen wird. Sie läuft aufgeregt mit flatterndem weißem Gewand am Ufer hin und her, der goldene Eichenlaubkranz auf ihrem Kopf rutscht ihr in die Stirn, ihre Augen funkeln, und ihre Wangen sind rot vor Zorn. Sie rückt den Kranz mit einer forschen Geste zurecht. »Was für eine Unverfrorenheit!«

»Was ist denn los?«, dringt Aphrodites Stimme von unten herauf. Sie sitzt auf einem Felsen im Teich, die Augen geschlossen, ein Lächeln auf den Lippen, windet eine Locke ihres güldenen Haares um einen Finger und gleitet ein wenig tiefer ins Wasser, sodass es sich um ihre Schultern kräuselt.

»Sie dürfte gar nicht mehr am Leben sein!«, zürnt Hera. »Sie hätte schon vor achtzehn Jahren sterben sollen – und zwar durch deine Hand, Iris, wenn ich das erwähnen darf!«

Heras Botin Iris schweigt. Sie lässt vom Ufer des Weihers aus gedankenverloren die Zehen ins Wasser hängen.

»Ich hätte gute Lust, die Sterblichen ein für alle Mal auszulöschen«, wütet Hera weiter. »Ich habe alles vorbereitet, es den Schicksalsgöttinnen leicht gemacht. Das Kind wurde mitten im Winter in einem Schneesturm auf dem Gipfel des Pelion ausgesetzt, zum Zeus noch mal! Wie in aller Götter Namen konnte es überleben?«

»Du hast nicht gemerkt, dass die Kleine am Leben ist?«, fragt Artemis, die Göttin der Jagd, stirnrunzelnd vom Rand des Weihers aus, wo ihre blassen Füße nicht weit von Aphrodite entfernt züchtig im Wasser baumeln. »Ich dachte, wir sehen alles?«

Hera schnaubt verächtlich. »Stimmt, aber es hängt ja auch davon ab, wohin man schaut, oder? Ich war damit beschäftigt, die Königreiche von Pagasä und Iolkos zu beobachten. Auf die Idee, in den Schuppen eines Holzfällers am Hang des Pelion zu blicken, bin ich nicht gekommen.«

Aphrodite löst ein Band aus ihrem Haar und lässt es achselzuckend ins Wasser gleiten. »Vielleicht haben sich die Schicksalsgöttinnen eingemischt und sie gerettet.« Sie wirft einen Blick über die Schulter und zittert leicht in der kühlen Abendluft. »Es wird allmählich kalt. Ich wünschte, ich hätte mein Tuch.« Sie macht einen Schmollmund und denkt an den prächtigen güldenen Umhang, den die Putten ihr aus tausend glänzenden Fäden gewebt haben. »Hast du es wirklich nirgends gesehen, Iris?«

Als Iris wohl schon zum hundertsten Mal den Kopf schüttelt, wirft Artemis Aphrodite einen fragenden Blick zu. »Dass die Schicksalsgöttinnen sich einer Frau wegen Gedanken machen, wäre etwas Neues. Die Weissagungen drehen sich immer um Männer. Wer das Königreich als Nächster bekommt. Wer den Herrscher umbringt …« Artemis zählt die Optionen an ihren Fingern ab. »Wer das Reich in Schutt und Asche legt …«

»Die Schicksalsgöttinnen sind mir egal«, fällt Hera ihr ins Wort und lässt die Faust auf einen Felsen niedersausen, der unter der Wucht des Schlags erbebt. »Mich interessiert nur, wie ich sie loswerden kann.« Mit einer kurzen Bewegung schiebt sie die Schleppe ihres Gewands weg und setzt sich auf den Felsen. »Mykene, Sparta und Argos gehören mir«, sagt sie, nach wie vor echauffiert, den Blick nach Südwesten gerichtet, auf die hohen Mauern von Mykene, den Palast von Sparta und die weiten grünen Ebenen von Argos.

»Das ist eine einer Göttin würdige Anzahl von Städten.« Artemis nickt. »Ich selbst …«

»Atreus von Mykene opfert mir dreimal täglich. Tyndareos von Sparta hat mir zu Ehren einen Tempel errichten lassen, und Diomedes von Argos veranstaltet jeden Monat ein Fest in meinem Namen«, fährt Hera fort, ohne auf Artemis zu achten. »Aber das genügt mir nicht.«

Aphrodite hebt die Augenbrauen. »Du möchtest weitere Städte?«

Hera zuckt mit den Achseln. »Natürlich. Ihr habt mich doch schon oft sagen hören, dass Zeus seine Städte vernachlässigt. Er lässt die Sterblichen schalten und walten, wie sie wollen, als wären sie in der Lage, auf sich selbst aufzupassen! Aber mir sind sie wichtig. Ich wache als wohlwollende Göttin über die Reiche von Mykene, Sparta und Argos, dafür, dass sie mich verehren. Ich möchte nur, dass Iolkos und Pagasä ebenfalls eine Schutzgottheit erhalten, die sich etwas aus ihnen macht.«

»Gegen die gut aussehenden Prinzen dort hast du vermutlich auch nichts«, meldet sich Aphrodite zu Wort.

Artemis hüstelt. »Und gegen die Opfergaben und den Rauch, der in deinem Namen zum Himmel aufsteigt.«

Hera lächelt würdevoll. »Vermutlich nicht, nein.«

Die vier Göttinnen schweigen; die Stille wird nur durchbro-

chen vom leisen Lecken des Wassers am Ufer und vom sanften Zirpen der Zikaden in den Kiefern.

»Und was hat Atalante mit alledem zu tun?«, erkundigt sich Iris nach einer Weile. Es ist das erste Mal, dass sie etwas sagt.

Hera zuckt mit den Achseln. »Atalante ist die Tochter des Königs, seine Erstgeborene vor Prinz Lykaon, und wäre als solche die rechtmäßige Erbin von Pagasä.«

»Aha«, meint Artemis, die zu begreifen scheint, worum es geht. Sie presst die Fingerspitzen gegen ihre Schläfen und sieht Hera an. »Ah, Jason. Das ist die Verbindung, stimmt's?«

Hera nickt einmal. »Die Verbindung zwischen den Städten von Pelion, ja.« Sie schweigt kurz, als würde sie überlegen, wie viel sie verraten soll. Dann beugt sie sich in verschwörerischem Tonfall und mit leuchtenden Augen zu Artemis hinüber. »Wer war es wohl, der dafür gesorgt hat, dass Jason von Iolkos vertrieben wurde und Pelias ihm auftrug, das Goldene Vlies zu holen, um sein Königreich wiederzuerlangen – was ihm mit meiner Hilfe gelingen wird? Wer ist es, der sicherstellt, dass er, aus Iolkos verbannt, gezwungen ist, bei seinem Onkel in Pagasä zu bleiben und ihm – und dem Volk – zu beweisen, was für ein fähiger König er sein wird? Und wer …«, sie verzieht den Mund zu einem Lächeln, »… wer war es schließlich, der den Priestern in meinem Heiligtum in Perachora eine Weissagung geschenkt hat, die verlangt, dass der Erbe des Königs von Pagasä einen mythischen Goldschatz vom Ende der Erde bringt?« Sie holt tief Luft. »Was bedeutet …«

»Was bedeutet«, führt Artemis den Satz für sie fort, »dass Jason, wenn er das Vlies findet, nicht nur das Königreich Iolkos, sondern auch das von Pagasä gewinnt.« Sie schenkt Hera widerwillig einen anerkennenden Blick wie jemandem, der gerade die höchste Augenzahl gewürfelt hat. »So vereinigst du die Städte von Pelion wieder unter Jason und bindest sie gleichzeitig an dich.«

Hera bedenkt ihre Stieftochter mit einem schimmernden Lächeln. »Ja. Genau das. Dann unterstehen die Zitadellen von Mykene, Sparta, Argos, Iolkos und Pagasä, die wichtigsten Reiche Griechenlands, alle mir und bringen mir Opfer dar.« Der zufriedene Ausdruck verschwindet aus ihrem Gesicht. »Und Atalante werde ich los, das schwöre ich bei den Wassern des Styx.«

»Beruhige dich, Hera«, versucht Iris sie mit leiser Stimme zu beschwichtigen. »Vergiss nicht: Du bist eine Göttin, und sie ist nur ein Mensch.«

Das Lächeln kehrt auf Heras Lippen zurück, und sie entspannt sich. »Ja, das stimmt. Du hast recht, Iris.«

»Weiß Zeus Bescheid?«, erkundigt sich Artemis und bewegt die Füße, sodass das Wasser sich um ihre Knöchel kräuselt.

»Worüber?«

Artemis verdreht die Augen. »Weiß mein Vater, dass du Jason unterstützt?«

Hera streckt die Hand nach den orangegoldenen Wolken aus, die über dem Gipfel schweben, und schiebt sie zu einem weichen güldenen Tuch zusammen, das sie am Ufer des Teichs ausbreitet.

»Nein«, antwortet sie schließlich, macht es sich neben Iris und Artemis bequem und lässt einen Fuß ins Wasser baumeln. »Aber was Zeus nicht weiß, füllt ganze Bibliotheken, und …«, sie wirft Artemis einen neckischen Blick zu, »… das hat ihm auch noch nie geschadet, oder?«

»Ist sie da?«

Zeus versteckt sich hinter einem nahe gelegenen Felsen, die Haare zerzaust, das Gewand zerknittert, umweht vom unverwechselbaren Duft einer Frau. Hermes späht hinter einem Olivenbaum hervor.

»Ja«, flüstert er Zeus zu. »Sie und die ganze Mischpoke – Artemis, Aphrodite und natürlich Iris.« Er verdreht die Augen.

Nach einem wütenden Blick auf seinen Boten schaut Zeus hinauf zu seinem Palast. Der gewundene Pfad zum Eingang führt geradewegs über den Teich, an dem seine Frau ruht. Es gibt keine Möglichkeit, unbemerkt an ihr vorbeizukommen.

»Warum mussten wir ausgerechnet hier landen?«, zischt er Hermes zu. »Warum nicht weiter oben?«

»Ich konnte doch nicht wissen, dass sie am Teich sind, oder?«, entgegnet Hermes und lugt noch einmal um den Baum herum. »Warte!«

»Was ist?«, fragt Zeus.

»Aphrodite ist gerade aus dem Wasser gestiegen… Ja… Oh! Schau dir das an!«

Kurzes Schweigen, während die beiden Götter Aphrodite bewundern. Dann schüttelt Zeus den Kopf. »Hermes!«, flüstert er. »Für so etwas habe ich keine Zeit! Ich muss in den Palast zurück, bevor Hera nach Hause kommt!«

»Gut«, meint Hermes, doch sein Blick verharrt noch einen Moment länger auf Aphrodite, bevor er ihn von ihr losreißt. »Was hast du gerade gesagt? Ach so, der Palast. Schätze, die Situation schreit geradezu nach dem Hintereingang, nicht wahr?«

»Egal! Sorg nur dafür, dass ich unbemerkt reinkomme!«

Hermes nickt. »Na schön.« Er tritt hinter dem Felsen hervor auf einen schmalen, steinigen, von Dornbüschen gesäumten Weg, der sich unterhalb des Teichs entlangschlängelt.

»Kann sie mich hier auch bestimmt nicht sehen?« Zeus rafft sein Gewand und trottet hinter Hermes her den Pfad entlang. »Aua!« Er zuckt zusammen, als ein Dorn sein Schienbein ritzt. »Ich glaube, mir ist der übliche Weg hinein lieber!«

»Tja«, meint Hermes, und seine Stimme hört sich ähnlich an wie die von Athene, wenn sie besonders sittsam und züchtig klingen möchte, »dann solltest du sie nicht hintergehen, oder?«

Zeus schnaubt verächtlich. »Da redet der Richtige. Dir dürfte klar sein, was passieren würde, wenn ich es ihr sage. Bei meinem letzten Seitensprung hat sie die Stadt Ur dem Erdboden gleichgemacht. Was soll ich denn tun?«

Hermes überlegt. »Nun«, antwortet er im Tonfall eines Richters, der die Alternativen abwägt, »unter den gegebenen Umständen wäre es wohl das Sicherste, sie überhaupt nicht zu hintergehen.« Er zwinkert seinem Vater zu.

»Und womit sonst sollen wir uns in alle Ewigkeit vergnügen? Wir können doch nur die Sterblichen gegeneinander aufhetzen, unseren Günstlingen beistehen …«

»In diesem Fall offensichtlich Atalante«, fällt Hermes ihm ins Wort, »obwohl ich immer noch nicht begreife, warum.«

»… und mit ihnen das Bett teilen, wann immer es möglich ist …«

Hermes legt grinsend den Kopf schief und verbeugt sich mit großer Geste vor Zeus, als würde er ihm beipflichten. Einig in dieser unwiderlegbaren Art der Logik, gehen der Göttervater und sein Bote weiter in Richtung Palast.

Der Erbe kehrt zurück

Pagasä

Stunde der untergehenden Sonne
Zwanzigster Tag des Segelmonats

»Aber ich begreife das nicht«, sagte ich, sah zuerst Neda, dann Myrtessa und schließlich Philoetius verwirrt an. »Das Symbol des *Königs*?«

»*Sch!* Nicht so laut!«

Myrtessa und Neda legten die Hände auf meine Arme. Halb schoben, halb zogen sie mich durch die offene Küchentür in einen kleineren Nebenraum, eine Speisekammer aus Lehmziegeln mit einem kleinen Fenster am einen Ende, durch das ein wenig Licht hereindrang. An den Wänden befanden sich Holzregale, auf denen getrocknete Kräuter und in Stoff gewickeltes Salzfleisch lagerten. Zwiebel- und Knoblauchstränge hingen von der Decke, und der Boden war mit Binsen bedeckt, um die Luft kühl und trocken zu halten. Myrtessa drückte mich auf einen Hocker, dann bauten sich alle drei vor mir auf. Philoetius' Blick wanderte zwischen Neda und Myrtessa hin und her; er wirkte genauso verwirrt wie ich.

»Bei allen Göttern: Was soll das?« Ich versuchte aufzustehen, doch Neda schob mich, beide Hände auf meinen Schultern, wieder auf den Hocker zurück.

»Hör zu …« Ihr Tonfall brachte mich zum Verstummen. »Bevor ich zu Fürst Korythos kam, war ich Sklavin im Palast, Zofe in den königlichen Gemächern, und habe das

Bett mit dem König geteilt, wenn er mich wollte. Als er das Interesse an mir verlor, hat er mich verkauft, und ich bin hier gelandet.« Sie zuckte mit den Achseln, als wäre das ganz normal. »Dieses Zeichen kenne ich.« Sie holte tief Luft. »Von König Iasos' Siegelring.«

Ich blickte in die blassen Gesichter der anderen. »Ja und? Ich bin also das Kind einer Sklavin des Königs...«

»Nein«, fiel sie mir ins Wort. »Das ist das persönliche Zeichen des Königs, das Symbol seiner Familie. Das erhalten ausschließlich seine Verwandten. Es gibt nur einen weiteren Anhänger wie diesen, und den habe ich um den Hals von Prinz Lykaon, dem Sohn des Königs, gesehen.«

Ich lachte laut auf. »Das ist nicht dein Ernst, oder?«

»O doch«, meinte Myrtessa.

Ich sah Myrtessa, dann Neda und Philoetius an, der Neda anstarrte, als hätte er gerade etwas begriffen. »Du machst dich lustig über mich!«, sagte ich. »Das ist nicht möglich! Wie sollte ich...«

Myrtessa kniete auf den Binsen neben mir nieder und nahm meine Hand. »Hast du in dem abgelegenen Ort, in dem du aufgewachsen bist, gehört, dass Prinz Lykaon einmal eine Schwester gehabt hat?«

Ich schüttelte den Kopf.

Kurzes Schweigen, die drei Sklaven wechselten Blicke.

»Warum?«

Neda setzte sich neben Myrtessa auf den Boden und zog die Knie an die Brust. »Vor achtzehn Jahren stand die Königin kurz vor der Geburt.« Neda sprach klar und deutlich, ihre braunen Augen fixierten mich. Myrtessa und Philoetius hielten den Atem an. Die Atmosphäre in dem Raum war gespannt wie die Sehne eines Bogens. »Ich erinnere mich gut an den gewölbten Bauch meiner Herrin, obwohl ich damals noch eine Kindersklavin in den Gemächern der Königin war, an den Stolz und die Aufregung in Pagasä, weil alle auf den lang ersehnten Thronfolger warteten. Und an das Gesicht des Königs, als der Herold ihm von zwei Kindern berichtete, von denen das Erstgeborene ein Mädchen sei. Keiner der Priester hatte das vorhergesagt. Sie hatten alle von einem einzigen Erben gesprochen, von einem Prinzen, der in der Lage wäre, über das Reich zu herrschen. Der König erklärte, er brauche nur einen Sohn als Nachfolger, erkannte Lykaon an und gab Befehl, das Mädchen mitten im Winter auf dem Pelion auszusetzen.«

Ich sah sie mit großen Augen an.

»Königin Klymene starb kurz nach der Geburt der Zwillinge. Der Prinz blieb bei seinem Vater im Palast, wuchs aber zu einem kleinen kränklichen Kind heran und las lieber Gedichte, als zu kämpfen. Als Jason in die Stadt zurückkehrte, drängte sich die Lösung des Problems förmlich auf. Einen anderen Erben gab es nicht, denn Prinz Lykaon wäre niemals in der Lage, das Vlies zu holen, und die Tochter des Königs hatte man ja als Säugling im Gebirge ausgesetzt. Alle dachten, das Mädchen sei tot.«

Myrtessa nickte. »Ja, bis jetzt.«

Heftiger Schmerz durchzuckte meine Brust. Ich hatte das Gefühl, mein Leben lang gegen eine verriegelte Tür gehämmert zu haben, die sich nun geöffnet hatte, sodass ich in den dunklen Flur dahinter stolperte. Ich wusste nicht, was sich dort verbarg, nur dass es keinen Weg zurück gab.

»Mein Vater …«, ich schluckte, »… hat mir erzählt, dass er mich im Gebirge gefunden hat.« Ich musste an meine kindlichen Fantasien von wirbelndem Schnee und Eiszapfen an den Bäumen denken. »Im Winter.«

Myrtessa stand auf und trat einen Schritt zurück. »Atalante«, sagte sie mit ernster Miene, »du bist die Tochter des Königs.«

Mein Herz schlug so heftig, dass mir schier die Brust zerspringen wollte. Ich atmete schnell und flach, als würde ich vor einem wilden Tier im Wald davonrennen. Was hatte ich erwartet? Ich hatte gedacht, ich sei vielleicht das Kind eines Fürsten, das er mit einer Sklavin gezeugt habe, oder die Tochter eines Händlers, das Jüngste seiner Kinder, und er habe nicht genug Geld gehabt, um mich zu behalten. Aber die Tochter eines Königs – eines Königs, der mich ausgesetzt hatte, einzig und allein deswegen, weil ich nicht der Sohn war, den er sich ersehnte? Wieder empfand ich diese Einsamkeit wie in Kaladrosos. *Der König erklärte, er brauche nur einen Sohn als Nachfolger, erkannte Lykaon an und gab Befehl, das Mädchen auszusetzen …*

Tränen traten mir in die Augen. Ich blinzelte sie weg. *Er wollte mich nicht. Mein eigener Vater hat meinen Tod angeordnet, weil ich kein Junge war.*

Ich sah die drei an. »Ich bin also die Tochter des Königs …«, sagte ich leise. »Des Königs …«

Konnte das wirklich sein?

Im Dunkel meines Gehirns begann ein Licht zu flackern.

Der wahre Erbe von Pagasä wird der Stadt einen sagenhaften Goldschatz bringen, der am Ende der Erde verborgen ist.

Allmählich ergab alles, was ich in den vergangenen Tagen in Pagasä gehört hatte, einen Sinn, als wäre ich durch ein von den Göttern erdachtes Labyrinth gestolpert und nun plötzlich in der Lage, mich darin zurechtzufinden …

Die Suche nach dem Erben von Pagasä … die Suche nach dem Goldenen Vlies …

Die Tochter des Königs …

Ich bin die Tochter des Königs …

Das Licht wurde stärker, heller, greller und zeigte mir den Weg durch die Dunkelheit.

»Atalante?« Neda trat vorsichtig einen Schritt auf mich zu. »Ist alles in Ordnung?«

Ich sprang auf.

Neda und Philoetius wichen zurück.

»Atalante …«, flüsterte Myrtessa.

Ohne ihr Beachtung zu schenken, marschierte ich an den dreien vorbei zurück in die Küche, zog das Band weg, das Myrtessa mir um die Haare gewunden hatte, und schüttelte sie aus, sodass sie mir wieder über die Schultern fielen. Dann packte ich Bogen und Köcher, die neben dem Ofen lehnten.

»Atalante, was machst du da?«

Myrtessa, Neda und Philoetius, die mir gefolgt waren, starrten mich mit tellergroßen Augen an.

Ich packte den Köcher am Riemen und schlang ihn über die Schulter. »Was glaubt ihr wohl? Ich werde beweisen, dass ich genauso würdig bin, das Kind eines Königs und sein Nachfolger zu sein wie jeder Sohn. Ich mache mich auf die Suche nach dem Goldenen Vlies.«

Myrtessa holte mich auf dem Säulengang draußen ein. »Warte … *Atalante*!«, rief sie und legte mir eine Hand auf den Arm. »Überleg doch!« Sie senkte die Stimme. »Findest du deinen Entschluss nicht überstürzt? Warum gehst du nicht zum König, zeigst ihm den Anhänger und sagst ihm, wer du bist?«

Sklaven schoben sich mit Töpfen und Tüchern an uns vorbei. Am anderen Ende des Gangs entdeckte ich Korythos' Verwalter, der aufgrund seines dunkelroten Gewands und seines Stabs leicht zu erkennen war. Er rügte gerade einen Sklaven, der einen Krug mit Öl fallen gelassen hatte. Zwischen den Scherben breitete sich eine golden glänzende Pfütze auf dem Boden aus.

»Hier hinein!« Ich zog Myrtessa in eine schmale Nische in der Wand, in der die dunklen Blätter eines Lorbeerbuschs Schutz vor den Blicken Neugieriger boten. Die Ärmel von Myrtessas Gewand berührten meine Haut, ich spürte ihren Atem warm auf meinem Gesicht. »Du fragst, warum ich nicht direkt zum König gehe«, wisperte ich. »Hast du denn die Prophezeiung der Götter vergessen? König Iasos scheint dem Orakel große Bedeutung beizumessen. Warum sonst hätte er die Worte in Stein meißeln lassen? Wenn ich die Weissagung nicht erfülle, hätte er guten Grund, mir nicht zu glauben. Und …«, fuhr ich fort, als Myrtessa den Mund aufmachte, um mich zu unterbrechen, »… selbst wenn der König meiner Behauptung, ich sei sein Kind, auch ohne das Vlies Glauben schenkte, erhebt sich doch die Frage, ob er sich jetzt anders als damals eine Tochter wünschen würde. Am Ende jagt er mich ein weiteres Mal aus der Stadt, weil ich eine Frau bin. Nein.« Ich schüttelte den Kopf. »Ich muss mich als würdig erweisen.«

Myrtessa zögerte. Sie überlegte, wie sie mich zum Bleiben bewegen konnte. Ich schürzte die Lippen und verschwieg den vielleicht wichtigsten Grund, warum ich mich auf die Suche nach dem Goldenen Vlies begeben wollte: mein leidenschaftlicher Wunsch zu kämpfen, unbekannte Gebiete zu erforschen, weit über die Grenzen Griechenlands hinaus zu reisen, meine hart erworbenen Fähigkeiten mit Pfeil und Bogen zu nutzen und Abenteuer zu bestehen. Mit anderen Worten: zu zeigen, was ich konnte. *Mich bei einem solchen Wagnis hervorzutun und mich als würdig zu erweisen.*

Langes Schweigen. Wir sahen einander an. Wenn ich

wollte, konnte ich stur wie ein Ochse sein, eine Eigenschaft, die die Geduld meiner Mutter oft auf eine harte Probe gestellt hatte.

»Na schön«, zischte Myrtessa, verschränkte die Arme vor der Brust und brachte damit die Blätter des Lorbeerbuschs zum Zittern wie in einem leichten Windhauch. »Aber so, wie du bist, kannst du dich nicht auf die Suche nach dem Vlies machen!« Ihr Blick wanderte über das grobe Gewand, das sie mir geliehen hatte und unter dem sich die leichte Wölbung meiner Brüste abzeichnete, über meine schlanken Arme und meine kastanienbraunen Haare, die mir bis zur Taille reichten. Sie gab ein leises, schnaubendes Geräusch von sich. »Glaubst du allen Ernstes, Jason nimmt dich als Frau bei dieser Reise mit?«

Ich wurde unsicher. Tatsächlich hatte ich noch nicht weiter gedacht als bis zu der aufregenden Erkenntnis, dass ich mich auf die Suche begeben musste, dass ich möglicherweise sogar von den Göttern dazu ausersehen war. Ich bekam eine Gänsehaut. »Ich wollte allein losziehen ...«

Myrtessa winkte ab. »Unmöglich. Angeblich befindet sich das Vlies am Ende der Erde. Meinst du denn, du könntest die gefährlichsten Wasser des Okeanos allein überqueren? Besitzt du genug Gold, um ein Schiff von einem Händler zu mieten? Nein. Du musst dich Jason anschließen ... auch wenn die Götter allein wissen, wie du ihm das Vlies entreißen willst. Es gibt zwei Bedingungen, an Bord seines Schiffs zu gelangen. Erstens: Man muss ein Krieger sein und den Umgang mit der Waffe beherrschen, was auf dich zutrifft; zweitens: Man muss ein Mann sein. Und das bist du nicht.«

»Schön und gut«, sagte ich, halb verärgert, halb belustigt. »Und was soll ich deiner Ansicht nach tun?«

Myrtessa grinste. »Ich glaube, ich weiß eine Lösung.«

Eine Stunde später standen wir vor einer Doppeltür aus Zedernholz, in deren Schloss Myrtessa mit einem reich verzierten Bronzeschlüssel herumstocherte.

»Schnell!«, zischte ich. Obwohl sich niemand auf dem Flur aufhielt, deutete ich jeden flackernden Schatten, den die Fackeln an die Wand warfen, als Umrisse eines herannahenden Sklaven oder, schlimmer noch, als die von Myrtessas Herrn. Meine Schultern waren angespannt, alle Muskeln verkrampft.

Was macht er, wenn er merkt, dass sie die Schlüssel zu seinem Lagerraum an sich genommen hat? Was macht er mit ihr, einer Sklavin, wenn er herausfindet, dass sie weiß, wo sie verborgen sind, in einem Kästchen unter dem Bett in seinem Gemach?

»Schnell!«, murmelte ich noch einmal.

»Ich versuch's ja!«, erwiderte Myrtessa, zog den Schlüssel aus dem Schloss und nahm einen kleineren, dessen oberes Ende mit Elfenbeineinlegearbeiten verziert war. Sie ruckelte damit so heftig mit beiden Händen, dass das Lederband, mit dem die Schlüssel zusammengehalten wurden, gegen ihre Finger peitschte. »Es geht einfach nicht …«

Sie wählte einen anderen Schlüssel und drückte mit aller Macht. Da klickte das Schloss plötzlich, und die Türen schwangen lautlos nach innen auf. Dahinter befand sich ein dunkler, höhlenartiger Raum, in dem es stark nach Zedernöl und Lavendel roch.

»*Schnell!*«

Myrtessa schlüpfte mit mir hinein, zog den Schlüssel aus dem Schloss und machte die Türen hinter sich zu. Nun standen wir in völliger Dunkelheit. Ich hörte, wie sie neben mir mit einem Feuerstein gegen die raue Wand schlug. Dann sah ich eine kleine brennende Kerze in ihrer Hand, die sie an den Docht der Terrakottaöllampe hielt, welche sie mitgebracht hatte. Sogleich flackerte eine orangegolden schimmernde Flamme in der Dunkelheit auf, wie ein Glühwürmchen des Nachts in den Olivenhainen von Kaladrosos.

Ich sah mich mit offenem Mund um. Das Lager von Korythos war ein hoher Raum mit gewölbter Decke, der Boden mit Latten polierten Eichenholzes bedeckt, darauf wertvolle Objekte, manche in Kisten, andere lose. Das Licht der Lampe fiel auf Tongefäße mit zarten Mustern; an den Wänden lehnten Bronzeschilde und Speere sowie mannshohe Bogen; über Gestelle waren bunte Wandteppiche gebreitet; darunter standen Zedernholztruhen mit großen Bronzeschlössern. Ich holte tief Luft. Hier befanden sich wertvollere Dinge, als ich mir je hätte träumen lassen, mehr, als ein einzelner Mensch meiner Ansicht nach besitzen konnte.

Myrtessa ging zu einer Truhe am hinteren Ende des Raums, deren mit Spinnweben bedecktes Schloss schwach im Licht der Lampe schimmerte, zückte noch einmal die Schlüssel, die sie aus Korythos' Gemächern entwendet hatte, nahm den mit dem Elfenbeingriff und schob ihn in das Schloss. Es ließ sich leicht öffnen. Sie hob den Deckel der Kiste an.

Der Duft von Lavendel, getrockneten Rosenblüten und Salbei stieg mir in die Nase. In der Truhe lagen ordentlich zusammengelegte, mit roten, goldenen und blauen Fäden bestickte Gewänder. Ich hob eines heraus, das von der langen Zeit in der Kiste ein wenig verknittert war. Es handelte sich um ein Jungengewand etwa in meiner Größe. Als ich es mir vor den Körper hielt, spürte ich die weiche warme Wolle an meinen Oberschenkeln. Am Ausschnitt befand sich ein Muster aus goldenen Lorbeerblättern auf rotem Grund, das sich an den langen Ärmeln wiederholte.

Den vorderen und hinteren Saum schmückten Fransen. Ein Gürtel, ebenfalls golden bestickt, lag zusammengerollt darunter, dazu ein dunkelbrauner Umhang und ein Paar Schienbeinschützer aus Leder.

»Genau richtig«, flüsterte ich.

Myrtessa nickte. »Das hat Korythos als Junge selbst getragen«, flüsterte sie zurück, nahm den Gürtel, den Umhang und die Schienbeinschützer in die Hand, schloss den Deckel der Truhe und sperrte sie wieder zu. »Er hat alles aufgehoben für …« Sie verstummte.

»Für …?« wiederholte ich.

Doch sie schüttelte den Kopf. »Wir haben wenig Zeit, und du brauchst ein Schwert.« Sie schob sich an mir vorbei und griff nach einer langen, eleganten Waffe aus gehämmerter Bronze, deren Heft mit einer Szene aus einem Bullensprungwettbewerb geschmückt war.

Ich zögerte. »Es sollte etwas Unauffälliges sein.«

Sie nickte und ließ die Finger über die an der Wand lehnenden Schwerter gleiten. Am Ende wählte sie eine breite Klinge mittlerer Länge mit schlichtem Holzgriff. »Gib mir das Gewand.« Sie umwickelte die Klinge des Schwerts mit dem Gürtel und dem Wollumhang und dann mit einer groben Decke, die sie aus dem Sklavenbereich mitgebracht hatte. »Nimm du die«, sie drückte mir die Lampe in die Hand, »und *verschwinde*! Wenn man uns hier erwischt, peitscht der Herr mich eigenhändig aus.«

Wir verließen den Raum, Myrtessa verschloss die Doppeltür hinter uns, und dann rannten wir mit wild pochendem Herzen, darauf bedacht, dass die Sohlen unserer Sandalen nicht allzu laut auf den Steinboden klatschten, den Flur entlang. Ich folgte ihr die Stufen hinunter und zurück zum Bereich der Sklaven, der gleich jenseits der Küche lag.

In dem Raum mit niedriger Decke waren Strohsäcke nebeneinander aufgereiht. Als wir eintraten, sprang von einem eine junge Sklavin auf, der das Gewand von den Schultern rutschte. Das schlechte Gewissen war ihr anzusehen. Sie versuchte, den Mann zu verdecken, der hinter ihr ausgestreckt auf dem Strohsack lag, eine dünne Wolldecke über den Beinen.

»Ach, du bist es, Myrtessa.« Sie seufzte erleichtert. »Ich dachte schon, es ist Hora …«

Myrtessa warf unser Bündel auf ein nahe gelegenes Bett, von dem der süßliche Geruch von Stroh aufstieg. Die junge Frau bückte sich grinsend, um ihrem Geliebten aufzuhelfen, hüllte sie beide in Decken und zog ihn weg.

Als das Paar sich entfernte, kamen Neda und Philoetius aus der Küche. Neda hielt eine Brotschaufel aus Holz in der Hand. »Hast du es getan?«, fragte sie mit blassem Gesicht.

Myrtessa nickte. Philoetius' Kiefer mahlten, das Schweigen schien ihm schwerzufallen.

»Ich bin dir unendlich dankbar, Myrtessa«, sagte ich und ergriff ihre Hand. »Mir ist klar, was für ein Risiko du für mich eingegangen bist. Wenn ich irgendwann einmal etwas für dich tun kann …«

»Schon gut, Atalante, wir haben keine Zeit«, fiel Myrtessa mir ins Wort. »Wenn sie uns damit erwischen …«, sie deutete auf das Bündel auf dem Strohsack, »… werden wir beide einen Kopf kürzer gemacht. Du musst dich in einen Edelmann verwandeln.« Sie lächelte spöttisch. »Und ich muss die Schlüssel ins Gemach von Fürst Korythos zurückbringen, bevor ihm auffällt, dass sie weg sind. Komm.«

Sie nahm das Gewand und das Schwert, holte meinen Bogen und meinen Köcher von meinem Bett und ging

Neda, Philoetius und mir voran hinaus auf einen staubbedeckten Hof voller Hühner, überquerte diesen und näherte sich dem Holzschuppen auf der anderen Seite, in dem Gerste und Brennholz gelagert wurden. Durch ein offenes Fenster im Heuboden darüber drang Licht herein. Nachdem Myrtessa die Tür geschlossen und den Riegel vorgeschoben hatte, entspannte sie sich.

Sie breitete die Decke auf dem strohbedeckten Lehmfußboden aus. »Gewand«, sie hielt es hoch, »Umhang, Gürtel, Schwert.«

Ich streckte die Finger nach dem Schwert aus, doch eine andere Hand ergriff es vor mir – eine kräftige Hand mit kurzen, breiten Fingernägeln.

»Du wirst sterben«, meinte Philoetius.

Ich sah ihn an. »Warum?«

»Keine Frau kann ein Schwert so gut schwingen wie ein Mann«, erklärte er, als wäre das eine unumstößliche Wahrheit. »Es ist unnatürlich und widerspricht den Vorschriften der Götter. Myrtessa, du solltest dich schämen, sie zu ermutigen.«

Mir blieb der Mund offen stehen. »Glaubt das sonst noch jemand?«, fragte ich schließlich verbittert.

Neda zögerte, zuckte mit den Schultern und wich meinem Blick aus. »Das Vlies wird angeblich von einem feuerspeienden Stier und hundert unsterblichen Kriegern bewacht. Eine Frau kann nicht … ich meine …«, sie wurde rot, »… kannst du nicht einfach hier in Pagasä bleiben und dem König sagen, dass du seine Tochter bist?«

Ich spürte Wut in mir aufsteigen. »Ich glaube nicht an von betrunkenen Barden ersonnene Sagen. Ein goldenes Vlies von einem fliegenden Widder? Stiere mit Hufen aus Bronze?« Neda machte den Mund auf, doch ich redete weiter. »Bestimmt ist etwas Wahres dran, aber wahrscheinlich handelt es sich eher um einen Schatz im Palast von Kolchis, den Fürsten und Prinzen zu stehlen versuchten, bis der König von Kolchis solche Geschichten verbreitete, um sie von seinen Gestaden fernzuhalten.« Neda kaute an ihrer Lippe. »Was denkt ihr denn, was mit mir passieren würde, wenn ich zu dem König ginge, der mich als Säugling im Gebirge ausgesetzt hat? Würde er mich als erwachsene Frau mit offenen Armen empfangen?«

Ich holte tief Luft und fuhr ein wenig ruhiger fort: »Die Götter wissen, dass ich Prahler hasse, aber ihr dürft mir glauben, wenn ich behaupte, ich kann mit Pfeil und Bogen umgehen.« Ich sah Philoetius an. »Und ein Schwert kann ich auch schwingen. Außerdem laufe ich schnell, schneller als irgendjemand sonst, den ich kenne, und ich treffe ein sich bewegendes Ziel mit dem Pfeil auf hundert Schritte. Jason wird sicher nichts dagegen haben, wenn ich mich ihm als Krieger anschließe. Und als Frau?« Ich wischte mir die Haare mit dem Unterarm aus der Stirn. »Davon muss er nichts erfahren.«

Philoetius schwieg ziemlich lange. Dann reichte er mir nach wie vor zweifelnd das Schwert. »Wenn du unbedingt sterben möchtest«, meinte er.

Myrtessa klatschte in die Hände. »Dann ist das ja geklärt. Also komm.« Sie führte mich in den Teil des Schuppens, in dem das Brennholz gestapelt war. Dort legte ich das Schwert auf den Boden und hob die Arme, damit sie mir das Sklavengewand aus- und das von Korythos anziehen konnte. Der weiche Stoff glitt über meine nackte Haut. Ich fühlte mich merkwürdig in dem ungewohnt geschnittenen Kleidungsstück mit den breiten Schultern, zog den Ausschnitt so zurecht, dass er ordentlich lag, krempelte die

Ärmel zurück, die mir bis über die Handgelenke reichten, nahm den Schwertgurt von Myrtessa und band ihn locker um die Taille.

Dann kehrte ich zu Neda und Philoetius zurück und drehte mich einmal um die eigene Achse, sodass die leere Schwertscheide gegen meine Oberschenkel schlug. Myrtessa kam kurz darauf mit dem Schwert hinzu. »Den Göttern sei Dank, dass du flachbrüstig bist«, stellte sie schmunzelnd fest. »Nun siehst du aus wie ein Mann, Atalante. Aber …« Sie hielt mir die Klinge an den Hals.

»Was soll das?« Mein Puls raste.

Ich sah mich nach meinem Bogen und den Pfeilen um. Sie lagen zu weit weg. »Myrtessa, was machst du da?«

Mit einer schnellen Bewegung packte sie meine Locken, wand sie um ihre Hand und schnitt sie mit dem Schwert ab. Ich zuckte zusammen. Als ich den Kopf drehte, spürte ich, dass meine Haare über meine Schultern strichen wie bei den Edelleuten in der Stadt. Es fühlte sich seltsam leicht an.

Ich bedachte Myrtessa mit einem wütenden Blick, doch sie grinste nur. »Jetzt sieht sie überzeugend aus, findest du nicht, Philoetius?«

Philoetius brummte etwas.

Ich bückte mich, um Pfeil und Bogen vom Boden aufzuheben und zu überprüfen, ob mein Dolch und meine anderen Sachen sich noch in meinem Köcher befanden, richtete mich wieder auf und wandte mich um. »*Myrtessa*! Was hast du getan?«

Myrtessas glänzende Locken lagen neben den meinen auf dem Boden.

»Deine *Haare*!«

Sie hatte sie über den Ohren abgeschnitten, ein wenig unregelmäßig, unverkennbar in dem Stil, wie männliche

Sklaven – Barbaren – sie trugen. Neda schnappte nach Luft und schlug die Hand vor den Mund. Philoetius trat einen Schritt auf Myrtessa zu. »Was hast du getan?«, fragte auch er entsetzt.

»Ich begleite sie«, anwortete Myrtessa.

»Myrtessa, nein!«, rief ich aus. »Du kannst hier nicht weg…«

Sie hob die Hände zu den mit Vogelkot verschmutzten Dachsparren, zwischen denen Sonnenlicht hereindrang. »Was lasse ich hier denn zurück, Atalante? Habe ich irgendetwas, das ich nicht zurücklassen könnte?«

Mir fiel der harte Ausdruck in ihren Augen auf, den ich noch nicht kannte.

»Weißt du, was das bedeutet?«, herrschte ich sie an. »Du kannst dich nicht verteidigen! Du wirst sterben, sobald du einen Fuß vor die Tore von Pagasä setzt!«

Sie bückte sich und rollte die Decke ein wenig zurück. Darin lag ein zweites Gewand, das nur bis zu den Oberschenkeln reichte – das eines männlichen Sklaven, dazu ein schlichter Stoffgürtel. »Ich bin dein Sklave«, erklärte sie, schlüpfte aus ihrer Kleidung, riss einen Streifen davon ab und begann, ihre Brüste zu binden. »Auf Sklaven achtet niemand – so viel weiß ich.«

»Das musst du nicht machen«, sagte Philoetius, trat einen Schritt vor und legte eine Hand auf ihren Arm.

»O doch«, widersprach sie, schüttelte seine Hand ab und verzog das Gesicht, als sie den Stoffstreifen ein letztes Mal um ihren Körper wand und am Rücken verknotete. Dann sah sie mich mit Tränen in den Augen an. »Ich habe nichts zu verlieren. Ich bin eine Sklavin.« Sie zog das grobe Gewand über den Kopf und legte den Gürtel an. Er war ihr ein wenig zu weit, doch als sie sich aufrichtete, neben Philoetius stellte und seine Haltung nachahmte – die Beine ein wenig gespreizt, die Arme vor der Brust verschränkt –, hatte ich das merkwürdige Gefühl, einem schönen Jungen mit dunklen Augen und makelloser Haut an der Schwelle zum Mannesalter gegenüberzustehen. »Außerdem …«, fügte sie hinzu, »… hast du mir versprochen, mir einen Wunsch zu erfüllen. Und das ist mein Wunsch.«

Obwohl ihre Augen nach wie vor tränennass waren, sah sie mich herausfordernd an.

Ich machte einen letzten Versuch. »Aber wenn du nach Pagasä zurückkehrst, lässt Korythos dich umbringen, weil du geflohen bist.«

Sie wandte sich ab, jedoch nicht schnell genug. In ihrem Blick lag ein Schatten. »Es gibt Schlimmeres als den Tod. Außerdem wird Neda dafür sorgen, dass er meine Abwesenheit so spät wie möglich bemerkt, auch wenn sie sie nicht ewig verbergen kann.«

Ich schaute Philoetius an, der ein finsteres Gesicht machte, dann Neda, die bei Myrtessas Worten nickte.

»Gut, dann komm mit«, sagte ich mit einem flauen Gefühl im Magen, aber Myrtessa strahlte.

* * *

Myrtessa und ich verbrachten die folgende Woche in der Stadt. Wir logierten in einem Gasthaus und bezahlten dafür mit den wenigen Münzen, die meine Mutter mir mitgegeben hatte. Die Zypressen vor dem Haus spendeten Schatten, und unsere Betten waren mit sauberen Laken gemacht – ich ließ nicht zu, dass Myrtessa bei den Sklaven schlief. In dem kleinen Garten hinter dem Gebäude lernte ich auswendig, wie ich als Mann hieß, wo ich geboren und aufgewachsen war. Myrtessa hatte sich alles auf der Grundlage einer Geschichte ausgedacht, die ein Gast aus Kreta Korythos erzählt hatte. Als schwieriger empfand ich es, die Haltung und das Benehmen eines Edelmannes anzunehmen. Wir übten es wieder und wieder, beobachteten die Männer, die in dem Gasthaus verkehrten, folgten Fürsten oft schon in den frühen Morgenstunden auf der Straße und hörten erst lange nachdem die Sonne untergegangen war, damit auf. An manchen Tagen lachten wir zusammen Tränen. An anderen war Myrtessa so enttäuscht über meine zähen Fortschritte, dass sie kaum mit mir redete. Doch nach einigen Tagen begannen meine Stimme, meine Bewegungen und sogar mein Gang allmählich denen eines Mannes ähnlicher zu werden.

Das Leben als Mann empfand ich als unerwartet befreiend. Je selbstbewusster ich in meiner Verkleidung wurde, desto häufiger unterhielt ich mich bis spät in die Nacht über Politik und würfelte mit den Schmieden, Bäckern und Händlern, die sich vorübergehend in dem Gasthaus aufhielten, während Myrtessa – nun ein männlicher Sklave namens Dolios – uns mit Honig gesüßten Wein einschenkte, ohne dass jemand uns dafür gescholten hätte. Während meiner Zeit in der Stadt erfuhr ich viele Dinge. Zum Beispiel hörte ich von König Iasos' Abneigung gegenüber Prinz Lykaon. Ich hörte von seinen Hoffnungen, dass Jason ihm eines Tages auf den Thron von Pagasä nachfolgen und die beiden Städte der Bucht vereinigen möge. Ich hörte viel über das Goldene Vlies, das weit, weit weg im Königreich von Kolchis verborgen sei, noch hinter dem Gebiet der Hethiter und der reichen Stadt Troja. Ich hörte, dass ein geflügelter Widder mit goldenem Fell, ein Spross des Gottes Poseidon, den Kindern des Königs von Orchomenos in Griechenland erschienen sei, deren Namen Helle und Phrixos lauteten und deren Stiefmutter Ino sie töten wollte. Es hieß, dieser Widder habe die beiden auf seinem Rücken übers Meer geflogen. Unterwegs sei Helle heruntergefallen und in der Meeresstraße ertrunken, die später ihren Namen erhielt. Phrixos hingegen erreichte Kolchis im entferntesten Land am äußersten Ufer des die Erde umgebenden Okeanos. Er habe den Widder geopfert, erzählte man mir, und bewahre das mythische Vlies dort auf, bewacht von einem Stier mit Bronzehufen und einer Schlange.

Doch die wichtigste Information war folgende: Jason hielt sich nach wie vor bei seinem Onkel im Palast auf, wo er zwölf der tapfersten Helden im Land um sich geschart hatte, die ihn auf seiner Fahrt begleiten sollten. Bei dem Gedanken daran bekam ich eine Gänsehaut – die größten Helden Griechenlands, versammelt im Palast, keine tausend Schritte entfernt!

Und bald schon, wenn die Götter es gut mit mir meinen, könnte ich zu ihnen gehören …

»Bist du sicher, dass das gelingt, Atalante?«, fragte Myrtessa wohl schon zum hundertsten Mal, als wir die Stufen zu dem Tor in den Mauern der Oberstadt hinaufstiegen, sieben Nächte, nachdem wir das Haus von Korythos verlassen hatten. Myrtessas Finger strichen über die Enden ihrer kurzen Haare. Sie wandte sich mir zu, und im Licht der flackernden Fackeln an den Wänden zeichneten sich die Konturen ihres Gesichts scharf ab. »Ich bin wirklich kein Feigling, aber einige der Sklaven im Palast oder Fürst Korythos, falls er dort ist, könnten mich erkennen. Und wenn nicht, erinnert er sich vielleicht an das Gewand, das du trägst, und an das Schwert.«

»Wir brauchen eine Einladung zu der Suche nach dem

Goldenen Vlies. Dazu brauchen wir Jason. Und für Jason brauchen wir …«

»… den Palast«, führte sie den Satz für mich zu Ende. »Ich weiß. Aber mich erwarten härtere Strafen als dich, wenn man uns erwischt.«

»Du kannst gern hierbleiben«, sagte ich. »Ich habe dich nicht gezwungen, mich zu begleiten.«

Sie schüttelte den Kopf. »Nein. Wenn du versuchst, den Palast ohne einen Sklaven zu betreten, halten sie dich nie für einen echten Edelmann.«

Wir gingen an zwei Wachen vorbei durch das Tor. Sie nickten mir zu, weil sie mich offenbar für einen vornehmen Fürsten hielten, der dem König seinen Respekt zollen wollte. Ich bemühte mich, die Schultern zu straffen und zu wirken, als würde ich mich vor niemandem verneigen, als wäre ich tatsächlich ein Fürst, der hundert Sklaven sein Eigen nannte und nur andere Edelleute als seinesgleichen anerkannte. Am Eingang zum Palast stand ein spitzbärtiger Mann aus dem Gefolge des Königs, der sich tief verbeugte, als wir uns näherten.

»Euer Name, mein Fürst?«, fragte er mich, ohne Myrtessa zu beachten. Sein Blick wanderte über mein besticktes Gewand mit dem Gürtel und das Schwert an meiner Seite.

Ich bekam ein flaues Gefühl im Magen, wäre am liebsten umgekehrt. *Wie bin ich nur auf die Idee gekommen, dass ich das schaffen kann? Man wird mich als das erkennen, was ich bin, eine Frau …*

»Euer Name?«, wiederholte er, und zwischen seinen feinen Augenbrauen zeichnete sich eine kleine Falte ab.

Ich zwang mich noch einmal, die Schultern zu straffen, wie ich es mit Myrtessa eingeübt hatte, obwohl mein Herz wie wild gegen meine Brust hämmerte. »Sofort.« Ich merkte, dass ich in meiner Angst viel zu weiblich klang, räusperte mich und sprach so tief ich konnte. »Ich bin Fürst Telamon von Kreta, Sohn des Fürsten Deukalion.«

Nach kurzem Zögern verbeugte er sich noch einmal.

»Folgt mir, Fürst.« Als er Myrtessa und ihr dünnes Gewand bemerkte, rümpfte er leicht die Nase. »Er soll zum Bereich der Diener gehen.« Der Mann schnippte mit den Fingern, und ein Sklave trat aus dem Schatten. »Bring den Jungen in die Küche. Sorg dafür, dass er etwas zu essen bekommt, und such ihm eine Schlafstätte.«

»Ja, Phokos.«

Myrtessa verabschiedete sich mit einem Blick von mir und folgte dem Sklaven. Fast konnte ich ihre Gedanken hören, eine Mischung aus Erregung und kaum verhohlener Panik: *Jetzt gibt es kein Zurück mehr.*

»Hier entlang, Fürst Telamon«, sagte Phokos und wies mir den Weg auf einen Flur, dessen Steinfußboden im Licht der Wandlampen glänzte. Ich hörte Männer reden und lachen. Der Geruch eines bratenden Ochsen stieg mir in die Nase, als wir Raum um verdunkelten Raum durchquerten, bis wir eine Doppeltür erreichten, die der Diener des Königs für mich öffnete.

»Fürst Telamon«, kündigte er mich an und verneigte sich ein weiteres Mal.

Ich trat ein. Noch niemals zuvor hatte ich einen so prächtigen Saal gesehen. Er war bestimmt vier- oder fünfmal größer als der im Haus von Korythos. Mehrere hohe, rot bemalte Säulen, die wie Baumstämme mit Palmwedeln gestaltet waren, gruppierten sich um eine runde Feuerstelle, an der ein ganzer Ochse am Spieß briet. Sklavenmädchen gingen mit Silbertellern herum, auf denen Brot und Scheiben dunklen Fleisches, dekoriert mit Rosmarinzweigen, lagen, oder mit goldenen Krügen voller Wein. Holzstühle mit Kissen und Fellen standen überall im Saal, und mit reich geschmückten Gewändern bekleidete Männer, in den Händen Becher mit zwei Griffen, unterhielten sich leise oder lachten. Ich spürte die Blicke aller auf mir, weil niemand am Hof des Königs mich kannte. *Dieses Spiel ist hochriskant.* Meine Knie wurden weich. Dann entdeckte ich Meleagros, der einen langen dunkelblauen Wollumhang trug und einer jungen Sklavin etwas ins Ohr flüsterte. Sie warf den Kopf lachend in den Nacken, sodass ihre dunklen Locken sich kräuselten.

»Fürst Telamon«, hörte ich eine Stimme sagen. »Willkommen in unserem Palast.«

Ich wandte mich um. König Iasos saß auf einem bemalten Thron, einen braunen Umhang über den Schultern. Seine Gesichtszüge und seine Nase waren markant, als hätten die Götter sie mit einem Griffel in Lehm gedrückt, der Blick stechend, und an seinem Kinn prangten ergrauende Bartstoppeln.

Mein Vater…

Ein merkwürdiges Gefühl der Panik und des Zorns überkam mich, das mir die Brust zusammenschnürte wie ein Gurt. Ich sah ihn an, unfähig, irgendetwas zu sagen. Er beugte sich vor.

»Telamon.« Seine Augen verengten sich. »Ihr könnt nicht Telamon von Ägina sein, denn der ist älter als Ihr – er hat zwei kleine Söhne, und Ihr seht aus, als würde der Flaum an Eurem Kinn gerade erst zu sprießen beginnen.«

Ich riss mich zusammen. »Ich… ich bin Telamon von Kreta«, sagte ich mit zittriger Stimme. »Meine Familie stammt aus…«

Er winkte ab und lehnte sich mit einem schmallippigen

Lächeln zurück. »Genug. Ihr denkt sonst noch, wir in Pagasä besäßen keine Manieren, weil unsere Gäste sich vorstellen müssen, bevor sie Fleisch und Wein zu sich genommen haben.« Er deutete auf einen leeren Stuhl neben sich. »Setzt Euch. Sobald Ihr gegessen habt, erkundige ich mich weiter nach Eurer Familie, obwohl ich eigentlich nicht glaube, dass das nötig ist…«, er betrachtete mein reich besticktes Gewand und den Bogen auf meinem Rücken, »…denn Eure Herkunft ist Euch deutlich anzusehen.« Er ließ den Blick über die versammelten Fürsten wandern. »Ihr gehört den Herrschenden an, die Zeus liebt.«

Ich verbeugte mich, bemüht, mich nicht durch meinen Gesichtsausdruck zu verraten, denn nun waren die Augen aller auf mich gerichtet. *Er ahnt nicht, wie wahr seine Worte sind.*

»Das ist sehr freundlich von Euch, König«, bedankte ich mich laut und nahm auf dem Stuhl Platz, den er mir zugewiesen hatte.

König Iasos winkte einen Mundschenk heran, der vortrat, einen goldenen Becher in ein großes, mit Wein gefülltes Gefäß tauchte und ihn mir mit gesenktem Haupt reichte.

»Fremder«, sagte der König, »ruft Zeus an, zu dessen Fest Ihr in unserem Saal zufällig gestoßen seid. Und wenn Ihr das Trankopfer dargebracht und zu den unsterblichen Göttern gebetet habt, wie es sich geziemt, reicht den Becher mit dem honiggesüßten Wein weiter an den Mann neben Euch, damit er es Euch gleichtun kann.«

Ich nahm den Kelch mit beiden Händen und kippte ihn leicht, sodass einige Tropfen des Weins auf den Boden fielen, wie wir es in Kaladrosos vor jedem Mahl mit unseren Tonbechern taten.

»Wartet«, sagte König Iasos, als ich den Mund zum Gebet öffnen wollte, und streckte einen Arm aus. »Die Wachen am Tor haben Euch gesagt, dass Ihr zum Quell von Makronita gehen und die rituellen Waschungen vollziehen sollt, bevor Ihr hierherkommt?«

»Ja.«

»Und Ihr seid dort gewesen?«

»Ja, mein König.«

Er sah mich lange an. »Gut, gut«, meinte er und lächelte. »Schließlich dürfen wir die Götter nicht verärgern, nicht wahr?«

Ich senkte das Haupt. »Nein. Zeus …«, hob ich an, hielt den Kelch hoch und versuchte, nicht zu zittern, während ich die Worte sprach, die Myrtessa und ich eingeübt hatten, »… schenke König Iasos und allen seinen Nachkommen Ruhm, und gib mir die Kraft, die Aufgabe zu bewältigen, derentwegen ich in diese Stadt gekommen bin, bevor ich wieder in meine Heimat zurückkehre.«

Die Spannung, die in der Luft lag, verstärkte sich bei der Erwähnung von Iasos' Erben, und einige der Fürsten blickten zu einem schmalen, fahlgesichtigen jungen Mann mit strohblonden Haaren links vom König hinüber.

Das muss Lykaon sein, mein Bruder, wurde mir mit einem Mal klar.

»Ein gutes Gebet.« Der König wandte sich von seinem Sohn ab und einem jungen Mann zu, der rechts von ihm saß. Ich erkannte Jason sofort, den Edelmann mit den grauen Augen und den hängenden Schultern, den ich in der Reitergruppe gesehen hatte. Er trug wieder denselben blaugrünen Umhang, den ich schon kannte und der nonchalant über eine Schulter geworfen war. Mir fiel der kleine rote Fleck am Saum auf. »Was meint Ihr, Jason?«

»Mögen die Götter unserem Freund Telamon seine Wünsche erfüllen«, antwortete Jason und verneigte sich. Während auch er etwas von dem Wein aus seinem Becher auf den Boden tropfen ließ, sah er mich an. Sein scharfer, berechnender Blick verunsicherte mich – mir war, als würde er geradewegs durch mich hindurchschauen. Ich biss mir auf die Lippe.

Bei Jasons Worten löste sich die Spannung im Saal auf. Er erhob sich und kniete vor der Feuerstelle nieder, um als Zeichen der Ehrerbietung eigenhändig eine Scheibe von dem gebratenen Ochsen abzuschneiden. Dann legte er die zartesten Stücke auf einen Teller und reichte ihn mir. »Für unseren Gast.«

Ich nahm ihn mit gesenktem Haupt. Ein Sklave gab zwei runde, noch warme Brötchen aus einem geflochtenen Korb dazu.

Ich aß kaum etwas. Die anderen Anwesenden tranken, lachten und stopften sich mit Fleisch voll. Währenddessen ging ich wieder und wieder im Kopf die Geschichte durch, die Myrtessa und ich einstudiert hatten – die Namen meiner Vorfahren, der Palast, in dem ich zur Welt gekommen war, meine Reise nach Pagasä …

Als die Gäste genug gegessen und getrunken hatten, lehnte sich der König auf seinem Thron zurück. »Nun denn, Telamon.«

Sofort wurde es still, sogar der Barde legte seine Lyra beiseite. Ich spürte, wie sich mein Magen verkrampfte.

»Verratet uns: Wer sind Eure Eltern?«

Alle im Saal wandten sich mir zu, und der König musterte mich mit seinen dunklen Augen.

Was, wenn er es weiß?

Was, wenn er herausfindet, wer ich bin?

Ich zwang mich, an die Nächte zu denken, die Myrtessa und ich in dem Gasthaus geübt hatten, und wurde ein wenig ruhiger. Wir hatten die Geschichte eines kretischen Fürsten gewählt, weil Kreta sich so weit von Pagasä entfernt befand, dass niemand – hofften wir – Telamon kannte und mich als Betrüger entlarven konnte.

Ich räusperte mich. »Ich erzähle Euch gern und voller Stolz, wer ich bin, mein König. Ich bin der Sohn eines reichen Mannes namens Deukalion. Sein Vater war der große Minos, der über das mächtige Knossos auf der fruchtbaren Insel Kreta herrschte. Deukalion hatte zwei Söhne, Idomeneus und mich. Ich habe Orsilochus, den Sohn des Äthon, mit meinen Pfeilen getötet, als ich hörte, dass er meinen großen Bogen aus meiner Schatzkammer stehlen wollte. Da ich den Zorn des tapferen Äthon fürchtete, floh ich auf einem Schiff in Richtung Athen. Starke Winde brachten uns am Kap Sounion vom Kurs ab, wo der Tempel des Poseidon von der Klippe aufs Meer herunterleuchtet, und so landete ich hier, um Eure Gastfreundschaft zu erbitten.«

Der König beugte sich vor. »Deukalion«, sagte er nachdenklich. »Ich glaube mich zu erinnern, dass wir vor zwanzig Jahren bei meiner Rückkehr von Sparta auf Kreta Geschenke ausgetauscht haben.«

Ich legte den Zeigefinger an meinen Daumen und formte das Zeichen der Glücksgöttin, als der König sich einem seiner Diener zuwandte. Mein Herz schlug wie wild …

»Soweit ich weiß, habt Ihr eine goldene Vase mit silbernen Einlegearbeiten für ein Schwert und eine Scheide aus feinster Bronze erhalten«, erklärte der Diener und verneigte sich.

König Iasos wandte sich wieder mir zu. »Gebt meine Gebete für die Gesundheit Eures Vaters weiter, wenn Ihr zurückkehrt. Bis dahin seid Ihr herzlich eingeladen, in unserem Palast zu bleiben, solange Ihr wollt.«

»Ich danke Euch, König«, entgegnete ich und neigte das Haupt. Mein Magen beruhigte sich. Im Saal begannen die Gespräche von Neuem, die Fürsten wandten sich wieder einander zu oder riefen ihre Sklaven, die mit patschenden Sandalen herbeiliefen.

»Polykaste.« Der König schnippte mit den Fingern. Eine Sklavin mit langen schwarzen, zu Zöpfen geflochtenen Haaren, deren Augen im hethitischen Stil mit schwarzem Khol-Stift umrandet waren, eilte zu ihm. »Bade den Fürsten Telamon, salbe ihn mit Duftöl und tu, was er sonst noch von dir verlangen mag.« Er lachte spöttisch. »Bestimmt ist er müde von der Reise und freut sich heute Nacht über Gesellschaft in seinem Bett.«

Ich wurde rot. »Nein, mein König«, erwiderte ich hastig, und errötete noch tiefer, als mir klar wurde, dass ich einen Fehler gemacht hatte. »Ich ziehe es vor, heute Abend nicht zu baden. Ich bin zu müde. In den letzten Tagen bin ich weit gereist.«

»Zu müde, um das Bett mit einer Sklavin zu teilen?«, fragte der König und hob eine feine Augenbraue. »Die Fürsten Kretas scheinen sich sehr von denen in Pagasä zu unterscheiden. Nun denn, Polykaste: Bereite ihm eine Schlafstatt im Säulengang, beim Springbrunnen. Dort ist es in der Nacht angenehm kühl.«

»Ich danke Euch.« Ich verbeugte mich zuerst vor dem König, dann vor Jason. Als ich mich aufrichtete, spürte ich eine Hand auf meinem Arm und zuckte unwillkürlich zusammen.

»Eine schöne Waffe«, bemerkte Jason, den Blick auf den Bogen auf meinem Rücken gerichtet. Seine Finger glitten über das glatte Holz und die Sehne. Am liebsten hätte ich seine Hand weggestoßen. »Könnt Ihr gut damit umgehen?«

»Besser als jeder andere im Land.«

Er sah mich an. Wieder hatte ich das Gefühl, dass er mich abschätzte, wie ein Adler seine Beute beäugt. »In drei Tagen, wenn das Fest vorbei ist, führe ich eine Jagdgesellschaft an. Ich würde mich geehrt fühlen, wenn Ihr daran teilnehmt.«

Ich neigte das Haupt. »Und mir wäre es eine Freude, Euch zu begleiten, mein Fürst.«

»Sehr gut. Wir treffen uns in drei Tagen in der Morgendämmerung am Palasttor.«

Die Eberjagd

Pelion-Gebirge

Stunde des Tagesanbruchs
Dreißigster Tag des Segelmonats

Drei Tage später kletterte ich die westliche Flanke des Pelion hinauf, als die ersten Strahlen der Sonne den Himmel erhellten. Die Vögel zwitscherten in den Bäumen, deren Wipfel noch von den letzten Resten des nächtlichen Nebels umhüllt waren. Ich hatte Myrtessa – oder Dolios, wie ich sie ja nun nennen musste – bei den Sklaven des Königs zurückgelassen und mich an den Toren des Palasts zu Prinz Jason gesellt, wie er es wünschte. Dort war ich von den anderen Edelleuten begrüßt worden, die er als Begleiter für die Jagd ausgewählt hatte. Allesamt mit glänzenden Schilden, kurzen Stichlanzen und dickschaftigen, mörderisch spitzen Speeren ausgestattet, hatten sie sich einer nach dem anderen vor mir verbeugt und sich vorgestellt: Jason, Prinz von Iolkos, und Lykaon, Prinz von Pagasä; Nestor, Fürst von Pylos; Castor und Pollux, die Zwillingssöhne des Tyndareos von Sparta; Laertes von Ithaka; Meleagros von Kalydon; Orpheus von Thrakien; Bellerophon von Korinth; Theseus von Athen; Peleus von Phthia und Hippomenes, der Sohn des Megareus von Onchestos. Zwölf Helden.

Ich bekam eine Gänsehaut, weil ich viele von ihnen aus den Erzählungen meines Vaters in den langen Winternächten von Kaladrosos kannte. Theseus, der König von Athen, der nun, die Hand auf dem Heft seines Schwerts, den bewaldeten Hang voranschritt, hatte den Minotauros auf Kreta getötet. Bellerophon, der wilde Beeren pflückte, mit Meleagros lachte und dessen nackte Arme mit Narben aus Schlachten bedeckt waren, hatte die sagenhafte Chimäre, die teils Löwe, teils Ziege und teils Drache war, bezwungen. Der graubärtige Nestor mit den dichten Augenbrauen, der nur wenige Schritte von mir entfernt ging, hatte viele Jahre zuvor in einer der legendären Schlachten mit den Lapithen geholfen, die Kentauren zu besiegen.

Was in aller Götter Namen habe ich in ihrer Mitte verloren?

Ich bekam weiche Knie, blieb stehen und stützte mich auf einen Baumstamm.

»Seid Ihr schon einmal auf der Eberjagd gewesen, Telamon?«, riss mich Meleagros, dessen Schritte auf dem trockenen Laub des Waldbodens knirschten, aus meinen Gedanken.

Ich setzte mich wieder in Bewegung und schaute über die Schulter zurück, als würde ich den Blick über das dunkle Unterholz schweifen lassen, damit er mich nicht von dem Tag wiedererkannte, an dem die Fürsten von der Jagd nach Pagasä zurückgekehrt waren. »Ja, schon oft.«

»Ich wusste gar nicht, dass es auf Kreta wilde Eber gibt«, bemerkte Hippomenes, ein breitschultriger Mann, der seinen fast zwei Meter langen Speer so locker trug wie einen Gehstock, stirnrunzelnd.

»Die gibt es dort tatsächlich nicht«, erklärte ich hastig mit trockenem Mund. »Ich gehe immer gern mit meinen Cousins im Parnassos-Gebirge Eber jagen.«

Laertes, der sich links von mir befand, nickte. »Da habe ich selbst schon gejagt.« Er kratzte sich an seinem stoppeligen Kinn. »Mit Autolykos, dem Vater meiner Gattin. Das sind gute Jagdgründe. Wo genau …«

Jason hob eine Hand, um ihn zum Verstummen zu bringen. »Still!«

Ich erstarrte, die Finger auf meinem Schwert. Einer der Hunde, ein schlankes Tier mit sandfarbenem Fell, war mit gespitzten Ohren stehen geblieben. Seine Schnauze verharrte wenige Fingerbreit bebend über dem Waldboden. Dann lief er mit wild wedelndem Schwanz los und folgte einer für uns unsichtbaren Fährte.

»Ihm nach«, wies Jason uns an und deutete auf den Hund, der im dichten Wald verschwand. Wir bahnten uns einen Weg zwischen tief herabhängenden Ästen, stacheligem Dornengestrüpp und Waldbeerbüschen hindurch. Ich legte einen Pfeil auf. Meine Zweifel schwanden in der Aufregung der Jagd. Die anderen zückten ihre Schwerter oder hielten ihre Speere bereit, als weitere Hunde die Witterung aufnahmen. Zum ersten Mal seit Tagen war mir leicht ums Herz, weil ich mich endlich wieder in den Bergen befand, umgeben von den mir vertrauten Eichen, Ahornbäumen und Kiefern, den Geruch der feuchten Erde in der Nase und das Geräusch plätschernder Bäche im Ohr. Schon bald entdeckte ich die Spuren des Ebers: breite Hufabdrücke im dunklen Waldboden, von seinem Gewicht niedergedrückte junge Bäume.

»Eine beeindruckende Spur, mein Prinz«, sagte ich leise zu Jason, als ich ihn am vorderen Ende der Gruppe erreichte, und deutete auf die breite Schneise, die das Tier hinterlassen hatte. »Ein Netz ist vielleicht nicht die beste Methode, einen so großen Eber zu fangen. Er dürfte stark genug sein, es zu zerreißen.«

Jason musterte mich mit seltsam argwöhnischer Miene, als wollte er seine Verärgerung verbergen.

»Hippomenes«, sagte er schließlich, »was meint Ihr?«

Kurzes Schweigen, während Hippomenes über die Frage nachdachte. Unsere Sandalen knirschten weiter über Zweige und Laub.

»Ich denke, das Netz ist stabil genug, ihn zu halten«, antwortete er schließlich. »Wenn nicht, haben wir immer noch unsere Lanzen und Speere.«

»Laertes?« Jason wandte sich an diesen. Die Sonne beschien sein markantes Gesicht und ließ sein Kinn und seine gerade Nase deutlich hervortreten.

»Ich neige dazu, Telamon zuzustimmen.« Laertes zeigte auf die breite Schneise vor uns. »Ich würde vorschlagen, das Tier in einen Hinterhalt zu locken und es mit unseren Speeren zu erlegen, wenn es aus dem Unterholz hervorbricht. So könnten wir das Überraschungsmoment für uns nutzen.«

Das Licht der frühmorgendlichen Sonne, das zwischen den Bäumen hindurchfiel, sprenkelte die Felsen zwischen den Farnen und ließ das Fell der Hunde in Rot- und Goldtönen erstrahlen. Jason warf einen Blick auf das Netz, dann auf die Spitze des Eschenholzspeers in seiner Hand und schüttelte den Kopf. »Nein«, beschloss er. »Wir spannen das Netz. Wie Hippomenes richtig sagt: Wir haben unsere Speere.«

Ich verbeugte mich. »Wie Ihr meint, mein Fürst.«

Beim Anstieg verlangsamten wir unsere Schritte, die Männer atmeten schwer. Die Hunde liefen uns laut bellend mit gefletschten Zähnen voran. Nun erreichten wir eine Lichtung zwischen Buchen, die näher beieinander standen als an der Stelle, an der ich die Löwen getötet hatte. Sie war bewachsen mit Brombeerbüschen und dichtem Weidengestrüpp, durch das vermutlich nicht einmal Regen drang. Die Spannung wuchs, ich umfasste meinen Bogen fester.

»Da drin.« Laertes deutete auf das Dickicht.

»Ihr.« Jason wandte sich den Sklaven zu, die das Netz trugen. »Zwischen diese Bäume.« Er zeigte auf eine Buche und eine Kastanie, deren helle Kerzen in den Himmel ragten. Die Sklaven schwärmten aus, stiegen fast lautlos über Büsche, jeder ein Ende des Netzes in der Hand, um es gekonnt um die Stämme zu winden und mit dicken Knoten festzumachen. Einer der Sklaven überprüfte, ob sie hielten, nickte seinem Herrn einmal mit gesenktem Blick zu und zog sich in den Schatten zurück.

Einen kurzen Moment herrschte Stille, in die nur das Zwitschern der Vögel in den Ästen über uns drang, und ich hörte meinen eigenen unregelmäßigen Atem.

Dann hob Jason den Arm und rief: »*Vorwärts!*« Hippomenes, der größte und stärkste der Fürsten, zückte seinen Speer und näherte sich dem Dickicht mit den Hunden. Sie schlichen bellend und jaulend um die Lichtung. Ich folgte mit den anderen, ausreichend Abstand zu Castor links von mir und Bellerophon rechts von mir haltend, für den Fall, dass der Eber auf uns losstürmte.

Endlich ertönte lautes Grunzen. Ich sah, wie Castor seinen Speer fester packte, und die vertraute Erregung erfasste mich, die sich nur bei einer Jagd einstellt. Ich spannte meinen Bogen. Das Grunzen wurde schriller, wenig später teilte sich das Dickicht, und der Eber brach in etwa fünfzig Schritt Entfernung, angelockt durch den Lärm der Hunde, daraus hervor. Seine Borsten stellten sich auf, seine kleinen dunklen Augen schimmerten. Ich hatte mich nicht getäuscht: Das Tier hatte das Gewicht von mehreren großen Männern, und seine Muskeln zeichneten sich deutlich unter der Haut ab, als es losstürzte. Seine Hufe donnerten über den felsigen Boden, sein Maul war weit aufgerissen, es warf die langen weißen Hauer hin und her. Die Angst ließ meine Hände auf dem Bogen feucht werden, sodass ich den Griff verstärken musste. Ich versuchte, den wild hämmernden Schlag meines Herzens zu ignorieren. Drei der Hunde fielen zu Boden, als ihre Flanken von dem Eber aufgerissen wurden. Er stürmte, die Hauer rot von Blut, auf uns zu, näher, immer näher, nur noch zwanzig Schritte vom Netz entfernt, zehn … Das Tier raste ins Netz, die Seile um die Bäume strafften sich, durch die Erschütterung regnete es Blätter auf meinen Kopf herab.

Der Eber saß in der Falle.

Jason hob jubelnd den Speer und zielte auf das sich windende Tier. Der Eber warf kreischend den Kopf hin und her, seine Hauer verfingen sich im Netz.

Ich ließ einen Pfeil losschnellen. Er bohrte sich in den Hals des Tieres, Blut spritzte heraus, und ein Schrei entrang sich der Brust des verwundeten Ebers. Als ich einen zweiten Pfeil auflegte, riss einer der Hauer ein Loch ins Netz. Das Tier warf sich dagegen, sodass mein Pfeil sein Ziel verfehlte und in einem der Bäume dahinter landete.

»Auf die andere Seite, schnell!«, rief Hippomenes und bedeutete den Männern, einen Halbkreis um den Eber zu bilden. Ich lief mit ihnen los; die Klingen unserer Waffen blitzten im frühen Licht des Tages.

»Jetzt … *rennt ihn nieder*!«, brüllte er.

Immer noch warf der Eber wild grunzend seine riesigen Hauer hin und her, während er versuchte, die Pfeilspitze in seinem Hals loszuwerden. Seine winzigen Augen blitzten, als er den Kopf senkte und mit bebenden Flanken und donnernden Hufen durch das kaputte Netz auf uns zustürzte. Mit einer schnellen Bewegung steckte ich den Pfeil zurück in den Köcher auf meinem Rücken, fing einen Speer, den

Hippomenes mir zuwarf, folgte dem Beispiel der Fürsten und stieß ihn fest mit der Spitze nach oben in den Boden, sodass sich ein Sperrzaun vor dem Tier bildete. Ich atmete schwer, mein Gesicht war schweißüberströmt.

Der Eber brach zur Seite aus. Rechts von mir ertönte ein schriller Schrei, und ich hörte, wie ein Speer klappernd zu Boden fiel. Ich sah, dass Lykaon gerade noch rechtzeitig wegsprang, um dem Angriff des Tiers auszuweichen. Ein messerscharfer Hauer riss ihm eine tiefe Wunde am Arm. Der Prinz ging in die Knie, presste den Arm an seine Brust, Blut tropfte auf den Boden. Er stützte sich mit einer Hand auf und erhob sich nach Luft schnappend und mit bleichem Gesicht.

»Orpheus, kümmert Euch um Lykaon!«, bellte Jason. Ein Mann löste sich aus dem Kreis, rannte zu dem Prinzen, packte ihn an seinem unverletzten Arm und half ihm in den Schutz der Bäume. Lykaon hinterließ eine deutliche Blutspur. Der Eber wendete, um einen zweiten Angriff zu starten, und stemmte die Hufe in die Erde. Wir schlossen die Lücke, die Lykaon und Orpheus hinterlassen hatten, und bildeten eine Linie quer über die Lichtung. Rechts spürte ich Meleagros' warmen Körper, links die angespannten Muskeln von Hippomenes' Speerarm.

Ich bin tatsächlich dabei!, dachte ich. Fast hätte ich mich selbst gekniffen, um mir zu beweisen, dass ich nicht träumte. *Ich kämpfe Seite an Seite mit den tapfersten Helden Griechenlands – den mutigsten Kriegern, die das Land je gesehen hat!*

Erregung ergriff mich, als der Eber aufkreischte und sich noch einmal mit donnernden Hufen auf uns stürzte, ein Schatten blutiger Hauer und Borsten. Ich umfasste den Schaft meines Speers fester. Zwei Männer, die einen kleinen Hang hinaufgeklettert waren, schleuderten ihre Lanzen auf das Tier, verfehlten es jedoch, und so stürmte es schnaubend immer weiter, direkt auf Jason in der Mitte unserer Reihe zu … Die Zeit schien fast stillzustehen, als ich beobachtete, wie Jason die Schultern straffte und die Füße fest in den Boden stemmte, das Bronzeschwert ruhig vor sich, obwohl ihm klar sein musste, dass er gegen einen solch mächtigen Eber, der in vollem Tempo auf ihn zurannte, keine Chance hatte.

Ich warf den Speer weg, zog meinen Bogen heran, kniete auf dem Waldboden nieder und spannte ihn. Folgte den Bewegungen des Tiers, spürte, wo es als Nächstes sein würde, als wäre das Herz, das in meiner Brust schlug, das des Ebers.

Dann ließ ich den Pfeil von der Sehne schnellen. Ich hatte das Gefühl, mit ihm auf das Tier zuzufliegen. Kurz darauf erklang ein schauerlicher Schmerzensschrei, als die Bronzespitze sich tief in das Auge des Ebers versenkte. Dunkelrotes Blut spritzte heraus, das Tier geriet ins Wanken.

»Treibt ihn in die Enge! *Macht!*«

Jasons Gesicht war rot vor Wut, als er den Befehl herausschrie. Er ließ das Schwert durch die Luft sausen.

»Ihr habt mich um den Ruhm gebracht!«, herrschte er mich an.

Ich achtete nicht auf ihn, konzentrierte mich voll und ganz auf die Situation. Wir trieben den Eber in die Enge, der sich, eine Blutspur hinterlassend, vor Schmerz brüllend hin und her warf.

»Jetzt!«, rief ich Jason zu. »Holt ihn Euch!«

Jason hob das Schwert, dessen Spitze in der Morgensonne glänzte, mit beiden Händen über den Kopf, rannte los und stieß es mit aller Kraft ins Herz des Tiers, sodass die Rippen knackten. Der Eber stürzte mit solcher Wucht zu Boden, dass die Erde unter meinen Füßen erbebte. Ich schoss einen Pfeil ab und hörte das Geräusch, als er die Luftröhre des Tiers durchtrennte. Aus seinem Kreischen wurde ein blubberndes Geräusch. Hippomenes, dann Meleagros und schließlich Theseus schleuderten ihre Speere, um ebenfalls ihren Anteil am Ruhm zu erringen. Eine große Blutlache bildete sich rund um den nach Luft schnappenden und vor Schmerz zuckenden Eber. Ich stürmte los.

»Speer!«, rief ich, und jemand, ich sah nicht wer, drückte mir einen in die Hand. Als ich das am Boden liegende Tier erreichte, hob ich die Waffe hoch gen Himmel, wo die Sonne sich nun hell hinter dem dunklen Blätterdach abzeichnete, und stieß sie neben dem glänzenden Schwert Jasons tief in die Seite des Tiers, durch die Rippen hindurch ins Herz. Ein allerletztes Röcheln, dann herrschte Stille.

Wir hatten den Eber zur Strecke gebracht.

Wir banden die Beine des Ebers noch auf dem Berg zusammen und wickelten die Netze um ihn, verknoteten ein Seil um vier dicke Pfähle und befestigten das Netz mit dem Kadaver, Beine nach oben, daran. Die Sklaven trugen das Ganze auf den Schultern den Berg hinunter, während die Hunde immer wieder bellend daran hochsprangen. Wir anderen tranken lachend Wein aus Lederschläuchen. Noch niemals zuvor hatte ich ein solches Gefühl der Zusammengehörigkeit inmitten von Kriegern und Jägern empfunden, die die Freuden und Gefahren der Jagd genauso gut kannten wie ich. Und dieses Gefühl gefiel mir.

An jenem Abend fand im Palast ein Fest statt. Noch ein wenig benommen von unserem Erfolg, erschien mir alles heller und bunter als zuvor. Myrtessa erhielt die Erlaubnis, mich zu bedienen. Am Abend zuvor hatte ich Jason erklärt, ich benötige meinen eigenen Sklaven, denn viele der Fürsten hatten die ganze Zeit ihre persönlichen Diener bei sich. Nun saß sie auf dem Boden vor meinem Stuhl und aß das Fleisch und die schwarzen Oliven, die ich ihr in meinem Mundtuch zusteckte.

Ich beugte mich vor, um ihr leise von der Jagd zu erzählen, während die Edelleute um uns herum lachten – Korythos war zum Glück nicht da – und Sklaven uns Essen brachten und Wein einschenkten. Myrtessa amüsierte meine Erregung bei der detaillierten Schilderung der Jagd. Sie schob einen Bissen Fleisch in den Mund und leckte ihre Finger ab, damit das Fett nicht auf den Boden tropfte.

»Ich freue mich schon darauf zu erfahren, wie du die Schlange bezwingst, die das Vlies bewacht«, sagte sie. »Angeblich sind ihre Zähne so scharf wie die Klingen von frisch geschliffenen Schwertern, aber unsere Atalante wird das vermutlich nicht abschrecken.«

»Nicht so laut«, ermahnte ich sie, obwohl niemand sie bei dem Geklapper von Tellern und Bechern, dem Knistern des Feuers und den lauten Gesprächen der Fürsten hätte hören können, die an kleinen Zedernholztischen würfelten. »Willst du denn, dass wir auffliegen?«

Myrtessa steckte hastig mein Tuch in die Falten ihres Gewands und senkte unterwürfig den Blick, wie es sich für einen Sklaven geziemte.

Jason hatte sich genähert und stand nun mit einem goldenen Becher vor mir. In der Hitze des Großen Saals hatte er seinen Umhang abgelegt. Er trug ein leuchtend blaues Gewand mit goldenem Spiralmuster an den Säumen und roten Quasten. Ein Dolch mit goldenen und silbernen Einlegearbeiten glänzte an seinem Bund. Ich erhob mich, um mich zu verneigen, während Myrtessa sich entfernte.

»Mein Fürst Jason.«

Was kann er von mir wollen?

Er wird mich doch nicht durchschaut haben? Schon so schnell?

»Ihr habt Mut bewiesen bei der heutigen Jagd.« In seinem Kiefer zuckte ein Muskel. Erinnerte er sich daran, wie ich den Eber von ihm ferngehalten hatte? Die anderen Fürsten im Saal verstummten. »Ihr habt den Eber als Erster getroffen. Ihr könnt besser mit dem Bogen umgehen als Männer, die doppelt so alt sind wie Ihr.«

Ich hob den Blick. »Es war mir eine Ehre, mit Euch und den anderen Fürsten zu jagen«, entgegnete ich ruhig, obwohl mein Herz vor Freude und Stolz einen Sprung machte.

»Ein Trankopfer für die Götter zu Ehren dessen, der den Eber als Erster getroffen hat«, rief König Iasos von der anderen Seite des Saals, und die dort versammelten Edelleute nickten. Jason hielt den Becher ein wenig schräg, sodass ein Tropfen Wein, rot wie frisches Blut, auf den Boden fiel.

»Möge Zeus, zu dessen Ehren wir dieses Fest veranstalten, mein Gebet wohlgesinnt hören«, begann er. »Und möge er dafür sorgen, dass Telamon, Sohn des Deukalion, die ihm Ebenbürtigen auch weiterhin mit so viel Mut in den Schatten stellt.« Er hob seinen Becher.

Die Fürsten schlugen jubelnd mit ihren Kelchen auf die Tische. Ich spürte, wie ich rot wurde, und neigte verlegen das Haupt.

Jason gab den anderen zu verstehen, dass sie schweigen sollten, und die Rufe und das Becherklappern verstummten.

»Ich möchte noch etwas sagen.« Er wandte den Blick von mir ab und ließ ihn über die Edelleute in dem Festsaal zu den zehn Fürsten schweifen, die dem Thron am nächsten saßen, zu dem strohblonden Prinz Lykaon und schließlich zum König. König Iasos nickte.

»Mein Prinz Lykaon. Meine Fürsten Meleagros, Theseus, Nestor, Bellerophon, Orpheus, Peleus, Hippomenes, Castor, Pollux und Laertes«, zählte er jeden einzeln auf. Mich überlief ein Schauer, als mir klar wurde, was nun geschehen würde. Die Atmosphäre war gespannt wie ein Bogen. »Nach der Rückkehr von der Jagd habe ich mit dem Schiffsbauer Argus gesprochen und unser Schiff mit eigenen Augen gesehen. Es liegt glänzend im Sand des Hafens, jede Planke, jeder Stich am Segel an Ort und Stelle. Argus versichert mir, dass er alles ein ums andere Mal überprüft hat und nun nichts mehr zu tun bleibt, als in See zu stechen.« Er stellte seinen Kelch auf den Tisch. »Ich denke, der Tag unserer Abreise ist gekommen.«

Die versammelten Edelleute begannen aufgeregt zu flüstern. Ich schluckte und hielt mit wild pochendem Herzen den Blick auf Jason gerichtet. *Gleich wird er mich bitten, ihn auf der Suche nach dem Goldenen Vlies zu begleiten! Warum sonst würde er ausgerechnet vor mir stehen?*

Jason wandte sich den zehn Helden und dem Prinzen zu. »Zwölf von uns, meine Fürsten, die zwölf mutigsten Männer von Griechenland.« Er nahm seinen Becher wieder in die Hand und hob ihn hoch. »Mögen die Götter Euch allen wohlgesinnt sein, und mögen sie uns sicher zu unseren Frauen zurückführen! Wir treffen uns morgen früh am Hafen.«

Er wandte sich mir zu und verbeugte sich.

Ich hielt den Atem an.

Jetzt!

»Ich freue mich schon, nach meiner Rückkehr wieder mit Euch auf die Jagd zu gehen«, sagte er.

Und entfernte sich.

In jener Nacht, in der das Licht des Mondes zwischen den Ästen der Zypressen hereindrang und die Zikaden in der Dunkelheit zirpten, lag ich voll bekleidet und hellwach auf den für mich ausgebreiteten Fellen und Decken. Die Wut ließ mich nicht schlafen. Myrtessa schnarchte leise auf dem Boden, ein Arm auf den Fliesen des Säulengangs.

Ich drehte mich mit dem Gesicht zum Hof, wo ein Springbrunnen, umgeben von duftenden Buchshecken, sein Wasser in ein Steinbecken ergoss.

Warum hatte Jason mich nicht zu der Suche nach dem Goldenen Vlies eingeladen? Ich hatte meine Würdigkeit doch bewiesen. Und ich war gekleidet wie ein Mann, besaß die Stärke und Schnelligkeit eines Mannes und männliches Geschick im Umgang mit Waffen. Das hatte er selbst gesagt! Was erwartete er sonst noch?

Ich legte mich erzürnt auf die Seite. Der Erfüllung meines Wunsches so nahe zu sein – so nahe! – und im allerletzten Moment enttäuscht zu werden! Es ging nicht nur darum, dem König meinen Wert zu beweisen. Es ging um mehr … Ich rollte auf den Rücken, starrte zu der dunklen Decke empor und blinzelte die Tränen weg. Kurz hatte ich das Gefühl gehabt dazuzugehören, meine Lebensaufgabe gefunden zu haben, endlich mit Kameraden, die mich als ebenbürtig erachteten, zusammen zu sein. Dass ich nun nicht zu der Reise mitdurfte, hatte mir all das genommen.

Ich setzte mich kerzengerade im Mondlicht auf. »Myrtessa!«, zischte ich. »Myrtessa!«

»Mmmm … Was ist denn?«

»Wach auf!«

»Nicht … lass mich schlafen, Atalante …«

Ich sprang auf und zog sie ebenfalls hoch. Sie sah mich verschlafen an und rieb sich die Augen. »Was ist los?«

»Wir gehen zum Hafen.« Ich nahm meinen Köcher. »Wir sind bei der Reise dabei, egal, ob sie uns wollen oder nicht.«

Im Schatten von Nebenstraßen schlichen wir durch den westlichen Teil der Stadt auf das Tor zu, an hohen Häusern vorbei, deren Fensterläden geschlossen waren, um die Kälte der Nacht draußen zu halten, die Stadtmauer stets zu unserer Rechten. Pfeil und Bogen hüpften auf meinem Rücken, Korythos' Schwert trug ich am Gürtel, und sein Umhang flatterte hinter mir. Ich sah mich nach rechts und links um, während wir durch die Dunkelheit eilten, auf jede Bewegung und jeden Hinweis darauf achtend, dass jemand uns folgte. Wenn wir uns neben dem Tor verbargen, bis Jason und seine Fürsten eintrafen, ergäbe sich vielleicht die Möglichkeit, hinter ihnen durchzuschlüpfen – aber dass weder sie noch die Wachen uns im Tageslicht bemerkten, war eher unwahrscheinlich.

Und wenn sie uns sahen, würden wir zum Palast zurückgeschickt, aus der Stadt hinausgeworfen oder gar wegen Ungehorsams getötet.

Nein: Es musste einen anderen Weg geben.

Wir bogen in die mit Steinen gepflasterte Hauptstraße ein, wo ich mich flach gegen eine Säule neben einem geschlossenen Laden drückte. Mindestens drei Wächterpaare patrouillierten auf dem Wall um die Stadt. Ich erkannte ihre behelmten Umrisse und die langen dunklen Schäfte ihrer Speere vor dem silberblauen Himmel.

»Was jetzt?«, fragte Myrtessa zitternd.

»Sch! Hier hinein!«

Ich zog sie in den Schatten eines niedrigen Bogens vor einem Stall, wo der erdige Geruch von Heu und Pferdeäpfeln die Luft erfüllte. Myrtessa rieb sich zähneklappernd die Arme, denn ihr Sklavengewand war dünn, und sie besaß keinen Umhang. Ich reichte ihr wortlos den meinen, den sie mit einem leisen Dankeschön um ihre Schultern legte.

Als ich zu den hohen Holztoren am Ende der Straße hinüberspähte, hörte ich das ferne Gemurmel der Wachen, die sich oben unterhielten, sowie das Klirren ihrer Bronzerüstungen, das das Schnauben der schlafenden Pferde übertönte. Die massiven Tore ragten fünfzehn Ellen in den Nachthimmel auf und waren durch einen schweren Riegel aus Holz gesichert, den bestimmt nur fünf Männer bewegen konnten. Darüber befanden sich Zinnen, leichte Auswölbungen im Stein, von denen aus Bogenschützen ihre Pfeile auf Angreifer abschießen würden, wenn die Stadt sich jemals verteidigen musste. Dann fiel mir etwas auf, das ich bis dahin nicht bemerkt hatte: eine kleine Tür neben den Toren, kaum mannshoch, im Schatten verborgen und verschlossen durch eine in zwei Halterungen ruhende Latte.

Gebt, Götter, dass sie nicht zugesperrt ist.

Das war unsere einzige Chance.

Ich ergriff Myrtessas Hand, schlüpfte hinaus auf die Straße und schaute die Mauer hinauf: Zwei Wachen, deren Gestalten sich dunkel vor dem mondhellen Himmel abzeichneten, waren gerade über dem Tor vorbeigegangen. Die nächsten beiden konnten nicht weit weg sein. Uns blieb nicht viel Zeit.

Im Schutz von Hausvorsprüngen rannte ich leise die Straße hinunter und machte einen Bogen um schlafende Hunde und leere Händlerbuden. Hinter mir hörte ich Myrtessas schnellen Atem. Ich nahm jeden Stein und jeden sich bewegenden Schatten wahr. An der Stadtmauer umfing uns Dunkelheit, und ich blinzelte, damit meine Augen sich schneller daran gewöhnten. Ich streckte die Hände aus, ließ sie über den rauen Stein gleiten, tastete über die Kalksteinblöcke, bis …

»Hier«, flüsterte ich Myrtessa zu, als meine Finger Holz erspürten und bis zum Riegel weiterwanderten. Ich zog daran, versuchte, ihn lautlos durch die Halterungen zu führen, während Myrtessa die Luft anhielt. Als er durch die zweite glitt, war leises Scharren von Holz auf Holz zu vernehmen, und ein Hund, der vor einem Geschäft ruhte, hob den Kopf. Seine Augen leuchteten in der Dunkelheit.

Hermes, Gott der Diebe und Betrüger, bitte mach, dass er uns nicht verrät, dachte ich und hielt inne, den Blick auf das Tier gerichtet. Myrtessa klammerte sich flach atmend an mein Gewand.

Bitte, Götter, macht, dass er nicht bellt!

Kurz blinzelte der Hund, dann legte er den Kopf wieder auf die Pfoten.

Erleichtert bückte ich mich, um den Riegel an die Wand zu lehnen. Dann packte ich den Griff der Tür, hoffend, dass sie nicht zusätzlich versperrt war, doch sie ließ sich leicht öffnen, und schon ergoss sich silbernes Mondlicht über den Boden zu meinen Füßen.

»Schnell!«

Myrtessa schlüpfte durch die Tür. Ich folgte ihr und zog sie hinter mir zu. Nun hörte ich die Stimmen der Wachen über uns, die immer deutlicher wurden. Sie konnten nicht mehr als ein paar Schritte weg sein. Ich drückte mich neben Myrtessa gegen die raue Mauer und versuchte, so leise wie möglich zu atmen.

»Bleib, wo du bist«, formte ich mit den Lippen.

Wir warteten mit pochenden Herzen nebeneinander. Der sichelförmige Mond der Artemis überstrahlte die Sterne.

Es erschien mir wie eine Ewigkeit, bis die Wachen vorbei waren. Dann nickte ich Myrtessa zu und rannte über das silbrige Gras auf der Ebene zu einem mächtigen Ahornbaum, der etwa hundert Schritte von der Stadtmauer entfernt stand.

Dort streckte ich eine Hand nach Myrtessa aus, um sie hinter den Stamm zu ziehen.

»Gut gemacht«, keuchte sie mit leuchtenden Augen. »Und jetzt – zum Hafen?«

Ich schaute zu den Olivenbäumen hinüber, die die Klippen über dem Ufer säumten, und zum glitzernden Meer in zweihundert Schritt Entfernung.

»Ja. Zum Hafen.«

Einige Stunden später erwachte ich, verborgen in den Ästen eines Olivenbaums, mit steifem Nacken, die Glieder starr von der Kälte. Myrtessa schlief noch. Ihre Stirn ruhte auf dem Stamm. Die Sonne, die gerade am östlichen Horizont aufging, färbte den Himmel rotgolden. Von der Bucht drangen Geräusche herauf.

Stimmen.

Ich setzte mich auf, bemüht, die Äste des Baums nicht zum Erzittern zu bringen, und spähte zwischen seinen graugrünen Blättern hindurch. In der Bucht unter uns waren mindestens zwanzig Schiffe vertäut. Das Geräusch der Wellen, die gegen ihre Rümpfe schlugen, vermischte sich in meinen Ohren mit dem Gesang der Vögel in den Bäumen. Kleine Fischerboote und schwere Handelsgaleeren waren an Pfosten entlang eines ins Meer hinausragenden Piers festgemacht und schaukelten in der frühmorgendlichen Brise sanft auf dem Wasser. Welches das Schiff von Jason war, erkannte ich auf den ersten Blick. Seine Schönheit und

Pracht benahmen mir den Atem. Vom Bug bis zum Heck maß es mindestens fünfundvierzig Schritt. Es lag nahe der Stelle, an der wir uns befanden, am Ufer auf Holzhalterungen. Sein Kiel presste sich in den feinen weißen Sand, der lange schmale Rumpf war mit Teer geschwärzt. Zwanzig bis dreißig Sklaven luden geschäftig Vorräte in die Frachträume an Bug und Heck. Hier und da erhaschte ich einen Blick auf einen der Fürsten von der Jagd: Laertes mit den dunklen Bartstoppeln; der grauhaarige Nestor, der sich auf seinen Stab stützte; Theseus mit der breiten Brust und dem wiegenden Gang. Ich ließ den Blick von der kleinen Plattform am Heck mit den beiden schwarz bemalten Steuerrudern zum Bug wandern, wo die goldene Figur eines Adlers mit angelegten Flügeln und gebogenem Schnabel kauerte, das Symbol von Zeus. Das Segel lag aufgerollt entlang der gesenkten Rah unter einem Mast in der Mitte des Schiffs, gesichert durch am Bug verankerte Taue. Die *Argo* hatte fünfundzwanzig Ruderbänke aus Kiefernholz, sechs oder sieben Ellen lang, breit genug für jeweils zwei Männer, jede davon ausgestattet mit Rudern, die mittels Lederriemen an der Flanke des Schiffs festgemacht waren. Polierte Holzrelings umgaben die Decks an Bug und Heck, und der Name schimmerte am Rumpf golden in der Sonne. Obwohl ich oft mit den Fischern von Kaladrosos auf dem offenen Meer gewesen war und mich mit den Booten, die in unserem Hafen lagen, auskannte, hätte ich mir nicht träumen lassen, dass es solch herrliche Schiffe gab.

Ich stieß Myrtessa den Ellbogen in die Rippen, um sie zu wecken. Sie brummte etwas, schreckte hoch und blinzelte ins Licht.

»Du musst dich unter die Sklaven mischen«, flüsterte ich ihr zu und deutete zu ihnen hinunter. Einige brachten Waffen zum Schiff – gehämmerte Bronzeschilde, Brustharnische, Helme und Schienbeinschützer. Andere hielten dicke Lederbeutel, große orangerote Tontöpfe, bis obenhin mit Getreide, Nüssen und Oliven gefüllt, sowie in Stoff gewickeltes Fleisch in den Händen. Unter ihnen entdeckte ich Jason, der mit wirbelndem Umhang Befehle erteilte. »Denen fällt nicht auf, dass es ein Sklave mehr ist«, erklärte ich Myrtessa. »Wenn du dich selbstbewusst gibst, stellen sie keine Fragen. Trag, so viel du kannst, aufs Schiff, als würdest du zu ihnen gehören.«

Myrtessa streckte sich gähnend. Ihr Blick wanderte zum Hafen; ihre Augen verengten sich, als sie die *Argo* sah.

»Und du?«, murmelte sie, richtete sich auf und verzog das Gesicht. »Was willst du machen?«

Ich tippte mit den Fingern auf die Rinde des Baums. »Jason würde mich erkennen, bevor ich Gelegenheit hätte, an Bord zu gelangen. Ich muss einen anderen Weg finden.« *Etwas Waghalsiges tun, das ihn beeindruckt…*

Myrtessa grinste. »Wir sehen uns auf der *Argo*.« Sie raffte ihr Gewand und machte Anstalten, vom Baum zu springen. Zuvor legte sie eine Hand auf meinen Arm. »Hoffentlich gelingt dein Plan. Ich möchte nicht ohne dich ans Ende der Welt segeln.«

Während Myrtessa zwischen den Olivenbäumen hindurchschlich, richtete ich meine Aufmerksamkeit auf die Fürsten am Strand. Alle zwölf waren da. Bei dem Gedanken daran, dass ich, Atalante, versuchen wollte, mich den mutigsten Helden Griechenlands – Bellerophon, Castor und Pollux, Peleus – anzuschließen, von denen ich bis vor Kurzem nur in Erzählungen gehört hatte, wurde mir mulmig.

Ich schüttelte den Kopf. *Lass diese Gedanken. Der schwierigste Teil steht dir noch bevor.*

Jason marschierte nach wie vor den Strand auf und ab, wies die Sklaven an, schneller zu arbeiten, und rief Befehle. Am Kiel des Schiffs glaubte ich, Lykaon zu sehen, der ins Gespräch mit Orpheus und Argus, dem Schiffsbauer und Steuermann, vertieft war. Nun beugte er sich über die Reling und gab Anweisungen für die Verteilung des Getreides. Hippomenes und Meleagros standen bei den Waffen am Strand und wogen Speere in der Hand, bevor die Sklaven diese zum Schiff trugen. Als ich mich erinnerte, wie ich mit ihnen gejagt hatte, ihre Speerarme neben dem meinen, lächelte ich. Der Wunsch, mich ihnen zuzugesellen, brannte mächtiger denn je in mir. Ich veränderte meine Position, sodass ich mehr von der Bucht erkennen konnte, darauf bedacht, die Blätter nicht zum Rascheln und die Zweige nicht zum Knacken zu bringen.

Ich kann es mir nicht leisten, entdeckt zu werden.

Noch nicht.

Die Sklaven, unter ihnen Myrtessa, kletterten einer nach dem anderen mit Getreidesäcken die Planken zum Schiff hinauf. Als die persönlichen Diener der Fürsten und die Edelleute an Bord waren, sah ich, wie Jason einen Schritt zurücktrat, um Prinz Lykaon vorbeizulassen, wie er sich umdrehte zu den Olivenbäumen und der Stadtmauer, als wollte er sich verabschieden. Mir stockte der Atem, als sein Blick direkt auf mir verharrte, doch dann wandte er sich wieder dem Schiff zu und folgte Lykaon hinauf.

Bald war es so weit.

Fast alle, Fürsten und Sklaven gleichermaßen, saßen nun an den Ruderbänken, die Ruder über den Knien, die Fürsten am Heck, wo der Wind auf offener See am frischesten wehen würde. Eine Gruppe kräftiger Sklaven blieb am Strand zurück. Sie drückten mit den Schultern gegen den

Rumpf des Schiffs und begannen, die Fersen in den Sand gestemmt, zu schieben. Anfangs geschah gar nichts, dann löste sich die *Argo* mit einem knarrenden und scharrenden Geräusch, das die stille Morgenluft durchschnitt und einige Möwen aufschreckte, von der Halterung. Die Körper der Männer berührten beinahe den Boden; sie erinnerten mich an Ochsen, die einen Pflug durch die dunklen Furchen eines Feldes ziehen. Nun glitt das Schiff langsam, aber sicher ins seichte Wasser. Nur noch wenige Sekunden, dann befände es sich ganz darin.

Als die erste Welle am Bug leckte, sprang ich von dem Olivenbaum, landete mit klapperndem Bogen und Köcher auf dem Felsen darunter und rannte los in Richtung Meer. Jede Faser meines Körpers bebte, ich hatte nur einen einzigen Gedanken: *Du musst an Bord dieses Schiffs.*

Ich stieß zwei Fischer am Strand beseite, lief zum Pier und erklomm die Stufen mit drei Schritten. Einen Händler rannte ich um, der seine Kisten fallen ließ und mich verfluchte, als sich rote, gelbe und braune Gewürze in die Luft erhoben. Ich hüpfte über Netze und die gelöschte Ladung einer Handelsgaleere. Die Sklaven, die die *Argo* ins Wasser geschoben hatten, hangelten sich an einem Seil hinauf. Das Segel, das aussah wie der Flügel eines riesigen weißen Vogels, knatterte im Wind. Die Männer tauchten ihre Ruder ins Wasser, und das Schiff bewegte sich vorsichtig an den anderen Booten an der Anlegestelle vorbei. Ich hörte den Klang der Trommel, die den Takt für die Ruderer vorgab, und den der Ruder, die sich ins Meer senkten. Mir blieb nicht mehr viel Zeit. Alle Kraft zusammennehmend, sprang ich über die Pfosten am Ende des Piers und flog durch die Luft, über das glitzernde blaue Wasser und …

… landete mit einem lauten Knall an der Seite der *Argo*,

der mir die Luft benahm und einen spitzen Schmerz durch meinen Körper jagte. Meine Finger schlossen sich fest um das obere Ende des Rumpfs, meine Füße baumelten hoch über dem Wasser, in dem sich Algen wiegten und silberne Fische glitzerten.

»Was war das?«, fragte eine Stimme über mir.

Ich zog mich mit einer Hand hoch und stützte mich schwer atmend, die Stirn schweißnass, zuerst mit dem einen, dann mit dem anderen Ellbogen auf der Kante auf. Danach hievte ich mich vollends hoch, hob ein Knie über die Seite und sprang an Bord.

Und stand Aug in Aug mit Hippomenes.

Die Suche beginnt

Auf dem Olymp

Iris sitzt auf einem Felsvorsprung gleich unter dem Gipfel inmitten von Wildblumen, abseits der Paläste, Gärten und Springbrunnen der Götter; Mauersegler sausen durch die klare Luft. Das Kinn hat sie in die Hand gestützt.

Sie ist gerade aus Heras Gemächern gekommen, die vom pfirsichfarbenen Licht der Morgendämmerung im Osten erhellt werden und an deren Fenstern sich weiße Vorhänge bauschen. Hera hat Iris – wie sie es immer tut, als wäre Iris ihre Dienerin, nicht eine unsterbliche Göttin und Tochter eines alten Meeresgottes – mit einem kühlen Lächeln und einem herablassenden Tätscheln ihrer Schulter etwas aufgetragen, worauf Hera schon Tage, wenn nicht Wochen hinarbeitet: das Wohlwollen der Götter für die Fahrt der Argo *und die Unternehmung der Argonauten, wie spätere Generationen sie nennen werden, auszusprechen.*

Iris blickt auf die ferne Zitadelle von Pagasä im Süden. Eine Erinnerung schießt ihr durch den Kopf, die sie schmunzeln lässt: Einige Tage zuvor hat Hera voller Wut entdeckt, dass Atalante noch lebt. Wie gern hätte Iris Hera gesagt, dass sie, Iris, dafür verantwortlich ist, dass sie achtzehn Jahre zuvor dem Sterblichen Eurymedon in Gestalt eines Schneefalken vorangeflogen ist und ihn zu der Stelle geführt hat, an der das Kind zum Sterben ausgesetzt worden war. Iris' Freiheit liegt in ihrer Funktion als Heras treue und zuverlässige Botin. Das, denkt sie, ist das Privileg des Boten: Man kann aus der Distanz beobachten, wie der Rest der Welt seine Probleme zu lösen versucht, und irgendwann die Botschaft überbringen, die alles verändert.

Hermes allerdings scheint diese Freiheit hauptsächlich für die Verführung von Frauen zu nutzen.

Sie erhebt sich, streckt die Arme gen Himmel. Ihr schillerndes Gewand bauscht sich hinter ihr, glänzt rosafarben, grün und blau im Morgenlicht, flattert wie die Flügel eines Schmetterlings. Sie fühlt sich entschlossen und mächtig, wie ein dunkler, schlankfedriger Habicht, der seine Beute beäugt. Mit einer anmutigen Bewegung gleitet sie von der Felsnase herunter. Ihr Kleid färbt die Luft hinter ihr in leuchtend rote, goldene, smaragdgrüne und aquamarinfarbene Streifen. Iris stößt die Bergflanke hinab, folgt den von der Sonne erhellten Hügeln, kaum dass sie die Wipfel der Kiefern berührt. Sie lässt den Ossa links liegen, einen riesigen Felsbrocken, den die Riesen einst auf das Pelion-Gebirge setzen wollten, um den Himmel zu erreichen, fliegt über die dicken Mauern von Meliboea und über die glitzernde Küstenlinie, die sich der Insel Skiathos entgegenwölbt. Dort unten liegen Thessalien mit seinen weiten Ebenen voller Weizen, und Iolkos, das Reich des Pelias, das wie ein Juwel in den thessalischen Getreidefeldern glänzt und dessen turmbewehrter Palast fahlrosafarben im Licht der Morgendämmerung schimmert. Sie betrachtet das ferne Glimmern der See, die kleinen Ortschaften entlang der Bucht, bis sie sie endlich erreicht: die felsige, bewaldete Halbinsel des Pelion-Gebirges und auf der anderen Seite Pagasä, die Mauern zinnenbewehrt wie eine Krone.

Iris landet so mühelos wie ein Adler, der zum Nest zurückkehrt, auf dem Pelion, schaut hinunter auf die weiße Sichel des Hafens von Pagasä und erblickt die helle Spur, die die Argo *auf dem Wasser hinterlässt, ein Schiff mit schwarzem Rumpf und weißem Segel, zerbrechlich wie ein Blütenblatt.*

Es wird Zeit, der heldenhaftesten Mannschaft, die je über den Okeanos gefahren ist, das Wohlwollen der Götter zu schenken.

Oder zumindest das Wohlwollen von Hera, denkt Iris spöttisch. Was oft ein und dasselbe ist.

»Jason«, sagt sie und berührt den Stamm einer alten Eiche. Ein einzelnes goldenes Blatt fällt von einem Ast und wird vom Wind über die glitzernde dunkelblaue See zu dem Schiff geweht.

»Theseus.« Ein größeres Blatt löst sich vom Baum und wirbelt gen Okeanos.

»Meleagros. Peleus. Lykaon.«

Für jeden Helden, dessen Namen sie nennt, flattert ein Blatt auf die Wellen des Meeres zu und bindet die Helden an die Suche nach dem Goldenen Vlies.

Iris hält inne und überlegt, was jeder von Hera ausgewählte Krieger für die Suche mitbringt. Jason ist der Anführer, Theseus und Bellerophon beherrschen den Umgang mit den Waffen am besten, Nestor und Laertes fungieren als Berater, Pollux liefert Stärke und Castor Einsichten. Hippomenes besitzt Mut, und der Lyraspieler Orpheus sorgt für Musik. Die Götter wissen so gut wie die Sterblichen, dass auf einer langen Reise Musik nötig ist, um für gute Laune zu sorgen.

Iris sieht sie einen nach dem anderen an, während sie ihre Namen nennt und sie an die Suche bindet. Plötzlich fällt ihr Blick auf eine weitere Gestalt auf dem Schiff: eine Frau im Gewand eines Mannes, einen Köcher voller Pfeile auf dem Rücken. Sie wirkt entschlossen und hat lange schlanke Beine, die sich gut zum Laufen eignen.

Iris hält die Luft an. Ein Lächeln breitet sich auf ihrem Gesicht aus. Warum nicht? Warum sollte Atalante sich nicht der Suche anschließen? Wenn Hera merkt, dass sie sich an Bord der Argo *befindet, ist es schon zu spät. Vergiss die Vorsehung, denkt Iris: Wer könnte besser als die Schicksalsgöttinnen verstehen, dass eine Frau genauso die Fähigkeit besitzt, sich auszuzeichnen, wie ein Mann?*

»Atalante«, haucht sie.

Das letzte Blatt schwebt die Klippe hinunter und landet sanft auf dem dunklen Wasser.

Es ist beschlossen.

Die größte Reise, die die Welt je gesehen hat, beginnt.

TEIL II

OZEAN
1260 v. Chr.

... die schnellen Schiffe, die Poseidon gab, um übers weite Meer zu segeln ... schnell wie eine Feder oder ein Gedanke.

Homer

Auf der *Argo*

Der Ozean

Stunde des Tagesanbruchs
Erster Tag des Erntemonats

Jemand stürzte sich mit der Wucht eines Bullen auf mich. Eine Schulter rammte in meine Brust, sodass ich rückwärts über eine der Ruderbänke flog und mehrere Ruderer umwarf, bevor mein Kopf gegen die Holzplanken knallte. Hippomenes schoss durch die Macht seines Angriffs an mir vorbei. Als ich mich hochrappelte, sah ich, wie er ebenfalls wieder das Gleichgewicht erlangte und die Faust ins grelle Licht der Sonne reckte. So schnell ich konnte, rollte ich über die Bank, bevor diese Faust auf mich herniedersausen konnte. Seine Knöchel landeten auf dem Holz; vor Schmerz schnappte er nach Luft. Ich sprang neben einem erschreckten Sklaven, der in dem Wirrwarr versuchte, sein Ruder nicht zu verlieren, auf die Füße. Als mein Angreifer sich erneut mir zuwandte, ballte ich meinerseits die Faust und schlug Hippomenes mit aller Kraft gegen die rechte Schulter. Der Sklave floh mit einem Aufschrei von seinem Platz, fiel in der Lücke zwischen den Ruderbänken auf die Knie und hielt die Hände schützend über den Kopf. Ohne zu zögern, erwiderte Hippomenes den Schlag. Obwohl ich über eine andere Bank hüpfte, um ihm auszuweichen, war ich zu langsam, und er erwischte mich unter dem Ohr. Ich geriet ins Stolpern und hob die Finger an meinen schmerzenden Hals, wo sich bereits eine Schwellung zu bilden begann. Voller Wut griff ich nach dem Dolch, der in meinem Gürtel steckte …

»Hört auf, beide!«

Der groß gewachsene Peleus, in dessen Haaren sich graue Strähnen befanden, hatte den anderen ein Zeichen gegeben, dass sie mit dem Rudern aufhören sollten, und kletterte von seinem Platz nahe beim Mast über die Ruderbänke auf uns zu. Er wandte sich zu Jason, der zuerst Hippomenes, dann mich und wieder Hippomenes anblickte.

»Mein Fürst, wenn ich mich nicht sehr täusche, ist dies der junge Mann, der sich bei der Jagd hervorgetan hat. Fürst Telamon, der Sohn des Deukalion, nicht wahr?«, fragte er mich und verbeugte sich.

Ich neigte das Haupt. »Ja«, antwortete ich schwer atmend. »Es freut mich, Euch wiederzusehen, Peleus.«

Die anderen Edelleute zogen die Ruder auf Peleus' Signal hin auf den Schoß, und die Sklaven, unter ihnen Myrtessa, die mir verstohlen zulächelte, taten es ihnen gleich. Die *Argo* schaukelte sanft auf den Wellen, von den Ruderblättern tropfte das Wasser. Ich wandte mich meinem Angreifer zu, die Finger nach wie vor auf der schmerzenden Stelle an meinem Hals. Er stand keuchend einige Bänke von mir entfernt, seine dunkelbraunen Haare klebten an seinen schweißglänzenden Wangen, der goldbestickte Umhang lag über seiner Schulter. Hippomenes hatte dunkle Augenbrauen und eine markante, mindestens einmal gebrochene Nase. In seinen Augen funkelte Hass.

»Was in aller Götter Namen macht Ihr hier, Telamon?«, erkundigte sich Laertes und beugte sich über sein Ruder.

»Was denkt Ihr, mein Fürst?«, fragte ich zurück, mutig, jedoch auch argwöhnisch seinen Blick erwidernd, denn noch immer konnte vieles schiefgehen, das hatte Hippomenes' Reaktion bewiesen. »Ich möchte mich Eurer Fahrt anschließen.«

Einige der Männer lachten. Der Trommelschlag verlangsamte sich und verstummte ganz. Alle starrten uns an, während das Schiff ruhig auf dem Wasser dahintrieb und die Wellen an seinen Rumpf leckten.

»Ihr wurdet nicht zu der Suche eingeladen«, stellte Jason mit kalter, abweisender Stimme fest.

»Nein, mein Fürst. Doch die Schicksalsgöttinnen helfen denen, die sich ihren eigenen Weg suchen, nicht wahr?«

Meleagros, der zwei Bänke weiter saß, lachte laut. Seine haselnussbraunen Augen leuchteten, die weichen dunklen Haare an seinem Kinn schimmerten schweißnass in der Sonne. »Da hat er recht, Jason.«

Hippomenes machte eine ungehaltene Handbewegung. »Von wegen. Er war nicht eingeladen und ist an Bord gesprungen wie ein gemeiner Dieb. So schließt man sich unserer Suche nicht an. Außerdem ...«, er musterte mich, »... ist er zu jung. Ihm wächst ja noch nicht einmal ein Bart. Meint er denn, er könnte sich mit erfahrenen Kriegern messen, die doppelt so alt sind wie er?«

Jason betrachtete uns nachdenklich. »Telamon, Ihr seid dem Hippomenes, dem Sohn von Megareus, vielleicht noch nicht vorgestellt worden. In Griechenland gibt es keinen besseren Ringer als Euch, nicht wahr, Hippomenes?«

Hippomenes schnaubte verächtlich.

»Doch Telamon ist unser Gast und der Gast von König Iasos«, erklärte Jason und taxierte mich wie ein Kalb auf dem Markt. »Und er hat sich bei der Jagd als würdig erwiesen.«

»Mit dem Bogen kann er jedenfalls umgehen«, meldete sich Meleagros zu Wort und sah mich an.

Jason nickte mit geschürzten Lippen. Hippomenes spuckte über die Seite des Schiffs ins Meer.

»Es reicht, Hippomenes.« Jason wandte sich mir zu. »Gut, Telamon, Ihr könnt Euch uns anschließen und die Kraft Eures Bogens in unseren Dienst stellen, aber …«, als ich etwas sagen wollte, hob er die Hand, »… dies wird keine vergnügliche Reise. Uns stehen schwere Prüfungen bevor, die uns alle, samt und sonders erfahrene Kämpfer, in tödliche Gefahr bringen werden. Eure Jugend garantiert Euch keinen Schutz durch uns.« Sein Blick wurde hart. »Bedenkt Euch wohl, bevor Ihr Euch entscheidet.«

»Das habe ich, mein Fürst.«

»Und das nächste Mal …«, seine Stimme nahm einen drohenden Ton an, »… besprecht Ihr Euch mit mir, statt die Kontrolle über mein Schiff übernehmen zu wollen wie ein Seeräuber.«

Ich neigte das Haupt, obwohl ich vor Freude am liebsten einen Luftsprung gemacht hätte. »Jawohl, mein Fürst.«

Als der Abendstern am Himmel auftauchte, legten wir an der Insel Peparethos an. Da die *Argo* keinen großen Frachtraum besaß und die Ruderbänke zu hart waren, um darauf zu schlafen, hatte Jason bestimmt, dass wir das Schiff an Land ziehen und unser Nachtlager am Ufer aufschlagen würden. Wir lagen in einer geschützten Bucht mit steilen Felsvorsprüngen zu beiden Seiten, wo die Wellen sanft am Strand ausliefen. Sobald die *Argo* sicher vertäut war und wir zwei wilde Ziegen erjagt hatten, brachten die Sklaven Wolldecken vom Schiff und breiteten sie für uns auf dem Boden aus.

Doch ich konnte unter den blinkenden Sternen, die sich silbern im Wasser spiegelten, nicht schlafen, obwohl ich

Myrtessas leisen und regelmäßigen Atem neben mir hörte. Gedanken und Bilder wirbelten durch meinen Kopf – wie der Held Bellerophon, dessen Arme von Narben gezeichnet waren, den Berghang im Pelion-Gebirge hinaufschritt; der erste Anblick der *Argo* an diesem Morgen, deren Name in goldenen Lettern auf ihrem Rumpf prangte; das glitzernde Wasser unter mir, als ich an Bord des Schiffes sprang; der drohende Tonfall Jasons, als er mich warnte, mich seinen Befehlen nicht noch einmal zu widersetzen. Ich stützte mich lächelnd auf einen Ellbogen und ließ alles vor meinem geistigen Auge Revue passieren. Ein solches Abenteuer hätte ich mir in Kaladrosos in meinen kühnsten Träumen nicht ausgemalt.

Eine Stunde später stand ich auf. Leise, um Myrtessa nicht zu wecken, legte ich Umhang und Schwertgurt an, nahm meinen Köcher, schob den Bogen hinein und schwang ihn über die Schulter. Meine Sandalen knirschten leise auf dem Sand, als ich über den Strand ging. Das silberne Licht des Mondes wies mir den Weg zu dem Oliven- und Kiefernwäldchen auf dem Hügel. Das Zirpen der Zikaden wurde lauter und vermischte sich mit dem Rascheln der Blätter.

Etwa zwanzig Schritte vor mir entdeckte ich auf einer Lichtung eine auf dem Boden kniende Gestalt mit geschlossenen Augen und zum Himmel ausgestreckten Armen, deren blasses Gesicht im Mondlicht schimmerte. Die hängenden Schultern, das vorstehende Kinn, die Haltung des Kopfes und die glänzende Schnalle des Umhangs sowie das mit wertvollen Edelsteinen besetzte Schwert waren unverkennbar.

Jason.

Er sprach laut, die Handflächen im Gebet nach oben gerichtet. Ich schlüpfte in den Schatten einer Kiefer, drückte die Finger an die Rinde und lauschte.

»... Göttin von Iolkos, wenn du mich erhörst, opfere ich dir zwanzig weiße Färsen. Du kannst ihre Schmerzensschreie hören, ihr Blut auf deinem Altar und den Rauch der Opfergaben zum Olymp hochsteigen sehen. Ich bitte dich, sorge dafür, dass sich meine Bestimmung als Aisons Sohn erfüllt ...«

Ein Windstoß ließ die Kiefernnadeln über mir erzittern. Ich beugte mich vor, um die Worte besser zu verstehen, sah, wie Jason gestikulierte, und hörte Satzfetzen. »Rache ... diejenigen, die tatenlos dabeistanden, wie ich zusehen musste, als mein Vater von meinem Onkel umgebracht wurde, die nichts unternahmen, als er die Haare meiner Mutter mit der Faust packte, sie mit dem Zepter meines Vaters schlug und sie wieder und wieder und wieder auf dem Thron meines Vaters vergewaltigte ... die mir nicht halfen, als ich durch das Blut meines Vaters aus dem Palast kroch ...« Jasons Stimme klang hart und rau, wütend und gequält.

Er reckte die Hände dem dunklen Himmel entgegen. »Der Thron steht mir zu ... in meinen Adern fließt königliches Blut! Zeus ...«

Als eine Eule schrie, hätte ich selbst fast vor Schreck einen Schrei ausgestoßen. Ich fluchte leise. Bestimmt nahte nun der Moment, in dem er das enthüllen würde, was Myrtessa mir bereits erklärt hatte ...

»Ich *bin* ein König. Und nicht nur der König von Iolkos! Ich werde auch über Pagasä, Makronita und Kaladrosos, Lechonia und Aphussos herrschen. Hilf mir, o Göttermutter, alle Städte des Pelion niederzubrennen, sie dem Erdboden gleichzumachen und zu foltern, wer immer sich mir in den Weg stellt, egal, ob Mann, Frau oder Kind, bis alle meinen Namen voller Ehrfurcht ausrufen und mich als ihren einzig wahren König anerkennen ...«

Er öffnete keuchend die Augen. Die Luft um mich herum war still, die Blätter der Bäume bewegten sich nicht.

Das Blut gefror mir in den Adern, als vor meinem geistigen Auge Bilder von Kaladrosos auftauchten: niedergebrannt, die Flammen zum Himmel hochschlagend, Rauch, der von den Häusern aufstieg, meine Mutter und mein Vater verletzt in den Ruinen, meine kleinen Geschwister, die um Hilfe riefen ... Mir wurde flau im Magen, und mein Herz schlug wie wild. *So also sahen seine Pläne aus ...*

Jasons Stimme drang zu mir herüber: »Hera, gewähre du mir diesen Wunsch, zu der ich jeden Abend seit dem Mord an meinem Vater bete. Schenke mir Rache und die Königswürde über alle Städte des Pelion, wie es mir aufgrund meiner Geburt zusteht. Dann werde ich dich in Iolkos ehren wie noch niemals eine Göttin zuvor ...«

Ich ertrug seine Worte nicht länger, musste etwas tun. Mit einer geübten Bewegung zog ich das Schwert aus der Scheide und marschierte auf Jason zu, unsicher, ob ich mit ihm kämpfen oder reden wollte. Ich wusste nur, dass seine Worte von Wahnsinn zeugten, dass man ihn aufhalten musste ...

Blitzschnell wandte Jason sich zu mir um und sprang auf. Wie aus dem Nichts tauchte die schmale, schimmernde Klinge eines Schwertes auf. Schon berührte die Spitze meinen Hals. Mein Blick wanderte zum Heft, dann zu der Hand, die das Schwert führte, zu dem Arm, der es hielt, zu der Schulter, die unter einem dunklen Umhang verborgen war ...

»Was machst du hier, Telamon?«

»Ich ... ich wollte mir die Beine vertreten«, stotterte ich, ließ das Schwert fallen und hob zitternd die Hände.

»Ihr wolltet lauschen oder Euch mit jemandem treffen?«

»Wie bitte?« Angst stieg in mir auf. Ich wischte meine feuchten Hände an meinem Gewand ab. *Weiß er Bescheid? Aber woher?*

Würde er mich am Strand von Peparethos töten, dafür, dass ich mich als Mann verkleidet hatte, bevor ich noch einen ganzen Tag mit der *Argo* gesegelt war?

Er senkte die Klinge ein wenig und richtete sie direkt auf mein Herz. »Ihr habt nichts Wichtiges gehört. Aber ich traue Euch nicht, Telamon. Warum seid Ihr mir heute Abend gefolgt? Warum habt Ihr Euch mit Gewalt Zugang zur *Argo* verschafft? Seid Ihr ein Spion von Pelias? Sagt mir die Wahrheit!« Seine Stimme klang hart und befehlsgewohnt.

»Das ist die Wahrheit!« Ich hob die Hände zum Himmel, um ihm zu zeigen, dass ich mich nicht nach meinem Schwert bücken wollte. »Ich konnte nicht schlafen und bin ein wenig herumspaziert. Was die Sache mit der *Argo* betrifft … Natürlich hätte ich Euch um Erlaubnis bitten sollen, doch als ich beim Fest hörte, welche Männer Ihr mitnehmen wollt … Ich dachte mir, eine solche Gelegenheit darf ich mir nicht entgehen lassen. Ich könnte mir keine größere Ehre vorstellen, als Seit an Seit mit den auf diesem Schiff versammelten Helden zu kämpfen. Ich schwöre bei allen Göttern und Zeus, dem Schutzpatron von Pagasä, dass ich die Wahrheit sage.«

Oder zumindest einen Teil davon.

»Ihr nennt es ehrenhaft, Euch ungebeten Zugang zu einem Schiff zu verschaffen?«

»Ihr habt mich nicht zurückgewiesen«, entgegnete ich. »Warum nicht? Wenn Ihr mir nicht traut?«

Jason ließ sich Zeit mit der Antwort. Seine Worte, er werde *die Städte des Pelion niederbrennen und dem Erdboden gleichmachen*, klangen mir im Ohr und vermischten sich in meiner Fantasie mit den Schreien von Maia, Leon und Korykia. Einem plötzlichen Impuls gehorchend, bückte ich mich nach meinem Schwert, doch Jason erahnte meine Bewegung und packte mein Handgelenk, bevor ich Zeit hatte, das Heft zu ergreifen. Seine Finger gruben sich tief in mein Fleisch. Der Schmerz trieb mir Tränen in die Augen.

Mit der anderen Hand hob Jason mein Kinn ruckartig zu seinem Gesicht an. Ein Muskel zuckte in seiner Wange. »Wie Ihr seht, Telamon«, sagte er, die Finger nach wie vor um mein Handgelenk, »dulde ich keinen Widerspruch, wenn es um meinen Thron geht. Wenn Ihr es wagen solltet, Euch gegen mich zu erheben, wenn Ihr noch einmal einen Fuß vor dieses Lager setzt, lasse ich Euch aufspießen und als Fischfutter über Bord werfen. Habt Ihr mich verstanden?«

Seine Zähne glänzten im Licht des Mondes.

»Ja.« Ich schaute ihm in die Augen, obwohl meine Stimme bebte. »Ja, ich habe Euch verstanden.«

* * *

In den folgenden beiden Wochen wechselten Jason und ich kein Wort mehr. Ich ging ihm aus dem Weg, so gut es möglich war, hatte jedoch den Eindruck, dass er mich stets im Blick behielt, während ich ruderte, nach der Takelage sah oder mich auf die Jagd nach Wild fürs Essen machte. Am Abend nach meiner Begegnung mit ihm erzählte ich Myrtessa davon, als wir das Schiff ans Ufer zogen und unsere Decken nebeneinander ausbreiteten, ein wenig abseits von den Fürsten, die gemeinsam speisten und sich leise über die Abenteuer des Tages unterhielten. Sie schnappte nach Luft.

»Was sollen wir tun?«, fragte sie voller Angst, die Hand vor dem Mund.

Ich massierte meine Stirn mit den Fingerknöcheln. Genau diese Frage ging mir ebenfalls im Kopf herum. Und in der Nacht quälten mich Albträume von hochlodernden Flammen, von den rauchenden Trümmern meines Zuhauses, von meinen Eltern und meinen Geschwistern, deren Hilfeschreie immer leiser wurden. *Ich hätte sie nicht verlassen dürfen …*

»Ich weiß es nicht«, antwortete ich. »Aber es muss eine Möglichkeit geben.«

Nach sechs Tagen guter Winde, die die Segel blähten und uns über wippende Wellen an der Insel Lemnos vorbei durch die Meerenge des Hellespont trugen, wo die stolze Stadt Troja mit ihren hohen Mauern über der Ebene aufragte, und schließlich in das Propontis-Meer, verließ uns das Glück. Der Wind drehte, blies hart aus Nordost, kam am Morgen auf und flaute bei Sonnenuntergang ab, sodass uns allen nichts anderes übrig blieb, als den ganzen Tag ohne Unterlass zu rudern. Myrtessa saß mit den anderen Sklaven an den Ruderbänken am Bug, ihr Gewand war schweißnass von der Anstrengung. Mein Platz befand sich neben Peleus. Meine Hände waren voller Blasen, darunter konnte ich das rohe Fleisch sehen. Bei jedem Schlag des Ruders hätte ich am liebsten vor Schmerz laut aufgeschrien.

Abwechselnd stiegen Verzweiflung, Schuld- und Ohnmachtsgefühle in mir auf. Manchmal wurde ich so wütend, dass ich fast das Ruder weggeworfen hätte. Dann wieder erfüllten mich Verzweiflung und Angst, dass sie vielleicht doch recht gehabt hatten und ich nicht gut und stark genug war, um die Helden auf ihrer Fahrt zu begleiten, dass ich zu Hause in Kaladrosos hätte bleiben sollen, wo ich zumindest für die Sicherheit meiner Familie hätte sorgen können. Die ruhige Bewegung der Wellen, die weißen Möwen, die auf dem Wasser des Meeres schaukelten, der Klang der Seile, die im Wind schwangen, die salzige Seeluft auf meiner Zunge – all das war mir aufregend erschienen, ein Vorgeschmack auf künftige Abenteuer. Aber nun konzentrierte ich mich auf den nie enden wollenden Schmerz in meinen Händen und meinen pochenden Schläfen, auf die die Sonne unerbittlich herniederbrannte, auf den Schweiß, der mir über Gesicht und Rücken lief und das Gewand an meiner Haut festkleben ließ, auf die erschöpften Muskeln meiner Arme. Und auf die stets präsente Furcht. Trotzdem musste ich weitermachen. Ich durfte mir keine Rast gönnen, das war nicht möglich …

»Telamon.«

Ich wischte mir die verschwitzten Haare mit dem Unterarm aus der Stirn und blinzelte ins Licht der Sonne. Hippomenes stand vor mir. Er trug keinen Umhang, nur ein schlichtes blaues Gewand mit purpurfarbenen Zierfäden und Gürtel. Seine muskulösen Arme waren nackt wie die der Holzfäller in Kaladrosos: knorrig, dickädrig und voll herausstehender Sehnen, gehärtet durch viele Stunden Arbeit mit Axt oder Schwert. Er streckte mir die Hand hin. Mir fiel die raue Haut daran auf, die keinerlei Blasen aufwies.

»Hippomenes«, keuchte ich, immer weiterrudernd und bemüht, mein Gesicht nicht vor Pein zu verziehen. »Was führt Euch hierher?«

Wortlos stieg er über die Bank, nahm mir das Ruder aus den Händen, setzte sich neben mich und führte den nächsten Schlag ohne sichtbare Anstrengung aus. Die Muskeln spannten sich an, der Rhythmus seiner Bewegungen war kräftig und schnell.

»Was …?«

»Geht.« Er entließ mich mit einem Achselzucken, als wäre ich ein Sklave.

»Aber ich …«

»Geht«, wiederholte er.

Ich betrachtete meine Hände. Eine der Blasen war aufgegangen und blutete, meine Arme zitterten. Vor meinem geistigen Auge tauchten Bilder von in Salzwasser getauchten Verbänden für meine Wunden und Wein für meinen trockenen Mund auf. Ich erhob mich und kletterte mit weichen Knien über meine Ruderbank. Entschlossen, Hippomenes zu beweisen, dass ich kein Schwächling war, dass ich auch solche Torturen überstehen konnte, meinte ich: »Ich will nicht …«

Doch Hippomenes, der das Ruder zum Takt der Trommel durchs Wasser zog, reagierte nicht.

Als ich mich entfernte, hörte ich ihn sagen: »Er wäre besser auf seinen kretischen Feldern aufgehoben.«

Peleus antwortete ihm: »Vielleicht habt Ihr recht, Hippomenes, und wir haben ihn überschätzt. Obwohl ich nach wie vor nicht begreife, warum Ihr diesen Jungen nicht mögt.«

»Er kann gut mit Pfeil und Bogen umgehen, aber er besitzt nicht die Kraft eines Mannes«, meinte Nestor von hinten.

Ich wandte mich ab; meine Augen brannten vor Scham. Mit gesenktem Kopf schlich ich zum Heck der *Argo*, um Verbände für meine blutenden Wunden zu holen.

»Wartet, Telamon.«

Ich drehte mich um. Meine Hände zitterten, mein Blick war von Tränen verschwommen. Als ich eine kühle Hand auf meinem Arm spürte, wischte ich mir die Augen an der Schulter meines Gewands ab. »Meleagros?«

Er zog sein Ruder ein und stand auf. »So etwas sollten sie nicht sagen.«

»Doch, doch, sie haben recht. Ich schaffe das nicht. Ich hätte niemals ...«

Er strich mir leicht mit einem Finger über die Wange. Blut schoss mir ins Gesicht, Verlangen durchzuckte mich. Seine Lippen waren den meinen so nahe, dass ich den Schweiß in seinem feinen braunen Bart sehen konnte, und ich ertappte mich dabei, mir vorzustellen, wie es wäre, von diesen Lippen geküsst zu werden, seine Hände zuerst in meinen Haaren, dann auf meinem Rücken zu spüren, wie sie immer weiter hinunterwanderten ...

Sei nicht albern, Atalante. Denk daran, warum du hier bist – um eine Reise mit Helden zu bestreiten, nicht um den Erstbesten anzuhimmeln, der dich voller Begierde ansieht.

Und vergiss nicht: Er hält dich für einen Mann.

Ich spürte, wie die Röte aus meinen Wangen wich, doch seine Finger blieben kühl an meiner Haut.

Und wenn er dich als Mann begehrt?, fragte eine Stimme in meinem Innern. *Was dann?*

Meleagros wölbte beide Hände um meine Schläfen, beugte sich vor und küsste mich sanft auf die Stirn. Mein Körper schien sich in seine Einzelteile aufzulösen, als ich seine Lippen an meinen Haaren spürte. Pollux, der an der Ruderbank links von Meleagros saß, stieß einen Pfiff aus, einige der Fürsten lachten und bedachten uns mit anzüglichen Bemerkungen. Ich wandte verwirrt und verlegen den Blick ab, doch Meleagros blieb unbeeindruckt.

»Passt auf Euch auf, Telamon«, sagte er, und obwohl ich wusste, dass wir beobachtet wurden, konnte ich nicht anders: Mein Blick wanderte zu ihm zurück. Als er meine blasenübersäten Finger betrachtete, klopfte mein Herz so wild, dass sich das Lederband des Anhängers auf meiner Brust hob und senkte. »Ihr habt sehr schöne Hände. Es wäre schade, sie zuschanden zu richten.«

Mit einem Lächeln und einer leichten Verneigung entfernte er sich.

Später am Tag saß ich mit den anderen, die sich eine Pause vom Rudern gönnten, am Heck des Schiffs. Einige Tage zuvor hatte Argus Jason überredet, die Mannschaft einzuteilen, sodass wir uns beim Rudern abwechseln und ein wenig Kraft für die weitere Fahrt schöpfen konnten. Hippomenes hatte mich daran gehindert, ans Ruder zurückzukehren, egal, wie sehr ich mich wehrte. Er selbst ruderte den ganzen Tag ohne Unterlass, und mir blieb nichts anderes übrig, als beschämt am Heck Däumchen zu drehen. Durch einen glücklichen Zufall durften auch Myrtessa und ein älterer Sklave namens Phorbas, mit dem sie sich angefreundet hatte, eine Rast einlegen, nicht lange, nachdem ich meine Bank verlassen hatte. So konnten wir uns außer Hörweite der anderen neben dem Stauraum unterhalten und aus einem Weinschlauch unseren Durst löschen. Ich hatte Phorbas' mit Blasen übersäte Hände verbunden, die heftig bluteten. Er war der Verwalter seines Herrn und hatte die Aufgabe, die Sklaven für ihn zu überwachen sowie seine Konten zu führen, und war solch körperliche Anstrengungen nicht gewöhnt.

Nach einer Weile reckte ich den Kopf, um über die Deckkante zu blicken. Oben lief Jason gereizt immer wieder an Argus am Steuerruder vorbei, den Blick auf die Gewitterwolken am Horizont gerichtet.

»Mein Fürst Jason«, hörte ich Argus sagen. »Ich weiß, Ihr schätzt es nicht, wenn die Männer ruhen …«

»Es geht nicht darum, dass ich es nicht schätze, Argus«,

entgegnete Jason, »sondern darum, dass, wie Ihr seht, ein Sturm heraufzieht. Wenn wir nicht schnell genug vorankommen, geraten wir mitten hinein. Der *Argo* darf nichts passieren, nichts soll meine Reise zum Vlies behindern.«

»Was machst du da?«, flüsterte Myrtessa mir zu.

Ich bedeutete ihr zu schweigen.

»Schön und gut«, meinte Argus, »doch wenn die Hände der Männer so wund sind, dass sie nicht mehr rudern können, hilft es uns nicht, schnell einen Hafen zu erreichen, denn dann können wir morgen nicht weiterfahren. Ich habe die Finger von Phorbas gesehen, dem Verwalter von Peleus. Unter den Blasen war rohes Fleisch …«

»Was kümmern mich Sklaven?« Jasons Stimme wurde lauter. Ich wich zurück und gab Phorbas ein Zeichen, dass er den Kopf einziehen solle.

»Aber wenn sie nicht mehr rudern können …«

»Wenn sie nicht mehr rudern können, werfen wir sie über Bord. Dann sehen wir, ob sie wenigstens schwimmen können.«

Argus zögerte. »Mein Fürst …«

»Nein, Argus. Genug. Die Sklaven machen sich wieder an die Arbeit. Ihr!« Zu meinem Entsetzen hörte ich, wie seine Schritte sich näherten. Kurz darauf fiel sein Schatten auf uns drei. Ich erhob mich. Er deutete auf Phorbas; seine grauen Augen funkelten. »Steh auf und rudere.«

Phorbas war fast vierzig Jahre alt, ein wenig rundlich um die Leibesmitte, und seine Haare begannen grau zu werden. Als er sich an der Reling hochzog, zuckte er vor Schmerz zusammen.

»Mein Fürst«, sagte er, Tränen in den Augen. »Bitte lasst mich noch ein wenig rasten.«

»An die Arbeit, Sklave.«

»Aber ...«

»Ruhe! Ich dulde keinen Widerspruch!« Jasons Gesicht wurde rot, an seiner Schläfe pochte eine Ader.

Phorbas hielt seine kaputten Hände hoch. »Ich flehe Euch an, mein Fürst ...«

»Was ist das?«

Jasons Blick fiel auf den Stoffverband aus den Vorräten.

»Ich kann das erklären«, meinte ich und trat einen Schritt vor.

»Haltet den Mund«, erwiderte Jason. Seine Stimme klang drohend. »Hast du diesen Verband gestohlen, Sklave?«

Phorbas schüttelte den Kopf. »Nein, mein Fürst, ich ...«

»Du hast es gewagt, Dinge an dich zu nehmen, die dir nicht zustehen?«

Ich sah Jason an. »Die Vorräte wurden für die gesamte Mannschaft an Bord gebracht, für Edelleute und Sklaven gleichermaßen!«

»Nimm ihn ab«, wies Jason Phorbas an, ohne auf meine Worte zu achten.

Am Himmel ballten sich graue Wolken, und der Wind formte hohe Wellenkämme, die gleich wieder in sich zusammenfielen. Gischt sprühte mir ins Gesicht, der Salzgeschmack in meinem Mund verstärkte sich.

»W-was?«

»Nimm ihn ab!«

Sich duckend, gehorchte Phorbas und wickelte seine blutigen Hände aus.

Eine neuerliche, stärkere Bö, die die Segel blähte, das Schiff tief in die Wellen drückte, die Taue knarren und Wasser aufs Deck spritzen ließ.

»Streck deine Hände aus.«

Phorbas tat, wie ihm geheißen. Jason löste seinen Ledergürtel und ließ ihn, den Mund leicht geöffnet, durch seine Hand gleiten. Dann holte er aus, Phorbas presste die Augen zu, und …

»Nein!«

Ich stieß Phorbas weg. »Nein, Prinz Jason.« Als ich meinerseits die Finger mit den Handflächen nach oben ausstreckte, spürte ich, wie die Blasen sich dehnten. »Bestraft mich. Ich habe den Verband genommen. Es war meine Schuld. Schlagt mich.«

Jason verzog verächtlich die Lippen. »Ihr seid noch törichter, als ich dachte, Telamon.«

Ich blickte ihn herausfordernd an. Dies waren seit meiner Begegnung mit ihm am Strand von Peparethos meine ersten Worte an ihn. Schaudernd sah ich in diese kalten grauen Augen, die in der Dunkelheit geleuchtet hatten, während er drohte, meine Heimat zu brandschatzen und die Menschen dort, auch meine Familie, zu foltern.

Die Wellen türmten sich so hoch auf, dass der Bug des Schiffs sich hob und senkte wie eine Kinderwiege. Phorbas, auf dessen Gesicht sich Erleichterung abzeichnete, formte mit den Lippen: *Ich danke Euch, Telamon*. Da wurde er mit Myrtessa gegen die Seite des Schiffs geworfen.

»Mein Fürst Jason …«, warnte Argus, beide Hände auf dem Steuerruder, das ihm zu entgleiten drohte.

Doch Jason holte erneut aus. Als der Gürtel mit einem lauten, brennenden Knall auf meiner nackten Haut landete, hörte ich das, was Argus noch sagte, nicht mehr. Ich hielt den Atem an und biss mir auf die Lippe, um nicht aufzuschreien, während Jason den Ledergurt wieder und wieder herniedersausen ließ. Seine Augen funkelten, meine Hände glühten, die Blasen darauf platzten, Blut rann meine Handgelenke und Unterarme hinunter …

»Genug!«

Ich wurde weggezogen.

Argus deutete auf die dichten Wolken am Himmel, die die Sonne verdeckten und vom Wind zu einer wirbelnden Masse zusammengeschoben wurden. »Wollt Ihr für Euren Stolz das ganze Schiff und seine Mannschaft in Gefahr bringen?«

Jason hielt schwer atmend inne und schaute auf die Wellen, die sich zu dunklen Wänden auftürmten. Tiefes Donnergrollen ließ die Luft erzittern, das Schiff machte einen Satz nach vorn, sodass die Spanten krachten.

Der Sturm war da.

* * *

Jason schleuderte den Gürtel weg, marschierte das Deck entlang und brüllte Befehle. »Ruder einholen«, bellte er. Ich rannte, die brennenden Hände umeinander gewölbt, zum Mast, rutschte auf dem vom Regen feuchten Holz aus und griff nach einem Seil, um nicht zu stürzen.

»Telamon«, keuchte Myrtessa, die schwankend auf mich zukam. Sie klammerte sich an die Lederdollen, die die Ruder an Ort und Stelle hielten, weil ihr die Füße immer wieder unter dem Leib wegglitten. »Was soll ich machen?«

»Bleib an meiner Seite.« Ich löste die Großschot, mit der das Großsegel an der Seite des Schiffs befestigt war. Die rauen Taue wurden rot von meinen blutigen Händen. Ich sah mich um. Myrtessa ging in die Hocke und umfasste mit geschlossenen Augen die Lederschlinge eines der Ruder, als eine Welle uns nach oben trug und uns kurz darauf wieder in die brodelnde See zurückfallen ließ.

»Ich habe Angst«, flüsterte sie.

»Dann tu etwas!«, rief ich. Ich warf ihr ein Seil zu, versuchte, es um meinen Ellbogen zu winden, obwohl ich auf den feuchten Planken rutschte und Mühe hatte, an der Seite Halt zu finden. Mehrere Sklaven beteten laut zu Poseidon, Phorbas übergab sich ins Meer.

»Argus, könnt Ihr das Schiff parallel zu den Wellen lenken?«, hörte ich Nestor rufen, der sich gebückt an den Ruderbänken zu ihm vorhangelte. Der Wind heulte ums Schiff, der Himmel war schwarz wie in finsterster Nacht. Ein blendend weißer Blitz durchzuckte die Luft, gefolgt von Donnergrollen, dann begann es wie aus Eimern zu schütten.

»Ich tue, was ich kann!«, hörte ich Argus vom Heck antworten. Er hatte beide Arme um das Steuer geschlungen und versuchte mit aller Kraft, das Schiff auf Kurs zu halten. Eine riesige Welle schwappte über den Bug; das Salzwasser durchnässte uns bis auf die Knochen. »Poseidon verflucht uns!«

»Wir müssen das Segel reffen!«, rief ich den Männern neben mir zu und sah Hippomenes nicken, dem die Haare nass am Kopf klebten. Die Muskeln seiner Unterarme spannten sich an, als er sich an die Arbeit machte.

»Es hat keinen Sinn!«, brüllte er kurz darauf. »Das Seil ist völlig durchnässt. Ich kann es nicht lösen!«

Ein weiterer Blitz durchzuckte den Himmel und erhellte die Rah, an der das Segel im heulenden Wind flatterte.

»Die Zeit läuft uns davon!«, brüllte ich zurück. »Wenn es so nicht geht, müssen wir hinaufklettern. Nicht mehr lange, dann krängt das Schiff!«

Er nickte, das Regenwasser tropfte ihm von der Nasenspitze. Ich gab Myrtessa ein Zeichen. Wenig später kletterten Hippomenes, Myrtessa und ich einer nach dem anderen den glitschigen Mast hinauf bis zur Rah. Wasser lief uns in die Augen, die offenen Wunden an meinen Händen schmerzten höllisch, das Schiff ächzte, als es auf den hohen Wellen hin- und hergeworfen wurde, und der Wind pfiff uns um die Ohren. Als der Bug sich wieder senkte, streckte Myrtessa zitternd eine Hand nach mir aus. Ich berührte sie kurz und hielt mich mit der anderen an dem rutschigen Holz fest. Dann schlang ich einen Unterarm um die Rah und begann, das Segel einzuholen. Hippomenes tat auf der anderen Seite das Gleiche, und Myrtessa war neben mir mit der Großschot beschäftigt. Sie wischte sich die nassen Haare aus den Augen und warf mir und Hippomenes die Seile zu. Da öffneten sich die Schleusen des Himmels noch weiter, und eine mächtige Woge traf krachend das Deck. Die *Argo* neigte sich ächzend nach vorn. Als sie in das nächste Wellental stürzte, hörte ich lautes Schnalzen. Am Bug peitschte ein loses Seil die Luft, und der Mast begann, gefährlich zu wanken.

»Eins der Taue am Mast ist gerissen!«, brüllte ich Myrtessa und Hippomenes zu. »Wir müssen runter!«

Myrtessas Augen waren angstgeweitet, ihre Mundwinkel bebten. Wieder wankte der Mast, und ich verstärkte meinen Griff um die Rah. »Dolios – klettere runter!«

Myrtessa tastete sich vorsichtig mit den Zehen hinunter.

»Hippomenes – Ihr als Nächster!«

Er war so weit auf die Rah hinausgeklettert, dass er über der brodelnden, schäumenden See hing und nach dem letzten Zipfel des Segels greifen musste. Es flatterte so wild im Wind, dass er es nicht erwischte. Gleichzeitig schlug eines der Seile, die Myrtessa und ich gelöst hatten, durch die Luft.

»Hippomenes!«

Ich blinzelte durch die Regenwand. Da ertönte ein lautes Geräusch vom Bug, danach Knarren von Holz. Das zweite Tau war dabei zu reißen. Nach einem letzten verzweifelten Blick auf Hippomenes schwang ich mich auf den Mast und glitt daran hinunter – keinen Moment zu früh. Mit einem grässlichen Knacken löste sich das zweite und letzte Seil, das den Mast hielt. Gerade noch rechtzeitig sprang ich herunter. Der Mast kippte, Hippomenes nach wie vor an der Rah wie eine Napfschnecke an einem Felsen, mit ohrenbetäubendem Dröhnen ins Wasser.

Auf hoher See

Der Ozean

Stunde der Sterne
Vierzehnter Tag des Erntemonats

»*Hippomenes!*«

Ich klammerte mich an der Seite des sturmgebeutelten Schiffs fest und suchte verzweifelt die bleigraue Oberfläche des Wassers nach ihm ab. Endlich entdeckte ich ihn.

»Da!«, rief ich und deutete in die Düsternis. »Da!«

Peleus, der neben mir stand, hob ein aufgerolltes Seil vom Boden auf und verknotete ein Holzstück am Ende. Während ich mit zitterndem Finger in die Richtung wies, in der ich Hippomenes gesehen hatte, ließ er das Seil über seinem Kopf kreisen und schleuderte es dann über die Wasserfläche. Es wurde vom Wind erfasst und weggeblasen. Er holte es ein und versuchte es noch einmal. Wieder wurde es von einer Sturmbö gepackt und kam weit jenseits des Hecks auf. Peleus wagte einen dritten Anlauf. Die Wellen trugen Hippomenes tiefer in die Dunkelheit. Bald wäre er so weit weg, dass auch das Seil ihn nicht mehr erreichen konnte …

Da tauchte Jason hinter uns auf und legte Peleus eine Hand auf die Schulter. »Ihr könnt nichts mehr tun«, übertönte er das Heulen des Sturms. »Der Mann ist verloren.«

Ich starrte ihn entsetzt an. Jason erwiderte meinen Blick so kühl wie der Regen, der auf uns herniederprasselte.

»Man kann immer etwas tun.« Ich strich mir die nassen Haare aus der Stirn und hielt den Blick auf Hippomenes gerichtet, der drohte, ganz in der Schwärze zu verschwinden.

Jason gab ein verächtliches Geräusch von sich. Da wurde das Schiff von den Wellen hochgehoben, sodass wir aus dem Gleichgewicht gerieten. »Ich will das Vlies holen, nicht meine Zeit mit Männern vergeuden, die bereits so gut wie tot sind«, brüllte er.

Ich war außer mir vor Zorn. »Hippomenes hat sein Leben für Euch riskiert, und Ihr vergeltet es ihm so?«

»Er hat nur seine Pflicht dem König gegenüber getan«, entgegnete er mit lauter Stimme. »Ich *befehle* Euch, ihn zu lassen.«

Ohne eine Sekunde zu zögern, riss ich mir Gürtel, Bogen, Köcher und Dolch vom Leib und warf alles Myrtessa zu. »Nimm«, sagte ich mit vor Wut bebender Stimme und wandte mich an Peleus. »Haltet das Seil fest«, wies ich ihn an. »Holt es ein, wenn ich dreimal daran ziehe.« Dann nahm ich ihm, bevor Jason etwas dagegen einwenden konnte, das eine Ende des Seils aus der Hand, kletterte auf den Rumpf des Schiffs und sprang in die brodelnde See.

Die Kälte benahm mir den Atem. Als ich auftauchte, um tief Luft zu holen, schlug eine Welle über mir zusammen und drückte mich wieder hinunter. Gischt verschleierte meine Sicht, Salz brannte in meinem Mund, Hals und Nase füllten sich mit Wasser, meine Handflächen schmerzten höllisch. Beim nächsten Auftauchen ergriff ich hustend und blinzelnd das Stück Holz und das daran befestigte Seil.

»*Hippomenes!*« Ich drehte mich, suchte zwischen den gewaltigen Wassermassen nach einem Gesicht, einem Körper…

Dann hob eine Woge mich nach oben, und ich entdeckte ihn in mindestens zwanzig Schritt Entfernung. Er klammerte sich an die Reste des Masts, die Haare klebten ihm am Kopf, und er schnappte mit weit offenem Mund nach Luft. Ich schwamm auf ihn zu, kämpfte gegen die See an, zog das Seil hinter mir her, den Blick auf das nasse Segel und die Holzteile gerichtet, die vor mir auf dem Meer schaukelten …

Noch zehn Schritte Abstand …

Fünf …

Dann erreichte ich ihn prustend, das Seil nach wie vor in der Hand, und hielt mich ebenfalls an dem Mast fest.

»Ihr!«, keuchte Hippomenes erstaunt. An seiner Schulter klaffte eine tiefe blutende Wunde, wo ein herabfallendes Holzstück ihn getroffen hatte. Sein Gesicht war totenbleich. Er knirschte mit den Zähnen, bemühte sich, nicht das Bewusstsein zu verlieren.

»Könnt Ihr schwimmen?«, rief ich, Salzwasser im Mund, selbst darauf bedacht, nicht unterzugehen. Ich versuchte, die Hand nach ihm auszustrecken, doch das Seil zog mich zurück, weil das Schiff auf den Wellen tanzte. »Schwimmt zu mir, Hippomenes!«

Hippomenes ließ den Mast los und ging unter. Gerade als eine Welle über ihm zusammenschlug, tauchte sein Kopf wieder auf.

»Ich kann … meinen Arm nicht bewegen«, stammelte er und versank erneut.

Ich schaute mich verzweifelt nach etwas um, das uns helfen konnte. Ein weiteres Mal drückte mich eine Woge unter Wasser; ich kam schwer atmend und mit tränenden Augen an die Oberfläche. Endlich entdeckte ich etwas: ein Ruder, das ein kleines Stück von uns entfernt trieb. Ich kämpfte mich hin, zog es heran, schlang das Seil um den Griff und machte einen Doppelknoten. Danach holte ich tief Luft und tauchte. Ein Zug, zwei Züge, dann sah ich vor mir Hippomenes, der in die blaugrünen Tiefen des Ozeans hinabsank, den Kopf schlaff auf der Brust. Aus seinem Mund stiegen nur noch ein paar Luftblasen auf. Ich legte beide Arme um seine Taille, zog ihn mit aller Kraft nach oben, und nach einem langen, atemlosen Moment erreichten wir prustend die Wasseroberfläche.

»Haltet Euch an mir fest!«, rief ich ihm zu. Ich machte Schwimmbewegungen mit den Beinen, schlang einen Arm um ihn und pflügte mit dem anderen durchs Wasser, schleppte ihn fast bewusstlos zum Ruder und zog dreimal am Seil.

Nach einer gefühlten Ewigkeit spannte es sich und wurde langsam, sehr langsam eingeholt. Ich spürte, wie Hippomenes begann, schwach Wasser zu treten. Obwohl es sich anfühlte, als würden wir kaum vom Fleck kommen, näherten sich die dunklen Umrisse der *Argo* stetig. Meine Wadenmuskeln waren zum Zerreißen gespannt, und ich schnappte nur noch nach Luft. Hippomenes hatte die Augen in der Dunkelheit halb geschlossen, die Bewegungen seiner Beine wurden matter …

Dann endlich befand sich der hohe, teergeschwärzte Schiffsrumpf über uns. Ich holte den halb bewusstlosen Hippomenes zu mir heran, schlang das Seil um seine Taille, verknotete es zweimal und mühte mich ab, ihn über Wasser zu halten. Anschließend zog ich wieder am Seil, spürte, wie es sich anspannte, und sah, wie Hippomenes langsam hoch und an Deck gehievt wurde. Ich selbst wehrte mich gegen den Drang, mich einfach dem seligen Vergessen zu ergeben und tief in die schwarzen Arme des Wassers zu versinken …

Als das Seil ein zweites Mal heruntergeworfen wurde,

nahm ich kaum noch wahr, wie ich es ergriff. Fast hätte ich das Bewusstsein verloren, als ich wie ein Fisch am Rumpf des Schiffs hochglitt. Ich spürte, wie warme Hände mich packten, an Deck zogen und auf eine nasse Ruderbank legten, sah Myrtessas blasses Gesicht und Hippomenes, der, umgeben von Sklaven, auf der Bank neben mir lag, sein Keuchen so laut, dass es das Heulen des Sturms übertönte.

»Er ist am Leben«, murmelte ich. »Den Göttern sei Dank.«

Dann wurde mir schwarz vor Augen.

Als ich am folgenden Morgen aufwachte, hatte ich schreckliche Kopfschmerzen, und meine Arme und Oberschenkel taten mir weh wie noch nie. Ich blinzelte ins grelle Licht, versuchte, meine Augen mit der Hand zu beschatten, doch die bewegte sich nicht. Ich blinzelte noch einmal.

Nun erkannte ich den blauen Himmel mit fädrigen Wolken über mir. Die Sonne, eine leuchtend weiße Scheibe, stand am Horizont. Ich wollte mich aufsetzen – und stieß einen Schmerzensschrei aus, als ich die Wunden an meinen Handflächen spürte.

»Nicht, Herr – nicht bewegen.«

Sofort war Myrtessa bei mir. Nun merkte ich, dass ich auf einer der Ruderbänke am Heck lag und in mehrere dicke Wolldecken gehüllt war. Die Luft roch nach dem Sturm frisch und klar. Ich hörte den gleichmäßigen Schlag der Trommel sowie das Eintauchen der Ruder ins Wasser und spürte die Bewegung des Schiffs. Myrtessa legte mir eine Hand auf die Schulter, damit ich nicht von der Bank rutschte.

Als ich mich vorsichtig aufrichtete, glitten die Decken von mir herunter. Ich fühlte die scharfe Brise, bekam eine

Gänsehaut und sah, dass ich nach wie vor mein nasses Gewand trug.

»Ich habe mich nicht getraut, es dir auszuziehen«, flüsterte Myrtessa. »Es hätten ja alle zugeschaut.«

»Das hast du gut gemacht. Nimm.«

Ich drückte ihr die Decken in die Hand und setzte mich ganz auf. Mir wurde schwindlig. Erst nach einer Weile nahm ich die Männer wahr, die auf den von Meerwasser und Seetang feuchten Ruderbänken saßen, die gerissenen Seile, die ins Wasser hingen, das gesplitterte Holz des abgebrochenen Masts, und dass einige Ruder fehlten.

»Der Wind hat uns zu der Insel Prokonnesos zurückgetrieben«, erklärte Myrtessa leise, während sie die Decken zusammenlegte. »Jason wollte dich wegen Ungehorsams mit dem Tod bestrafen, aber Peleus und Laertes haben ihn daran gehindert. Du hättest sein Gesicht sehen sollen.« Ihr schauderte. »Letztlich haben wir nicht allzu viel Zeit verloren, und wir können von Glück sagen, dass wir nicht gegen die Felsen der Insel geschleudert wurden. Aber das Segel ist ein herber Verlust ... Was machst du da?«

Ich war aufgestanden und stieg zu dem Lagerraum unter dem Heck hinab. Von dort aus drehte ich mich zu ihr um. »Ich will rudern.«

»Aber das geht nicht! Du bist die ganze Nacht bewusstlos gewesen und kaum ...«

Ich schenkte ihr keine Beachtung. Glaubte sie denn, dass ich nach allem, was Hippomenes, Nestor und Peleus tags zuvor gesagt hatten, in Decken gehüllt Däumchen drehen würde? Die Erinnerung an Peleus' verächtliche Worte – »vielleicht haben wir ihn überschätzt« – ließen brennende Scham in mir aufsteigen. Ich wünschte mir nichts sehnlicher, als etwas zu *tun*.

»Mein Fürst!«, rief sie mir nach.

»Ich muss. Danke, dass du dich um mich gekümmert hast.«

Das Lager unter dem Heck war trocken. Die Türen, mittels eines hölzernen Riegels von außen verschlossen, schienen dem Sturm standgehalten zu haben. Ich nahm das kleinste aus einem Stapel Gewänder, eine schlichte dunkelgrüne Wolltunika. Sie war längst nicht so prächtig wie die des Korythos, weil sie weder Goldstickereien noch Fransen oder Quasten aufwies, immerhin jedoch nicht nass. Ich zog sie über den Kopf und schlüpfte darunter aus meinem völlig durchweichten Gewand, dann schlang ich Korythos' alten Schwertgurt aus Leder um die Taille. Als ich saubere Stoffverbände entdeckte, bandagierte ich, vor Schmerz zusammenzuckend, meine Hände.

Wieder oben, setzte ich mich auf den freien Platz neben dem breitschultrigen Theseus und nahm das Ruder, dessen Griff noch feucht und rutschig war. Die Sonne brannte auf meinen Kopf, während ich es ins Wasser tauchte und in den Rhythmus der Trommel einfiel. Mein Körper bewegte sich im Takt mit den anderen, die salzige Gischt sprühte mir ins Gesicht. Obwohl die Wunden an meinen Händen brannten und meine Arme schmerzten, fühlte es sich gut an, mit den Helden zu rudern und ihnen zu zeigen, dass ich nicht der Feigling war, für den sie mich hielten.

»Fürst Telamon.«

Ich war so vertieft in meine Aufgabe, dass ich die Schritte nicht bemerkt hatte. Neben mir stand Hippomenes, nun ebenfalls in einem trockenen Gewand, die Wunde an seinem Arm verbunden, die schulterlangen Haare salzverkrustet.

»Ihr habt mir heute Nacht das Leben gerettet«, sagte er leise.

»Das hätte ich für jeden getan«, entgegnete ich und ruderte mit langen, gleichmäßigen Schlägen weiter, den Blick auf das ferne Land im Osten gerichtet, dessen Hügel sich zum Meer erstreckten. In einer kleinen Bucht lag ein winziges Fischerboot vor Anker.

»Ihr habt es getan. Kein anderer auf dem Schiff hat es gewagt, obwohl hier alle sich griechische Helden nennen. Ich stehe auf ewig in Eurer Schuld und entschuldige mich für meine Worte neulich.« Seine Stimme klang rau.

»Ich bin Euch nicht böse.« Das entsprach der Wahrheit. »Ihr hattet recht, einem Fremden zu misstrauen, noch dazu einem jungen, im Krieg unerfahrenen. Ich hätte das Gleiche gemacht.«

Er nickte, seine Schultern entspannten sich. Kurzes Schweigen, dann: »Wir essen am Bug des Schiffes. Prinz Lykaon, die Fürsten Meleagros, Castor, Peleus, alle, die gerade Rast machen ... Vielleicht möchtet Ihr ...«

»Danke, mein Fürst, aber zuerst würde ich gern noch ein wenig rudern.«

Es war das erste Mal, dass ich seit meinem Sprung auf die *Argo* mit den Fürsten aß. Weil Hippomenes mir seine Abneigung deutlich gezeigt hatte und damit auch die anderen ansteckte – selbst diejenigen, die mir nach der Jagd gewogen waren –, hatte ich immer mit Myrtessa auf einer leeren Ruderbank am Heck gefrühstückt und mich leise mit ihr unterhalten. Als Hippomenes mich nun zu der Gruppe auf der erhöhten Plattform am Bug führte, machten sie mir Platz. Meleagros, der nicht weit von mir entfernt saß, zwinkerte mir zu und reichte mir eine in Stoff gewickelte Scheibe Fleisch, dazu eine Handvoll eingelegter Oliven und einige Trockenfeigen. Die meisten der versammelten Fürsten musterten mich schweigend, zwei nickten, und Peleus lächelte mir kurz zu. Mein Puls beschleunigte sich. Vielleicht hatten die Helden mich nun endlich akzeptiert …

»Ich danke Euch.« Mit gesenktem Blick nahm ich das Essen von Meleagros. Es fiel mir schwer, nicht dümmlich zu grinsen. Endlich speiste ich mit Nestor, Theseus und Peleus, auf ihre Einladung hin – fast wie ein Ebenbürtiger! Das Fleisch war zäh and flechsig und schmeckte hauptsächlich nach Salz, aber weil ich Hunger hatte, störte mich das nicht. Als ich die letzte herrlich süße, mit klebrigem Honig überzogene Feige gegessen hatte, fühlte ich mich das erste Mal seit Tagen wirklich satt.

»Hier.« Castor reichte mir einen Weinschlauch aus Leder. Ich bedankte mich lächelnd, trank einen Schluck von dem mit Wasser verdünnten Wein und wischte mir den Mund mit dem Handrücken ab.

Die Fürsten schienen mich zu beobachten, als wollte keiner als Erster sprechen. Am Ende war es Hippomenes, der das Schweigen brach.

»Seht Ihr die Sklavin da drüben?« Er deutete auf eine schlanke Frau mit braunen Haaren, die mit gerötetem Gesicht Wasser aus einem Eimer über Bord schüttete, das nach dem Sturm knöcheltief in der Bilge stand. Sie war einige Tage zuvor bei einem Überfall auf die Insel Imbros gefangen genommen worden – ich hatte mich geweigert, an dem Raubzug teilzunehmen, und war auf dem Schiff geblieben, weil ich es hasste, wie so aus freien Frauen Sklavinnen gemacht wurden. Nun musste sie mit anderen tagsüber die Ruderbänke säubern und die Taue flicken und nachts den Helden zu Gefallen sein. Auf der Insel hatten die kampferprobten Krieger leichtes Spiel gehabt. Sie selbst waren mit nur wenigen Verletzungen zurückgekehrt, hatten jedoch –

damit prahlte Jason – zahlreiche Ehemänner und Väter der Frauen, die sie verschleppten, erschlagen. Diese lagen blutig im hohen Gras, niemand kümmerte sich mehr um die Ziegen und Schafe. Die junge Frau war mir bereits aufgefallen, wie sie Schmutzwasser über die Reling kippte oder den Rumpf schrubbte, wenn das Schiff nachts an Land gezogen wurde. Ich steckte ihr, wann immer ich konnte, Brot und Oliven zu, weil ich wusste, dass sie nicht viel zu essen bekam.

Ich nahm noch einen Schluck Wein. »Was ist mit ihr?«

»Ich glaube, sie mag Euch. Sie redet über Euch. Eigentlich ist sie meine Beute, aber wenn Ihr wollt, könnt Ihr sie haben.«

Ich starrte ihn an, den Weinschlauch auf halbem Weg zum Mund. »Ihr bietet mir eine Sklavin an?«

Er zuckte mit den Achseln. »In den nächsten Wochen wird nicht viel Gelegenheit zu solchen Dingen sein. Ich an Eurer Stelle würde zugreifen.« Er beugte sich zu mir vor und senkte die Stimme. »Wenn ich Euch das sagen darf: Es lohnt sich.«

Ich suchte nach einer Ausrede, einem Grund, doch mein Gehirn war leer. »Mein Fürst, ich … Das ist sehr großzügig.«

»So kenne ich Hippomenes gar nicht«, mischte sich Peleus ein. »Ich könnte einige Männer auf diesem Schiff nennen, die nur zu gern eine Nacht mit … Thalia, nicht wahr, Hippomenes? … verbringen würden.«

Hippomenes nickte.

Castor beäugte die junge Frau grinsend. »Ich zum Beispiel …«

»Danke noch einmal für Eure Großzügigkeit.« Ich erhob mich so abrupt, dass der Weinschlauch auf den Boden fiel.

Die rote Flüssigkeit ergoss sich gluckernd übers Deck und erfüllte die Luft mit dem warmen, süßlichen Geruch des Weins. Ich bückte mich nach dem Schlauch. »Aber ich … kann nicht … Ich muss los«, sagte ich und drängte mich zwischen den Männern durch, um zu Myrtessa zu gehen.

»Telamon«, rief Hippomenes mir nach, doch ich schenkte ihm keine Beachtung. Ich kletterte über Ruderbänke, um Abstand zu gewinnen, aber Peleus' nächste Worte konnte ich nicht überhören.

»Die arme Thalia. Sieht fast so aus, als hätte der junge Dolios das Herz von Telamon gewonnen. Wie viel Zeit sie miteinander verbringen! Sie sind praktisch unzertrennlich!«

Als ich mich umwandte, sah ich, wie die Fürsten miteinander lachten. Meleagros saß daneben, das Kinn auf den Unterarm gestützt, die Stirn leicht gerunzelt, und beobachtete mich. Ich verfluchte mich für meine Dummheit.

Am Abend, als die untergehende Sonne das Wasser golden färbte, legten wir in einer Kiesbucht an. Wir waren gut vorangekommen, obwohl wir nach dem Verlust des Segels den ganzen Tag hatten rudern müssen. In nördlicher Richtung erkannte ich die Meerenge des Bosporus, hinter dem sich das Propontis-Meer erstreckte.

Ich ließ den Blick über den Strand schweifen, über die Sklaven und Edelleute, von denen manche auf dem Rücken liegend zum rosa-orangefarbenen Himmel und den goldrandigen Wolken emporschauten. Andere kümmerten sich um das Feuer. Eine junge Hindin, die Laertes im Wald mit dem Speer erlegt hatte, briet an einem Kiefernast, der als Spieß diente, über den Flammen. Der Wind trug den Geruch des Fleisches zu mir herüber, der sich mit dem von wildem Rosmarin und Thymian vermischte. Ich schloss die Augen und dachte an Kaladrosos, wo Rosmarin an der Südseite des Hauses wuchs, ein silbrig grüner Busch, von dem meine Mutter tagtäglich etwas abzupfte, um damit die Mahlzeiten zu würzen. Jeden Abend legte sie zu Ehren von Artemis einen Zweig vor unseren Familienschrein. Vor meinem geistigen Auge tauchten wieder die albtraumhaften Bilder auf: *hoch auflodernde, am Haus leckende Flammen, eine schwarze Rauchsäule … Die Stimmen meines Vaters und meiner Mutter, die nach mir riefen, das leiser werdende Jammern von Maia, Leon und Korykia, die fragten, warum ich nicht da sei …*

Ich zwang mich, die Augen zu öffnen, und richtete mich mit wild klopfendem Herzen und zugeschnürter Kehle auf. *Momentan kannst du nichts tun. Wenn du gehst, lässt Jason dich töten, und das nützt niemandem, am allerwenigsten deiner Familie.*

Ich ballte die Hände zu Fäusten und versuchte, die Tränen zurückzudrängen. *Du musst eine Möglichkeit finden, nach Kaladrosos zurückzukehren, bevor Jason es erreicht, und dein Zuhause zu schützen.* Ich schüttelte den Kopf, um auf andere Gedanken zu kommen, und wollte mich gerade zu Theseus, Laertes, Hippomenes und den Fürsten gesellen, die sich um das Feuer versammelt hatten, als mir jemand anders auffiel.

Prinz Lykaon, der sonst kaum dem thrakischen Edelmann Orpheus von der Seite wich, saß allein nicht weit von mir entfernt am Strand, nur wenige Schritte vom Wasser weg, und blickte, seine Lyra in der Hand, hinaus aufs Meer. Ich zögerte, sah mich nach Myrtessa um, doch die lachte mit den Sklaven und teilte Brot, Oliven und Wein mit ihnen. Ihr würde ich nicht fehlen. Ich schritt über die flachen Kiesel auf Prinz Lykaon zu.

»Mein Prinz«, sagte ich, »ich hoffe, Euch nicht zu stören.«

Er wirkte geistesabwesend, als würde er durch mich gewaltsam in die Realität zurückgeholt. »Fürst Telamon, nicht wahr?« Er bedeutete mir, mich neben ihn zu setzen.

Ich breitete meinen Umhang über die Steine und nahm Platz.

Prinz Lykaon spielte weiter auf der Lyra, eine schöne, eindringliche, aber auch traurige Melodie, die irgendwie anatolisch klang.

Zum ersten Mal hatte ich Gelegenheit, ihn richtig anzusehen.

Es enttäuschte mich, dass mein Bruder auch aus der Nähe betrachtet keinerlei Ähnlichkeit mit mir aufwies. Seine strohblonden Haare, die sich an den Enden lockten, waren zerzaust. Er hatte einen vollen, weichen Mund, sein Kinn stand ein wenig vor, und in seinen dunklen Augen spiegelte sich die Melancholie seines Liedes. Seine langen, schlanken Finger zupften an den Saiten.

Was, wenn Neda und Myrtessa sich täuschen? Wie kann dieser blonde junge Mann mit der weichen Haut mein Bruder sein?

Habe ich einen schrecklichen Fehler gemacht?

»Was könnt Ihr mir über Euren Vater sagen?«

Der Satz war heraus, bevor ich richtig darüber nachgedacht hatte. Er sah mich verblüfft an.

Ich räusperte mich. »Ich meine: Was sollte ich über den König von Pagasä wissen? Ich bin neu in Thessalien und würde gern alles über meinen Gönner erfahren.«

Er neigte das Haupt und strich fast zärtlich über die Saiten. »Was interessiert Euch denn?«

Konnte ich es wagen, diese Frage zu stellen? »Von den anderen Fürsten habe ich gehört«, begann ich unsicher,

»dass Ihr einmal eine Schwester hattet. Dass Euer Vater sie in den Bergen zum Sterben ausgesetzt hat.« Ich presste meine Hände so fest in meinem Schoß zusammen, dass die Knöchel weiß hervortraten.

Lykaon nickte. »Das stimmt. Ich habe sie nie kennengelernt.«

Ich betrachtete meine Finger. »Findet Ihr sein Handeln richtig?«

»Nein«, antwortete Lykaon mit einem Geräusch, das sich wie ein Seufzen anhörte. »Aber mein Vater ist der König. Was er befiehlt, ist Gesetz. Könige erhalten ihr Reich von den Göttern. Wir müssen ihnen gehorchen.«

»Könige sind sterblich wie wir. Ihnen steht ungerechtes Verhalten genauso wenig zu wie uns!« Ich nahm einen Stein in die Hand und ließ ihn übers Wasser hüpfen. »König Iasos und Jason nutzen ihre Königswürde, um Gewalt auszuüben. Ich glaube nicht, dass die Götter so etwas wollen. Ich denke, sie lieben alle Sterblichen auf Erden, egal, ob Fürsten oder Sklaven, Männer oder Frauen, Könige oder Dichter, ihrer Taten, nicht ihres Reichtums oder ihres Berufs wegen.«

Ich schwieg. War ich zu weit gegangen?

Lykaon lächelte matt.

»Diejenigen im Palast, die meine Mutter kannten, sagen, sie hätte sich ständig mit meinem Vater gestritten und ihn bis zu ihrem Tod um mehr Gerechtigkeit für sein Volk gebeten.« Unvermittelt hob er mein Kinn an und betrachtete mich genauer. »Euer Gesicht, Euer Mund und die Farbe Eurer Augen erinnern mich an Bilder von ihr.«

Ich biss mir auf die Lippe, hatte schreckliche Angst davor, entlarvt zu werden, sehnte mich aber gleichzeitig danach, dass er weitersprach. *Vielleicht stimmt es doch*… Unwillkürlich wanderten meine Finger zu dem Anhänger um meinen Hals.

Lykaon wandte den Blick ab. »Vergebt mir, Telamon. Ich bin es nicht gewöhnt, so weit von zu Hause weg zu sein. Kein Tag vergeht, an dem ich nicht an meine Mutter denke und mir wünsche, sie gekannt zu haben.«

»Mir fehlen meine Mutter und mein Zuhause auch«, gestand ich, und damit meinte ich sowohl meine Familie in Kaladrosos als auch die Menschen in Pagasä – meine Freunde Neda, Philoetius und Hora –, nun vielleicht auch noch meinen Bruder, für den ich Zuneigung empfand. Ich ließ einen weiteren Kiesel übers Wasser hüpfen.

»Ihr seid ein ungewöhnlicher Mann, Telamon.«

Ich nickte. Fast hätte ich über den ironischen Hintersinn seiner Worte gelächelt. Ich hätte mir gewünscht, mich jemandem anvertrauen zu können, aber ich wusste, wie riskant das war.

Lykaon legte die Lyra auf seinen Schoß. Weil er sich dabei vorbeugte, fiel mir etwas auf, das ich bis dahin nicht bemerkt hatte: ein Lederband um seinen Hals, und daran, nur halb sichtbar, etwas Rundes, Goldenes …

Der Anhänger …

Mein Puls begann zu rasen. *Dann stimmt es also!*

Er ist mein Bruder!

Ich bin tatsächlich die Tochter des Königs!

Das Blut dröhnte mir in den Ohren.

»Wer, sagtet Ihr, ist Euer Vater?«

Ich sah Lykaon entsetzt an, denn der Name, den Myrtessa und ich so lange eingeübt hatten, fiel mir nicht ein …

Wie heißt er noch mal?

»Deukalion«, antwortete ich erleichtert. »Deukalion, Sohn des Minos von Knossos auf Kreta.«

»Gut, Sohn des Deukalion«, meinte Lykaon und lächelte zum ersten Mal richtig, »ich würde mich freuen, wenn Ihr mir öfter Gesellschaft leistet. Am Hof meines Vaters begegne ich nicht allzu vielen Männern wie Euch.«

Frischer Wind

Kytoros, Anatolien

Stunde der Opfergaben
Siebenundzwanzigster Tag des Erntemonats

Nach zwei Wochen langsamer Fahrt – es wehte kaum Wind, und in dem Sturm hatten wir mehrere Ruder verloren – erreichten wir den Hafen von Kytoros am nördlichen Ufer von Anatolien, das Gebiet der Kaškäer. Jason hatte sich in seinem unbedingten Willen, das Vlies zu finden, geweigert, die Städte Sesamos und Aigialos anzulaufen, dort die Vorräte aufzufüllen und den gebrochenen Mast zu reparieren. Doch nun bestand Argus darauf, einen Hafen anzusteuern und etwas von unserem Wein gegen Holz, Seile und Leinwand einzutauschen, damit wir die Schäden beseitigen konnten. Sonst, erklärte er, würden wir alle bald mit den Nereiden auf dem Grund des Meeres segeln.

Der Hafen von Kytoros wurde begrenzt von bewaldeten Klippen und einem hohen Berg auf der einen Seite, von dem die Stadt, wie wir später erfuhren, ihren Namen hatte. Um die beiden Landzungen an den Enden der Bucht gab es gefährliche Strudel, doch innerhalb des Hafens war das Wasser ruhig, und eine warme Brise trug den Duft von Buchsbäumen heran. Fischerboote schaukelten auf den Wellen, zwei Handelsschiffe waren ans Ufer gezogen. Den Männern, die seit Wochen mit blasenübersäten Händen und schmerzendem Rücken an den Ruderbänken saßen, erschien der Ort wie die Insel der Glückseligen.

Ich sprang in die Fluten und schwamm, das kühle Nass auf Kopf und Schultern, ans Ufer. Hinter mir hörte ich das Jauchzen und Planschen der Fürsten und Sklaven, die mir folgten. Ich sank keuchend auf den Sand. Kurz darauf nahm ich eine Bewegung neben mir wahr. Meleagros streckte sich, die rötlich blonden Haare salzverkrustet, die markanten Wangenknochen von der Sonne beschienen, ebenfalls auf dem Boden aus und wandte sich mir mit einem Lächeln zu, das so vertraut war wie das eines Geliebten. Der Blick seiner haselnussbraunen Augen, die im Licht fast golden glänzten, wanderte über mein Gesicht und verharrte auf meinen Lippen. Meine Haut begann zu prickeln. Er schien meine Gedanken zu erraten …

»Meleagros?«

Hippomenes stand vor uns; er verdeckte die Sonne. Ich schoss hoch und beschattete die Augen mit der Hand. Meleagros tat es mir gleich.

»Was wollt Ihr, Hippomenes?«

Hippomenes deutete mit dem Daumen über die Schulter. »Nicht ich, er.« Vermutlich meinte er Jason. »Wir sollen in die Stadt gehen und erkunden, wo wir Material für die Reparaturarbeiten erhalten können, während die anderen sich hier ein Bild von den Schäden machen. Später schicken sie uns Sklaven mit genauen Informationen darüber nach, was gebraucht wird.«

»Warum die Eile?« Meleagros sank in den Sand zurück. »Wir sind doch gerade erst hergekommen.«

Hippomenes zuckte mit den Achseln. »So lautet Jasons Befehl.«

»Wer soll sich auf den Weg machen?«

»Ihr, ich, Peleus und, wenn er sich bereit erklärt, uns zu begleiten …«, fügte er ein wenig verlegen hinzu, »… Telamon.«

Ich verbarg mein Schmunzeln über diese freundschaftliche Geste nach meiner unhöflichen Weigerung, sein Angebot der Sklavin Thalia anzunehmen. »Gern«, sagte ich. Er streckte die Hand aus, um mir aufzuhelfen, doch ich erhob mich grinsend ohne seinen Beistand. Daraufhin reichte er die Hand Meleagros, der sie ergriff und sich ächzend hochzog.

»Bei den Göttern, mir tun alle Knochen weh«, klagte Meleagros und massierte die harten Muskeln seiner Schultern und Oberarme.

»Uns geht es allen so, Meleagros«, meinte Peleus, der sich zu uns gesellte und Meleagros auf den Rücken klopfte. »Gewöhnt Euch lieber an das Gefühl, denn vor uns liegen viele Wochen, noch mehr, wenn wir das Schiff nicht bald reparieren. Hippomenes, Telamon«, er verbeugte sich, »ich habe Sklaven mitgebracht, die die Weinproben für Tauschgeschäfte tragen sollen.«

Ich sah Myrtessa inmitten der anderen Sklaven, die mit Wein gefüllte Lederschläuche in den Händen hielten.

»Wollen wir gehen?«, fragte Peleus mit einem Blick zur Sonne.

Die Stadt Kytoros lag oberhalb des Hafens auf einem Hügel über der Bucht. Wir stiegen den gewundenen Pfad die steilen Klippen hinauf und überquerten ein Plateau, an das sich Erhebungen voller Buchsbaumgestrüpp anschlossen. Die nachmittägliche Sonne brannte auf unserem Nacken. Als wir die Stadt durch das Tor betraten, wo uns der Gestank von Stroh und Pferdeäpfeln in die Nase stieg und das Klappern von Krügen und Töpfen und das Lachen von Kindern in den Ohren klangen, waren wir schweißgebadet. Hier drängten sich so viele Händler, dass wir kaum auffielen: Hausierer aus Maša mit dunkler, olivfarbener Haut, Fischer der Gegend mit ihrem frischen Fang, ägyptische Sklaven, die doppelgriffige Weinkrüge auf dem Kopf balancierten, weiß gekleidete Priester. In dem Gewimmel hatte Myrtessa mit ihren schweißnassen Händen Mühe, den schweren Lederschlauch festzuhalten. Ich nahm ihn ihr ab. Sie bedankte sich mit einem Lächeln.

»Wonach suchen wir?«, erkundigte ich mich und schloss zu Hippomenes auf.

Er deutete auf einen Sklaven namens Hantawa, einen groß gewachsenen, mächtigen Mann mit lockigem dunklem Haar, einen gebürtigen Anatolier, der in die Sklaverei verkauft worden war und sich in Bellerophons Haushalt zum Verwalter hochgedient hatte. Hantawa führte uns durch schmale Gassen und schob sich an Verkäufern mit Goldketten und bemalten Tonbechern vorbei, die uns ihre Waren aufdrängen wollten. »Hantawa weiß von einem örtlichen Händler, dass sich nicht weit von hier die Werkstatt eines Schreiners befindet. Holz können wir aus dem Wald holen, aber Bohrer und Sägen, Hämmer und Pflöcke für die Planken und Leinwand für das Segel müssen wir eintauschen.« Hippomenes deutete auf den Weinschlauch in meiner Hand. »Es war nett von Euch, ihn dem Sklaven abzunehmen.«

Ich bedachte ihn mit einem Lächeln, das er erwiderte.

»Ihr kommt aus Böotien, nicht wahr?«, fragte ich.

Er nickte und duckte sich unter einem Schild hindurch, das über einer Bäckerei auf die Straße hinausragte. »Ja, aus Onchestos. Mein Vater herrscht über die Stadt.«

»Und was macht Ihr in Onchestos? Ich meine, als Fürst, der nicht herrscht.«

Er zuckte die Schultern. »Ich besuche die Höfe in dem

fruchtbaren Tal, das vom Kopaïs-See bis nach Theben reicht, lenke die Ochsen beim Pflügen oder helfe bei der Olivenernte.«

Ich musterte seinen kräftigen Körper und seine riesigen Hände. »Ich könnte mir Euch gut als Landmann vorstellen. Mit Strohhut und Stock in der Hand würdet Ihr wie einer aussehen.«

Er nickte ernst. »Ja, die Feldarbeit gefällt mir. Ich nutze meine Kraft gern mit Spaten oder Pflug und raste nach gutem Wein unter dem nächtlichen Sternenhimmel.« Als er meinen Blick sah, musste er lachen. »Bestimmt erscheine ich Euch, der Ihr aus Kreta mit seinen Palästen, Tanzveranstaltungen und Stierkämpfen stammt, wie ein böotischer Bauer.«

Ich wandte den Blick ab. Natürlich hatte ich nicht an Kreta gedacht, sondern an das Haus meines Vaters, an die Apfelbäume in unserem Obstgarten, an die angepflockte Ziege, den vertrauten Geruch von gehacktem Holz im Herbst und den süßen Duft von Blüten im Frühjahr. Schreckliche Sehnsucht, vermischt mit Angst, überkam mich, als mir Jasons Drohung einfiel, nicht nur über Iolkos, sondern auch über Pagasä, Makronita und Kaladrosos, über Lechonia und Aphussos zu herrschen und sämtliche Ortschaften des Pelion-Gebirges dem Erdboden gleichzumachen …

»Ja«, sagte ich nur.

Vor weiteren Gesprächen dieser Art wurde ich von Peleus bewahrt, der vor uns herging und uns zurief: »Hippomenes! Telamon! Wir sind da.« Wir folgten ihm in eine enge Gasse. Dort lag der Geruch von Sägemehl und Holzspänen in der Luft. Die Werkstatt war klein, hatte aber eine große offene Front zur Straße hin. Der Schreiner, der kein

Griechisch konnte, redete wild gestikulierend mit Hantawa. Peleus trat ein und begann mithilfe von Hantawa um Werkzeug zu feilschen, das wir für die Reparatur der *Argo* benötigten, während Hippomenes, Meleagros, Myrtessa, die anderen Sklaven und ich am Eingang warteten.

»Ich habe schrecklichen Durst«, erklärte Meleagros nach etwa einer Stunde und löste das Band seines Gewands um den Hals. »Telamon, wollt Ihr Euch mit mir auf die Suche nach einem Brunnen machen?«

Peleus wandte sich um. »Ihr solltet alle gehen. Wir brauchen hier noch eine Weile, und Jason muss erfahren, dass wir einen Mann gefunden haben, der uns die gewünschten Dinge überlässt.« Peleus sah Hantawa an, der nickte. »Sagt dem Fürsten, dass er das Werkzeug, um das wir ihn bitten, dazu Sklaven und Äxte, auf einem Ochsenkarren schickt. Dafür möchte er zehn Krüge unseres Weins. Der Karren wird in der Morgendämmerung am Hafen sein.« Peleus deutete auf Hämmer, Meißel und Sägen und erklärte Hantawa alles auf Griechisch.

Hippomenes nickte. »Danke, Peleus.«

Auf dem Weg zum Stadttor passierten wir den Markt. Dabei handelte es sich um einen weiten, offenen, kopfsteingepflasterten Platz, auf dem Händler ihre Waren in mit Stoffdächern vor der Sonne geschützten Holzbuden oder auf Laken präsentierten, die auf dem Boden ausgebreitet waren. Ich ließ die Finger über glatte, schwarz und rot bemalte Tonbecher mit Darstellungen von Löwenjagden gleiten und nahm Dolche mit Bronzegriffen in die Hand, auf denen eingravierte kreisförmige Muster prangten, oder betrachtete dicke Kirschen in geflochtenen Körben. Am anderen Ende des Marktes fanden wir einen kleinen Springbrunnen aus Kalkstein. Als Meleagros und Hippomenes ihren Dust gelöscht hatten, beugte auch ich mich vor und trank. Das kühle Nass benetzte die Vorderseite meines Gewands, meine Wimpern und meine Haare. Nachdem ich wochenlang nur Wein getrunken hatte, empfand ich das Wasser als sehr erfrischend.

Als ich mich umdrehte, stand Meleagros direkt hinter mir.

Er hielt einen fein gearbeiteten Becher der Art, wie ich sie zuvor an den Ständen gesehen hatte, in Händen. Darauf war in leuchtendem Rot eine Jagdszene mit einem Junghirsch abgebildet, darum ein spiralförmiges Muster.

Meleagros schaute mich so eindringlich an, dass mir angst und bange wurde. In seinen Augen las ich Gier und Lust, und kurz glaubte ich zu erkennen, wie sich sein sinnlicher Mund triumphierend verzog – als hätte der Jäger sein Wild endlich gestellt. Dann war dieser Ausdruck wieder verschwunden, und er reichte mir höflich lächelnd den Becher. Als unsere Fingerspitzen sich berührten, überlief mich ein Schauer. Meine Wangen röteten sich.

»Eine förmliche Liebesgabe …«, erklärte Hippomenes. Ich blinzelte. »… in Gestalt dreier Geschenke. Ist das auf Kreta nicht Brauch? Drei Gaben des Liebenden an seine Angebetete: ein Brustharnisch, ein Ochse und ein Trinkbecher.«

Ich spürte Myrtessas Blick auf mir.

»J-ja«, stotterte ich und sah Meleagros an. In mir mischten sich Furcht und Verwirrung.

Was wird Meleagros sagen, wenn er herausfindet, wer ich bin?

Ich senkte den Kopf.

Aber er begehrt mich, meinte eine lautere Stimme in meinem Innern. *Vielleicht würde es ihn nicht stören. Vielleicht würde er mich so wollen, wie ich bin.*

»Herr?« Myrtessas Stimme riss mich aus meinen Gedanken. »Dürfte ich kurz mit Euch sprechen? Ich möchte Euch in einer wichtigen Angelegenheit nach Eurer Meinung fragen. Es kann nicht warten.«

Ich zögerte, den Becher nach wie vor in der Hand.

»Ja, Dolios«, antwortete ich schließlich und gab Meleagros den Becher zurück. »Bitte nehmt ihn für mich mit auf die *Argo*. Wir sehen uns auf dem Schiff.« Ich nickte Hippomenes und Meleagros zu und entfernte mich.

»Was in aller Götter Namen tust du?«

Myrtessa schlug die Tür hinter uns zu. Sie hatte mich in ein Gasthaus neben dem Marktplatz geführt. Darin befand sich vorn eine lange Theke, an der Dünnbier ausgeschenkt und Sesamröllchen mit Honig an Passanten verkauft wurden. Dahinter lag ein Raum mit niedriger Decke und Hockern, und noch weiter hinten waren einige private Zimmer für reichere Gäste. Myrtessa hatte mich gezwungen, dem Mann an der Theke eine meiner Bronzemünzen zuzuwerfen, und mich in eine kleine, schäbige Kammer mit zwei wackeligen Stühlen und einer Ottomane, darauf einige Kissen mit Quasten, gezogen. Der Geruch, eine Mischung aus billigem Parfüm und Schweiß, verriet, dass diese Kammer nachts von Händlern genutzt wurde, die sich ein intimes Treffen mit einem der Mädchen von Kytoros leisten konnten.

Sie baute sich wütend vor mir auf. »Und?«

»Ich habe nichts getan.«

Sie hob die Hände. »Du hast mir versprochen, nicht auf ihn hereinzufallen! Du hast gesagt, du würdest eines Mannes wegen nicht den Kopf verlieren! Ein Becher, eine Berührung der Hand, ein Kuss hinter den Felsen am Strand, dann hat er dich, und wir sind beide verloren!«

»Ich bin nicht auf ihn hereingefallen«, entgegnete ich ruhig. »Einige kurze Momente habe ich mich tatsächlich nach seiner Berührung gesehnt, aber du weißt so gut wie ich, dass ich mich niemals von ihm verführen lassen würde, wenn nicht klar ist, ob wir ihm vertrauen können. Es besteht ein Unterschied …«, ich schaute mich in dem Raum um, in dem vermutlich schon viele Männer und Frauen beieinander gelegen hatten, »… zwischen Begierde und Handeln.«

»Aber du hast sein Geschenk angenommen.«

»Was sollte ich denn machen?« Ich breitete die Arme aus. »Ich wusste anders als du nicht, dass es sich um eine Liebesgabe handelt. Das habe ich erst von Hippomenes erfahren. Und ich konnte auch nicht so tun, als hätte ich keine Ahnung. Der Brauch stammt ja angeblich aus Kreta, nicht wahr?«

»Ich habe dich vor ihm gewarnt«, erwiderte sie. »Ich habe dir erklärt, dass er ein Frauenheld ist und wild in seinen Begierden, auch wenn er auf den ersten Blick wie ein junger, unbekümmerter Gott wirkt.«

»Und ich bin dir dankbar für deine Warnung. Habe ich dir nicht versprochen, vorsichtig zu sein?«

Plötzlich sah ich einen belustigten Ausdruck in ihren Augen, den sie nur mit Mühe kaschierte. »Du bist rot angelaufen wie ein Milchmädchen.«

Ich musterte sie kühl. »Wie ein Milchmädchen, sagst du?«

Mit einer schnellen Handbewegung zog ich den Dolch aus meinem Gürtel und schleuderte ihn durch den Raum. Die rasiermesserscharfe Klinge verfehlte Myrtessas rechtes Ohr nur um Haaresbreite und landete mit bebendem Griff in der Holzwand.

Myrtessa hob die Hand ans Ohr, um sich zu vergewissern, dass sie unverletzt war. »Du hättest mich umbringen können!«

Ich grinste. »Doch ich habe es nicht getan.«

Sie runzelte die Stirn und presste die Lippen aufeinander. »Na schön«, meinte sie schließlich. »Ich werde dich nicht mehr Milchmädchen nennen. Aber dass du rot geworden bist, kannst du nicht leugnen.« Ihre Mundwinkel zuckten. »Gut, dass du nicht auf ihn hereingefallen bist, denn wenn er versuchen sollte, dich zu verführen – was Meleagros mit Sicherheit tut, egal, ob du Mädchen oder Junge bist –, laufen wir Gefahr aufzufliegen. Und wir wissen beide, dass es nur eine Strafe dafür gibt, den König anzulügen, den Prinzen hinters Licht zu führen und sich der Suche als Mann verkleidet anzuschließen: den Tod.«

Schweigen.

»Schwörst du, dich nicht weiter auf ihn einzulassen?«, fragte sie schließlich.

Ich nickte. »Ich schwöre es. Es sei denn, ich habe guten Grund dazu.«

»Es sei denn, du hast guten Grund dazu?«, wiederholte sie spöttisch. »Du klingst wie einer der Herolde des Königs, die sich bei jeder Abmachung ein Hintertürchen offenhalten, für den Fall, dass der König eines Tages beschließt, gegen seine eigenen Gesetze zu verstoßen.«

Ich legte eine Hand auf ihren Arm. »Ich weiß nicht, was die Zukunft bereithält, Myrtessa. Möglicherweise kann Meleagros uns irgendwann einmal von Nutzen sein. Jedenfalls werde ich immer deine Freundin und Verbündete bleiben und niemals etwas tun, das dich in Gefahr bringt.«

Sie ließ sich auf die Ottomane plumpsen. »Na schön. Was ist also damit?«

»Womit?«

Myrtessa gab ein verächtliches Geräusch von sich. »Mit der Zukunft. Bis hierher haben wir es geschafft, aber was ist, wenn wir nach Kolchis kommen? Was ist…«, sie senkte die Stimme zu einem Flüstern, »…mit dem Vlies? Hast du dir Gedanken darüber gemacht, wie du es vor Jason und seinen Männern an dich nehmen willst – und wie wir nach Griechenland zurückkehren sollen?«

In den vergangenen Wochen, besser gesagt, seit ich von Jasons Plänen wusste und die Albträume mit dem brennenden Kaladrosos und dem Flehen meiner Familie begonnen hatten, dachte ich an kaum etwas anderes.

Ich räusperte mich und betrachtete meine Hände. »Ich habe diese Fahrt angetreten, um dem König meine Würdigkeit zu beweisen. Um die Prophezeiung zu erfüllen und ihm zu zeigen, dass er mich nicht auf dem Berg hätte aussetzen dürfen. Wenn ich ehrlich bin…«, mein Lächeln spiegelte sich auf ihren Lippen, »…und das möchte ich dir gegenüber sein, Myrtessa, wollte ich auch Abenteuer bestehen. Ich habe mir mehr gewünscht als das ruhige Leben in Kaladrosos. Doch ich habe Jasons Grausamkeit mit eigenen Augen gesehen und sie am eigenen Leib gespürt.« Ich streckte ihr meine Handflächen hin, auf denen die roten Striemen von seinen Schlägen nach wie vor deutlich zu erkennen waren. »Ich habe seine Pläne gehört, die Städte der Bucht mit Krieg zu überziehen, und kann nicht zulassen, dass Menschen wie du, Neda, Philoetius und Lykaon seiner brutalen Herrschaft unterworfen werden. Was würde er mit euch und all den anderen machen? Wenn Jasons Ehrgeiz sich tatsächlich auf sämtliche Städte des Pelion erstreckt, ist auch meine Familie in Kaladrosos nicht sicher.« Ich schluckte, als vor meinem geistigen Auge Bilder davon auftauchten, wie mein Vater neben dem Haus Holz hackte oder meine Mutter in ihrer Schürze Äpfel aus unserem Obstgarten sammelte. Dann stellte ich mir die Staubwolken über der bebenden Erde vor, wenn Jasons Truppen den Berghang herunterritten, das Klirren ihrer Bronzewaffen und ihre Kriegsschreie, die das Meeresrauschen übertönten. Ich sah die Angst im Gesicht meiner Mutter, wenn sie Maia und Korykia auf den Arm nahm und ins Haus floh … »Vielleicht ist es mir bestimmt, das Goldene Vlies zu finden und nicht dem König zu beweisen, dass ich seine Tochter bin, sondern die Reiche Pelions vor Jason zu schützen.«

Myrtessas Augen leuchteten vor Stolz.

»Es war tatsächlich ein von den Göttern gesegneter Tag, als du dir Zugang zu Pagasä verschafft hast, Atalante«, meinte sie lachend und sprang auf. »Ich bin an deiner Seite! Wir befreien Pagasä von Jason und bewahren Neda und Philoetius, Hora, Opis und deine Familie vor seiner Schreckensherrschaft!« Sie schwieg kurz. »Trotzdem wäre da noch eines …«

»Das Goldene Vlies. Genau.«

Schweigen, nur die Geräusche des Marktplatzes drangen durch das kleine Fenster herein. Ich fühlte mich merkwürdig ruhig und gefasst; meine Gedanken waren klarer denn je. Plötzlich wurde mir bewusst, dass mein Weg zu einem anderen Ziel führen würde, als ich bisher gemeint hatte.

Ich runzelte die Stirn. »Auch darüber habe ich nachgedacht. Ich glaube, ich kann erst weiterplanen, wenn ich weiß, wo genau das Vlies verborgen ist.«

»Angeblich wird das Vlies gehütet von …«

»Ich weiß, was die Sagen behaupten«, fiel ich ihr ins Wort, stand auf und begann, in dem kleinen Raum auf und ab zu laufen. Staub erhob sich vom Boden, der im Licht schimmerte. »Ich habe dir erklärt, dass ich nicht viel von solchen Mythen halte. Meiner Ansicht nach sind das Kindermärchen. Hast du schon einmal eine Schlange gesehen, die niemals schläft? Einen Stier mit Hufen aus Bronze? Oder einen fliegenden Widder?«

»Aber …«

»Nein.« Mein Herz fühlte sich so leicht an wie ein Ahornsame im Sommerwind. Vielleicht konnte ich doch etwas für Kaladrosos und die Städte von Pelion tun. Diese Erkenntnis erfüllte mich mit neuer Energie. »Wir müssen überlegen, wo der König von Kolchis etwas aufbewahrt, das ihm so viel bedeutet wie … was dieses Vlies aus Gold auch immer sein mag«, kam ich Myrtessa zuvor. »Möglicherweise das Fell eines Widders, golden gefärbt. Oder ein goldener, mit einem Widder verzierter Brustharnisch. Wenn ich König wäre, würde ich diesen Gegenstand entweder in meiner Schatzkammer tief in meinem Palast verbergen und Wachen davorstellen oder an einem schwer zugänglichen Ort – oben auf einer Klippe, auf die man nicht klettern kann, oder tief in einem See. Mit Wachleuten werde ich fertig, aber wenn das Vlies zu gut versteckt ist …« Ich schüttelte den Kopf.

»Wie gesagt, ich kann erst planen, wenn ich weiß, wo genau sich das Vlies befindet. Die Sache mit der Rückkehr hingegen ist einfacher. Falls es mir gelingt, das Vlies zu entwenden, können wir nicht mit den Fürsten auf dem Schiff zurückfahren, so viel steht fest. Uns bleiben nur Pferde. Wir müssen tagsüber reiten und in der Nacht rasten. Ich habe die Küste nach dem Bosporus im Auge behalten – wir waren ja nie weit vom Ufer entfernt. Alle Gebiete eignen sich gut zum Reiten. Soweit ich weiß, sind die anatolischen

Rösser schnell und kräftig. Wenn wir uns in den Städten frische Pferde holen, sollten wir gut vorankommen.«

Myrtessa grinste. »Vermutlich wäre es dumm von mir zu fragen, ob ich auch irgendetwas tun kann, oder? Du hast dir ja schon alles zurechtgelegt.«

Ich zuckte mit den Achseln. »Ich kann allein einfach besser denken.«

Sie sank erneut auf die Kissen und zupfte an einer Quaste.

»Eines ist mir während unserer Fahrt aufgefallen«, fuhr ich fort.

Myrtessa hob die Augenbrauen. »Und zwar?«

»Bei den Fürsten gibt es, denke ich, zwei Gruppen. Man merkt das erst, wenn man mehrere Wochen mit ihnen verbracht hat. Einige sind voll und ganz für Jason. Sie achten seine Autorität und seine Befehle. Bei den anderen, die ihn an der Oberfläche ebenfalls zu akzeptieren scheinen, spüre ich Vorbehalte. Möglicherweise haben sie ihn wie ich kennengelernt.«

»Wer? Welche der Fürsten?«

»Hippomenes. Sein Tonfall am Strand … Und Peleus. Im Sturm, auf der *Argo*, als Jason ihm verboten hat, dem ertrinkenden Hippomenes zu helfen, habe ich Verachtung in Peleus' Blick gesehen. Und Lykaon nimmt nicht freiwillig an dieser Fahrt teil – das hat er selbst angedeutet.«

»Wie soll uns das helfen?«

Ich rieb mir die Stirn mit den Fingerknöcheln und setzte mich, Ellbogen auf den Knien, neben Myrtessa. »Ich weiß es nicht. Doch ich werde das Gefühl nicht los, dass es uns nutzen könnte.«

Da klopfte es dreimal laut an der Tür, dann Stille.

Ich sprang auf, sah, wie meine eigene Panik sich in Myrtessas blassem Gesicht spiegelte.

»Herein«, sagte ich. Plötzlich fühlte mein Mund sich sehr trocken an.

Die Tür öffnete sich, und zu meinem Entsetzen trat Jason ein. Der Blick seiner grauen Augen wanderte über die düstere, schäbige Kammer und verharrte schließlich auf Myrtessa und mir.

»So, so Telamon.« Er verzog den Mund zu einem kühlen Lächeln. »Peleus scheint recht gehabt zu haben. Ihr und Dolios seid schier unzertrennlich, und dass Ihr Euch miteinander in einen solchen Raum zurückzieht …« Jason sog den Geruch der Lust ein, der in den Kissen hing.

Ich verbeugte mich. »Mein Fürst Jason. Dolios und ich unterhalten uns gerade über mein Anwesen auf Kreta.«

Jason grinste verächtlich.

»Werde ich benötigt, mein Fürst?« Ich bemühte mich, ruhig zu wirken, obwohl ich den kalten Schweiß auf meinen Händen spürte.

»Man braucht Euch auf dem Schiff«, antwortete er. Seine Stimme klang freundlich, doch seine Augen waren so hart wie ein zugefrorener Teich im Winter. »Ich bin mit einigen Männern in die Stadt gegangen, um mir einen Eindruck von Peleus' Verhandlungen zu verschaffen. Da hat Hippomenes mir gesagt, er hätte Euch hier drin verschwinden sehen. Schließlich wollen wir Euch ja nicht verlieren, nicht wahr?«

Ich neigte das Haupt. »Nein, mein Fürst. Ich komme sofort. Dolios«, sagte ich und winkte Myrtessa heran. Sie sprang auf und stellte sich, die Hände vor dem Leib verschränkt, den Blick gesenkt, hinter mich.

»Gut, gut«, meinte Jason. »Gehorsam – das lieben wir, nicht wahr, Telamon?«

Er drehte sich um und öffnete die Tür.

Als ich ihm folgte, spürte ich meine eigene Angst und die von Myrtessa hinter mir.

Wie viel hatte Jason gehört?

Und was würde er mit uns machen, wenn er Bescheid wusste?

Heras Rache

Auf dem Olymp

Es ist jener dämmrige Moment zwischen Tag und Nacht, wenn die Lampen in den Palästen auf dem Olymp angezündet werden und die Sterblichen zu den ersten funkelnden Sternen emporblicken. Stille herrscht am Himmel, nur das Plätschern von Springbrunnen und der Gesang einer Nachtigall auf einer Eiche im Garten von Zeus' Palast sind zu vernehmen. Ein milder, lauer Abend. In der Luft liegt der Duft von Schwertlilien, auf das Gras senkt sich der erste Tau.

Hera jedoch nimmt all das nicht wahr. Sie steht hinter einer der Marmorsäulen vor dem Eingang zu Zeus' Gemächern, das Gewand in einer Hand, damit es nicht hervorlugt, und schaut immer wieder verstohlen hinüber zu der Doppeltür aus Zedernholz. Auf den ersten Blick wirkt es, als würde sie … sich verbergen. Aber Hera weiß, dass das nicht der Fall ist, denn die Göttermutter versteckt sich nicht im Schatten wie ein gemeiner Dieb. Sie … Hera zögert kurz, sucht nach dem richtigen Ausdruck.

Ja, sie bereinigt die Situation. Genau das tut sie.

Stellt das Gleichgewicht des Universums wieder her.

Rächt sich.

»Aha!«

Die Doppeltür zu Zeus' Gemächern hat sich einen Spaltbreit geöffnet. Zeus ist halb aus der Tür heraus, als Hera sich auf ihn stürzt. Fast hätte er laut aufgeschrien.

»Hera! Was machst du denn hier?«, fragt er. Er klingt verlegen, als müsste er sich rechtfertigen. »Wenn das möglich wäre, würde ich sagen, du hast mich zu Tode erschreckt.«

Sie verschränkt die Arme wütend vor der Brust. »Man kann nicht alles haben, nicht wahr?«

Zeus erkennt heftige Stürme, wenn sie herannahen – schließlich ist er der Gott des Donners –, und zieht sich in seine Gemächer zurück, legt den Reiseumhang ab und schiebt ihn unters Bett. »Was verschafft mir das Vergnügen …?«

Hera fällt ihm ins Wort. »Lass uns zur Sache kommen, Zeus.«

»Oje«, seufzt er. »Dann hole ich mir mal was zu trinken.« Er tritt an einen mit Einlegearbeiten verzierten Tisch, auf dem ein Silberkrug und zwei Kelche neben einer Schale mit Ambrosia stehen.

»Etwas Nektar?«, fragt er, schenkt ein und hält ihr den Kelch hin.

Sie lehnt dankend ab.

Zeus trinkt einen Schluck, schließt kurz die Augen, als würde er die Stille genießen, und wendet sich dann, sich ins Unvermeidliche fügend, seiner Gattin zu. »Also, worum geht's, Hera?«

»Um Atalante. Du begünstigst sie. Warum?«

Zeus hebt die Augenbrauen und nimmt genüsslich einen weiteren Schluck. »Hm, das hatte ich nicht erwartet.«

»Wie lange wachst du schon über sie, Zeus?« Hera tippt mit einem Fuß auf den Marmorboden. »Wie lange beschützt du sie schon hinter meinem Rücken?«

Zeus schwenkt den Inhalt seines Kelchs. »Möglicherweise ist sie ein Sprössling von mir.«

Hera sieht ihn verblüfft an, ihr Mund klappt auf und wieder zu. Nach einer Weile scheint sie sich zu beruhigen. »Und wieso glaubst du das?« Ihre Stimme klingt bedrohlich.

»Weil ich vor achtzehn Jahren mit ihrer Mutter Klymene das Bett geteilt habe.«

Heras Augen funkeln wie zwei schwarze Flammen. »Du hast mit ihr das Bett geteilt …«

»Ja, Hera, Schatz, ich habe das Bett mit ihr geteilt … vor achtzehn Jahren«, wiederholt Zeus, ein wenig ungeduldig. »Könnten wir jetzt bitte vernünftig miteinander reden? Mich hat es genauso überrascht wie dich, dass die Kleine noch am Leben ist. Ich hatte nie vor, sie zu begünstigen. Vielleicht wollten die Schicksalsgöttinnen es so … Und immerhin ist sie mein Kind.«

Schweigen, während die beiden Götter einander taxieren. Die Vorhänge am Fenster bauschen sich leicht.

Hera versucht, sich auf das eigentliche Thema zu konzentrieren. »Sie ist also deine Tochter«, sagt sie schließlich. »Das ändert vermutlich die Sachlage. Und der Junge? Lykaon?«

»Der ist nicht von mir. Den hat der König in derselben Nacht gezeugt. Schau ihn dir an – er ist ein Dichter, wohl kaum der Sohn eines Gottes, da wirst du mir doch zustimmen, oder?«

Sie nickt. »Und der Sturm?« Sie schleudert ihm die Frage entgegen wie ein Jäger einen Speer – messerscharf und zielgenau.

Zeus wirkt überrascht. »Ich dachte, das warst du.«

Sie runzelt die Stirn. »Warum sollte ich der Argo *einen Sturm schicken?«*

Zeus stellt den Kelch ab und breitet die Hände aus. »Seit einiger Zeit scheint Jason zu deinen Günstlingen zu gehören. Vielleicht wolltest du Atalante loswerden … Hab ich recht?«

»Wenn das heißen soll, dass ich diesen Sterblichen begehre …« Sie klingt kühl.

Zeus zuckt mit den Achseln. »Das hast du gesagt, nicht ich.«

Hera bedenkt ihn mit einem wütenden Blick. »Ich möchte ihn schützen, das ist alles.«

»Du willst ihn nicht zufällig auf deine Seite ziehen und die Städte Iolkos und Pagasä für dich beanspruchen?«

»Warum sollte ich das tun?«, fragt sie mit unschuldigem Augenaufschlag. »Du weißt, dass ich deine Herrschaft über deine Städte achte.«

»Ach, tatsächlich?«

Zeus geht zu dem aus vier Eichen gefertigten Himmelbett, auf dem weiche Wolldecken liegen, setzt sich auf die Kante und streckt sich. Die Kissen und Decken geben unter seinem Gewicht nach. »Ich kann dich beruhigen. Den Sturm habe nicht ich geschickt.«

»Und ich kann dir versichern, dass ich es auch nicht war.« Hera klopft verärgert mit den Fingern auf ihre Oberschenkel. »Wer war's dann?«

»Keine Ahnung.«

Sie setzt sich neben ihm aufs Bett, stützt das Kinn in die Hände und denkt nach.

Erneutes Schweigen. Beide Götter fragen sich, wer es zuerst brechen wird, wie sie aus dieser Sackgasse wieder herauskommen sollen.

»Na schön«, meint Zeus schließlich, wendet sich Hera zu und verschränkt die Finger ineinander. »Vermutlich bist du heute Abend zu mir gekommen, um mir das Versprechen abzunehmen, dass Atalante ihr Königreich nicht erhält.«

»Äh … ja«, sagt Hera verblüfft.

Zeus presst die Fingerspitzen aufeinander und sieht seine Gattin an. »Einverstanden.« Er streckt ihr die Hand hin. »Du hast mein Wort.«

Sie mustert ihn kurz, als wüsste sie nicht, wie sie auf diese unerwartete Geste reagieren soll.

Zeus rutscht näher an sie heran, legt die Hände auf ihre Schultern und küsst ihren Nacken. Er zieht die Elfenbeinnadeln eine nach der anderen aus ihren Haaren, sodass sich dunkle Locke um dunkle Locke über ihre Schultern ergießt. »Du bist so schön, wenn du dich aufregst.« Er küsst ihr Handgelenk. »Und ich liebe es, wenn du die Haare offen trägst.«

Sie lässt sich starr von ihm umarmen. »Ich habe dein Wort?«

Zeus löst Heras Gewand mit den Zähnen von ihrer Schulter. »Ja«, gurrt er an der weichen Unterseite ihres Arms.

Sie lässt sich noch nicht erweichen. »Du schwörst, dass du aufhörst, das Mädchen zu begünstigen?«

»Ich schwöre es.« Er öffnet die goldene Brosche, die ihre Robe zusammenhält.

»Und dass du mir in Zukunft zuhörst und nicht weiter hinter meinem Rücken Sterblichen deine Gunst erweist?«

Mittlerweile ist es Zeus gelungen, sie auf den Rücken zu drücken. Nun zieht er sie langsam zu sich heran. Seine Lippen liebkosen ihre Wangen, ihren Hals, ihre Schulter. »Ich höre dir immer zu«, stellt er fest. »Aber jetzt, Schatz, ist es Zeit für etwas anderes.«

Er schiebt Hera unter die Decken.

Etwa eine Stunde später löst Hera sich aus der Umarmung ihres Gatten und steht leise vom Bett auf. Ihre nackten Füße verursachen keinerlei Geräusch, als sie sich erhebt, sich ankleidet und sich mit wehendem Gewand entfernt. Die Lampen auf den goldenen Ständern spenden nur noch flackerndes Licht. Sie blickt zurück, kann keinerlei Bewegung im Bett erkennen, öffnet die Tür und schlüpft hinaus.

Nun, da die Angelegenheit mit Zeus geklärt ist, wird sie sich um seinen Bruder kümmern.

Iris wartet vor Zeus' Gemächern auf sie, wie es ihr aufgetragen wurde. Sie lehnt an einer Säule, wirft einen glänzenden goldenen Apfel in die Luft und fängt ihn. Als Hera sich ihr nähert, strafft sie die Schultern und lässt den Apfel hastig in ihrer Tasche verschwinden. »Er ist in der Bibliothek«, sagt sie ohne Umschweife. »Mit Hermes.«

Hera hebt die Augenbrauen. »In der Bibliothek? Der liest doch nie.«

»Ich könnte mir vorstellen, dass er sich mittels der Schriftrollen über Jasons Schicksal informieren will.«

»Dann dürfen wir keine Zeit verlieren.«

Die beiden Göttinnen eilen den in Mondlicht getauchten Säulengang entlang, der von Zeus' Palast wegführt und auf beiden Seiten von Sternen beschienen wird – die Sterblichen nennen ihn die Milchstraße. Die Bibliothek der Musen ist nicht weit weg. Schon bald betreten die Göttinnen den Garten und machen einen Bogen um den rechteckigen Teich, auf dessen ruhiger Oberfläche sich der dunkle Himmel spiegelt. Das Wispern der Kiefern im Wind und der süße Duft der Bäume empfängt sie in einer stillen Welt. Sie steigen die Marmorstufen hinan und betreten einen kleinen Eingangsbereich, dessen Wände von goldenen Einlegearbeiten glänzen. Die grünen Marmorfliesen auf dem Boden fühlen sich an ihren Füßen kühl an. Hera durchquert den Bereich mit wenigen Schritten, Iris folgt ihr. Dann eilen sie durch den Innenhof und durch die Bronzedoppeltür gegenüber.

Vor ihnen liegt ein riesiger Raum, die Decke so hoch, dass sie sich in der Dunkelheit verliert. An den Wänden befinden sich zahllose Fächer mit Papyrusrollen, und auf dem Marmorfußboden stehen Tische mit weiteren Rollen. Hier und dort bewegen sich die weiß gekleideten, schlanken Gestalten der Musen mit flackernden Lampen zwischen den Regalen oder notieren auf Stühlen sitzend die Schicksale von Sterblichen mit Schilfrohrpinseln, die sie in Tinte tauchen. Iris lässt neugierig den Blick über die vollen Regale wandern.

Hera entdeckt Poseidon am anderen Ende des Saals. Er sitzt über einen von einer einzigen Tonlampe erhellten Tisch gebeugt und liest eifrig. Hermes schaut ihm über die Schulter. Hera segelt auf ihn zu, ohne Kalliope, der Muse der erzählenden Dichtkunst, Beachtung zu schenken, die gerade einen Stapel Schriftrollen von den Schicksalsgöttinnen sortiert.

»Was machst du denn um diese Uhrzeit hier in der Bibliothek, Poseidon?«

Poseidon schreckt hoch und lässt das Schriftstück los, das sich aufrollt. Er versucht, es zu ergreifen, doch Hera ist schneller.

Sie packt es und breitet es aus, um den Namen darauf zu lesen. »Jason, Sohn des Aison. Was hoffst du, darin zu finden, Poseidon?«

Poseidon blickt Beistand heischend über die Schulter zu Hermes, doch der sieht mit einem Ausdruck deutlicher Abneigung Iris an.

»Ich … ich … Warum sollte ich dir das verraten?«

»Kommen wir zur Sache«, meint Iris, wendet sich von Hermes ab und Poseidon zu. »Hast du Jason und seiner Mannschaft den Sturm geschickt?«

»Und wenn schon? Ich bin der Gott des Meeres, oder?«

Als Iris nickt, mischt Hera sich ein: »Obwohl Jason dir regelmäßig Ochsen opfert?«

»Es geht nicht um Jason«, entgegnet Poseidon. »Sondern um seine Mutter Alkimede.«

Hera ist verblüfft. »Um seine Mutter?« Ihre Augen verengen sich, weil sie an Atalantes Mutter Klymene und Zeus' Geständnis denken muss, dass er sie achtzehn Jahre zuvor verführt hat. »Die Königinnen des Pelion scheinen die Götter des Olymp unwiderstehlich anzuziehen wie Köder die Fische.«

Seiner finsteren Miene wegen sind Poseidons Augen unter den dichten Brauen nur schwer zu erkennen. »Sie hat Zeus mir gegenüber den Vorzug gegeben. Mir gegenüber!« Er schaut Hermes an, der unverbindlich mitleidsvoll mit den Achseln zuckt. »Vor gerade mal zwei Tagen waren wir in Pelias' Schlafgemach und haben ihr gesagt, dass wir sie beide wollen, dass sie sich für einen von uns entscheiden muss – und die blöde Kuh hat Zeus gewählt.«

»Verstehe.« Heras Stimme klingt sehr ruhig. Wer sie kennt, weiß: Sie ist gefährlich wütend. »Verstehe«, sagt sie noch einmal und holt tief Luft. »Du hast beschlossen, Jason dafür zu bestrafen, dass du so dumm warst, seine Mutter zu einer Entscheidung zwischen euch beiden zu zwingen?«

»Genau«, antwortet Poseidon. »Mich interessiert, was auf das Balg von Alkimede wartet. Ich will sie bestrafen, damit ihr klar wird, dass sie die falsche Entscheidung getroffen hat. Der Tod ihres einzigen Sohnes sollte eigentlich genug Strafe sein, oder?«

Iris gibt ein leises angewidertes Geräusch von sich, sagt aber nichts.

Verlegenes Schweigen. Nur das Rascheln der Gewänder, die die Musen tragen, und das Kratzen ihrer Schilfrohrpinsel ist zu hören.

Hermes meldet sich zu Wort. »Hera, Poseidon und ich müssen los. Wenn du mit mir und Apollo gleich nach Pieria gekommen wärst«, flüstert er Poseidon zu, »und nicht darauf bestanden hättest, zuerst hier vorbeizuschauen, hätten wir den Schlamassel jetzt nicht.«

Poseidon macht den Mund auf, um etwas zu erwidern. Weder er noch Hermes fällt auf, dass Iris eine kleine Kristallphiole aus ihrem Umhang nimmt und den Inhalt – eine schwarze Flüssigkeit – auf zwei mit Nektar gefüllte Kelche verteilt, die nicht weit von Poseidon entfernt auf einem Tisch stehen.

»Na schön, Poseidon«, meint Hera, und Iris schiebt die Phiole zurück in die Falten ihres Gewands. »Ich sehe schon, man kann dich nicht umstimmen.«

Poseidon wendet sich, den Mund ein wenig geöffnet, von Hermes ab, angenehm überrascht über den leichten Sieg.

»Leistet ihr Iris und mir wenigstens Gesellschaft auf einen Drink, bevor ihr geht? Was habt ihr zwei überhaupt vor?«, fragt Hera Hermes mit einem freundlichen Lächeln.

»Nymphen«, antwortet Hermes, den Mund voll Ambrosia.

Iris hebt eine Augenbraue.

»Tja, dann wohl auf die Nymphen«, meint Hera, reicht zuerst Hermes und Poseidon einen Kelch, dann Iris.

»Auf die Nymphen«, wiederholt Poseidon schmunzelnd und trinkt einen Schluck. Nektar tropft auf die Vorderseite seines Gewands.

Kurz herrscht Stille. Hermes stellt seinen Kelch auf den Tisch, auf dem noch kurz zuvor die Schriftrolle mit Jasons Schicksal lag, und sieht zuerst ihn, dann Iris argwöhnisch an. Als er daran schnuppert, werden seine Augen groß.

»Poseidon …«

»Sehr … sehr gut«, murmelt Poseidon und stellt seinen Kelch neben den von Hermes. Seine Aussprache ist ein wenig undeutlich. »Aber ich denke … ich denke, bevor wir … Ich denke, ich bin ein bisschen …«

Er und Hermes sinken zu Boden und beginnen zu schnarchen.

VERRAT

Kolchis

Stunde des Gebets
Siebter Tag des Weinerntemonats

Später erzählten sie epische Geschichten über unsere Fahrt. Sie behaupteten, wir seien Amazonen begegnet, hätten mit schrecklichen Ungeheuern gekämpft und seien von Nymphen entführt worden. Sie berichteten von Harpyien und von in Metall gekleideten Vögeln, deren Schnäbel spitz wie Wurfpfeile waren.

Doch unser schlimmster Feind war unser leerer Magen. Ich, die ich bis dahin zu Hause immer genug Eintopf, Brot und süße Äpfel vorgefunden hatte, erfuhr zum ersten Mal, wie arg Hunger sein kann. Die Lebensmittelvorräte neigten sich dem Ende zu. Wir aßen das trockene Brot und die eingelegten Oliven fast schweigend. Die Stimmung an Bord war sehr schlecht, obwohl immerhin meine Albträume, nun, da Myrtessa und ich den Plan geschmiedet hatten, das Vlies an uns zu nehmen und die Städte des Pelion vor Jason zu bewahren, seltener wurden und ich wieder tief und fest schlief. Unsere Beine waren verkrampft vom stundenlangen Rudern gegen den Wind, unsere Arme und unser Rücken schmerzten, unsere Haut war vom Salz der See bedeckt, unsere geschärften Schwerter und Pfeile, die wir in der Hoffnung auf Abenteuer geladen hatten, lagen unbenutzt im Frachtraum: Welche Feinde gab es auf den weißen Wellenkämmen schon zu bekämpfen?

Wir hatten Kytoros viele Wochen zuvor verlassen und waren, das Land stets zu unserer Rechten, den Sternen Richtung Osten folgend, bis über den Bosporus hinausgefahren. Von Hantawa wussten wir, dass die Händler und Reisenden aus dem Reich der Hethiter, die er in Kytoros befragt hatte, von Kolchis erzählten, wo das Goldene Vlies aufbewahrt sei. Sie behaupteten, man erreiche es, indem man immer der aufgehenden Sonne entgegensegle, bis das Land sich zum Bug des Schiffes zurückneige. Auch einige der Fürsten hatten das so gehört, und Theseus, der als junger Mann die nördlichen Regionen des Meeres bereist hatte, bestätigte es. Doch als wir weiterruderten und aus den Tagen Wochen wurden und aus den Wochen Monate und, obwohl das Wetter ungewöhnlich ruhig blieb und der Himmel klar, kein Land am Horizont auftauchte, begann ich zu fürchten, dass wir Kolchis niemals erreichen würden. Wir würden bis zum Rand des Okeanos rudern, und dann …

»Land! Land in Sicht!«

Laertes stand über den Bug gebeugt. Nach so vielen Wochen, in denen wir uns Land vorstellten, uns einredeten, dass wir fast da seien, abends die Augen mit dem Gedanken schlossen, dass *morgen … morgen Land in Sicht kommen …* würde, klang das unwirklich.

Zuerst bewegte sich keiner von uns von der Stelle. Ich wechselte einen Blick mit Peleus, der hohlwangig von der mangelhaften Ernährung neben mir auf der Ruderbank saß. Er schaute zum Bug und wieder zurück zu mir. »Nein«, flüsterte er. »Ist das möglich?«

Alle ließen die Ruder fallen und sprangen auf. Hippomenes, Meleagros, Theseus, Nestor und Jason – sämtliche Fürsten – drängten zu Laertes. Mein Magen verkrampfte sich vor Nervosität und Aufregung. Nach den zahllosen Risiken, die Myrtessa und ich eingegangen waren, nach der endlosen Zeit auf dem Meer, um zu dem Vlies zu gelangen: War ich nun tatsächlich am Ziel?

Mir schnürte es die Kehle zu.

Was jetzt?

»Seid Ihr Euch sicher, Laertes?«, übertönte Jason das Lecken der Wellen am Rumpf des Schiffs. »Ich will keine Fehler.«

»Seht selbst.« Laertes deutete nach Nordosten, ein wenig links vom Bug.

Ich erblickte eine verschwommene graue Linie am Horizont, die sich allmählich klarer abzeichnete. Als ich mich umwandte, entdeckte ich inmitten der Sklaven den dunklen Haarschopf Myrtessas. Sie nickte mir mit leuchtenden Augen einmal zu. *Wir sind da*, formte sie mit den Lippen, *wir haben es geschafft.*

Nach weiteren Stunden an den Rudern bestand keinerlei Zweifel mehr: Die Umrisse der Küste wurden deutlicher, dahinter erhoben sich bewaldete schneebedeckte Gipfel zum Himmel, die sich sehr von den sanften Hängen des Pelion unterschieden. Vor uns tauchte der Fluss auf, den die Händler »Phasis« genannt hatten und dessen Wasser sich ins Meer ergoss. Um die Mündung befanden sich üppig mit wildem Schilf und Gras bewachsene Flächen.

Wir lenkten das Schiff in die Flussmündung und ruderten im Schatten der Berge schweigend ins Landesinnere. Der Wind hatte sich gelegt, sodass wir keine Geräusche hörten außer dem der Ruder, die ins klare Wasser tauchten, und den Schreien der Raubvögel, die über uns kreisten und deren Schnäbel sich spitz vor dem Himmel abzeichneten.

»Wie weit noch?«, fragte Theseus zwei Ruderbänke vor

der meinen, während wir dem mäandernden Verlauf des Flusses folgten.

»Ich weiß es nicht«, antwortete Argus vom Steuerruder aus. »Nur wenige Reisende haben es selbst von Anatolien aus bis hierher geschafft. Diejenigen, mit denen Hantawa sprach, haben von einer Stadt an einem Berghang berichtet, die sich auf einem langen, sich windenden Fluss erreichen lasse, aber ich weiß nicht, wie weit sie im Landesinnern liegt.«

Wir fuhren weiter. Nun saß Meleagros neben mir auf der Bank. Er wirkte blass und müde, wir ruderten schweigend. Seit er mir in Kytoros den Becher geschenkt hatte, war er nicht mehr auf mich zugekommen, und ich hatte ihn auch nicht ermutigt. Nach Myrtessas Warnung hatte ich versucht, so viel Distanz zwischen uns zu schaffen wie möglich. Dies war erst das zweite Mal seit unserem Aufbruch aus dem Hafen von Kytoros, dass er dieselbe Ruderbank besetzte wie ich. Ich musterte ihn, fragte mich, was er wohl dachte. Sein Blick schweifte auf der Suche nach Hinterhalten übers Ufer, während sein Ruder sich in das stille Wasser des Flusses senkte.

Hippomenes hatte den gleichen Gedanken. »Hier ist es zu ruhig. Das gefällt mir nicht.«

»Ihr fürchtet einen Überraschungsangriff?«

»Da oben in den Bergen könnte man sich leicht verstecken«, meinte er und schaute hoch zu den dicht bewaldeten Hängen. »Das würde ich jedenfalls tun.«

Die Sonne verbarg sich hinter den hohen Gipfeln, sodass wir durch kühlen Schatten fuhren. Die Adler, die sich für die Nacht in ihre Horste zurückzogen, verstummten, und das Wasser, das nicht mehr klar und einladend wirkte, nahm in der Dunkelheit eine tiefschwarze Farbe an.

»Vielleicht sollten wir unser Nachtlager aufschlagen«, meldete sich Argus vom Heck zu Wort, »und uns morgen wieder auf den Weg machen.«

Jason, der auf der Bank vor mir saß, schüttelte den Kopf. »Nein. Wir rasten erst, wenn wir wissen, wo die Stadt sich befindet.«

Argos verstummte, und wir ruderten weiter.

»Mein Fürst«, sagte Argus etwa eine Stunde später, »es ist unklug …«

Jason hob die Hand, um den Steuermann zum Schweigen zu bringen. Kurz darauf sah ich, warum. Hinter einer Flussbiegung ragte an den Hängen eines Berges eine Stadt aus dem Schatten heraus, auf deren Wällen Fackeln brannten.

Der Sklave, der die Trommel schlug, geriet ins Stocken und hörte auf. Jason zog sein Ruder aus dem Wasser und legte es über die Knie. Wir taten es ihm gleich.

Ich blickte zu der Stadt hinüber. Sie schien aus grauem Stein erbaut zu sein; ihre Zinnen und Wachtürme wirkten im tiefen Schatten der Berge abweisend. Innerhalb der Mauern erhoben sich mehrere viereckige Türme in den Nachthimmel, alle unterschiedlicher Höhe, manche selbst mit Steinwällen bewehrt. Zwei äußere Tore kamen in Sicht, beide geschlossen und aus Holz. Sie befanden sich hinter einem Graben rund um die Stadtmauern, auf denen Wachen mit Pfeil und Bogen patrouillierten.

»Sie scheinen Besucher nicht gerade mit offenen Armen zu empfangen«, stellte Hippomenes von seinem Platz neben Jason aus fest, und eine Hand wanderte zum Heft seines Schwerts.

Theseus schaute zum sternenbedeckten Himmel empor. »Wir sollten bis zur Morgendämmerung warten.«

Nestor pflichtete ihm bei: »Anzulegen und uns der Stadt zu nähern, ohne das Gebiet zu kennen, wäre, gelinde gesagt, dumm.«

Jason überlegte kurz. »Gut.« Er klopfte mit den Fingern gegen das glatte Holz seines Ruders. »Lasst uns hier in dieser Bucht an Land gehen, wo sie uns nicht sehen können. Morgen früh sprechen wir dann mit unseren Wünschen beim König vor.«

»Ihr wollt ihn um das Vlies bitten? Ihr habt nicht vor, es ihm mit Gewalt zu nehmen?«, fragte ich erstaunt.

Jason wandte sich mir lächelnd zu. Seine Zähne schimmerten im Licht der Sterne. »Wir beginnen mit einer Bitte«, erklärte er. »Schließlich sind wir Griechen, nicht wahr? Und wenn er sie uns nicht erfüllt…« Er führte den Satz nicht zu Ende.

Ich sah Hippomenes an. Er wirkte skeptisch, sagte aber nichts.

Wir lenkten das Schiff auf den Sand, sprangen auf den Strand und legten uns dicht nebeneinander zum Schlafen hin, um uns gegenseitig zu wärmen. Nachdem ich eine Weile zu den Ästen der Tanne über mir hochgeblickt hatte, setzte ich mich auf und zog meinen Umhang um die Schultern. Der Himmel war übersät mit Sternen, die aussahen wie Regentropfen auf der ansonsten glatten Oberfläche eines Teichs. Das Geräusch des Flusswassers, das am Ufer leckte, und das Zirpen der Zikaden in den Kiefern wirkte beruhigend. Ich betrachtete die schlafenden Männer um mich herum. Peleus mit den hellen Wimpern, der einen Arm im Schlaf ausgestreckt hielt. Er war mir von Anfang an ein Freund gewesen, hatte mich an Bord der *Argo* willkommen geheißen und mir im Sturm geholfen, als niemand sonst dazu bereit war. Hinter ihm Argus, abgesehen von

Peleus der Einzige der Helden, der es wagte, gegen Jason aufzubegehren. Er hatte seinen Umhang eng um den Leib geschlungen und schnarchte leise. Hippomenes mit dem breiten Kreuz, ein Mann weniger Worte, dem Ehre sehr wichtig war. Er hatte die Finger über der Brust verschränkt, die sich beim Atmen hob und senkte. Der kühne, leidenschaftliche und unbekümmerte Meleagros lag auf der Seite, die langen Haare auf den Schultern. Sie waren tatsächlich Helden, dachte ich, Männer, die hart um das kämpften, was sie begehrten, von wenig lebten und sich an gutem Wein und der Kraft ihrer Muskeln erfreuten. Männer, die meine Freunde und Gefährten geworden waren.

Werde ich in der Lage sein, ihnen das Vlies zu stehlen? Ich zog die Knie bis zur Brust an. *Ich habe so viele Wochen mit ihnen verbracht, mit ihnen gegessen und gelacht und meinen Kummer mit ihnen geteilt, wenn wir zu weit gerudert waren.*

Werde ich in der Lage sein, ihnen das wegzunehmen, wofür sie so weit gereist sind?

Dieser beunruhigende Gedanke hielt mich viele Stunden wach.

Wie sich herausstellte, warteten die Kolcher nicht, bis wir sie aufsuchten.

Am folgenden Morgen wachte ich steif gefroren, mein Umhang nass vom Tau, auf. Alle anderen schliefen noch. Ich stützte mich auf die Ellbogen und rieb mir die Augen.

Und hielt inne.

Denn in der stillen Morgenluft hatte ich unverkennbar leisen Hufschlag gehört. Ich ließ den Blick über die Wiese schweifen, die sich hinter der Bucht bis zu den dicht beieinanderstehenden Bäumen an den Hängen des Berges erstreckte. Das einzige Geräusch kam von den Wellen, die am

Ufer leckten, und von den Kiefern, deren Äste sich leicht im Wind bogen.

Plötzlich sauste ein Pfeil durch die Luft. Es folgten ein Schlag und ein Aufschrei. Kedalion, einer der Sklaven, mit denen Myrtessa sich angefreundet hatte, zerrte stöhnend an dem Pfeil, der aus seinem Oberschenkel ragte. Dunkles Blut sickerte in sein Gewand, er schnappte nach Luft.

Plötzlich herrschte Chaos. Pfeile regneten auf uns herab, die Fürsten sprangen auf und griffen nach ihren Waffen, die Sklaven rannten schreiend in alle Richtungen.

»Da drüben!«

Ich deutete auf das Dickicht. Mindestens fünfzig Reiter donnerten aus dem Wald heran. Im frühmorgendlichen Nebel wirkten sie mit ihren Bogen, Köchern und Pfeilen wie Phantome. Sie ritten ohne Zaumzeug. Es schien, als wären sie und ihre Pferde, deren Mähnen wie Wimpel im Wind flatterten, eins.

Ich packte meinen Köcher und schnallte meinen Schwertgurt um. Mit laut klopfendem Herzen zückte ich den Bogen, legte einen Pfeil auf, zielte und ließ ihn losschnellen. Ich traf den Mann am Hals. Er stürzte röchelnd von seinem Ross. Als er auf dem Boden aufkam, stieß er einen gespenstischen Schrei aus, die Beine gaben unter ihm nach, und der Pfeil brach entzwei.

Als mir klar wurde, was ich getan hatte, sank meine Hand herunter. Obwohl ich inmitten des Pfeilhagels stand, konnte ich mich nicht bewegen. Ich hätte mich nicht einmal dann vom Fleck rühren können, wenn ein Pferd in vollem Galopp auf mich zugerannt wäre. Es war, als gehörten meine Glieder nicht mehr mir, als hätte mein Geist sich von meinem Körper getrennt. Ich hatte den Pfeil abgeschossen wie bei einem Tier im Wald, doch das hier war etwas anderes. Es war schrecklich. Der Mann schrie und wand sich. Ich sah sein Gesicht, das Weiße seiner Augen, seinen Blick, als er nach mir suchte. Ich hörte sein Keuchen.

Meine Hände begannen zu zittern, ich bekam eine Gänsehaut. Die Sicht verschwamm mir, Punkte tanzten vor meinen Augen. Ich stolperte, mein Bogen glitt auf den Boden.

Willst du Myrtessa verlieren?, fragte eine Stimme in meinem Kopf. Ich blinzelte. Ganz allmählich drangen die Worte durch den Nebel meiner Gedanken. *Meleagros? Peleus? Hippomenes? Willst du sie alle verlieren?*

Ich packte meinen Bogen so fest, dass meine Knöchel weiß hervortraten, und nach einer Weile sah ich wieder klar.

Du musst es tun, um dich und die Menschen, die du liebst, zu schützen.

Während ich einen Pfeil nach dem anderen abschoss, sagte ich mir ihre Namen immer wieder vor – *Myrtessa, Meleagros, Peleus* – und ließ während des Kampfs keinen anderen Gedanken zu. Zwei weitere Kolcher fielen, von meinen Pfeilen an Oberschenkel und Schulter getroffen, zu Boden und rollten den Hang hinunter. Ihre Pferde scheuten laut wiehernd. Geschosse sausten mir um die Ohren; ich sah Pollux und Laertes unter ihren Schilden kauern, hinter ihnen Hippomenes, der einen Speer in der Hand wog, bevor er ihn auf das Ross eines Bogenschützen schleuderte. Die Bronzespitze vergrub sich tief in der Hinterhand des Tiers, das vor Schmerz wiehernd seinen Reiter abwarf, bevor es mit verdrehten Augen selbst zu Boden ging. Nun erreichten sie uns. Ich zog Korythos' Schwert aus meinem Gurt. Ein Kolcher sprang von seinem Pferd und kam mit einem kleinen Dolch in der Hand auf mich zu. Ich täuschte links an, stieß rechts zu und spürte, wie meine Klinge den Schwertarm des Mannes traf. Er ließ aufschreiend den Dolch fallen und presste eine Hand auf die Wunde. Die Hufe der Schlachtrösser wirbelten Staub auf, der metallische Geruch von Blut stieg mir in die Nase. Kriegsrufe in einer Sprache, die ich nicht kannte, vermischten sich mit Schmerzensschreien, ob von unseren Feinden oder den Fürsten Griechenlands, wusste ich nicht …

Ich zwang mich, an die Namen derjenigen zu denken, die ich zu schützen versuchte – *Hippomenes, Phorbas, Laertes* – und entdeckte Peleus, der aus dem Mund blutete und mit einem kräftigen Mann mit schulterlangem Haar und dichten, sand- und staubverkrusteten Augenbrauen kämpfte. Da näherte sich ein zweiter Kolcher Peleus von hinten, der ihn, weil er mit Abblocken und Parieren beschäftigt war, nicht bemerkte …

Bevor der zweite Angreifer auch nur das Schwert heben konnte, hatte ich bereits einen Pfeil aufgelegt und von der Sehne schnellen lassen. Das grässliche Geräusch klang mir in den Ohren, als der Pfeil sich in seinen Oberschenkelknochen bohrte, er kreischend in die Knie ging und sein Schwert klappernd neben ihm auf dem Boden landete.

»Danke, Telamon!«, rief Peleus, der nach wie vor gegen den anderen Angreifer kämpfte. Er zwang ihn, ihm zu folgen, indem er immer wieder wegsprang, und der Mann, der nicht darauf achtete, wo er hintrat, stolperte über einen großen Stein, der aus dem Boden ragte, und fiel krachend nach vorn. Peleus stieß ihm das Schwert tief in den Rücken.

Mir wurde übel. In den Staubwolken suchte ich verzweifelt nach dem dunklen Haarschopf von Myrtessa. In dem Moment donnerte ein Kolcher auf seinem Pferd heran, sprang herunter und zog sein Schwert. Ich hob das meine, blockte seinen Streich ab und wich zur Seite aus, um ihn näher zu locken. Plötzlich hatte er einen Dolch in der anderen Hand, mit dem es ihm gelang, meine Klinge abzuwehren, die ihn jedoch noch am Oberarm erwischte. Aus der tiefen, klaffenden Wunde spritzte Blut auf mich. Vor Schmerz aufjaulend, ließ er das Schwert fallen und ging, seine Finger auf seinen Arm gepresst, in die Knie.

Hinter mir hielt ein griechischer Sklave geduckt die Hände schützend über den Kopf und murmelte Gebete an die Götter. Ich erkannte ihn als Melanthios, einen Sklaven Nestors. »Hast du Dolios gesehen?«

Er schaute mich mit großen Augen an. Ich packte ihn grob an seinem Gewand. »Hast du Dolios gesehen?«, wiederholte ich, lauter, um den Lärm des Schlachtengetümmels zu übertönen.

Seine Zähne klapperten, als er nickte und auf die Bäume deutete. »Geflohen, bevor sie gekommen sind«, stammelte er. »Andere Sklaven … da drüben … haben Schutz gesucht.«

Ich nickte meinerseits kurz. Der Geruch seiner Angst stieg mir in die Nase. »Komm mit. Nimm das.« Ich gab ihm den Schild eines gefallenen Kolchers, aus dessen Brust ein Pfeil ragte. Die eigenen Leute hatten ihn am Flussufer erwischt. »Halt ihn über den Kopf«, wies ich Melanthios an und zeigte es ihm. »Und jetzt los!«

Das musste ich ihm nicht zweimal sagen. Er wich, den Schild immer artig über dem Kopf haltend, Gruppen kämpfender Männer aus und stieg schaudernd über Leichen. Ein Speer hinterließ eine Delle auf seinem Schild. Melanthios hielt ihn wimmernd fest. Ich bahnte uns mit dem Schwert einen Weg, Melanthios folgte mir geduckt, bis wir schwitzend und mit Blut und Sand bedeckt aus dem Scharmützel heraus waren.

»*Geh!*« Ich schob ihn in Richtung der etwa fünfzig Schritte entfernten Bäume, in deren Schatten ich die Umrisse der Sklaven erkannte. Er bedankte sich und rannte, den Schild wie den Panzer einer Schildkröte über sich haltend, los.

Als ich mich wieder ins Getümmel stürzen wollte, spürte ich plötzlich einen grellen Schmerz in der linken Schulter. Ein markerschütternder Schrei entrang sich meiner Kehle, Blut begann, den Stoff meines Gewands rot zu färben. Mein Blick umwölkte sich, meine Kraft schwand. Ich wünschte mir nur noch, mich diesem Gefühl der Benommenheit ergeben, mich von meinem gequälten Körper abspalten zu können. Als ich an mir herabsah, nahm ich den langen, schmalen Schaft wahr, der aus mir herausragte.

»Ah«, seufzte ich. »Ein Pfeil.«

Dann sank ich zu Boden.

»Telamon. Telamon.«

Jemand rief meinen Namen und schlug mir mit kalten Fingern ins Gesicht. Doch das war nicht mein Name. Warum also sollte ich darauf reagieren?

»Lasst mich.«

»Atalante.« Eine sanftere, höhere Stimme. Und mein richtiger Name.

Ich blinzelte.

Und sah Myrtessa, die sich über mich beugte, ihre Umrisse im Licht einer Lampe, ihr Schatten auf der Zeltleinwand. Ihre Züge nahm ich verschwommen war, erkannte aber ihre angstgeweiteten Augen und ihr Gewand.

Als ich mich aufzusetzen versuchte, schoss heißer Schmerz durch meine linke Schulter. Meine Finger ertasteten einen groben Stoffverband; ich roch Mohnextrakt und Safran. Der Schmerz war so stark, dass ich am liebsten laut aufgeschrien hätte, doch ich biss mir auf die Lippe. »Was ist passiert?«

»Ein Pfeil hat dich getroffen«, teilte Myrtessa mir mit. Nun nahm ich ihr Gesicht deutlicher wahr, bemerkte die feuchte Spur der Tränen auf ihren Wangen, ihre aufgeplatzte Lippe. Sie zitterte am ganzen Körper. »Du warst stundenlang bewusstlos. Ich dachte, du bist …«

Ich stützte mich auf einen Ellbogen; unter mir bewegte sich der Sand. Nun erst wurde mir klar, dass wir uns in einem kleinen provisorischen Zelt befanden. Die über zwei in den Sand gesteckte Ruder gespannte Leinwand wurde an den Ecken von großen Steinen festgehalten. »Wo sind wir?«

»Nach dem Kampf sind wir ein Stück flussabwärts gefahren. Die Kolcher sind geflohen, als ihnen klar wurde, dass sie gegen uns nichts ausrichten. Aber es war zu gefährlich, so nahe bei der Stadt zu bleiben, von der sie weitere Angreifer schicken konnten. Also haben wir hier in dieser Bucht angelegt. Die anderen Sklaven und ich haben aus dem alten Segel der *Argo* Zelte für die Verwundeten gebaut.«

»Und Meleagros, Hippomenes, Melanthios und Phorbas?«

»Durcheinander, aber am Leben.«

»Kedalion? Peleus?«

»Beide verwundet. Phorbas kümmert sich um sie.«

Ich zögerte kurz, bevor ich die wichtigste Frage überhaupt stellte. »Haben wir jemanden verloren?«

Myrtessa schluckte. »Ja, Castor.«

Ich empfand tiefes Mitgefühl für Pollux, seinen Zwillingsbruder, denn die beiden waren sich näher gestanden als alle Brüder, die ich sonst kannte. »Wie hat Pollux es aufgenommen?«

»Nicht gut. Er wird Zeit brauchen, darüber hinwegzukommen. Irgendwann sehen sie sich in der Unterwelt wieder. Sie haben zu Hause eine jüngere Schwester – wusstest du das?«

Ich schüttelte den Kopf. Wieder durchzuckte mich Schmerz.

»Sie heißt Helena, hat Pollux mir erzählt. Jetzt wird Castor sie nie wiedersehen.«

Langes Schweigen. Ich lehnte mich zurück. Dabei sah ich den Verband aus Stoffstreifen, die über meiner Brust verknotet waren. »Hast du …?«

Sie nickte. »Ich habe es selbst gemacht, hier drin. Niemand hat etwas gesehen. Sie wissen nichts.«

»Wenigstens das.« Ich schloss erleichtert die Augen.

»Soll ich dich allein lassen?«

Ich nickte, soweit der Schmerz das zuließ, und ergriff ihre Hand. »Vielleicht sollte ich mich ausruhen. Danke, Myrtessa.«

Sie drückte meine Finger. »Du hättest das auch für mich getan. Schlaf gut, Krieger«, meinte sie mit einem traurigen Lächeln, stand auf und verließ das Zelt.

Als ich aufwachte, war die Lampe ausgegangen, Dunkelheit umfing mich. Mir tat nach wie vor jede Bewegung weh, allerdings nicht mehr so sehr wie zuvor.

Ich hörte Schritte, die sich näherten, versuchte, mich aufzusetzen, stützte mich auf einen Ellbogen.

»Myrtessa?«

Lachen. »Wen erwartest du? Eine Freundin, Telamon?«

Die Öllampe beim Eingang wurde angezündet. Meleagros' Gesicht lag im Schatten, doch die Schürfwunden an seiner linken Wange waren gut zu erkennen, und an seiner Schulter klebte getrocknetes Blut.

»Meleagros! Was macht Ihr hier?«

Er kniete neben mir nieder. »Du fragst, warum ich hier bin?« Meleagros streckte eine Hand aus und ließ seine Finger durch meine Haare gleiten. Plötzlich packte er sie und zog mich zu sich. Ich schnappte vor Schmerz nach Luft. »Ich dachte, du bist tot«, sagte er leise. Der abgestandene Geruch von Alkohol in seinem Atem stieg mir in die Nase.

»Ihr habt zu viel getrunken«, stellte ich fest, schlug seine Hand weg und versuchte, mich ganz aufzusetzen, um Abstand von ihm zu gewinnen, doch ich schickte ihn nicht weg.

»Du bist der begehrenswerteste Jüngling, den ich kenne, Telamon«, erklärte er.

Mein Puls beschleunigte sich.

Langes Schweigen.

»Ihr solltet nicht so mit mir reden«, sagte ich schließlich, bemüht, ruhig zu klingen. »Ich habe Euer Geschenk angenommen, mein Fürst, und danke Euch für Eure Zuneigung, aber mehr möchte ich nicht. Das ist alles, was zwischen uns jemals sein kann …«

»Nein«, widersprach er, streckte erneut die Hand nach mir aus, zeichnete mit den Fingern meinen Kinnbogen bis zum Ohr nach, glitt meinen Hals hinunter zu meiner bandagierten Wunde und drückte leicht darauf. Ich zuckte zusammen. »Nein, mein Ganymed. Da ist noch viel mehr.« Seine Fingerspitzen wanderten über die empfindliche Innenseite meines Arms. Ich bekam eine Gänsehaut.

Als er sah, welche Wirkung seine Berührung auf mich hatte, lachte er.

»Du hast heute tapfer gekämpft, Telamon.« Sein Finger beschrieb einen Kreis auf meiner Handfläche.

Im Licht der Lampe starrte ich gebannt auf seine Lippen und seine haselnussbraunen Augen.

»Wie singen die Barden?«

»Liebkose mich nicht mit Worten, wenn deine Gedanken anderswo weilen,
Liebe mich aufrichtig und mit reinem Herzen.
Oder lasse von mir,
Kämpfe gegen mich und hasse mich offen.«

»Sag, dass du es auch willst, Telamon«, flüsterte er. »Sag, dass du mich genauso begehrst wie ich dich, denn ich brenne lichterloh für dich.«

Meine Erregung wuchs.

Doch als ich seinen warmen Atem an meinem Hals spürte und er die Finger ausstreckte, um mein Gewand hochzuschieben, schlug ich zu. Blitzschnell und ohne auf den Schmerz in meiner Schulter zu achten, packte ich sein Handgelenk mit einer Hand, seinen Ellbogen mit der anderen und drückte dagegen, sodass er mit dem Gesicht nach vorn in den Sand kippte. Dann stieß ich ihm das Knie in den Rücken und zog seinen Arm nach hinten. Er stöhnte vor Schmerz auf, hob keuchend den Kopf, lächelte aber, die Pupillen in der Dunkelheit groß.

»Ja, ich begehre Euch«, gestand ich. »Doch zuerst müsst Ihr etwas erfahren.« Obwohl mein Herz wie wild schlug, ließ ich nicht los. »Schwört bei Artemis, niemandem etwas zu verraten. Ich muss wissen, dass ich Euch vertrauen kann.«

»Vertrauen …«, wiederholte er. Seine Stimme klang verwaschen. Mir wurde klar, dass er noch betrunkener war, als ich anfangs gedacht hatte.

»Ja.« Ich zog fester an seinem Arm. Er zuckte zusammen.

Eine Weile hörte ich nur seinen rauen Atem.

»Schwört, dass Ihr niemandem erzählt, was ich Euch sagen werde, dass Ihr mir, wenn ich Euch darum bitte, beistehen werdet, wie Ihr Jason geholfen habt. Schwört Ihr das, Meleagros?« Ich verdrehte sein Handgelenk. Flach im Sand liegend, versuchte er, dem Schmerz zu entgehen. Seine Augen tränten, sein Gesicht war aschfahl. »Meleagros?«

»Ich …« Sein Kopf sank zur Seite, als würde er das Bewusstsein verlieren.

Ich ließ ihn los, beugte mich über ihn, strich ihm die Haare aus der Stirn.

»Meleagros! Meleagros, seid Ihr …?«

Da packte er blitzschnell den Stoff meines Gewands und riss daran, sodass die nackte Haut herausschaute. Obwohl ich aufschrie, warf er mich im schwachen Licht der Öllampe mit dem Rücken nach unten auf den Boden. Seine Hände glitten über meinen Bauch. Ich wand mich unter ihm, konnte mich aber nicht bewegen. Seine körperliche Erregung war deutlich zu spüren; er presste mich in den Sand und drückte mit den Händen gegen meine Schultern. Ich schrie erneut vor Schmerz auf. Seine Hüften senkten sich auf meine, er küsste mich, schob mir seine nach Alkohol stinkende Zunge in den Mund, erforschte ihn auf widerlich vertraute Weise.

Ekel erfüllte mich. Mit aller mir verbliebenen Kraft löste ich meine Lippen von den seinen und versetzte ihm mit dem Kopf einen harten Schlag gegen seinen Schädel. Er fiel nach hinten, ich ergriff meine Chance: Ich sprang auf und stieß ihm das Knie, so heftig ich konnte, in den Schritt. Seine Augen quollen hervor, seine Lippen zitterten, sein Gesicht lief tiefrot an. Zum krönenden Abschluss verpasste ich ihm eine schallende Ohrfeige.

»Wie könnt Ihr es wagen?«, brüllte ich ihn mit bebender Stimme an. »Ihr …«

Der Blick seiner blutunterlaufenen Augen wanderte zu

meinen nackten Brüsten. Erst jetzt wurde mir bewusst, dass mein Gewand von der Schulter bis zum Bauch aufgerissen war. Bis dahin war das auch ihm in seinem betrunkenen Zustand im düsteren Licht des Zelts nicht aufgefallen.

Doch nun sah er es.

»Eine … eine Frau«, keuchte er. »Du bist … eine *Frau*?«

Das Blut wich aus meinem Gesicht. »Meleagros«, sagte ich, ging neben ihm auf die Knie und legte eine Hand auf seinen Arm. »Meleagros, bitte, Ihr versteht nicht …«

Aber er schüttelte den Kopf. »Rühr mich nicht an!«, kreischte er und richtete sich auf.

»Nein … bitte …«

Er nahm die Öllampe und warf sie auf den Boden. Die Flamme verlöschte in dem feuchten Sand sofort. Ich tastete in der Dunkelheit nach ihm, Tränen liefen mir übers Gesicht.

»Meleagros …«

Ein Windhauch, dann Stille. Er war fort.

Im Exil

Der Fluss Phasis

Stunde des Tagesanbruchs
Neunter Tag des Weinerntemonats

Am folgenden Morgen stand ich mit hochgezogenen Schultern und bebendem Kinn, nur mit einem dünnen Gewand bekleidet, am Strand. Ich empfand Scham und Furcht, und mir war schwindlig von dem Schmerz in meiner Schulter. Über dem Ufer hingen leichte Nebel, die Sonne verbarg sich hinter den fremden dunklen Bergen. Der Himmel über uns war fahl, der Fluss leckte farblos am Strand. Ich bekam eine Gänsehaut, spürte, dass auch Myrtessa neben mir am ganzen Körper zitterte. Ich ergriff ihre Hand und drückte sie, obwohl ich ihr kaum Trost spenden konnte. Wir hatten gegen wesentliche Gesetze Griechenlands verstoßen – Myrtessa sogar in zweifacher Hinsicht, weil sie nicht nur eine Frau, sondern obendrein eine Sklavin war.

Die mildeste Strafe, die wir uns erhoffen konnten, war der Tod durch Jasons Schwert.

Das wussten wir.

Die Fürsten standen im Kreis um uns herum. Sie hatten ihre Umhänge am Hals mit Silberschnallen geschlossen, und ihre Schwerter steckten in Ledergurten an ihrer Taille. Die feindseligen Blicke von Jason, Peleus, Laertes, Hippomenes, Pollux und Meleagros ruhten auf mir – alles Männer, mit denen ich so viele Wochen gegessen, neben denen ich als Ebenbürtige gekämpft und geschlafen hatte.

Jetzt war ich für sie nur noch eine Frau und eine Lügnerin.

Ich senkte den Blick und ballte die Hände an den Seiten zu Fäusten.

»Im Namen von Zeus, dem Herrscher über Götter und Menschen und dem Beschützer der Griechen, rufe ich diesen Rat der Edlen Griechenlands an, das Urteil über die Betrügerin Atalante und ihre Sklavin Myrtessa aufgrund von Fürst Meleagros' Aussage zu fällen.« Jasons Stimme tönte laut durch die stille Morgenluft.

Ob meiner Benommenheit drangen seine Worte nur langsam zu mir durch. *Betrügerin? Er nennt mich eine Betrügerin?* In mir regte sich Trotz. *Ich mag in Schande vor Euch stehen, aber ich habe noch nicht allen Mut verloren.*

»Leugnest du, uns bewusst hinters Licht geführt zu haben?«, fragte Jason mit schneidender Stimme.

Ich spürte, wie Myrtessa sich neben mir bewegte, und drückte ihre Hand fester.

»Nein.« Ich sah seine verengten Augen, seine wie in hellen Marmor gemeißelten Züge, seine geröteten Wangen. »Aber …«

»Leugnest du«, fuhr er lauter als ich fort, »dich, wie Meleagros behauptet, als Mann ausgegeben und Kleidung und Waffen eines griechischen Fürsten getragen zu haben, worauf im Land der Griechen die Todesstrafe steht?«

»Nein. Aber …«

»Und leugnest du«, in Jasons Schläfe pochte eine Ader, »dich bei dieser Fahrt aufgedrängt zu haben, obwohl du genau wusstest, dass es Unglück bringt, wenn eine Frau am Ruder sitzt? Mit anderen Worten: Leugnest du, meinen Anspruch auf die Throne von Iolkos und Pagasä durch dein Handeln gefährdet zu haben?«

»Nein«, antwortete ich wieder. »Aber Ihr habt mich meiner Würdigkeit wegen in die Mannschaft aufgenommen. Ihr habt mich mit den anderen Fürsten jagen und kämpfen und rudern sehen und hattet nichts an mir auszusetzen! Ihr habt Telamon vertraut – warum könnt ihr das bei Atalante nicht tun?«

»Weil du eine Frau bist«, erklärte Jason, seine Stimme eisig wie der Schnee auf dem winterlichen Pelion. »Ein Geschöpf der Pandora. Und weil alle Gesetze der Götter und Menschen besagen, dass es dir nicht ansteht und dass es auch nicht dein Recht ist zu kämpfen, zu segeln oder auch nur mit uns zu sprechen. Ich hätte dich gleich damals, als du dir gewaltsam Zugang zu unserem Schiff verschafft hast, töten sollen, oder spätestens im Propontis-Meer, als du dich meinen Befehlen widersetzt hast. Ich habe zu lange Gnade walten lassen.«

Er deutete mit dem Daumen auf Myrtessa, die still vor sich hin weinte. »Atalante, sagt sie, heißt du … ›allen ebenbürtig‹.« Höhnisches Gelächter von den Fürsten. Meine Nasenflügel blähten sich vor Zorn; am liebsten hätte ich Jason ins Gesicht geschlagen, doch ich riss mich zusammen. »Wie konntest du nur glauben, uns ebenbürtig zu sein? In der Unterwelt wirst du Gelegenheit haben, den Geistern der Toten von der dummen Frau zu erzählen, die dachte, sie könne es einem Manne gleichtun.«

Mit einer schnellen Bewegung zog er sein Schwert aus der Scheide, hob es hoch in die Luft und ließ es so herniedersausen, dass es die Vorderseite meines Gewands, das ich in der Nacht zuvor im Halbdunkel notdürftig geflickt hatte, durchschnitt und meine Brüste bloß lagen. Ich schnappte entsetzt nach Luft und hielt die Arme vor meinen Körper, während Jason auch Myrtessas Tunika vom Hals bis zum

Bauchnabel aufschlitzte, sodass wir beide mit blasser Haut und nackten Brüsten vor den Männern standen. Myrtessa stieß einen Schrei aus und versuchte, ihre Blöße zu bedecken. Jason lachte höhnisch.

Wut, wie ich sie noch nie zuvor empfunden hatte, brodelte in mir hoch. Unwillkürlich griff ich nach einem Pfeil. Dann fiel mir ein, dass sie mir Bogen und Köcher weggenommen hatten. Zwei groß gewachsene Sklaven hatten mich festgehalten, weil ich verzweifelt um mich trat. Jason hatte meine Sachen aus dem Zelt geholt, bevor sie mich an den Strand zerrten. Nun zogen alle Fürsten ihre Schwerter und richteten sie auf Myrtessa und mich. Myrtessa wimmerte vor Angst.

»Wage nicht, uns herauszufordern, Frau«, warnte Jason mich. Die Fürsten nickten grimmig. Meleagros, dessen Augen böse blitzten, ließ seine Waffe langsam von einer Hand in die andere gleiten. Ich wusste, dass er an die vergangene Nacht dachte. Hippomenes hielt den Blick stirnrunzelnd gesenkt, während Peleus ihn enttäuscht abwandte. Kurz spielte ich mit dem Gedanken, auf die Knie zu fallen und Jason im Namen des Königs um Gnade anzuflehen. *Nein*, dachte ich.

Ich werde nicht betteln. Ich werde nicht weinen. Ich hatte nichts anderes getan, als meine Fähigkeiten zu nutzen, und wenn ich die Fürsten getäuscht hatte, waren sie genauso schuld, weil sie es nicht merkten. Als ich spürte, wie mein Mut zurückkehrte, reckte ich das Kinn vor und straffte die Schultern.

Die auf uns gerichteten Schwerter schimmerten fahl im Licht.

»Ich schlage vor, sie und ihre Sklavin wegen Ungehorsams zu töten«, sagte Jason. »Alle, die dafür sind, uns dieser betrügerischen Weiber zu entledigen …«, mit der Spitze seines Schwerts hob er den Saum meines Gewands ein wenig hoch, worauf einige der Männer, unter ihnen auch Meleagros, johlten, »… sollten ihre Zustimmung durch ein Nicken signalisieren.«

Als die Fürsten die Köpfe neigten, spürte ich Panik in mir aufsteigen, und mir wurde übel.

Das ist das Ende.

Ich werde hier sterben, weit weg von meiner Familie und meinem Zuhause.

Bittere Tränen rollten über meine Wangen. Nun hatte ich sie also doch enttäuscht. Ich drückte Myrtessas Hand, so fest ich konnte, und schloss die Augen.

Ich hörte, wie eine Klinge durch die Luft sauste.

Und spürte nichts.

Ich öffnete zitternd die Augen. Hippomenes hatte sein Schwert gesenkt.

»Fürst Jason, ich bitte um ihr Leben«, erklärte er.

Ich schnappte nach Luft, schluchzte fast, versuchte, mich zu beruhigen, während Myrtessa neben mir zitterte wie Espenlaub, doch er sah an mir vorbei zu Jason.

»Nicht aus Mitleid mit ihr, sondern weil ich möchte, dass Gerechtigkeit waltet. Sie hat mir das Leben gerettet, meine Fürsten, und die Götter strafen jeden, der seine Schuld nicht begleicht.«

»Du möchtest sie retten?«, fragte Jason ungläubig. »Obwohl sie dich in ihrem weiblichen Netz aus Lügen gefangen hat, möchtest du sie vor dem Tod bewahren?«

»Sie hat mich auch vor dem Tod bewahrt, mein Fürst«, entgegnete Hippomenes und wandte sich endlich mir zu. In seinem Blick lag Enttäuschung. »Deswegen setze ich mich für sie ein. Sie soll den Rest ihrer Tage in der Wildnis von

Kolchis verbringen, weit weg vom Land der Griechen. Ist das nicht Strafe genug?«

Myrtessa schluchzte, und obwohl auch mir weiterhin die Tränen herunterliefen, atmete ich gleichmäßiger.

»Aber…«, mischte sich Nestor stirnrunzelnd ein, »…wenn wir dich oder deine Sklavin jemals wiedersehen, töten wir euch auf der Stelle. Ihr habt gegen die Gesetze von Griechenland und gegen die Vorschriften der Götter verstoßen. Nur Hippomenes' Schuld dir gegenüber rettet euch jetzt.«

Schweigen, während Jason über den Vorschlag nachdachte.

»Gut«, meinte er schließlich, auch wenn ihm die Verärgerung deutlich anzumerken war. Er steckte das Schwert in die Scheide. Die anderen Fürsten taten es ihm gleich, zuerst Hippomenes, dann Theseus und Bellerophon, Laertes und die anderen. Als die Klingen über die Bronze scharrten, stellten sich mir die Nackenhaare auf. Myrtessa hielt nach wie vor schwer atmend einen Arm schützend vor die Brust. »Ich schicke dich ins Exil. Du bist auf ewig aus Griechenland verbannt. Durchstreif die Wälder und Hügel von Kolchis. Umso besser, wenn du das nicht überlebst. Mögen die Bären und Wölfe die Arbeit für uns erledigen.«

»*Nein!*«, rief ich aus.

»Atalante«, flüsterte Myrtessa entsetzt, »man hat dir die Freiheit geschenkt. Du solltest…«

»Nein!« Ich wandte mich Jason zu. Trotz züngelte wie eine heiße Flamme in meiner Brust. »Ihr sagt, ich hätte dem Willen der Götter zuwidergehandelt, aber erklärt mir doch: Warum haben die Götter mir die Fähigkeiten eines Mannes verliehen, wenn sie nicht wollten, dass eine Frau solche Fähigkeiten besitzt? Ihr habt Euch mit eigenen Augen von meinem Können mit Pfeil und Bogen überzeugt, mich im Kampf erlebt, mich schneller als jeder Mann laufen sehen. Ist es mir vorzuwerfen, wenn ich all diese Dinge kann?«

»Das ist Blasphemie«, murmelte Nestor. »Möchtest du auch noch die Götter auf deine Ebene herunterziehen?«

»Aber ich …«

»Es reicht.« Jasons Blick war scharf und kühl wie die Klinge eines Schwertes. »Wenn du weiterredest, töten wir dich. Meine Fürsten? Pflichtet Ihr mir bei?«

Einer nach dem anderen nickte.

Sogar Hippomenes stimmte zu – Hippomenes, der mich zum Essen mit den anderen eingeladen und mir in Kytoros von seinem Leben im ländlichen Böotien erzählt hatte.

»Nun denn …«, sagte ich mit rauer Stimme, »… darf ich wenigstens Myrtessa mitnehmen?«

Achselzuckend versetzte Jason Myrtessa einen Tritt ins Kreuz, sodass sie das Gleichgewicht verlor und auf die Knie fiel. »Wenn du unbedingt Verantwortung für ein weiteres Leben übernehmen willst«, meinte er verächtlich. »Die Wildnis wird sie umbringen. Hier hätten wir das für dich besorgt.«

Er machte einen Schritt beiseite, sodass eine Lücke in dem Kreis entstand, und auch die anderen Fürsten traten hinter uns. Ich spürte die Spitzen ihrer Schwerter im Rücken, die mich in die Wildnis schoben. Sie sprachen das Todesurteil über uns. Ich würde hier in dieser düsteren Gebirgslandschaft sterben …

»Moment«, meldete sich Hippomenes zu Wort. »Wir sollten ihr wenigstens eine Waffe zum Jagen mitgeben.«

»Eine Waffe?«, wiederholte Jason. »Habt Ihr den Verstand verloren, Hippomenes?«

»Sie mit einer Waffe in diesem wilden Gebiet freizulassen, bedeutet nicht, ihr Leben zu retten. Es hilft lediglich, ihren Tod hinauszuzögern«, entgegnete Hippomenes ruhig.

Mit angehaltenem Atem wartete ich auf die Antwort der Fürsten.

Als niemand etwas sagte, hob ich den Blick gen Himmel. »Meine Fürsten, ich schwöre bei allen Göttern des Olymp: Wenn Ihr mir meinen Bogen gebt, kehre ich nicht zu Euch zurück, um Euch Schaden zuzufügen.« Eine einzelne Träne rollte über meine Wange und landete im Sand. »Bitte, ich flehe Euch an. Gebt mir meinen Bogen.«

Hippomenes zögerte kurz, dann hörte ich ihn mit knirschenden Schritten über den Sand gehen und meinen Köcher vom Boden aufheben. Schmerz durchzuckte mich, als er den Riemen grob über meine Schulter schlang. Erleichtert spürte ich das Gewicht des Köchers auf meinem Rücken und das Holz des Bogens in meinem Nacken.

»Rühr ihn erst an, wenn du außer Sichtweite bist, sonst haue ich dich in Stücke.« Jason bohrte die Spitze seines Schwertes so tief in mein Fleisch, dass Blut floss. »Und jetzt geh.«

»Ich …«

»*Verschwinde.*«

Ich musste mich geschlagen geben. Langsamen Schrittes, die zitternde Myrtessa an meiner Seite, verließ ich, gedemütigt und voller Wut, den Kreis der Fürsten, die mich einmal wie einen der Ihren behandelt hatten, und entfernte mich, einen Arm vor der nackten Brust, über den Strand in Richtung des dunklen Waldes.

Dumpfen Schmerz im Herzen, fragte ich mich, ob ich Griechenland jemals wiedersehen würde.

Einige Tage später waren wir im Tiefland von Kolchis unterwegs, wo wilde Ziegen auf marschigen Wiesen neben sprudelnden Bächen weideten. In der Ferne sahen wir tannenbestandene Berge und dazwischen felsige Täler. Es war ein schöner Spätsommertag; eine warme Brise wehte uns um die Nase, die Sonne schien glitzernd auf das plätschernde Wasser. Über uns flogen Adler, deren Umrisse sich vor dem hellen Himmel abzeichneten. Bisher hatten wir uns von Ort zu Ort bewegt und nur in der Nacht gerastet. Myrtessa hatte eine Weberin überredet, uns eine Nadel zu leihen, mit der wir unsere zerrissenen Kleider nähen konnten. Nun näherten wir uns einer kleinen Gruppe von weithin zu erkennenden Häusern am Berghang, aus deren Kaminen Rauch aufstieg.

Fast sofort nach dem Verlassen des griechischen Lagers war mir mein weiteres Vorgehen klar gewesen.

Jason konnte mich ins Exil schicken und mir mit dem Tod drohen, doch er konnte mich nicht daran hindern, dass ich versuchte, Pagasä und Kaladrosos vor seiner Herrschaft zu bewahren.

Der üppige, erdige Geruch der Marschen und der Klang der Bergbäche erfüllten meine Sinne, als wir mittags zum Essen haltmachten. Ich hatte einen Rotfuchs erlegt – die Wunde an meiner Schulter begann dank Myrtessas Pflege zu heilen; obwohl sie nach wie vor schmerzte, konnte ich mit dem Bogen jagen. Myrtessa häufte trockene Zweige und Blätter aus dem nahe gelegenen Wald neben dem Gewässer auf. Gemeinsam häuteten wir unsere Beute und steckten sie an einen Ast, um sie über dem Feuer zu braten.

Nach dem Essen schöpfte ich mit den Händen Wasser aus dem Bach und trank es. »Die Fürsten hätten uns fast getötet.« Ich sah Myrtessa an. »Warum hast du mich begleitet? Du hattest ein Leben in Pagasä. Du hattest Neda, Philoetius und Hora. Was hat dich dazu veranlasst, alles für eine Reise mit einem Menschen zu opfern, den du kaum kanntest?«

Sie steckte schmunzelnd eine Heidelbeere in den Mund. »Keine Ahnung.«

»Die Frage ist ernst gemeint, Myrtessa.«

Ihr Lächeln verschwand. »Das habe ich dir schon erklärt.« Sie rieb an dem Brandzeichen an der Innenseite ihres Handgelenks. »Das Sklavendasein hat mir nicht gefallen. Du weißt alles, was es zu wissen gibt.«

Ich schüttelte den Kopf. »Ich glaube nicht, dass du Pagasä nur deshalb verlassen wolltest. Ich denke, es hatte noch andere Gründe.«

Langes Schweigen, dann meinte sie: »Es ist besser, du erfährst es nicht, Atalante.«

»Wenn du es mir nicht erzählen willst…«

Ein gequälter Ausdruck trat auf ihr Gesicht. »Ich bin auf Lesbos zur Welt gekommen«, hob sie an, den Blick in die Ferne gerichtet. »Leute vom Festland haben unsere Insel überfallen, als ich fünf war. Korythos war unter ihnen. Er hat mich erbeutet und mitgenommen.«

Sie sprach mit flacher Stimme, als wären diese Erinnerungen nur noch schwache Schatten der Vergangenheit. Ich lauschte, ohne etwas zu sagen. Die Rufe eines Adlers hallten in der Wildnis. »Ich erinnere mich kaum noch an meine Eltern oder meine Heimat. Manchmal höre ich andere Sklaven von einer Insel erzählen, wo die Täler im Frühjahr mit Veilchenteppichen bedeckt sind und helles Wasser an kiefernbestandenen Buchten mit weißem Sand leckt.«

Sie holte tief Luft. »Jedenfalls hat Korythos mich mit anderen jungen Mädchen und einigen unserer Frauen versklavt und uns nach Pagasä mitgenommen. Dort mussten wir uns um die Feuerstellen kümmern und seine Böden schrubben. Als wir älter wurden, hat er uns in seine Gemächer geholt, damit wir ihn badeten oder mit ihm das Bett teilten.«

In ihren Augen glänzten Tränen, und sie schluckte.

Als sie weiterredete, klang ihre Stimme rau. »Nachdem er mich einige Monate lang fast jede Nacht zu sich gerufen hatte, sagte ich ihm, dass ich schwanger sei. Danach hat er mich nicht mehr zu sich kommen lassen. Ich habe das Kind in der Speisekammer hinter der Küche zur Welt gebracht. Nur Hora und die Mädchen haben mir mit einer Wanne voll kaltem Wasser und ein paar alten Tüchern beigestanden. Es war ein Knabe, ein wunderschöner kleiner Knabe …«, sie begann zu schluchzen, »… mit winzigen Fingern und kleinen Grübchen im Kinn und …«

Ich legte einen Arm um ihre Schulter.

Nach einer Weile hörte sie zu weinen auf. Sie schniefte noch ein paarmal, wischte die Tränen mit dem Handrücken ab und wandte sich mir mit geröteten Augen zu.

»Er hat mir das Kind gleich nach der Geburt wegnehmen lassen.« Ihre Stimme war kaum noch ein Flüstern. »Wohin man den Kleinen gebracht hat, weiß ich nicht. Wahrscheinlich hat man ihn auf den Felsen über Makronita ausgesetzt oder ihn in die Sklaverei verkauft. Jeden Tag fürchtete ich, wieder von Korythos gerufen zu werden … noch einmal den Schmerz zu erleiden, ein weiteres Kind für ihn auszutragen, es zur Welt zu bringen und erneut mitansehen zu müssen, wie es mir entrissen wurde.« Ihr brach die Stimme. »Dazu hätte ich kein zweites Mal die Kraft gehabt.«

Sie trocknete ihre Augen mit einem Zipfel ihres Gewands. Nur das Plätschern des Bachs war zu vernehmen.

»Eine rührende Geschichte, nicht wahr?« Sie lächelte traurig.

Ich wollte den Mund aufmachen, um etwas zu erwidern, doch Myrtessa hob die Hand. »Genug. Vorbei ist vorbei. Hera oben im Olymp weiß, dass ich keinen Trost mehr brauche. Verstehst du nun, warum ich gehen musste?«

Ich nickte stumm. Mir fielen keine tröstenden Worte ein. So saßen wir an einem Bach in diesem fremden Land, zwei Frauen allein auf der Welt, ungeliebt und unerwünscht, durch Einsamkeit und Verluste aneinander gebunden.

»Komm«, sagte ich schließlich und löste mich von ihr. Die Bandage an meiner verletzten Schulter war nass von ihren Tränen. Ich stand auf. »Komm«, wiederholte ich und streckte ihr die Hand hin. »Wir können den Ort vor der Abenddämmerung erreichen.«

Die Sonne ging schon fast unter, als wir endlich eintrafen, weil wir felsige Schluchten überwinden mussten, an denen die Äste der Weiden tief ins Wasser hingen. Unsere Gewänder waren feucht, nachdem wir eine Stelle durchwatet hatten, an der der Fluss besonders schnell in Strudeln über die Steine sprudelte. Unsere Füße und Knöchel waren mit dem Schlamm der Marschen verkrustet, die Haare hingen uns schlaff herunter. Mir war heiß, ich hatte Durst und Hunger, meine Handflächen waren aufgeschürft vom Klettern über Felsen, und die Wunde an meiner linken Schulter brach wieder auf und begann erneut zu bluten. Doch meine Wut über die von Jason verhängte ungerechte und grausame Strafe trieb mich an.

Wir näherten uns dem Ort, der, wie sich später herausstellte, Suzona hieß, über einen von stark duftenden Eukalyptusbäumen gesäumten Feldweg, von dem aus wir Ziegenglocken bimmeln hörten. Die nahe beieinander stehenden Gebäude waren dunkel und gedrungen und aus ganzen Baumstämmen gefertigt. Sie hatten niedrige, schräge Dächer und kleine Fenster. Wir begegneten einem Ziegenhirten, der uns mit seinen dunklen, unergründlichen Augen musterte. Das Tuch, das er um die Stirn trug, flatterte im Wind. Immer mehr Häuser tauchten auf. Davor fütterten Frauen Gänse oder spielten Kinder mit Stöcken im Schlamm. Männer hackten im Schatten des Waldes mit schweren Äxten Holz. Alle hielten inne in dem, was sie taten, um uns anzustarren. Ich lächelte ihnen zu und versuchte, das Misstrauen zu ignorieren, das uns überallhin zu begleiten schien.

Ich ging auf eine Frau zu, die die Schwelle ihrer Hütte schrubbte. Sie hatte sich als Einzige nicht von uns stören lassen. Ihre Miene, bildete ich mir ein, wirkte weniger argwöhnisch als die der anderen. Sie richtete sich auf, wischte sich die Hände an einem groben Tuch ab, das um ihre Taille gebunden war, und sah mich an.

Ich deutete zuerst auf mich selbst, dann auf Myrtessa. »Griechen«, sagte ich langsam und deutlich. »Freunde.«

Die Frau runzelte die Stirn. Hinter ihr näherten sich Schritte, und ein stämmiger Mann mit hohen Wangenknochen gesellte sich zu uns. Die beiden redeten ziemlich schnell in einer Sprache miteinander, die ich nicht kannte. Ich schaute Myrtessa an, die mit den Achseln zuckte.

»Griechen?«, fragte der Mann mit so starkem Akzent, dass ich ihn kaum verstand.

Ich nickte, mein Herz klopfte laut. »Ja, Griechen. Sprecht Ihr Griechisch? Können wir …«

Er schob sich an der Frau vorbei, nahm eine brennende Fackel aus der Halterung neben der Tür und begab sich auf einen ausgetretenen Pfad in Richtung Berge. Nach wenigen Schritten blieb er stehen, drehte sich um und winkte uns.

»Ich glaube, er möchte, dass wir ihm folgen«, sagte Myrtessa leise.

Ich zögerte, weil ich das breite Schwert am Gürtel des Mannes bemerkte. »Sollen wir ihm trauen?«

»Bleibt uns etwas anderes übrig?«

»Vermutlich nicht.« Ich vergewisserte mich, dass mein Bogen sich auf meinem Rücken befand. »Na schön.«

Wir trotteten dem Mann hinterher. Männer und Frauen mit schweren Schuhen und gemusterten, mittels Gürteln zusammengehaltenen Tuniken über den Hosen schauten uns nach, an Türpfosten festgebundene Ziegen meckerten traurig. Es wurde schnell dunkel und kühl. In dem Wald aus hohen duftenden Kiefern und Tannen mit dichtem Unterholz aus Heidelbeersträuchern rieb ich mir zitternd die Arme. In der Luft lag der feuchte, erdige Geruch von Moos, große Steine ragten aus dem Boden wie die Fingerknöchel von Riesen. Myrtessa ging, die Schultern der Kälte wegen hochgezogen, schweigend neben mir her. Wohin führte uns der Mann?

Dann endlich kam eine Hütte aus dunklem Holz, ähnlich denen unten im Dorf, in Sicht, die sich tief ins Unterholz duckte. Drinnen schien ein Feuer zu brennen, denn hinter den kleinen, hohen Fenstern war es hell, und aus dem Kamin in der Mitte des Dachs stieg Rauch auf. Davor befand sich eine einzelne Steinsäule, die in etwa die Form eines menschlichen Körpers hatte, darum ein dunkelblaues Band, darunter ein Kranz aus Sommerblumen und ein Tonteller, gefüllt mit Obst- und Getreidegaben. Der Mann deutete auf die Tür des Hauses, nickte einmal und ging den Pfad wieder zurück. Schon bald waren seine auf dem Laub knirschenden Schritte nicht mehr zu hören.

Ich wechselte einen Blick mit Myrtessa, die blass wirkte. Sie nickte. »Ja.«

Ich trat an die niedrige Holztür, klopfte und wartete, die Arme eng um den Leib geschlungen.

Die Tür öffnete sich einen Spalt. Ein Auge lugte daraus hervor, dunkel wie die Augen der Dorfbewohner. Dann wurde die Tür ganz geöffnet, und Wärme strömte von einer runden Feuerstelle aus Stein heraus. Vor mir stand eine Frau. Sie hatte faltige, wettergegerbte Haut, ihre Haare waren an den Schläfen grau, und über der Hose trug sie ein schlichtes blaues Oberteil mit Fransen und Ledergürtel. Neben der Feuerstelle entdeckte ich eine weitere, jüngere Frau, die einen kleinen, höchstens dreijährigen Jungen mit nussbrauner Haut und Wangengrübchen auf dem Arm hielt. Im Schein der Flammen, die tanzende Schatten an die Wände warfen, sah ich Webteppiche auf dem Boden, schlichte, niedrige Möbel aus Holz und im hinteren Teil des Raums ein schmales Bett mit Decken. Zwei Fische brutzelten in einer flachen Pfanne über dem Feuer. Der Geruch von starkem Öl und mir unbekannten Kräutern – einige hingen in Büscheln von den Deckenbalken – stieg mir in die Nase. Mir knurrte der Magen.

Der Blick der älteren Frau wanderte über meine kurzen Haare, den Verband an meiner Schulter und schließlich zu meinem geflickten Gewand und dem Bogen auf meinem Rücken.

»So, so«, sagte sie auf Griechisch mit starkem Akzent. Ihre Mundwinkel verzogen sich zu einem Lächeln, als sie mein Erstaunen darüber sah, dass sie meine Muttersprache beherrschte. »Bestimmt habt Ihr eine interessante Geschichte zu erzählen!« Sie trat einen Schritt beiseite und winkte uns hinein.

»Ich weiß nicht so recht…« Ich wandte mich Myrtessa zu, doch die huschte sofort in die Hütte und kauerte vor dem Feuer nieder.

»Ich tue Euch nichts«, versicherte die Frau mir schmunzelnd. »Schließlich betretet Ihr mein Haus bewaffnet.«

Ich ließ den Daumen unsicher über den Riemen meines Köchers gleiten. Das Feuer wirkte einladend, der Fisch roch köstlich, und mir lief das Wasser im Mund zusammen. Vorsicht konnte ich immer noch walten lassen, wenn ich gegessen und mich aufgewärmt hatte.

»Wieso sprecht Ihr Griechisch?« Ich machte einen Schritt in den Raum hinein, während die Frau die Tür hinter mir schloss und den Riegel vorschob. Ihrem Aussehen – sie hatte dunkle Augen und hohe Wangenknochen und trug die Haare nach hinten gefasst – und auch ihrem Akzent und der Kleidung nach zu urteilen, kam sie nicht aus Griechenland.

»Und was führt Euch nach Kolchis?«, erkundigte sie sich, bevor sie sich über die Feuerstelle beugte und den Fisch im spritzenden Öl wendete. Sie lächelte. »Wollen wir etwas essen, bevor wir weitere Fragen stellen?«

Der Fisch war für meinen Geschmack zu salzig, aber ich hatte so großen Hunger, dass mich das nicht störte. Dazu gab es schweres Brot. Es erinnerte mich an den Kuchen, den wir in Kaladrosos an Festtagen für die Götter buken. Ich schaute zu Myrtessa hinüber und leckte satt und zufrieden den letzten Rest Öl von meinen Fingern. Sie achtete nicht auf mich. Ihr Blick war auf den kleinen Jungen gerichtet, dem seine Mutter kleine Mengen mit Wasser verdünnten Weins aus einem winzigen Tongefäß einflößte.

Myrtessa beobachtete die beiden mit so viel Zärtlichkeit und Sehnsucht, dass ich das Gefühl hatte, eine sehr intime Szene tiefer Trauer zu stören.

Ich wandte mich hastig der älteren Frau zu, doch die kam mir zuvor. »Bevor wir uns unterhalten, müsst Ihr etwas anderes anziehen«, stellte sie fest. »In diesem Land beleidigt ein nachlässig gekleideter Gast die Götter.«

»Das ist auch in unserem Land so.«

Für ihr Alter sehr flink, erhob sie sich von ihrem Hocker. »Kommt.« Sie streckte Myrtessa die Hand hin. Diese erhob sich widerwillig, den Blick nach wie vor auf das Kind gerichtet. Die Frau ging uns voran in den Nachbarraum, dessen Wände mit Holzregalen voller Tontöpfe, Krüge und grober Stoffe bedeckt waren. Sie nahm zwei gemusterte Tuniken, Hosen und Schuhe aus einem der Fächer und reichte sie uns. Dann entfernte sie sich, damit wir uns umziehen konnten. Wir schlüpften aus unseren feuchten Gewändern und in die kratzenden Wollhosen und die Schuhe.

»Du siehst aus wie eine Amazone«, bemerkte Myrtessa, als ich mich einmal um die eigene Achse drehte, um mich an das ungewohnte Gefühl des Stoffs an meinen Beinen zu gewöhnen, und lachte laut.

»Und du, schaust du etwa aus wie eine echte Griechin?« Myrtessa wirkte mit ihren dunklen Haaren, der gemusterten Tunika, der weiten Hose und den Stulpenstiefeln genau so, wie ich mir eine Amazone immer vorgestellt hatte.

Ich öffnete die Tür zum Hauptraum wieder, wo die Frau uns bereits erwartete.

»Moment.« Sie legte Myrtessa eine Hand auf den Arm, als diese mir folgen wollte. Myrtessa blieb zurück, während ich mich neben der Feuerstelle auf einen Holzhocker setzte. Ich hörte ihr Flüstern über dem Knistern der Flammen.

Wenig später gesellte Myrtessa sich mit leuchtenden Augen zu mir.

»Was hat sie dich gefragt?«

Myrtessa zuckte die Schultern, ein Lächeln spielte um ihre Mundwinkel. »Nichts Wichtiges. Das erzähle ich dir später.« Sie setzte sich mit dem Kind auf dem Arm auf einen Teppich, während unsere Gastgeberin uns Becher mit warmem Minzwasser reichte.

»Ihr habt uns bewirtet.« Ich trank einen Schluck. »Die Sitte verlangt es, dass Ihr die Namen derjenigen erfahrt, denen Ihr Eure Gastfreundschaft gewährt. Ich bin Atalante, Tochter von Iasos, König von Pagasä.« Seit ich Prinz Lykaons Anhänger mit eigenen Augen gesehen hatte, war ich mir sicher, aber es laut auszusprechen, fühlte sich immer noch seltsam an. »Und das ist Myrtessa, meine Gefährtin und Freundin.«

Myrtessas Wangen waren von der Wärme gerötet.

Ich beschloss, die Wahrheit zu sagen, weil ich nichts zu verlieren hatte.

»Wir sind hier, um das sagenumwobene Goldene Vlies zu finden, und hoffen, dass jemand weiß, wo es ist und wie man es erringen kann.« Als ich ihre Reaktion sah, fügte ich hastig hinzu: »Ich komme nicht seines Wertes wegen, sondern weil ich meine Familie und mein Zuhause einer Prophezeiung gemäß vor einem grausamen Herrscher bewahren möchte.«

Die Frau erhob sich, nahm einen Stock in die Hand und stocherte damit in der Asche.

»Ich heiße Dedali«, erklärte sie schließlich und sah mich an. Ihre dunklen Augen glänzten wie Kohlen, der blaue Ziersaum ihrer Tunika schimmerte im Licht. »Ich bin die Priesterin dieses Dorfes und habe am Orakel von Delphi

Eure Sprache gelernt. Und ich rate Euch, nicht nach dem Vlies zu suchen.«

»Dann wisst Ihr also um das Vlies?« Ich beugte mich mit wild pochendem Herzen vor.

»Ja. Es ist so gut bewacht und so schwer zu erreichen, dass König Aietes ganz Kolchis verraten kann, wo es aufbewahrt wird. Ihr ahnt nicht, wie viele Fürsten und Prinzen, die davon träumten, das Vlies für sich zu gewinnen, schon hierhergekommen sind. Alle wurden von den Wächtern des Königs getötet. Man hat ihnen die Rüstung ausgezogen und diese in die Schatzkammer gebracht. Ihre Leiber wurden den Aasgeiern zum Fraß vorgeworfen.«

Ich machte den Mund auf, um etwas zu sagen, doch sie hob die Hand. »Hört zu.« Als sie weitersprach, der Rauch vom Feuer zwischen uns aufstieg und die polierten Holzperlen an ihren Ohren im sanften Licht schimmerten, erstand vor meinen Augen das Bild jenes schrecklichen Ortes. »Das ist kein Ammenmärchen. Ich habe die Toten mit eigenen Augen gesehen, denn als Priesterin der Arinniti werde ich jedes Jahr zu den hohen Festen in den Tempel des Zayu gerufen. Das Tal ist gesäumt von Leichen; die Knochen der Skelette leuchten weiß in der Sommerhitze, darüber kreisen Raben. Dieses Schicksal droht jedem, der das Vlies stehlen will.« Sie musterte mich. »Wie soll es Euch, einem Mädchen ohne Rüstung, gelingen, wenn Könige mit schlachterprobten Soldaten gescheitert sind?«

Sie hat recht. Bei dem Gedanken an das Tal des Todes, das sie mir beschrieben hatte, überlief mich ein Schauer, aber ich sagte: »Wer nicht wagt, der nicht gewinnt.« Ich versuchte zu lächeln. »Ich schwöre, dass ich das Vlies nur möchte, um meine Heimat zu schützen. Das unterscheidet mich von den anderen, die es aus reiner Gier wollten.«

Das Feuer prasselte in der Stille, und der kleine Junge, der auf Myrtessas Schoß saß, spielte mit ihren Fingern.

Ich hielt dem Blick der Frau stand, obwohl ich kaum zu atmen wagte.

»Na schön«, meinte sie schließlich und hob die Hände so unvermittelt, dass die Holzperlen an ihren Ohren ins Schwingen gerieten. »Ich möchte wirklich nicht, dass Ihr getötet werdet wie alle anderen, aber Euch scheint eine gottgegebene Entschlossenheit anzutreiben, die Euch erst ruhen lässt, wenn Ihr Euer Königreich gewonnen habt.«

Ich neigte das Haupt. Myrtessa, die zu meinen Füßen saß, schaukelte lachend den Jungen auf ihren Knien. »Das stimmt allerdings«, meinte sie. Der Kleine klatschte begeistert in die Hände.

Dedali raffte ihre Tunika und setzte sich stirnrunzelnd auf einen Hocker neben mich. »Also, was wollt Ihr wissen?«

»Wo ich das Vlies finde, wie ich von hier aus am schnellsten hingelange und wie es bewacht wird. Falls Ihr mir das sagen könnt.«

Die alte Frau schloss die Augen. »Das Vlies«, hob sie an und machte sie seufzend wieder auf, als hätte sie die Geschichte schon zu oft erzählt, »ist die goldene Hülle des heiligen Bildnisses von Zayu in Form eines Widders, gewebt aus zehntausend Goldfäden, mehr wert als alle Schätze des Königs. Es wird im Tempel des Zayu aufbewahrt, im Tal eines Nebenflusses des Phasis, einen Tagesritt von hier entfernt, verborgen zwischen sehr hohen Klippen. Vom Phasis aus gelangt man ausschließlich zu Fuß zum Tempel, denn der Weg ist zu steil für ein Pferd. Jedes Jahr kommen die Priester dieses Landes von weither zu dem Heiligtum, um zu den Göttern zu beten. Aber nicht einmal ich habe das Vlies bisher gesehen, denn es wird von hundert mit Schwertern und Speeren bewaffneten Wachen und von fünfhundert Bogenschützen gehütet, die auf Felsen über dem Tempel auf der Lauer liegen.« Sie legte eine Hand auf die meine. »Kehrt nach Hause zurück«, riet sie mir sanft. »Überlasst das Vlies anderen. Ihr seid zu jung zum Sterben.«

»Wer sagt denn, dass ich sterben werde?«

Zu meiner Überraschung schmunzelte sie. »Ah, der Geist der Atimite«, stellte sie fest und erhob sich mit einem leisen Ächzen. Die jüngere Frau eilte herbei, um ihr zu helfen, aber sie schob sie weg.

»Kommt«, forderte sie mich auf, nahm eine Fackel von der Wand, zündete sie an der Feuerstelle an und ging zur Tür. Ich wollte ihr folgen, doch …

»Warte, Atalante!«

Myrtessa. Sie war mir nachgeeilt.

»Überleg dir gut, was du tust! Nestor hat gesagt, er würde dich umbringen, wenn er dich noch einmal sieht. Können wir nicht einfach … hierbleiben, wenigstens eine Weile? Was schuldest du Pagasä und Kaladrosos denn?«

Ich betrachtete die Schatten des Feuers, die auf ihrem Gesicht tanzten. »Nichts, abgesehen vom Leben der Familie, die ich liebe, und der Freiheit des ganzen dortigen Volkes.«

Myrtessas Miene veränderte sich. »Ich … ich möchte bleiben.«

Ich schaute sie verblüfft an. »Hier?«

Sie zuckte mit den Achseln und ergriff meine Hand. »Dies ist deine Reise, Atalante. Die meine endet hier … das spüre ich.«

Sie neigte das Haupt, wich meinem Blick aus. »Dedali hat mir vorhin zugeflüstert, die Göttin habe ihr gesagt, ich solle bleiben. Sie hat mich gefragt, ob ich bereit sei, der

Göttin als Jungpriesterin zu dienen. Und ich habe eingewilligt.«

Ihre Wangen glühten von der Wärme des Feuers. Sie strahlte eine innere Ruhe aus, die ich bis dahin nie an ihr bemerkt hatte. Plötzlich wurde mir klar, dass sie an diesem Ort glücklich werden würde.

»Ich möchte dich nicht allein lassen«, versicherte sie mir, »aber in Pagasä bin ich nicht … Hier kann ich …« Sie deutete stumm auf das Brandzeichen an ihrem Handgelenk. »Hier bin ich keine Sklavin«, führte sie den Satz zu Ende. »Ich hoffe, du verstehst das.«

Als ich nickte, erinnerte ich mich daran, wie die dunkeläugige, lachende Myrtessa mich vor so vielen Monaten in Pagasä angesprochen hatte. Ich schluckte. Am liebsten hätte ich gesagt, sie müsse mich begleiten … »Du wirst mir fehlen«, krächzte ich und blinzelte die Tränen weg. »Meine treue Freundin.«

»Du wirst mir auch fehlen, Atalante.« Sie schlang die Arme um mich und drückte mich fest an sich.

Dedali kehrte zurück. »Tochter des Iasos?«

Myrtessa und ich lösten uns voneinander.

»Mögen die Götter bei dir sein, Atalante«, flüsterte Myrtessa. »Ich bete für deine sichere Rückkehr nach Pagasä.«

Ich drückte ihre Hand und wandte mich mit Tränen in den Augen Dedali zu. Am hinteren Ende der Hütte drehte ich mich nach Myrtessa um, doch sie war verschwunden.

Dedali führte mich in einen Schuppen, dessen Dach an den rückwärtigen Teil des Haupthauses grenzte. Darin standen zwei Pferde. Der Geruch von warmem Heu stieg mir in die Nase. Ich schob meine Gedanken an Myrtessa beiseite, die nun ein neues Leben in Dedalis Hütte beginnen würde.

Du musst an Pagasä und Kaladrosos denken, rief ich mir ins Gedächtnis. *Denk an Neda, Philoetius und Lykaon – denk an deine Familie. Denk an das, was Jason mit dem Sklaven auf der Straße und mit Phorbas gemacht hat.*

Myrtessa wird hier glücklich sein.

»Den könnt Ihr haben.« Dedali schnalzte mit der Zunge. Eines der beiden Pferde, ein schönes kastanienbraunes Tier, stampfte mit den Hufen auf und schnaubte in die Nachtluft. Eine einfache Wolldecke und Lederzaumzeug hingen an einem hölzernen Haken an der Wand. »Aber ich würde Euch raten, die Nacht bei uns zu verbringen und erst in der Morgendämmerung aufzubrechen. Die Wälder hier sind tückisch, und das Gelände ist nicht gut zum Reiten geeignet.«

»Warum helft Ihr mir? Ihr habt mir doch von der Suche nach dem Vlies abgeraten.«

Die Lachfältchen um ihre Augen gruben sich tiefer in ihre Haut. »Vielleicht weil ich den Geist der Götter in Euch spüre. Möglicherweise wacht Arinniti selbst über Euch. Wer weiß schon, was die Götter, die auf den Gipfeln des Kaukasus wohnen, denken? Aber ich frage Euch noch einmal: Wollt Ihr nicht die Nacht hier verbringen?«

Ich schüttelte den Kopf und ergriff ihre Hand in einer Geste tiefer Dankbarkeit dafür, dass sie meiner treuen Freundin eine Heimat gab und mir half.

»Ich stehe tief in Eurer Schuld, Dedali. Und ich bete zu den Göttern, dass ich mich eines Tages erkenntlich zeigen kann. Aber jetzt muss ich los. Ich darf keine Zeit verlieren.«

Vor meinem geistigen Auge tauchte ein Bild von Jason und seiner Mannschaft auf, die den Phasis hinauffuhren, die Stadt Kolchis stürmten und zu wissen begehrten, wo sich das Vlies befinde. Vielleicht ruderten sie schon mit schnellen Schlägen den Fluss entlang … Mein Puls beschleunigte sich.

Dedali, die sah, wie ich rot wurde, schmunzelte. Ich nahm die Decke, warf sie über den Rücken des Pferdes, sprang hinauf und zog die Tunika hoch, bevor ich den Köcher fest auf meinen Rücken schnallte. Dedali legte dem Tier das Zaumzeug an und reichte mir die Zügel. Ich lenkte den Kopf meines Rosses in die Richtung des Berghangs über dem Dorf, wo nur noch ein paar Fackeln brannten. »Wo liegt das Tal?«

»Reitet, bis Ihr den Fluss erreicht«, antwortete Dedali und deutete hinunter auf die Ebene, die in den Silber- und Grautönen des Mondlichts schimmerte. »Folgt diesem mithilfe der Sterne in Richtung Osten, bis Ihr auf den Nebenfluss stoßt, der von Norden her durch eine tiefe Schlucht mit steilen Felsen fließt. Steigt dort ab und folgt dem kleineren Fluss zu Fuß. Dahinter befindet sich das Heiligtum. Danach können Euch nur noch die Götter helfen.«

»Was mache ich mit dem Pferd? Wie kann ich es Euch zurückschicken?«

Sie winkte ab. »Das kennt den Weg.«

Als ich an den Zügeln zog, zuckte ich zusammen, weil meine linke Schulter schmerzte. Das Pferd bäumte sich auf, seine Hufe zeichneten sich vor dem Nachthimmel ab.

»Noch einmal danke, Dedali. Mögen die Götter Euch Eure Freundlichkeit vergelten.«

Trotz des Schmerzes fühlte es sich gut an, auf einem Pferd zu sitzen. Ich stieß ihm die Fersen in die Flanken, weil ich mich danach sehnte, den Wind in meinen Haaren zu spüren. Wir donnerten den Pfad zum Ort hinunter; die Strahlen des Mondlichts tauchten die Äste und Stämme in silbriges Licht.

Artemis, betete ich und wandte den Blick gen Himmel, *Göttin des Mondes und der Jagd, weise mir den Weg.*

Die Hufe meines Pferds ließen den Schlamm hochspritzen. Ein Gedanke trieb mich an: *Wir müssen zu dem Pass, bevor Jason ihn erreicht.*

Poseidon erwacht

Auf dem Olymp

Es ist fast achtzig Tage her, dass Poseidon, der Gott des Meeres, und Hermes, der Gott der Diebe und Betrüger, in der Bibliothek der Musen auf dem Boden eingeschlafen sind. Achtzig Tage lang wunderbarstes Wetter, denkt Iris, als sie den Stapel Schriftrollen in dem Fach vor ihr durchblättert. Achtzig Tage ruhigster See und blauesten Himmels. Achtzig Tage wolkenloser Blick auf in der Sonne leuchtende Inseln und winzige Schiffe mit flatternden weißen Segeln. Leise seufzend sucht sie weiter.

Der Nachthimmel, zu sehen durch den offenen Säulengang gegenüber dem Saal der Schicksalsgöttinnen, ist schwarz wie Tinte. Um Iris, die leicht vorgebeugt eine Schriftrolle nach der anderen zu sich heranzieht und liest, bewegen sich die Musen mit Lampen in der Hand. Manche nehmen Papyrusrollen von Nachtigallen entgegen, die von den Höhlen der Schicksalsgöttinnen in der Unterwelt heraufgeflogen sind, andere schreiben sie ab. In der Stille ist das leise Kratzen ihrer Schilfrohrpinsel zu vernehmen.

Iris hebt den Blick von einer Rolle und schaut zu Poseidon und Hermes hinüber, die immer noch mit dem Gesicht nach unten auf dem Marmorfußboden liegen. Natürlich ist Iris auf Anweisung Heras hier. Sie soll dabei sein, wenn die beiden Götter erwachen, und sicherstellen, dass die Situation nicht eskaliert.

Was sie nicht daran hindert, auf eigene Faust Nachforschungen anzustellen.

Heute Abend sucht Iris nach etwas ganz Bestimmtem, das sie schon eine ganze Weile finden möchte.

Poseidon braucht ziemlich lange zum Aufwachen und noch ein bisschen länger, um zu realisieren, wo er ist. Sein Gesichtsausdruck verrät, wie es ihm allmählich dämmert, als er sich umblickt und Hermes neben sich entdeckt. Die Erinnerung regt sich: dass Alkimede, Jasons Mutter, sich für Zeus und nicht für ihn entschieden hat; dass er, Poseidon, versucht hat, das Schiff ihres Sohnes in einem Sturm zu zerstören; dass er, als das misslang, in die Bibliothek der Musen gegangen ist, um mehr über Jasons Schicksal zu erfahren; dass Hera, die sich in alles einmischt, und ihre lästige Botin ihn dort aufgespürt haben und…

Poseidons Kopf schießt hoch.

»Ist endlich alles klar?« Iris tritt aus dem Schatten.

Fast wirft Poseidon den mit Einlegearbeiten verzierten Holzstuhl neben sich um, als er aufspringt. Hermes schreckt ob des Lärms hoch und sieht sich mit weit aufgerissenen Augen um.

»Du!«, blubbert Poseidon. Er nimmt den Kelch vom Tisch, riecht daran und schleudert ihn weg. Der Kelch klappert über den Boden und knallt gegen den Knöchel einer der Musen, die ihn aufhebt und mit einem missbilligenden Blick auf einen nahe gelegenen Tisch stellt. »Beim Wasser des Styx! Hab ich's doch gewusst! Wie lange…?«

Iris verschränkt die Arme. »Fast achtzig Tage.«

»Achtzig!« Poseidons Brust hebt sich, sein Gesicht läuft tiefrot an. »Und Jason?«

»Ist in Kolchis angekommen.«

Poseidon stößt einen Wutschrei aus, der klingt wie Donner über dem Meer. »Du…« Er macht Anstalten, Iris am Gewand zu packen, doch die weicht rechtzeitig aus. Hermes rappelt sich auf, als Poseidon, mittlerweile vor Zorn lila im Gesicht, die Faust ballt und nach Iris schlägt, die sich wegduckt. Poseidons Knöchel landen auf einem Regal mit Papyrusrollen, das ins Wanken gerät und laut krachend umfällt. Schicksale Sterblicher ergießen sich über den glänzenden Marmorboden. Poseidon wendet sich fluchend wieder Iris zu, hebt die Handfläche, brüllt vor Wut …

Auf dem Ozean beginnt das ruhige Wasser von den fernsten Eilanden der Hesperiden bis zur Schwarzmeerküste und zum Fluss Phasis zu brodeln, obwohl nicht der leiseste Windhauch weht. Dicke dunkle Gewitterwolken ziehen über die Gegend von Kolchis. Ziegenhirten schauen zum Himmel hinauf und stoßen ein Gebet aus, bevor sie ihre Schützlinge nach Hause treiben. Vögel zwitschern auf den Wipfeln der Kiefern. Über der See ertönt Donnergrollen, dann kommt Wind auf, ein Westwind, der die Schiffe von Griechenland weg ans Ende der Erde treibt, keine sachte Frühlingsbrise, die das Gras unter den Füßen der Nymphen erzittern lässt, sondern ein heulender Sturm, der die Tannen auf den Bergen knickt und fällt, der die Oberfläche des Meeres zu hohen Wellenkämmen auftürmt, welche mit Wucht an die Felsküste von Kolchis schlagen.

Schwere Regenwolken wälzen sich die Berghänge herunter und färben den Himmel schwarz wie in der Nacht, als Atalante ihr Ross durch den dichten Wald treibt, obwohl die Hose an ihren Beinen klebt und ihr die feuchten Zügel wieder und wieder aus der Hand gleiten.

Die Argonauten, die zu ihrem Schiff stolpern, ziehen den Kopf ein vor dem Regen und schlingen die Arme um ihre nassen Leiber. Sie rutschen über Felsen, waten durch ehemals sanfte Bergbäche, die sich in wirbelnde Massen schäumenden Wassers verwandelt haben, als ein Blitz den Himmel durchzuckt.

Jason fragt sich, wie er den Zorn der Götter auf sich gezogen hat.

Wenig später trifft Iris in Heras Schlafgemach ein, wo die Sterne durch die Öffnung im Dach hereinleuchten und Hera auf dem Marmorfußboden hin und her läuft.

»Die Götter haben ihre Seiten gewählt«, verkündet Iris, als ihre Herrin sich ihr wütend zuwendet. »Darauf haben wir keinen Einfluss mehr. Zeus«, sie beginnt, die Namen an den Fingern aufzuzählen, »ist für Atalante …«

Hera wirbelt herum. »Er hat mir versprochen, sich nicht mehr einzumischen.«

Iris hebt die Augenbrauen. »Du glaubst, er hält dieses Versprechen?«

Hera schweigt.

»Du«, zählt Iris weiter auf, »bist für Jason.« Sie hält einen Finger der anderen Hand hoch. »Poseidon ist gegen Jason.«

»Wegen Poseidon mache ich mir keine Gedanken!«, geifert Hera. »Sondern wegen Jason und dem Vlies. Momentan …«, sie blickt finster durch die dichten grauen Wolken auf Kolchis hinunter, »laufen er und seine Argonauten Gefahr zu ertrinken, bevor sie überhaupt das Heiligtum von Zeus erreichen.«

»Dann solltest du etwas dagegen unternehmen«, meint Iris. »Teile die Fluten, schick ihm eine schöne Frau, die ihm beisteht, oder … oder verleihe ihm die Kraft eines Unsterblichen.« Sie zuckt mit den Achseln. »Die üblichen Strategien.«

Hera sieht sie mit großen Augen an. »Eine schöne Frau«, wiederholt sie und legt den Kopf schief. »Das gefällt mir. Das haben wir schon eine ganze Weile nicht gemacht – seit Ariadne nicht mehr. Hmm. Vielleicht können wir Aphrodite überreden, die Putten zur Tochter von König Aietes, zu Medea, zu senden …«

Sie setzt sich gedankenversunken aufs Bett. Plötzlich wendet sie sich mit verengten Augen ihrer Botin zu. »Wenn Poseidon weiter wütet, das Meer rau bleibt und der Wind aus dem Westen bläst, können sie nicht segeln, selbst wenn wir Jason helfen, das Vlies an sich zu nehmen.«

Iris neigt das Haupt. »Das ist richtig.«

»Wie sollen wir Jason dann zu seinem Königreich in Griechen-

land zurückbringen?«, zischt Hera. »Wir haben ihn um die halbe Welt geleitet, ihm gute Winde und ruhige See beschert und ihn bis nach Kolchis geführt! Sollen wir uns jetzt von einem mickrigen Wassergott und seinem dämlichen Boten aufhalten lassen?«

Iris schlägt den Blick nieder. »Du tätest gut daran, Hermes ein wenig Respekt zu zollen«, meint sie leise. »Er mag nur ein Bote sein, aber er ist ein gefährlicher Verbündeter. Und ich glaube, er ist dabei, sich Zeus zuzugesellen.«

»Hermes und Zeus?« Hera schnaubt verächtlich. »Was habe ich von den beiden schon zu befürchten?«

In Zeus' Gemächern auf der anderen Seite des Olymp läuft der Göttervater ähnlich wie seine Gattin auf und ab und stößt in seiner Wut Krüge und Tische um. Hermes mampft, ungerührt von dem Chaos, das Zeus um ihn herum anrichtet, auf einem Hocker sitzend genüsslich Ambrosia.

Er schluckt den Bissen hinunter. »Könntest du mir bitte noch einmal erklären, warum du dich so für diesen unerwarteten Sturm interessierst? Ich dachte, Jason ist dir egal.«

Zeus tritt blinzelnd zu ihm heran. »Ist er mir auch!«, donnert er.

»Ah«, meint Hermes.

Schweigen.

»Wenn das so ist …« Hermes zupft etwas von der Ambrosia ab und steckt sie in den Mund. »Vielleicht bin ich ja ein bisschen schwer von Begriff, aber warum stellst du dann dein gesamtes Gemach auf den Kopf, noch dazu völlig ohne System, wenn ich das bemerken darf?« Er rettet eine Schale gerade noch davor, auf dem Boden zu landen.

Zeus fängt wieder an, vor sich hin murmelnd auf und ab zu laufen. »Atalante hätte vor Jason und den Argonauten am Pass sein sollen, aber dieser verdammte Sturm verwandelt sämtliche

Bäche von Kolchis in reißende Flüsse und blockiert den Zugang zu der Schlucht …«

Hermes beobachtet den Göttervater, die Hand schützend über der Schale, mit mildem Interesse. »Atalante? Das Mädchen aus Pagasä? Ich dachte, du hättest Hera versprochen, sie nicht mehr zu begünstigen. Wenn ich mich richtig entsinne, sollte sie ihr Königreich nicht bekommen.«

»Tja, ich habe eben gelogen.«

»Ah.« Hermes verzieht den Mund zu einem Lächeln. »Interessant.«

In ihren Gemächern wütet Zeus' Gattin nach wie vor gegen Poseidon. Iris lehnt an Heras mit Schnitzereien verziertem Beistelltischchen und lässt gedankenverloren die Fingerspitzen über das Holz gleiten, während sie wie der Göttervater über Atalante und deren Rückkehr nach Griechenland nachdenkt.

»… dann haben wir keinerlei Chance mehr auf den Thron«, endet Hera.

Iris hebt den Blick. Sie hat mindestens eine halbe Stunde nicht zugehört. Das Schöne daran, Heras Botin zu sein, ist ja, dass diese kaum jemals eine Antwort erwartet. In ihrer Verachtung misst sie Iris' Worten letztlich keine Bedeutung bei.

Was der listigen und einfallsreichen Iris Gelegenheit verschafft, eigene Pläne zu schmieden.

Nun richtet sie sich auf, nimmt den goldenen Apfel aus den Falten ihres Gewands, wirft ihn hinauf zur Decke und fängt ihn gekonnt mit einer Hand. Sie hält ihn ins flackernde Licht der Bronzeöllampen, sodass die Flammen sich in der glatten Oberfläche spiegeln wie tausend funkelnde Sterne. »Wie wäre es, wenn wir sie ablenken?«

Hera wendet sich Iris zu. »Sie ablenken? Wie? Und wer ist ›sie‹?«

Iris nimmt den Stiel des Apfels mit den Fingern und zwirbelt ihn wie einen Kinderkreisel. »Poseidon und Zeus. Die beiden, die uns am ehesten in die Quere kommen. In der Zwischenzeit könnte ich …«, sie deutet auf sich selbst, »… Aphrodites Putten zu Medea schicken, die dafür sorgen, dass sie sich in Jason verliebt und …«, sie dreht weiter den Apfel, »… ihm dabei hilft, das Vlies an sich zu bringen. So merkt niemand, dass wir dahinterstecken. Du würdest keinen Finger krumm machen müssen, um Jason zu helfen – Medea würde alles für dich erledigen. Und …«, sie bedenkt Hera mit einem schimmernden Lächeln, »… was das Beste ist: So wären beide beschäftigt, und das Meer würde während Jasons Rückkehr ruhig bleiben.«

Heras Blick richtet sich auf den glänzenden Apfel. »Wie willst du das anstellen?«

»Wir müssen nur die größte Schwäche der Götter für uns nutzen. Zum Glück ist diese so offensichtlich, dass selbst Tiresias, der blinde Seher, sie erkennen könnte.«

»Und die wäre?«

Iris zuckt mit den Achseln. »Eitelkeit.«

Heras Augen verengen sich zu Schlitzen. »Pass auf, wen du beleidigst, Iris. Ich könnte mir auch eine andere Göttin als Botin wählen.«

»Gern. Aber es gibt keine andere Möglichkeit, Zeus und Poseidon aufzuhalten.«

Hera mustert sie voller Argwohn, als wollte sie herausfinden, ob Iris die Wahrheit sagt oder blufft. Schließlich fragt sie in verächtlichem Tonfall: »Und was schlägst du vor?«

Iris wirft den Apfel noch einmal in die Luft. Unwillkürlich streckt Hera die Hand danach aus, fängt ihn, drückt ihn gegen ihre Brust, hält ihn hoch und beobachtet, wie das Licht der Lampe auf seiner goldenen Schale glänzt.

»Veranstalte einen Wettbewerb«, schlägt Iris vor. »Einen

Wettbewerb zwischen dir, Poseidon und Zeus, mit dem Apfel als Preis. Der größte Gott gewinnt.« Sie grinst. »Während ihr drei diesen Wettkampf bestreitet, eile ich zu Aphrodite und überrede sie, der Königstochter Medea eine kleine Liebeswunde zuzufügen.«

Hera sieht sich den goldenen Apfel genauer an. Ihre Stimme klingt scharf. »Wo hast du den her?«

»Ein Geschenk«, antwortet Iris. »Von …«

»… den Musen«, führt Hera den Satz für sie zu Ende. »Das habe ich mir schon gedacht.«

Die beiden Göttinnen wechseln einen Blick. Heras dunkle Augen wirken misstrauisch, Iris bleibt ruhig.

»Dieser Apfel ist mir sehr wichtig«, erklärt Iris und breitet die Hände aus, »aber ich wäre bereit, ihn für dich herzugeben.«

Nach einer Weile meint Hera: »Vielleicht ist der Plan gar nicht so schlecht.« Iris spürt ein leises Gefühl des Triumphs in sich aufsteigen: Jetzt hat sie Hera da, wo sie sie haben wollte. Sie sitzt in der Falle zwischen ihrem Ehrgeiz und ihrem Stolz. »Ich lenke Zeus und Poseidon mit dem Wettkampf um den Apfel ab, während du mit Aphrodite Medea dazu bringst, Jason mit dem Vlies zu helfen … Ja … Warte … Was machst du da?«

Iris hat eine Haarnadel aus Elfenbein von Heras Frisierkommode genommen. Nun beugt sie sich vor und schreibt damit zwei Worte in den Apfel: ΤΩΙ ΝΙΚΩΝΤΙ.

»Für den Sieger.« Sie hält ihn ins Licht, um ihr Werk zu begutachten. Dann bedenkt sie Hera mit einem Lächeln. »Schätze, das wird ihr Interesse wecken – meinst du nicht auch?«

TEIL III

ANATOLIEN
1260 v. Chr.

… und Kytoros gehörte ihnen; sie ließen sich bei Sesamos nieder und erbauten schöne Häuser nahe dem Fluss Parthenios; Kromna, Aigialos und das hoch gelegene Erythinoi.

Homer

Niederlage

Kolchis

Stunde des Tagesanbruchs
Dreizehnter Tag des Weinerntemonats

Regen prasselte auf mein Gesicht, tropfte von meinen nassen Haaren und in meinen Nacken. Wie aus dem Nichts war ein Sturm losgebrochen. Ich hatte einmal angehalten, um die Sehne von meinem Bogen zu entfernen und sie in ein Wachstuch zu wickeln, sie zu den Stofftüchern und dem Dolch in den Köcher zu stecken und diesen zu verschließen, damit alles trocken blieb. Abgesehen davon hatte ich keinen Halt gemacht. Ich war durchgefroren, zu Tode erschöpft, und die Knochen taten mir weh. Meine Oberschenkel waren wund gewetzt von den feuchten Flanken des Pferdes, meine Schuhe durchweicht und voller Wasser. Ich konnte nicht sagen, ob der Tag bereits angebrochen war, obwohl ich allmählich die Umrisse der Bäume und einen schmalen Rand gelben Lichts um die Silhouetten der Berge zu erkennen glaubte.

Traurig dachte ich an Myrtessa, die trocken in Dedalis Hütte saß. Durch die dunklen Gewitterwolken entdeckte ich die Biegung des Phasis im Tal unter mir, dessen Wasser schwarz wie der Himmel über Felsen sprudelte. Ich drückte dem Pferd die Fersen in die Seiten, wischte mir die Haare aus dem Gesicht, blinzelte die Tropfen von meinen Wimpern weg. Da durchzuckte ein Blitz den Himmel und erhellte das Tal. Endlich sah ich sie zwischen den Bäumen auftauchen: eine tiefe, schmale Schlucht zwischen Felsen, durch die ein brodelndes Gewässer sich in den Phasis ergoss.

»Da!«, rief ich, obwohl niemand bei mir war, der mich hätte hören können. »Da unten!« Ich trieb das Pferd die nassen Hänge des Berges hinunter. Seine Hufe rutschten auf den feuchten Blättern, meine Augen waren des Regens wegen halb geschlossen. Nun lichteten sich die Bäume, und ich galoppierte über den durchweichten Boden im Tal. Der Pass befand sich, wie Dedali gesagt hatte, auf der anderen Seite des schäumenden Flusses. Als ich mich ihm näherte, wurde klar, dass jede Furt, die hier früher einmal existiert haben mochte, von dem gewaltigen Sturm weggespült worden war.

Am Ufer brachte ich das Pferd zum Stehen.

Es gab nur eine Möglichkeit.

Das Tier, das zu ahnen schien, was ich vorhatte, bäumte sich auf, landete hart auf den Vorderhufen und sprang geradewegs in den wilden Fluss. Der war so kalt, dass es mir den Atem raubte. Hastig nahm ich den Köcher von der Schulter und hielt ihn über den Kopf, damit der Inhalt nicht nass wurde. Das Pferd kämpfte, die Nüstern über dem Wasser, gegen die Strömung an. Ich schlang seine Mähne um meine freie Hand und umklammerte seinen Körper so fest mit den Oberschenkeln, dass meine Muskeln vor Schmerz brannten. Die Fluten wirbelten um uns herum, zogen und zerrten an uns. Nun waren wir in der Mitte, wo die Wellen über Felsen zusammenschlugen und die Gischt spritzte. Ich spürte die messerscharfe Kante eines Steins an meinem Knie, doch ich musste weiter, auf die andere Seite. Dann endlich wurde das Wasser seichter und wärmer, und die Strömung ließ nach. Schließlich erhob sich das Pferd aus den Fluten, erklomm das schlammig-weiche Ufer und schüttelte den Kopf.

Ich schüttelte ebenfalls das Wasser aus meinen Haaren, erleichtert darüber, dass wir nicht fortgespült worden waren, und versuchte zu ignorieren, dass meine Zähne klapperten und die Hose an meinen Beinen klebte. Nun wurde es eindeutig heller: Ich konnte die Blätter an den Bäumen erkennen, auf denen sich Regentropfen sammelten, und die runden Steine am Ufer.

Ich stieß dem Pferd erneut die Fersen in die Flanken und ritt mit wild klopfendem Herzen weiter, in der einen Hand nach wie vor den Köcher, in der anderen die Zügel. Noch zweihundert Schritte bis zu dem Pass … einhundert … fünfzig …

Da vernahm ich hohes Wiehern, das den lauten Regen und das Donnergrollen übertönte. *Ein anderer Reiter!* Ich erstarrte vor Angst, mein Pferd bäumte sich auf.

»Nein! Nein … nein, nein …« Die Zügel entglitten mir. Ich packte die Mähne, aber die Decke rutschte auf dem nassen Rücken des Tiers unter mir weg, und ich hatte nichts mehr zum Festhalten. Mit einem verzweifelten Schrei fiel ich herunter und landete im Matsch, mein Bogen neben mir, der sich aus dem Köcher gelöst hatte. Ich sprang, bis auf die Knochen durchnässt und voller Schlamm, auf, bückte mich nach dem Bogen und tastete in meinem Köcher nach dem Dolch.

»Tel … Atalante!«

Obwohl ich nicht weiter als bis zur Spitze meines Dolchs sehen konnte, hörte ich, wie Füße nur wenige Schritte von mir entfernt auf dem Boden aufkamen.

Ich wandte mich um. Die Stimme kam mir bekannt vor, sie sprach Griechisch. *Wer wusste hier meinen Namen?*

»Wer da?«, fragte ich.

Keine Antwort.

»*Wer da?*«, wiederholte ich.

Da tauchte neben mir eine breitschultrige Gestalt aus dem Regen, dem Dunst und der Dunkelheit auf. Vor Schreck hätte ich fast den Dolch fallen gelassen. Ich schnappte nach Luft. »*Hippomenes?*«

Die Haare klebten ihm am Kopf, sein Gesicht und seine Arme glänzten vom Regen.

»Seid Ihr allein?«, rief ich und richtete die Klinge auf seine Stirn. Er nickte. »Bewaffnet?« Er deutete auf das Schwert an seiner Seite und zeigte mir seine Hände, in denen sich die Zügel unserer beiden Pferde befanden.

»Ich komme in freundlicher Absicht«, brüllte er gegen den Sturm an. »Lasst uns einen Unterschlupf suchen, bevor wir uns weiter unterhalten.«

»Ihr zuerst«, rief ich und folgte ihm mit gezückter Waffe das Ufer des Phasis entlang zu einem Wäldchen am Fuß des Berghangs, das ein wenig Schutz vor den Sturzfluten bot.

Hippomenes band die Pferde am Stamm einer Tanne fest und drehte sich zu mir um. Beim Anblick des scharfen Dolchs, den ich nach wie vor auf ihn gerichtet hielt, hob er die Augenbrauen, zog sein Schwert aus der Scheide und ließ es auf den Boden fallen. »Jetzt bin ich unbewaffnet. Senkt Ihr nun auch den Dolch?«

Ich tat ihm zögernd den Gefallen. »Was macht Ihr hier? Was ist mit Jason und den anderen Argonauten? Wo ist das Vlies?«

Ich erinnerte mich an unseren Abschied am Phasis, als ich um mein Leben gebettelt hatte. »Warum sollte ich Euch trauen?«, fragte ich mit rauer Stimme.

Er hob eine Hand. »Uns bleibt nicht viel Zeit. Ich sage Euch alles, was ich weiß, dann könnt Ihr entscheiden, ob Ihr mir vertraut oder nicht. Einverstanden?«

Hippomenes hielt meinem Blick mit seinen braunen Augen stand.

»Ich würde einem Mann, der mich ins Exil geschickt hat, ohne mir Gelegenheit zu einer Erklärung zu geben, auch nicht vertrauen«, meinte er leise. »Aber ich bitte Euch: *Vertraut mir jetzt.*«

Den Dolch hielt ich nach wie vor in den Fingern. »Sprecht.«

Er begann, auf und ab zu laufen. »Jason ist im Besitz des Vlieses. Er hat es mithilfe von Medea, der Prinzessin der Kolcher, gestohlen. Sie hat uns vor zwei Tagen abends auf einem verborgenen Pfad zu dem Heiligtum geführt, uns draußen warten lassen und ist mit Jason allein hineingegangen. Sie sind mit dem Vlies herausgekommen. Jason reitet gerade, so schnell er kann, mit den anderen zurück zur *Argo*. Das Schiff liegt in der Bucht, in die wir nach dem Kampf geflohen sind.«

Hippomenes wandte sich mir zu. »Bei dem Gedanken, ohne Euch nach Griechenland zurückzukehren, habe ich meine Einwilligung in Jasons Urteil als unehrenhaft empfunden. Ich habe mir vorgestellt, wie Ihr durch diese Wälder streift, Wild jagt und auf dem harten Boden schlaft, und mich gefragt, wo Ihr seid, ob Ihr noch lebt … Ich schwöre Euch, ich bereue es sehr, diese Strafe über Euch verhängt zu haben. Euch aus Griechenland zu verbannen …«, er wischte sich die Haare aus der Stirn, »… ist schlimmer als der Tod.« Hippomenes suchte nach den richtigen Worten. »Ihr habt das nicht verdient. Ich habe viele Stunden hier auf Euch gewartet.« Ein Lächeln spielte um seine Mundwinkel. »Mir war klar, dass Ihr eine Möglichkeit finden würdet, zu dem Pass und dem Vlies zu gelangen. Und Ihr seid tatsächlich gekommen.«

Er holte tief Luft. »Ich weiß, das ist ein dreister Vorschlag, aber …«, er legte eine Hand auf das Zaumzeug meines Pferdes, »… wenn wir die *Argo* schneller als Jason erreichen und damit nach Griechenland zurückkehren wollen, dürfen wir keine Sekunde verlieren. Vertraut Ihr mir? Ich verbürge mich bei den Argonauten für Euch«, versprach er und neigte das Haupt. »Sie werden Euch nichts tun, wenn ich ihnen sage, dass Ihr unter meinem Schutz steht.«

Er streckte mir die Zügel hin. »Reitet mit mir, Atalante.«

Beim Klang meines Namens stutzte ich.

Und rief mir ins Gedächtnis, weswegen ich gekommen war und was auf dem Spiel stand.

Was ich möglicherweise bereits verloren hatte.

»Warum«, fragte ich mit bebender Stimme, »sollte ich nach allem, was man mir auf der *Argo* angetan hat, dorthin zurückkehren? Auf dem Schiff hat Euer Anführer gedroht, mich umzubringen, und mich mit seinen eigenen Händen geschlagen, als ich einen Sklaven schützen wollte. Einer von Euch hat versucht, mich gewaltsam zu nehmen, mich verraten und mich und meine Freundin vor Euch allen bloßgestellt, die Ihr uns beleidigt und ins Exil geschickt habt, als wären wir geringer als Sklaven – obwohl Ihr mich zuvor als ebenbürtig behandelt hattet.«

Ich schluckte. »Ich danke Euch dafür, dass Ihr Euch um mich sorgt, Hippomenes, doch ich brauche Eure Hilfe nicht«, sagte ich, blinzelte die Tränen weg, steckte den Dolch in meinen Köcher und verschloss diesen mit den Riemen daran. »Und nun gebt mir mein Pferd.« Ich riss ihm die Zügel aus der Hand und schwang mich auf den Rücken meines Rosses. »*Los!*«, rief ich dem Tier zu und presste meine Fersen hart in seine Flanken.

»Aber, Atalante …«

Ich galoppierte davon, so schnell ich konnte, das schlammige Ufer des Phasis entlang.

Ich ritt viele Stunden, trieb mein Pferd an und rastete erst, wenn ihm der Schweiß auf den Flanken stand. Der Regen prasselte auf mich hernieder wie kleine Silbernadeln, die Luft war von Donnergrollen erfüllt. Es war, als würde dieser Sturm, den die Götter uns in ihrem Zorn geschickt hatten, niemals enden.

Und immer noch keine Spur von Jason.

Als der Abend herannahte, erreichte ich endlich den Wald über der Bucht, wo ich viele Tage zuvor verwundet aufgewacht war, wo Jason die Fürsten zusammengerufen und mich ins Exil geschickt hatte. Ich brachte das Pferd zum Stehen, stieg ab, machte es an einem Baum fest und streichelte seine Nüstern. Es stieß schnaubend warme Atemwolken aus. Regentropfen klatschten auf die Blätter, der Klang des Donners wetteiferte mit dem des schäumenden Flusses, und in der Luft lag der Geruch von Moos. Es wurde schnell dunkel; die Umrisse der Bäume zeichneten sich schwarz vor dem Himmel ab. Ich zitterte vor Kälte, die Härchen an meinen Armen stellten sich auf. Die Kleidung, die ich von Dedali hatte, war völlig durchnässt und klebte mir an der Haut, doch ich hatte keine Zeit, mich aufzuwärmen.

In der Düsternis fast blind, rutschte ich über Wurzeln und Steine auf dem unebenen Boden. Vor mir lag der Waldrand – zwischen den Stämmen blitzte der dunkle Himmel auf …

Ich ließ die letzten Bäume hinter mir, und vor mir erstreckten sich Gras und Schilf bis zu der weiten Bucht.

Sie war leer.

Eine tiefe Furche im Sand verriet mir, wo der Kiel des Schiffes gelegen hatte.

Am Flussufer sank ich auf die Knie. Nach einem ganzen Tag in Regen und Wind war ich durchgefroren und zu Tode erschöpft. Aber noch viel schlimmer war die Erkenntnis, dass ich mich am Ende doch geschlagen geben musste. Dass Jason gewonnen und ich verloren hatte.

Dass es mir nicht gelungen war, das Vlies zu erringen.

Ich weiß nicht, wie lange ich schluchzend am Ufer kniete und die Tränen auf meinen Wangen sich mit dem Regen vermischten. Hier, so weit von der Heimat entfernt, fühlte ich mich einsamer und verzweifelter als jemals zuvor. Ich hatte meine Chance verspielt, meine Würdigkeit zu beweisen.

Und am allerschlimmsten: Ich hatte vor meiner Familie, meiner Freundin und meinen Göttern versagt.

Sie haben darauf vertraut, dass ich ihrer Stadt helfen würde – meiner Stadt. Und ich habe sie enttäuscht.

Ich habe sie alle enttäuscht.

Ich hätte niemals aufbrechen sollen.

Ich ballte die Fäuste so fest, dass sich die Nägel in meine Handflächen gruben.

Was für eine schwarze Nacht!

Regen und Tränen tropften mir von der Nase. Ich musste einen Unterschlupf, Schutz vor Kälte und Nässe finden. Als ich mich zitternd aufrichtete, spürte ich den Schmerz vom Reiten in Oberschenkeln, Rücken und Hüfte und hinkte in Richtung Wald, wo mein Pferd wartete.

Ich stutzte.

Der gedämpfte Klang von Hufen im Schlamm. Ohne auf den Schmerz zu achten, rannte ich los, auf die Bäume zu. Mein Pferd, das gerade am Moos rupfte, hob den Kopf, spitzte die Ohren und begrüßte mich mit leisem Wiehern.

»Sch«, flüsterte ich, nahm die Zügel in die Hand und strich ihm sanft über die Nüstern.

Der Hufschlag wurde lauter. Leise wich ich mit meinem Ross in den Schutz der Bäume zurück, holte den Bogen hervor und legte einen Pfeil auf…

Dann verstummte der Hufschlag abrupt, und ich hörte, wie Füße im Schlamm landeten und ein Schwert gezogen wurde. Ich spähte, die Sehne meines Bogens gespannt, zwischen den niedrigen Ästen der Bäume hindurch.

»*Hippomenes!*«, flüsterte ich und trat hervor. Als er meine Stimme hörte, wandte er sich mir zu. Ich senkte den Bogen. »Was in Hades' Namen macht Ihr hier?«

Ohne zu antworten, ließ er, das Schwert gezückt, den Blick über die Lichtung schweifen. Als er sich sicher zu sein schien, dass wir nicht beobachtet wurden, steckte er das Schwert in die Scheide.

»Die Bucht ist verlassen«, stellte er fest, fluchte und schlug mit der flachen Hand auf den Stamm eines Baumes. »Die *Argo* ist weg. Ihr seid zu spät gekommen, um eine Passage nach Griechenland zu erbitten.«

»Glaubt Ihr denn, ich sei deshalb hergeritten?« Ich packte meinen Bogen fester.

»Etwa nicht?«

Ich wandte stumm den Blick ab.

»Die Spur vom Kiel im Sand ist frisch«, murmelte ich kurz darauf und schaute zwischen den Bäumen zum Himmel empor, der schnell dunkler wurde. »Die *Argo* kann noch nicht weit sein, und bei diesem Wetter…«

In meinem Kopf begann sich ein Plan herauszuformen. *In einem solchen Sturm kommt die* Argo *vorerst nur langsam voran… Falls sie gezwungen ist, noch einmal anzulegen wie seinerzeit in Kytoros…*

»Wenn ich die Pferde immer wieder wechsle«, sagte ich, »könnte ich jeden Tag zehn bis fünfzehn Wegstunden schaffen. Der Küstenlinie zurück nach Pagasä zu folgen wäre nicht schwierig ... und ...«

Ja, es ist möglich, Pagasä knapp vor Jason zu erreichen. Wenn mir das gelingt ... Wieder spürte ich diese Entschlossenheit wie ein paar Wochen zuvor, die mich überhaupt erst auf die Reise geschickt hatte.... *dann erwarte ich ihn am Ufer und fordere ihn zu einem Kampf auf Leben und Tod heraus.*

Diese Herausforderung wird er vor seinen Helden annehmen müssen, um nicht das Gesicht zu verlieren.

Das Vlies wird an den Sieger gehen, und mit ihm die Herrschaft über die Städte des Pelion.

Mein Blick wanderte zu Dedalis Pferd. Obwohl mir die Oberschenkel wehtaten, wusste ich, dass das meine einzige Hoffnung war. Ich zögerte, das Tier noch weiter zu treiben, weil ich versprochen hatte, es freizulassen, doch dann schwor ich mir, es zurückzuschicken, sobald ich ein anderes Ross fände.

Schließlich sah ich Hippomenes an, dessen Gesicht im Schatten lag, und merkte, dass er mich musterte. »Wollt Ihr allein nach Griechenland zurück?«

»Ja.«

Er trat einen Schritt auf mich zu. Ich wich zurück. »Das ist unmöglich. Von unserer Reise hierher kennt Ihr diese Wildnis gut genug, um zu wissen, dass Ihr das allein nicht überlebt.«

»Danke für Eure Überlegungen zu meinen Überlebensaussichten«, sagte ich und machte mich daran, die Zügel des Pferdes zu lösen, »aber ...«, ich zog an dem Knoten, »... ich denke, ich bin sehr wohl in der Lage, auf mich selbst zu achten.« Der Knoten wollte nicht aufgehen. Ich räusperte mich, entschlossen, mir Hippomenes gegenüber keine Blöße zu geben. »Und ich brauche keine Unterstützung von … einem Gefährten Jasons und Meleagros'.«

Beim letzten Wort löste sich der Knoten endlich.

»Das glaube ich Euch gern«, meinte er. Sein offener Blick verunsicherte mich; mir wäre es lieber gewesen, er hätte sich über mich lustig gemacht. »Aber ohne mich seid Ihr nicht vor Jason und den anderen Fürsten sicher. Außerdem …«, er ging zu seinem Pferd und schwang sich, für einen so großen, kräftigen Mann sehr anmutig, hinauf, »… muss auch ich nach Griechenland zurück.«

»Was macht Ihr da?«

»Wonach sieht es aus? Ich begleite Euch.«

»O nein.«

Ich hielt mich an der Mähne des Pferdes fest und zog mich hinauf. Mein Ross warf den Kopf leise schnaubend zurück, als freute es sich aufs Laufen.

Hippomenes schnalzte neben mir mit den Zügeln. Sein Pferd schüttelte nervös tänzelnd die Mähne. »O doch«, entgegnete er. »Eine solche Reise würde ich nicht einmal einen Mann allein unternehmen lassen.«

»Ich bin aber kein Mann.« Ich presste die Füße in die Flanken meines Pferdes. Wir trabten auf das Flussufer zu, weg von der feuchten, moosigen Dunkelheit des Waldes. »Und ich brauche keine Hilfe, am allerwenigsten von Euch.«

Mit diesen Worten lenkte ich das Tier flussabwärts und galoppierte in die Nacht, auf die Ebenen Anatoliens zu, heim in Richtung Griechenland.

Rückkehr

Der Fluss Phasis

Stunde der Sterne
Dreizehnter Tag des Weinerntemonats

Als ich eine Rast einlegte, war es so dunkel, dass ich kaum die Hand vor Augen sah. Meine Haut war eiskalt, und die Flanken meines Pferdes glänzten nass von Schweiß und Regen. Ich war dem reißenden Fluss bis zu der Stelle gefolgt, an der er sein Wasser ins Meer ergoss. Im Licht der Blitze, die den Himmel erhellten, erkannte ich die Wiese an der Mündung, die wir bei unserer Ankunft gesehen hatten. Das lange Gras war vom Regen niedergedrückt, die Schilfflächen hatten sich in einen Sumpf verwandelt. Der Ozean brodelte; Wellen schlugen dröhnend an den Strand, Gischt spritzte hoch, und der Wind heulte mir um die Ohren. Ich suchte Schutz in einem Buchenwäldchen nicht weit vom Ufer entfernt, wo die regennassen Blätter und die Äste im Sturm wogten, stieg mit schmerzenden Gliedern ab und griff nach meinem Bogen. Meine Finger glitten an dem Wachstuch ab, als ich den Ochsendarm auswickelte und am Bogen befestigte. *Hier muss es Wild geben*, dachte ich. Mein Magen knurrte, ich erinnerte mich kaum noch, wann ich das letzte Mal etwas gegessen hatte.

Als ich mein Pferd am Ast eines Baumes festbinden wollte, stutzte ich, weil ich dumpfen Hufschlag vernahm.

Ich drehte mich um. Hippomenes näherte sich mir mit klatschnassen Haaren, den Umhang eng um den Leib geschlungen. Obwohl er völlig durchnässt war, begrüßte er mich mit einem Lächeln. »Ihr reitet schnell«, rief er mir zu. »Fast hatte ich Angst, Euch zu verlieren.«

»Was macht Ihr hier?«, fragte ich verärgert.

Er stieg wortlos ab, führte sein Pferd zu mir, band es neben dem meinen fest, duckte sich unter dem Blätterdach hindurch und wandte sich dem Wald hinter der Wiese zu.

Wenig später kehrte er mit einer Handvoll saurer Beeren und Wurzeln sowie einigen Pilzen zurück. Ich saß nass, hungrig und übellaunig neben einem Baum. Den Bogen hatte ich zurück in den Köcher gesteckt und die Knie bis zur Brust angezogen. Ich versuchte, meine Arme warm zu reiben.

»Es ist zu nass für ein Feuer«, stellte Hippomenes fest. »Hier.« Er reichte mir einen Teil der Beeren und einen langstieligen Pilz.

»Ich… nein… danke.« Zu hungrig, um stolz zu sein, biss ich in den Pilz und genoss seinen süßen, erdigen Geschmack. Regenwasser tropfte mir das Kinn herunter. Ich wischte es mit dem Unterarm weg. »Obwohl ich auch selbst welche hätte suchen können.«

»Ich weiß.«

Kurz herrschte, abgesehen vom trommelnden Regen und vom Dröhnen der Wellen, Stille.

Dann wandte Hippomenes sich mir zu. »Atalante…«

Doch ich ließ die Beeren fallen und hielt ihm den Mund mit der Hand zu.

Er zog sie weg. »Was…?«

»Bewaffnete Reiter«, flüsterte ich. »Da drüben.«

Ich deutete über die Wiese. Ein Blitz erhellte den Himmel, sodass die Blätter an den Bäumen silbern erglänzten. Eine kleine Gruppe berittener Männer, die kurze Speere in den Händen hielten, kam aus dem Wald heraus auf uns zu. Ihr Anführer war keine fünfzig Schritte entfernt. Er saß nach hinten geneigt im Sattel und hielt die Zügel in einer Hand.

Ich sprang auf, lief zu meinem Pferd und schwang mich hinauf, während Hippomenes seinen Speer zückte. Als der Anführer uns erreichte, richtete er den Blick auf den Bogen auf meinem Rücken und das Schwert an Hippomenes' Taille; er knurrte uns etwas in seiner Sprache zu. Seine Begleiter scharten sich mit gereckten Lanzen um ihn. Als ein weiterer Blitz den Himmel durchzuckte und ihre messerscharfen Spitzen erhellte, schluckte ich trocken.

»Wir sind Freunde«, sagte Hippomenes, ging langsam auf den Anführer zu, zog sein Schwert aus der Scheide und legte es ins nasse Gras. »Freunde«, wiederholte er und hielt die leeren Hände in den Regen. »Wenn Ihr uns ziehen lasst«, er deutete auf unsere Pferde, »tun wir Euch nichts.«

Er zeigte auf sein Schwert, dann auf den Anführer.

Während der Anführer sich umwandte und leise mit seinen Gefährten redete, beugte ich mich zu Hippomenes hinüber. »Sie wollen unsere Waffen und unsere Pferde«, flüsterte ich ihm ins Ohr. »Wir hätten sofort fliehen sollen.«

Hippomenes hob eine Hand, um mich zum Schweigen zu bringen, und ich biss mir wütend darüber, dass ich die Entscheidung nicht allein treffen konnte, auf die Lippe. »Einen Augenblick noch«, entgegnete er. »Wenn wir ruhig bleiben, können wir vielleicht einen Kampf vermeiden.«

Wieder sah ich den Anführer an. Die langen Haare hingen ihm offen über die Schultern, er trug eine Mütze und eine Hose aus Leder, dazu einen breiten Kampfgürtel aus Fell über der Tunika. Eine Doppelaxt schwang an seiner rechten Hüfte, ein Schwert war an seiner linken Seite festgemacht. Er deutete auf unsere Waffen, dann auf Hippomenes und schließlich auf unsere Pferde. Er klang alles andere als freundlich.

Dann streifte wie aus dem Nichts ein Pfeil meine Wange und blieb in dem Baum hinter mir stecken. Ich stieß einen Schrei aus, hob eine Hand an mein schmerzendes Gesicht und spähte in die Dunkelheit. Berittene Schatten mit gezückten Bogen tauchten hinter den Reitern auf, wurden größer …

»Da sind noch mehr!«, rief ich. »Hippomenes, passt auf …«

Hippomenes drehte sich um.

Der Anführer sprang mit gezücktem Schwert hinter ihm von seinem Pferd.

»*Hippomenes!*«

Gerade noch rechtzeitig wirbelte Hippomenes herum, bückte sich nach seinem Schwert und parierte den Stoß des Banditen von unten. Bronze scharrte auf Bronze, die Klingen schimmerten im Licht eines weiteren Blitzes. Mein Herz schlug laut in meiner Brust, als der Anführer erneut ausholte und sein Schwert mit so viel Macht schwang, dass es den Schädel von Hippomenes hätte spalten können. Hippomenes rollte behände zur Seite, sprang auf die Füße, stieß seinerseits mit ganzer Kraft zu und versenkte die Klinge in der Brust des Mannes. Der ging mit einem markerschütternden Schrei zu Boden. Blut ergoss sich aus der Wunde in die Erde, das Weiße seiner Augen leuchtete in der Dunkelheit. Hippomenes zog seine Waffe mit einem hässlichen Geräusch aus dem Körper des Banditen. Die anderen kreischten vor Wut laut auf.

»Weg hier!«

Nun regneten Pfeile aus der Dunkelheit auf uns herab,

die mit einem dumpfen Knall im durchtränkten Boden landeten. Hippomenes schwang sich auf sein Pferd und folgte mir in gestrecktem Galopp. Hinter mir hörte ich die donnernden Hufe von Hippomenes' Tier und dicht dahinter die anderen Reiter, die uns fluchend nachjagten.

Als ich mich auf dem Rücken meines Rosses umwandte, sah ich, dass die Banditen näher kamen. Ich trieb mein Tier mit den Zügeln an, doch es hatte Mühe, auf dem weichen Boden Halt zu finden. Nun befand Hippomenes sich neben mir. Von den Hufen seines Pferdes spritzten dicke Erdklumpen hoch, sein Maul stand offen, und seine Nüstern blähten sich.

Ein Speer schoss an meinem rechten Ohr vorbei.

»Duckt Euch!«, rief Hippomenes.

Ich presste mich dicht an den Hals des Tieres. So konnte ich kaum noch etwas sehen, mein Kopf wurde auf und ab geschleudert.

»Wenn wir es bis zu dem Wald da vorn schaffen, können wir sie vielleicht abhängen!«, brüllte er, als ein weiterer Speer über uns hinwegpfiff, gefolgt von einem Pfeilhagel.

Ich spähte durch den Regen zu dem Wald in etwa dreihundert Schritt Entfernung. Die Bäume schienen dicht beieinander zu stehen, die Äste sich ineinander zu verschränken.

»Können wir ihn rechtzeitig erreichen?«

Hippomenes drehte sich um. Die Banditen waren nicht einmal vierzig Schritt von uns weg. Im Licht eines weiteren Blitzes sah ich, dass drei noch die Speere in Händen hielten und auf uns zielten. »Könnt Ihr im Reiten mit dem Bogen schießen?«

Auf dem Pelion hatte ich sehr wohl vom Rücken eines Pferdes aus zielen können, doch in dieser Dunkelheit und mit feuchter Sehne? »Ich müsste sie näher herankommen lassen«, rief ich zurück. »Und Ihr müsstet vor mir sein.«

Hippomenes ritt voran. Die Hufe seines Tieres rissen weitere dunkle Erdklumpen aus dem Boden. Das meine schüttelte leicht den Kopf und wieherte, als es dem von Hippomenes folgte. Ich holte tief Luft, zwang mich, die Kälte in meinem Körper und den Regen zu ignorieren und nur noch den Rhythmus des Pferdes unter mir zu spüren. Mit den Oberschenkeln fest seine Flanken umklammernd, glitten meine Hüften auf und ab, als wären mein Ross und ich eins.

Dann wandte ich mich um, zog den Bogen aus dem Köcher und legte einen Pfeil auf. Voll und ganz auf die Bewegungen des Tieres und die Pfeilspitze konzentriert, spannte ich den Bogen und wartete …

Ein Blitz erhellte die Silhouette eines Reiters hinter mir. Ich ließ den Pfeil losschnellen. Obwohl die Sehne feucht vom Regen war und es gleich wieder dunkel wurde, hörte ich einen Aufschrei, der mir verriet, dass ich mein Ziel getroffen hatte, sowie Wiehern und Fluchen, als das Pferd des Banditen unter ihm in den Schlamm sank.

»Ja!«, rief Hippomenes, und ich schoss im vollen Galopp einen Pfeil nach dem anderen ab. Ich hörte Schreie, als weitere ihr Ziel fanden, und blickte nach vorn. Die Bäume waren etwa hundert Schritt entfernt. Als ich mich mit letzter Kraft umwandte, erkannte ich, dass einer der beiden verbliebenen Banditen mit dem Speer ausholte.

»Vorsicht!«, rief ich Hippomenes zu und lenkte, den Bogen nach wie vor in der Hand, mein Ross nach links. Der Speer sauste knapp an mir vorbei und bohrte sich mit einem dumpfen Knall in einen Baum. *Noch fünfzig Schritte … fünfundzwanzig …*

Da stieß mein Pferd plötzlich einen lauten Schrei aus, scheute, stolperte und ging zu Boden. Kreischend ließ ich die Zügel los und wurde in den Schlamm geschleudert.

Ich starrte in den Regen hinauf, der mir ins Gesicht prasselte, und wehrte mich mit aller Kraft dagegen, das Bewusstsein zu verlieren. Es fühlte sich an, als wäre eine meiner Rippen gebrochen, weil ich nur schwer Luft bekam. Dedalis Pferd lag, einen Pfeil in der Hinterhand, im Matsch.

Hippomenes eilte heran, bückte sich und zog den Pfeil aus dem Tier, das sich sofort aufrappelte und leicht hinkend in Richtung Wald lief. Durch meine nasse Tunika spürte ich Hippomenes' warmen Körper, als er neben mir niederkniete. Ich gab mir Mühe, nicht einfach die Augen zu schließen und mich dem Schmerz zu ergeben.

Er legte meinen Arm um seinen Nacken. »Ganz ruhig.« Dann hob er mich so leicht hoch, als wäre ich ein Kind. Unwillkürlich schmiegte ich mich an ihn. Als er sich mit mir umdrehte, sah ich, wie die beiden letzten Banditen auf uns zuritten, näher kamen, einer mit einem Speer in der Hand …

Plötzlich drückte Hippomenes mich fester an sich. Ich zuckte zusammen. Der Bronzespeer zischte über uns in den Wald. Hippomenes rannte geduckt zu seinem Pferd; ich hörte es schnauben, und sein moschusartiger Geruch stieg mir in die Nase. Meine Füße berührten kurz den Boden, bevor Hippomenes die Hände um meine Taille legte und mich hochhievte. Ich schwang ein Bein über den Rücken des Tieres, schnappte nach Luft, als ich den Schmerz in meiner Seite spürte, dann sprang Hippomenes hinter mir auf, schlang die Arme um mich und riss an den Zügeln.

»*Los!*« Er presste dem Ross die Fersen in die Flanken.

Es begann zu galoppieren, seine Mähne flatterte im Wind. Ich glaubte die Geräusche der uns verfolgenden Banditen nicht mehr länger zu hören. Hippomenes' Arme lagen fest um meinen Körper, seine Brust drückte sich gegen meinen Leib, und seine kräftigen Oberschenkel lenkten das Pferd weiter in Richtung Bäume …

Kurz darauf umfing mich Dunkelheit, schwärzer noch als zuvor am Fluss, und über uns erhoben sich drohend die Äste der Bäume, die sich wie Spinnennetze vor dem von Blitzen erhellten Himmel abzeichneten.

»Weiter! Weiter!«, rief Hippomenes.

Ich konnte nichts sehen außer Hippomenes' Händen auf den Zügeln sowie die dicken, knorrigen Bäume, die zu beiden Seiten an uns vorbeiflogen. Wir drangen tiefer in den Wald ein und wichen den Stämmen aus, bis ich nicht mehr hätte sagen können, wo wir uns befanden, ob wir uns am Ende im Kreis bewegten und bald wieder an der Wiese am Fluss herauskommen würden. Doch hinter uns hörte ich keinen Hufschlag mehr, und schließlich gestattete Hippomenes seinem Pferd langsamen Trab. Den Kopf hin- und herwerfend, stieß es helle Atemwolken aus. Als Hippomenes sich umdrehte, um nach hinten zu schauen, drückte sein linker Oberschenkel gegen meinen Rücken.

»Ich glaube, wir haben sie abgehängt«, sagte er leise.

Wieder durchzuckte mich spitzer Schmerz. Ich stöhnte auf.

»Nicht bewegen«, meinte Hippomenes und legte seine Hand so sanft auf meine Schulter, dass seine Fingerspitzen kaum die Haut meines Nackens berührten. »Wir machen bald Rast.«

* * *

Später – wie viel später, wusste ich nicht – erwachte ich aus unruhigem Schlaf mit unzusammenhängenden Träumen von rauchenden Ruinen in Kaladrosos. Sofort spürte ich den Schmerz in meiner Seite wieder, und ich bekam schwer Luft. Ich war durchgefroren und erschöpft. Der ganze Körper tat mir weh, meine Augen brannten immer noch vor Müdigkeit. Ich blinzelte kurz, um mich zu orientieren. Dann versuchte ich, einen Arm an meine Rippen gedrückt, mich aufzusetzen.

Als ich mich umsah, wurde mir klar, dass wir uns in einer Höhle mit dunklen Steinwänden befanden, auf deren Boden mit Flechten bewachsene Kiesel lagen. Nicht weit von mir entfernt knisterte ein Feuer; die Flammen züngelten zur Decke der Höhle hoch und ließen Schatten über ihre Wände tanzen. Meine Haut fühlte sich angenehm warm an. Erleichtert stellte ich fest, dass ich nach wie vor Dedalis Tunika und Hose trug. Über mich gebreitet lag Hippomenes' noch ein wenig feuchter Umhang. Hippomenes selbst saß auf der anderen Seite des Feuers, im hinteren Teil der Höhle, mit dem Rücken an die Steinwand gelehnt. Er trug sein wollenes Gewand und seine Schuhe und reinigte sein Schwert mit einem Tuch. Ich sah ihm eine Weile zu, verfolgte die gleichmäßigen, sicheren Bewegungen seiner Hände und fragte mich, warum er sich zu mir gesellt hatte.

»Danke.«

Vor Schreck ließ er das Tuch fallen. Das Licht des Feuers warf Schatten auf sein Gesicht, sodass die Konturen seiner Wangen und seine Nase stärker hervortraten. Er hob das Tuch auf und machte sich wieder daran, die Klinge zu polieren. »Wofür?«

»Dafür, dass Ihr mich gerettet habt.« Ich deutete auf meine Rippen, über denen die Haut angeschwollen war.

Er rieb an einem Fleck auf der Bronze. Ein paar Funken spritzten aus der Glut. »Gern geschehen«, meinte er schließlich.

»Ich … ich möchte mich entschuldigen. Für alles, was ich zuvor gesagt habe.«

»Es entsprach der Wahrheit.« Er lächelte, seine Augen funkelten im Schein des Feuers. »Jedenfalls manches. Aber Ihr habt Temperament, das muss ich Euch lassen.«

Als ich ihn finster anschaute, grinste er. Seine Weigerung, sich provozieren zu lassen, ärgerte mich …

»Wenn wir schon dabei sind, uns zu entschuldigen …« Das Tuch glitt ein weiteres Mal über die Klinge. »Am Ufer von Kolchis habe ich falsch gehandelt. Ihr wart zornig auf mich und zu Recht. Ich wollte Euch sagen: Ich habe Euch unterschätzt, Atalante, und das tut mir leid.«

Ich warf einen Stock ins Feuer. Obwohl Hippomenes' Augen im Schatten lagen, erahnte ich die Offenheit in seinem Blick. Er war ganz anders als der von Meleagros. »Entschuldigt sich Hippomenes, Sohn des Megareus, Fürst von Onchestos, etwa bei einer Frau?«

Er verneigte sich. »Ja«, antwortete er verlegen.

Ich spürte, wie er mit seinem Stolz rang.

»Genug.« Ich schenkte ihm ein Lächeln. »Ich nehme Eure Entschuldigung an.«

»Aber ich …«

»Genug«, wiederholte ich, warf mit einem Stock nach ihm und traf ihn an der Schulter. »Vergeben und vergessen.«

Auch er verzog den Mund zu einem Lächeln. »Nun denn.«

Schweigen. Ein weiterer Funke spritzte aus dem Feuer und landete auf einem Haufen trockener Blätter zu meinen Füßen. Ich versuchte aufzustehen, um ihn auszutreten, doch mich durchzuckte so starker Schmerz, dass ich ausglitt. Sofort war Hippomenes bei mir, fing mich auf und senkte mich vorsichtig auf seinen Umhang. »Dies ist nicht der richtige Zeitpunkt für Heldentaten. Ihr braucht Ruhe, Essen und Wasser.«

Er reichte mir ein bauchiges, mit Regenwasser gefülltes Gefäß, das er aus Birkenrinde gefertigt zu haben schien.

»Danke.« Ich trank einen Schluck. Hippomenes war mir so nahe, dass ich mit den Fingerspitzen über seine Brust hätte streichen können, und sein Geruch, eine Mischung aus Pferdeschweiß, Gras und Leder, stieg mir in die Nase.

Als ich mit dem Trinken fertig war, nahm er mir das Gefäß wortlos ab, setzte sich, ein Knie an der Brust, auf den Boden und starrte ins Feuer.

»Wann können wir weiterreiten?«, fragte ich, stützte mich vorsichtig an der Wand der Höhle ab und zog Hippomenes' Umhang enger um die Schultern.

Hippomenes wandte sich mir schmunzelnd zu. »Wir?«

»Ich meinte nur ...« Zu meiner Bestürzung wurde ich rot. »Wenn Ihr mich begleiten wollt, stört mich das nicht.«

Sein Blick war so intensiv wie die Wärme des Feuers. Er trat wortlos zu mir und legte die Hand um meinen Hinterkopf. Dann berührten seine Lippen die meinen, und er küsste mich so leidenschaftlich, dass es mir den Atem benahm. Ich spürte, wie mein Körper auf ihn reagierte. Meine gebrochene Rippe war vergessen; meine Hände glitten durch seine feuchten Haare, über die Muskeln an seinem Rücken und an seinen breiten Schultern. Stärkere Begierde, als ich sie je empfunden hatte, durchströmte mich. Ich wünschte mir nichts sehnlicher, als dass er mich auf der Stelle nahm, mich an sich drückte und nie wieder losließ ...

Wir lösten uns schwer atmend voneinander.

»Ich wollte dich vom ersten Augenblick an«, gestand er mit leiser Stimme. »Als jungen Mann bei der Jagd, als du den Eber mit deinem Pfeil getroffen hast; in Kytoros, wo du mir fast das Herz aus der Brust gerissen hast mit deiner Lust auf Meleagros; und schließlich als Frau am Ufer von Kolchis.« Hippomenes schüttelte den Kopf. »Das Feuer in deinen Augen an jenem Tag werde ich nie vergessen.« Er strich mir eine Locke aus dem Gesicht und küsste mich noch einmal, so zärtlich, dass meine Haut zu prickeln begann. »Du bist die begehrenswerteste Frau, die mir je begegnet ist.«

Ich holte tief Luft und keuchte auf, als mich spitzer Schmerz durchzuckte. Tränen traten mir in die Augen.

Mir war bewusst, dass mein Keuchen wie Lachen klang. Hippomenes runzelte die Stirn, seine Augen wurden dunkel, seine Kiefer begannen zu mahlen.

Ich hob eine Hand. »Nein … nein, es tut mir leid.«

Doch der Augenblick war vorbei.

Hippomenes drehte sich weg und griff in meinen Köcher, um einen Stoffstreifen herauszunehmen, den er in das Gefäß mit Wasser tauchte und mir reichte. »Press das Tuch auf die Schwellung und sorge dafür, dass es immer kühl bleibt«, sagte er nur, stand auf, trat ans Feuer und setzte sich mit dem Rücken zu mir daneben. »Du solltest dich ausruhen.«

Ich schob das feuchte Tuch unter meine Tunika und schloss halb die Augen ob des angenehmen Gefühls.

Wir saßen eine ganze Weile schweigend da. Nur mein schwerer Atem und mein Husten waren zu hören.

»Wir dürfen nicht länger als ein paar Tage hierbleiben«, sagte ich irgendwann. »Ich muss mich auf den Rückweg machen, egal, ob ich genesen bin oder nicht, denn ich will Pagasä erreichen, bevor Ja …« Ich verstummte.

»Vor Jason?«

Ich verfluchte mich innerlich für meinen Fehler. Niemand außer Myrtessa durfte wissen, was ich vorhatte. Als ich in den hinteren Teil der Höhle blickte, sah ich, dass Hippomenes Dedalis Pferd hereingebracht, seine Wunde gesäubert und verbunden hatte. Es lag Seit an Seit mit dem seinen, die Beine unter dem Körper eingezogen, um sie zu wärmen. Ich biss mir auf die Lippe, weil mich das schlechte Gewissen plagte. »Wir müssen uns bald neue Pferde besorgen.« Leise stöhnend rückte ich das Tuch unter meiner Tunika zurecht. »Das Tier gehört nicht mir, und außerdem werden wir die Rösser mehrmals wechseln müssen, wenn wir so schnell wie möglich Griechenland erreichen wollen. Hast du Silber bei dir?«

Er deutete auf einen Lederbeutel an seinem Gürtel.

»Wenn wir zum Fluss zurückkehren und dann immer an der Meeresküste entlang Richtung Westen reiten, sollte das der Route entsprechen, auf der wir gekommen sind, denn vom Schiff aus haben wir fast immer das Land gesehen. Sobald wir das Reich der Hethiter durchquert haben, geht es über den Bosporus und weiter durch Thrakien, sodass wir uns von Norden aus Pagasä nähern.«

»Gönnst du dir nie eine Rast?«

»Wenn du wüsstest, was bei meiner Rückkehr auf dem Spiel steht, wärst du genauso rastlos wie ich«, entgegnete ich.

»Es würde mich tatsächlich interessieren, was so wichtig ist.«

Wieder reagierte ich verstimmt. Nach weiterem Schweigen, das nur vom Schnauben der Pferde und vom Knistern des Feuers durchbrochen wurde, rollte ich mich, das Gesicht zur Höhlenwand, unter dem Umhang von Hippomenes zusammen. Doch es dauerte lange, bis ich einschlief. Ich träumte, dass Hippomenes mich auf seinen Schoß hob und mich an der rauen Wand der Höhle nahm, meine Arme um seine breiten Schultern, seine Lippen auf den meinen und sein Schweiß auf meiner Haut. In meinem Traum nannte er mich bei meinem richtigen Namen: Atalante …

Als ich aufwachte, war das Feuer erloschen.

Und Hippomenes war verschwunden.

Goldener Apfel

Auf dem Olymp

Einige Stunden später bricht, viele Hundert Kilometer im Westen, die Morgendämmerung herein. Iris und Hermes sitzen auf einer Felsnase eines der niedrigeren Gipfel des Olymp. Rund um sie herum glitzert der Sommerschnee in den ersten rosigen Strahlen der Sonne. Die Luft ist frisch und klar, die dunklen Umrisse der Bäume im Süden ziert ein goldener Rand. Hermes hat die Arme vor der Brust verschränkt und mustert Iris mit einem argwöhnischen Blick, als sie einen Apfel mit goldener Schale von einer Hand in die andere gleiten lässt.

»Vielleicht kommen sie ja gar nicht.«

»Sie werden kommen.«

Stille, abgesehen vom Rauschen der frühmorgendlichen Brise, die den Schnee zu glitzernden Eiskristallen aufwirbelt, und dem Zwitschern der Vögel über ihnen.

Iris schaut hinunter zur Ägäis, deren Wasser vom Sturm aufgepeitscht wird, über den Hellespont, das Propontis-Meer und den Bosporus zum aufgewühlten Schwarzen Meer. Poseidon lässt seinen Zorn immer noch am Ozean aus, vom felsigen Pelion bis zur breiten sandigen Mündung des Flusses Phasis. Über sechs Meter hohe Wellen branden an die Küsten Griechenlands, Schiffe werden vom Wind hin- und hergeworfen. Iris' Blick wird wie magisch von der Argo *angezogen. Ihre Ruder schlagen ins tosende Wasser kurz vor der Mündung des Phasis, ihr Bug senkt sich in die See, wird inmitten von sprühender Gischt wieder emporgehoben und verharrt einen kurzen Augenblick auf einem Wellenkamm, bevor er erneut in die brodelnden Fluten zurückkracht …*

Iris wendet den Blick ab. Das Goldene Vlies befindet sich an Bord dieses Schiffes, verborgen in einem Lederbeutel, im Frachtraum verschlossen. Am Vorabend hat sie höchst erzürnt feststellen müssen, dass es Jason gelungen ist, das Vlies zu erringen – was nie ihr Plan gewesen war, egal, was sie Hera sagte.

Dieser Erfolg war Atalante vorbehalten gewesen.

Sie tippt verärgert mit dem Fuß an den Felsen. Und das Schlimmste ist, denkt sie, als sie hinauf zum Himmel schaut, wo sich das dunkle Blau nun in helle Rosa- und Goldtöne verwandelt, dass Medea, die Tochter von König Aietes, sich ganz von allein in Jason verliebt hat! Die Priesterin hat sich ihm ergeben wie ein Hase in den Krallen eines Adlers und ihm geholfen, das Vlies an sich zu bringen, so artig, als hätten die Liebespfeile der Putten sie tatsächlich getroffen. Ja, Iris hat Hera vorgeschlagen, Aphrodite zur Prinzessin der Kolcher zu schicken, damit diese sich in Jason verliebe – aber natürlich hat sie das nicht wirklich getan. Sie hat Aphrodite den Abend ungestört in ihrem rosenduftgeschwängerten Gemach verbringen lassen und selbst die ganze Nacht damit zugebracht, Pläne für die Rückkehr Atalantes zu schmieden.

Kurz sinniert Iris über das merkwürdige Wirken der Schicksalsgöttinnen – dass die sterbliche Medea aus freien Stücken so handelte, wie zwei durchtriebene Göttinnen es sich für sie ausgedacht hatten …

Sie hebt die Hand, um ein Schmunzeln zu verbergen, als sich plötzlich ein genialer Gedanke in ihrem Gehirn herausformt.

Vielleicht entwickeln sich die Dinge doch noch so, wie sie sich das vorstellt.

Hermes, der die mit Geröll und weiter unten mit einer Schicht leuchtend grünem Gestrüpp bedeckten Berghänge hinunterblickt, reißt sie aus ihren Überlegungen. »Ich wette, sie kommen nicht …«

»Sie kommen«, sagt Iris noch einmal.

Hermes löst die Arme voneinander, verschränkt sie wieder und erhebt sich. Im Morgenlicht wirft er einen langen Schatten auf den Gebirgsstock. »Ich traue dir nicht, Iris. Zuerst hast du Poseidon und mir ein Schlafmittel gegeben und uns einen wunderbar harmlosen Abend verdorben …«

»… einen wunderbar harmlosen Abend, an dem ihr ahnungslosen Nymphen nachgestiegen wärt, ich weiß.«

»Und jetzt dieser goldene Apfel«, fährt Hermes fort, ohne auf sie zu achten. »Plötzlich seid ihr, du und Hera, ganz versessen auf einen Wettbewerb – das gefällt mir nicht. Was habt ihr in ihrem Boudoir ausgeheckt?«

»Iris?«

Iris springt auf, wirft den Apfel ein letztes Mal in die Luft und fängt ihn mit ihren blassen Händen. »Hera.«

Hera, wie immer mit einem weißen Gewand bekleidet, den goldenen Eichenlaubkranz auf dem Kopf, begrüßt Iris mit einem strahlenden Lächeln und sieht dann Hermes an. Ihre Augen verengen sich. »Botenjunge.«

»Hera«, erwidert Hermes nonchalant. »Immerhin einer von euch ist aufgetaucht. Ich hätte schon fast mit Iris gewettet, dass keiner von euch dem Ruf folgen würde, aber wir wissen ja alle, wer der Herr im Haus ist und wer springt, wenn Iris etwas sagt …«

»Halt den Mund«, herrscht Hera ihn an.

»Hermes ist ein Narr, Hera, ein Hofnarr zur Unterhaltung von Zeus.« Iris rümpft die Nase. »Achte gar nicht auf ihn.«

»Ich tue immer mein Bestes«, meint Hermes fröhlich.

Hera wendet sich Iris zu. »Wie geht es voran?«, fragt sie mit gesenkter Stimme.

Iris zieht ihre Herrin auf eine schneebedeckte Felsnase an der anderen Seite des Berges, außer Hörweite von Hermes. Da die

Sonne diese Stelle noch nicht erreicht hat, ist es hier kalt und dunkel und schattig – ein guter Ort für Verschwörungen.

»Jason?«, erkundigt sich Hera ohne Umschweife.

»Auf der Argo*«, antwortet Iris leise. »Sie sind bei Einbruch der Dunkelheit vom Phasis losgefahren.«*

»Mit dem Vlies?«

Iris nickt, ihre Verärgerung verbergend.

»Medea hat ihnen, wie von uns geplant, geholfen?«

Wieder nickt Iris. Belustigt und ein wenig verbittert bemerkt sie das »uns«.

Hera entspannt sich. »Das hast du gut gemacht«, meint sie.

Iris neigt das Haupt.

»Dann wird es Zeit«, Hera erhebt sich und wischt den Schnee von ihrem Gewand, »dass wir Poseidon von dem Sturm ablenken und Zeus von Atalante. Du hast den Apfel?«

Iris nimmt ihn aus ihrem Gewand und zeigt ihn der Königin der Götter.

Hera nickt einmal und wendet sich ab. »Du hast die Kleine nicht mehr gesehen, seit sie ins Exil geschickt wurde?« Sie blickt über die Schulter zu Iris zurück.

Iris schüttelt mit ausdrucksloser Miene den Kopf. »Nein. Ich habe sie überhaupt nicht gesehen.«

Hera begibt sich auf die andere Seite des Gipfels, und Iris folgt ihr, gerade als Zeus und sein Bruder Poseidon den steilen Hang heraufkommen. Jeder ihrer Schritte wirbelt einen dünnen Schneeschleier auf. Zeus wirkt neugierig, während Poseidon wütend mit den Zähnen knirscht, offenbar wild entschlossen, die Königin der Götter als Rache für den Zwischenfall in der Bibliothek der Musen in dem Wettkampf zu besiegen.

»Hera«, ruft Zeus. »Was höre ich da von einem goldenen Apfel?«

»Den habe ich«, antwortet Iris, tritt aus dem Schatten und

hält ihn ins Licht. Die Sonne, die hier oben auf dem Gipfel des Olymp so viel klarer und wärmer scheint, lässt die goldene Schale des Apfels erglänzen und wirft tausend schimmernde Lichtpunkte auf die rauen Felsen. Auf der Oberfläche der Frucht stehen in Iris' steiler Schrift die beiden Worte: ΤΩΙ ΝΙΚΩΝΤΙ.

»Der Sieger dieses Wettbewerbs erhält ihn als Preis«, erklärt Iris, die das Gefühl genießt, die drei Götter in der Hand zu haben.

Sie lässt den Apfel um seinen Stiel kreisen. Im goldenen Licht der Morgendämmerung strahlen von seiner Schale tausend feine Lichtfäden aus, verbinden sich zu einem komplexen Muster, formen Bilder und Gestalten. In der Luft entstehen drei Szenen: Abbilder der geheimsten Wünsche des Betrachters.

Für Poseidon bedeutet zu gewinnen, dass er allein herrscht: ein Berg mit goldenem Gipfel, bedeckt mit goldenem Pulverschnee, über den er ohne seinen Bruder Zeus gebietet, davor ausgebreitet die gesamte golddurchwirkte Erde.

Für Zeus bedeutet es, seine Herrschaft zu behalten: ein Thron, umgeben von Göttern, die ihn lieben und achten, sowie eine Gattin, die ihn unterstützt; die Sterblichen unten alle friedlich beieinander, goldene Kälber opfernd, deren Rauch himmelan steigt.

Und für Hera: ein Garten mit Kieswegen, auf denen sie und Zeus Arm in Arm gehen und wo goldene Blüten von Apfelbäumen auf sie herabregnen, wenn Zeus ihr etwas ins Ohr flüstert.

Das Bild löst sich auf.

Alle drei träumen vom Sieg.

Alle drei träumen davon, was dieser Sieg – danach der nächste Konflikt in einer Auseinandersetzung, die nun schon so lange währt und in alle Ewigkeit fortdauern wird – ihnen möglicherweise bringt.

Die Stille ist so intensiv, dass Iris wahrnimmt, wie die Ge-

witterwolken im fernen Kolchis weichen, das Donnergrollen verhallt, die Luft sich klärt, das Licht der Sonne durch den Dunst dringt und von den überfluteten Ebenen reflektiert wird. Heras Plan funktioniert. Poseidon ist voll und ganz auf den Apfel und seine Inschrift konzentriert.

»Wer als Erster der Götter …«

»… oder Göttinnen«, fällt Hera ihr ins Wort.

»… seine oder ihre Gegner zu Fall bringt«, Iris verneigt sich vor Hera, »erringt den Apfel.«

Sie bewegt sich den Berghang ein kleines Stück hinunter zu einer geröllbedeckten Hochebene. Als die drei Götter ihre Startpositionen für den Wettkampf einnehmen, setzt Iris sich auf eine Felsnase, von der aus sie das Schlachtfeld gut beobachten und als Schiedsrichterin fungieren kann. Sie spürt Hermes hinter sich, der nach wie vor auf dem Gipfel wartet, die Arme verschränkt und die Beine übereinandergeschlagen.

»Wählt eure Waffen, Götter.« Ihr Herz beginnt ein wenig schneller zu schlagen, als sie ihren Stab hoch in die Luft reckt.

Es ist ein beeindruckender Anblick, sogar für Iris, die Göttin des Regenbogens, die schon so oft gesehen hat, wie die Götter die Elemente nach ihrem Willen formen. Die Luft über Zeus, dem Gott des Donners, verdichtet sich, wird dunkel, und Blitze zucken über seinem Haupt und auf seinen ausgestreckten Händen. Heras Gewand raschelt im aufkommenden Wind, der ihre Locken zerzaust. Geröll wirbelt um sie herum. Poseidon hält die Hände gewölbt vor sich; das Wasser darin verwandelt sich in eine brodelnde blaue Fläche, die von Sekunde zu Sekunde größer wird …

»Kämpft!«, ruft Iris und senkt den Stab.

Hera greift als Erste an. Sie bläht die Backen, sodass der Wind als heftiger Sturm in das Wasser in Poseidons Händen fährt und seinem Schöpfer ins Gesicht spritzt. Poseidon ver-

liert das Gleichgewicht, Flüssigkeit schwappt aus seinen Fingern. Zeus nutzt die Gunst der Stunde, um einen Blitz über das Schlachtfeld in Richtung Hera zu schicken. Sie pariert ihn mit einer Windhose, die ihn zu Poseidon ablenkt, welcher ihn mit einer Wasserwand zischend zum Verlöschen bringt …

Iris beobachtet fasziniert, wie Poseidon die Hände wieder um das Wasser wölbt, es ansteigen lässt, bis es sich an den Rändern zu einem riesigen rotierenden Ball aufwirft. Den rollt er zu Zeus. Der Göttervater versucht, nach einem weiteren Blitz zu greifen, doch bevor er ihn auf seinen Angreifer schleudern kann, schlägt das Wasser bereits über ihm zusammen. Zeus zappelt wie ein Fisch inmitten eines gewaltigen Meeressturms. Iris spürt, wie Zeus sich auf den Blitz in seiner Hand konzentriert, wie gewaltige Kraft ihn durchströmt. Sie hört und sieht knisterndes blaues Licht, verfolgt, wie er die Energie des Blitzes in sich bündelt und durch die Haut wieder abgibt. Das Wasser fällt in einer Feuersäule in sich zusammen; Welle um Welle ergießt sich über die Hochebene. Mit einem Windstoß von unten türmt Hera die Wogen hoch in den Himmel auf, von wo aus sie sie wie einen Wasserfall auf die Götter herabstürzen lässt. Sie bewegt sich, umheult von Stürmen, auf sie zu; Poseidon und Zeus haben dem kaum etwas entgegenzusetzen. Ihre feuchten Bärte und Gewänder umflattern sie …

Mit der Kraft eines Titanen wehrt Zeus sich gegen den Wind. Geduckt schleudert er, die Schultermuskulatur zum Zerreißen gespannt, einen Blitz auf Heras Knöchel. Die Flammen erfassen ihr Gewand und setzen es leuchtend orangefarben in Brand. Hera steht in einer Feuersäule, von der schwarzer Rauch in den Himmel aufsteigt. Kreischend fleht sie Poseidon um Wasser an, doch die beiden Götter sind miteinander beschäftigt. Zeus schickt einen grellweißen Blitz, Poseidon türmt Wasser zu einer Wand auf, das Zeus gegen die Brust schwappt und ihn rückwärts stol-

pern lässt. Durch die Flammensäule, die Hera umgibt, ruft sie das Wasser mit wirbelnden Winden herbei, sodass die Wellen sich über sie ergießen und das Feuer löschen. Graublauer Rauch steigt zum Himmel auf.

Die Schlacht tobt, bis die Sonne sich im Osten vollends aus dem Meer erhoben hat, vom saphirblauen Himmel herunterbrennt und die Felsen des Olymp und die Luft erwärmt. Noch immer schleudert Zeus Feuerbälle gegen seine Gegner, formt Poseidon Wasser zu Pfeilen, die die Feuerbälle durchdringen, und bläst Hera Wind, der das Wasser in winzige, durch die Luft fliegende Zapfen verwandelt, und noch immer ist keiner zu Fall gebracht …

Iris hebt ihren Stab.

Die drei Götter halten keuchend inne. Dieser Kampf könnte ewig so weitergehen – letztlich, denkt Iris, ist genau das der Fall, denn die drei bekriegen sich, seit es sie gibt.

»Unentschieden!«, ruft Iris.

Sie hält den Apfel hoch, dessen goldene Schale in der Morgensonne schimmert, und holt tief Luft.

»Dem Sieger!« Sie wirft ihn mit aller Kraft hoch, sieht, wie die Götter die Arme danach ausstrecken, doch er fliegt an ihren Fingerspitzen vorbei durch die klare Luft, über die Berghänge und die glitzernde See nach Osten, hinunter, immer weiter hinunter, zwischen den Baumwipfeln hindurch in die Tiefen des Waldes, wo die Götter ihn niemals finden werden …

»Warum hast du das gemacht?«, herrscht Zeus Iris mit verschwitztem Gesicht und zerzausten Haaren an.

»Entschuldigung«, meint sie mit unschuldigem Augenaufschlag. »Er ist mir entglitten.«

Während Iris den Zorn von Zeus, Poseidon und Hermes zu spüren bekommt, beglückwünscht Hera sich insgeheim dazu, den Meeresgott von seiner Rache an Jason abgelenkt zu haben. Allzu erfreut wäre die Königin der Götter wohl nicht, wenn sie wüsste, dass Apollo just in diesem Augenblick auf Poseidons Anweisung hin zur Erde unterwegs ist.

Dass Poseidon ihren Plan durchschaut hat und hinter Heras Rücken Rache an Jason übt, obwohl sie glaubt, ihn auszutricksen. Er will nach wie vor Jason das Schlimmste antun, das er sich, abgesehen vom Verlust seines Schiffes, für ihn vorstellen kann.

Er will das Vlies stehlen.

Apollos Reise zur Erde verläuft ereignislos. Er wirkt ein wenig verschlafen, da er um diese Zeit sonst noch nicht wach ist, doch Poseidon hat ihm mehrere Meeresnymphen für die Ausführung seines Auftrags zugesichert. Ein bisschen reagiert Apollo wie ein Kind, dem man Süßigkeiten versprochen hat, wenn es den Unterricht besucht.

Er landet sanft wie ein Vogel auf der Argo *und schaut sich um. Das Schiff hat die Stürme hinter sich gelassen, mit denen es seit Kolchis zu kämpfen hatte, und schaukelt nun auf dem ruhigen, leicht rosafarben schimmernden Meer. Es sieht ziemlich mitgenommen aus. Apollo macht eine Bestandsaufnahme der Schäden: zerfetztes Segel, mehrere verletzte Seeleute, zahllose aufgeplatzte oder durchweichte Getreidesäcke, ein gebrochener Bug, ein kaputtes Steuerruder und mindestens fünf abgeknickte Ruder … Das alles zu reparieren, wird seine Zeit dauern.*

Er versucht, sich die Einzelheiten einzuprägen. Poseidon interessiert bestimmt, welches Chaos sein Sturm auf Jasons Schiff angerichtet hat.

Die Sterblichen sind vor Anker gegangen und schlafen nach einer anstrengenden Nacht auf den Ruderbänken. Apollo entdeckt Jason, dessen Kopf auf seinen Händen ruht, neben ihm eine schlanke, schwarzhaarige Frau mit ziemlich hübschen …

Konzentrier dich, ermahnt Apollo sich. Konzentrier dich und hol das Vlies.

Denk an die Nymphen.

Das Vlies ist nicht schwer zu finden, denn ihre wertvollsten Besitztümer verstecken die Sterblichen immer. Ein kleiner Windstoß aus Apollos geschürzten Lippen genügt, um den verschlossenen Frachtraum zu öffnen. Er steigt über die liegende Gestalt von Peleus, geht an Meleagros vorbei und duckt sich, um einen Blick in den dunklen Raum unter dem Heck zu werfen. Dort ist ein mit zwei Riemen zugebundener Lederbeutel verborgen. Der Gott zieht ihn zu sich heran und schaut hinein.

Darin befindet sich sorgfältig zusammengelegt ein schimmerndes Stück Stoff, gewebt aus tausend goldenen Fäden. Das Licht des frühen Morgens glitzert auf seiner Oberfläche. Apollo erkennt es sofort.

Ein Tuch.

Aphrodites Tuch.

Hatte sie das nicht neulich verloren, als es zwischen ihr und Ares im Kaukasus zur Sache ging? Ja, denkt Apollo und betrachtet es genauer – Ares hat ihm davon erzählt. Hatte es sich nicht am Gipfel des Elbrus verhakt, und hatte Ares es nicht voll Leidenschaft weggeschleudert und ausgerufen, Aphrodite sei zu begehrenswert, um Kleidung zu tragen?

Apollo schmunzelt.

Nur Sterbliche sind in der Lage, das abgelegte Kleidungsstück einer göttlichen Schlampe zur unsterblichen Manifestation des Götterkönigs hochzustilisieren, denkt er.

Er lässt den Stoff durch seine Finger gleiten. Die Fäden, zweifelsohne von den begnadeten Spinnerinnen, den Schicksalsgöttinnen, gewoben, schimmern in seinen Händen wie flüssiges Gold. Immerhin wird Aphrodite sich freuen, das Tuch wiederzubekommen.

Er streicht über den Stoff, der so fein ist wie Frauenhaar.

Ein Grinsen breitet sich auf seinem Gesicht aus.

Drei Nymphen hat man ihm versprochen, und Aphrodite schuldet ihm auch noch etwas. Dabei steht die Sonne noch nicht einmal hoch am Himmel.

Apollo ist so damit beschäftigt, sich auszumalen, wie Aphrodites Dank aussehen könnte, dass er, als er den Frachtraum rückwärts verlässt, mit einem Zipfel des Tuchs am Riegel der Tür hängen bleibt. Apollo löst ihn, gerät ins Stolpern und versucht, nicht über den schlafenden Meleagros zu fallen. Dabei entgleitet ihm das Tuch, dessen Stoff so rutschig wie Seide ist, und flattert über die Seite des Schiffs.

Es schwebt, leichter als ein Spinnennetz, durch die Luft.

Wenig später landet es auf dem Wasser und taucht, ganz langsam, die goldene Farbe verlierend, unter.

Apollo betrachtet die Stelle, an der das goldene Tuch verschwunden ist, und beobachtet, wie sich das Wasser allmählich wieder glättet.

Er zuckt mit den Achseln. »Egal«, sagt er. »Er wollte es ja sowieso loswerden, oder?«

Nicht ahnend, welche Auswirkungen das, was ihm gerade passiert ist, haben wird, dreht er sich um, verlässt die schlafende Mannschaft der Argo *und kehrt über die ruhige Oberfläche des Meeres zurück zum Olymp.*

Vor Griechenland

Der Fluss Phasis

Stunde der aufgehenden Sonne
Vierzehnter Tag des Weinerntemonats

Kurz nach Tagesanbruch weckte mich der Klang von Schritten auf feuchtem Laub außerhalb der Höhle. Sofort fielen mir die Reiter vom Vortag ein. Ich richtete mich so weit auf, dass ich auf dem Boden nach meinem Köcher tasten konnte. Obwohl mir das Atmen inzwischen leichter fiel, war meine Seite noch geschwollen und blau.

Die Schritte wurden lauter, kurz darauf erschien Hippomenes, ein Rehkitz über der Schulter, am Eingang der Höhle.

»Wo warst du?«, herrschte ich ihn an. Meine Angst, allein gelassen worden zu sein, verwandelte sich in Zorn. Ich war auch wütend auf mich selbst, weil es mir etwas ausmachte, dass er gegangen war. Er trat ein und legte den Kadaver neben der Asche des Feuers vom Vorabend ab. Der Schmerz in meiner Seite hinderte mich daran, mich zu ihm zu gesellen. Ich sank zurück auf den Boden. »Ich dachte, du bist weg und hast mich im Stich gelassen!«

Er sah mich kurz an, während er neben dem erloschenen Feuer niederkniete und sich daran machte, die Äste anzuzünden, die er aus dem Wald mitgebracht hatte.

»Hätte es dir denn etwas ausgemacht, wenn ich gegangen wäre?«

»Jedenfalls …«, ich zog seinen Umhang unter mir hervor und warf ihn ihm zu, weil seine Arme unbedeckt waren, »...hättest du mich wecken und es mir sagen sollen.«

Er schüttelte den Umhang ab. »Den brauche ich nicht«, erklärte er. Als er auf sein wollenes Gewand deutete, fiel mir neben seinem Beutel mit dem Geld noch ein weiterer auf, der von seinem Gürtel hing und tags zuvor noch nicht dort gewesen war. Darin befand sich etwas Rundes, das das Leder ausbeulte. Hippomenes bedeckte ihn mit der Hand und schob ihn unter sein Schwert. Ich machte den Mund auf, um ihn danach zu fragen, doch er redete einfach weiter. »Ich bin das kalte Frühjahr in Onchestos gewöhnt, wo ich Holz hacke und mich um die Rebstöcke der Bauern kümmere – außerdem brauchst du den Umhang nötiger.« Er gab ihn mir zurück.

Ich zögerte kurz, bevor ich ihn nahm und um meine Schultern legte.

Am folgenden Tag hatte ich mich so weit erholt, dass ich reiten konnte – das teilte ich zumindest Hippomenes mit. Und tatsächlich: Obwohl der riesige blaue Fleck sich allmählich grün zu färben begann, war der Schmerz nun erträglicher. Trotz Hippomenes' Vorbehalten bestand ich darauf, sofort nach Griechenland aufzubrechen. Dedalis Pferd konnte noch keinen Reiter tragen. Hippomenes verband seine Wunde frisch mit Stoffstreifen aus meinem Köcher. Ich beobachtete, wie seine Hände sanft über den Körper des Tieres glitten, und lauschte, wie er ihm beruhigende Worte zuflüsterte. Als er sich umdrehte, merkte er, dass ich ihn angestarrt hatte. »Bereit?«

»J-Ja.« Ich nahm den Köcher, der an der Wand der Höhle lehnte, und schwang ihn, bemüht, nicht das Gesicht zu verziehen, auf den Rücken. Hippomenes ergriff seinerseits das

Schwert, schob mit den Füßen Laub über die Asche des Feuers, um alle Hinweise auf unsere Anwesenheit zu beseitigen, und führte die beiden Pferde an den Zügeln hinaus. Sie blinzelten im morgendlichen Licht der Sonne.

»Den Göttern sei Dank.« Er blickte zum Himmel empor. »Endlich hat der Regen aufgehört.«

Er hob die Hand und vergewisserte sich, dass niemand uns beobachtete. Dann nickte er. Wir waren allein.

Ich trat zu Dedalis Pferd und streichelte seine weichen Nüstern. Es schnaubte leise und schnupperte an meiner Armbeuge.

»Danke, mein Freund«, flüsterte ich ihm ins Ohr. »Lauf zurück zu Myrtessa.«

Das Tier stieß ein leises Wiehern aus, scharrte kurz mit den Hufen und schlug mit dem Schweif.

Ich trat einen Schritt zurück. »Gut«, sagte ich seufzend.

Hippomenes warf die Decke, die Dedali mir gegeben hatte, über den Rücken des Pferdes und versetzte ihm einen Klaps auf die unverletzte Hinterhand. Es schüttelte noch ein letztes Mal die Mähne, bevor es in Richtung Suzona trabte. Ich musste an das Haus am Rand des dunklen Waldes denken und an Myrtessa. Was sie wohl gerade tat?

Hippomenes legte die Hände auf meine Taille.

Ich zuckte zusammen. »Was soll das?«

Er hob die Augenbrauen. »Glaubst du denn, du kannst allein aufsteigen?«

Ich betrachtete sein kastanienbraunes Ross, dessen Widerrist sich in etwa auf Höhe meiner Schulter befand.

»Ja.« Ich reckte stolz das Kinn vor, nahm die Zügel des Tieres und führte es zu einem moosbewachsenen Baumstumpf in der Nähe. Eine Hand auf meiner verletzten Seite, gelang es mir immerhin, aufrecht auf dem Stumpf zu stehen. Doch als ich mich auf das Pferd zu schwingen versuchte, durchzuckte mich wieder einmal spitzer Schmerz.

Ich glitt aus und verlor das Gleichgewicht.

»Sachte.« Hippomenes war sofort bei mir, um mich zu stützen.

Ich hielt mich an seiner Schulter fest. »Vielleicht doch lieber…«

Er schmunzelte, als er mich hochhob, so leicht und mühelos, wie er es schon einmal getan hatte, bevor er sich hinter mich setzte. Der mysteriöse Beutel, den er offenbar im Wald gefunden hatte, drückte gegen meine Hüfte. Als er ihn nach hinten schob, fragte ich mich erneut, was sich darin verbarg.

»Also auf nach Griechenland?« Er schlang die Arme von hinten um mich, sodass ich seinen warmen Körper an meinem Rücken spürte, und schnalzte mit den Zügeln, um sein Ross zu wenden. Seine Ruhe und Kraft hatten etwas Tröstliches. Vielleicht, dachte ich, lag es daran, dass er wie ich auf dem Land aufgewachsen war, er in Böotien, ich in Kaladrosos.

Ich nickte und zog lächelnd den Umhang enger um meinen Leib. »Ja, auf nach Griechenland.«

In den folgenden Wochen kamen wir an zahlreichen Ansiedlungen vorbei, als wir in Richtung Westen ritten: befestigte Städte auf windumtosten Hügeln, Dörfer in bewaldeten Buchten, Marktstädtchen auf Ebenen, wo wir von Händlern Kleidung – einen Wollumhang und neue Schuhe für mich, eine Tunika für Hippomenes – sowie frische Pferde für uns beide erwarben, sobald ich wieder in der Lage war, mich allein auf dem Tier zu halten. Meine Schulter war gut verheilt; nun prangte eine helle Narbe darauf.

Obwohl der blaue Fleck auf meinen Rippen noch nicht ganz verschwunden war, konnte ich jetzt ohne Schmerzen atmen. Hippomenes wollte mich nicht Telamon nennen – »Da ich die Wahrheit kenne, kann ich mich schlecht verstellen«, hatte er gesagt –, und weil ich mich weigerte, mich als seine Sklavin auszugeben, hatten wir uns nach heftigen Auseinandersetzungen darauf geeinigt, dass er ein herumziehender Kaufmann mit seiner Frau war. Wie sonst sollten wir griechischen Händlern, denen wir auf unserer Reise begegneten, erklären, dass ich, eine frei geborene Frau, allein mit einem Mann unterwegs war, ohne mit ihm verheiratet zu sein? Obwohl ich zugeben musste, dass diese Verkleidung ihre Vorteile hatte, widerstrebte es mir, Hippomenes jedes Mal, wenn wir uns einer Siedlung näherten, meinen Köcher aushändigen zu müssen. Er argumentierte, eine echte Kaufmannsfrau trage niemals einen Bogen auf dem Rücken und benutze auch keinen. Da ich dem nicht widersprechen konnte, gab ich schließlich widerwillig nach.

Je weiter wir nach Westen gelangten, desto weniger gebirgig war das Terrain. Wir durchquerten grasbewachsene Ebenen mit Olivenbäumen und breiten, seichten Flüssen. Hippomenes fragte nicht, warum ich unbedingt so schnell nach Griechenland zurückwollte, und ich verriet es ihm auch nicht. Ich erwähnte weder das Vlies noch die Tatsache, dass ich vorhatte, Jason auf dem Pelion herauszufordern, bevor er den Palast erreichte. So ritten wir in angenehmem Schweigen nebeneinanderher durch das Land, auf dem Bauern Gerste und Emmer anbauten. Die Felder dieser friedfertigen Menschen grenzten im Süden an das Gebiet der kriegerischen Hethiter. Als wir uns dem Bosporus näherten, begegneten wir immer häufiger kaškäischen Kaufleuten, die in Galeeren über den Ozean segelten, um mit Troja und den Städten an der anatolischen Küste Handel zu treiben. Viele von ihnen sprachen Griechisch. Wir übernachteten bei ihnen, erzählten ihnen von unseren Abenteuern und lachten mit ihnen, bevor wir uns frische Pferde besorgten und weiterzogen.

Eines Abends machten wir in Kromna halt, einer kleinen Stadt ein wenig von der Küste entfernt, nicht weit weg von Kytoros. Wir kamen gut voran; seit wir die Gegend um Kolchis verlassen hatten, waren dreiundzwanzig Tage vergangen. Dedalis Hütte, die Schlucht mit dem Vlies und die bewaffneten Banditen – all das schien sehr lange her zu sein, als wäre es nie passiert. In der Dämmerung erreichten wir eine Gruppe von Gebäuden aus Lehmziegeln. Mit Säcken voller Meeresgetier von der Arbeit zurückkehrende Fischer wiesen uns, als sie hörten, in welcher Sprache wir uns unterhielten, den Weg zu einer Hütte am Rand der Ansiedlung.

Der Händler Illa, der mit seiner Frau, seiner Schwester und fünf Kindern dort lebte, begrüßte uns in fließendem Griechisch. Wir boten ihm Münzen für die Übernachtung an und erzählten ihm unsere Geschichte: Hippomenes gab sich als Kaufmann Daikrates aus, und ich war seine junge Frau Galatia. Wir waren bei einem Überfall aus dem Taygetos-Gebirge von unserem Zuhause in Sparta vertrieben worden und zogen nun an der Küste Anatoliens entlang, um unsere früheren Geschäftspartner dazu zu überreden, dass sie uns halfen, unseren Besitz zurückzuholen. Illa war in Kaška geboren und trieb, wie sich herausstellte, regen Handel mit Lesbos. Er nahm uns ohne Fragen bei sich auf und entschuldigte sich für sein karges Zuhause, das nicht einmal einen Stall besaß. Also banden wir unsere Pferde an Pfosten in der Wiese hinter dem Haus an, wo sie sich zu den weidenden Ziegen und Schafen gesellten. In Illas Behausung war es stickig und warm, weil sie nur wenige Fenster hatte. Plappernde Kinder spielten auf dem Lehmboden, in der Ecke arbeiteten zwei Frauen an Webstühlen.

»Hier hinein.« Illa führte uns zu einer winzigen Kammer im hinteren Teil der Hütte, die mittels einer schiefen Holztür vom Hauptraum abgetrennt war. Auf dem Boden befand sich lediglich ein schmaler, mit einer dünnen Decke bedeckter Strohsack. Der Rest des Raums wurde von einem einzelnen Stuhl und einer schlichten Badewanne aus Ton ausgefüllt. Das eine Fenster, durch das angenehm kühle Luft hereinwehte, ging auf die Weide hinterm Haus. »Normalerweise schlafen Mala und ich hier, aber …«, er hob die Hände, als wir protestieren wollten, »… für heute Nacht gehört die Kammer Euch. Ihr seid jung und frisch verheiratet …«, er zwinkerte uns zu, »… und es ist Euch anzusehen, dass Ihr anderes im Sinn habt als schlafen.« Er deutete grinsend mit dem Daumen zur Tür. »Mala und ich verbringen die Nacht mit den Kindern draußen.«

Ich sah Hippomenes an. Meine Gedanken wanderten zu seinem leidenschaftlichen Kuss im Wald von Kolchis, zu seiner Umarmung … Hippomenes lief rot an und wich meinem Blick aus. Ich bedankte mich stotternd, während Illa sich verbeugte.

»Wir sind nicht wohlhabend genug, um Sklaven zu haben, aber ich bitte meine Schwester, Wasser über dem Feuer zu erhitzen, damit Ihr baden könnt.« Mit diesen Worten schloss er die Tür.

Kurz darauf klopfte Illas Schwester Sarpa und trat mit einem Kessel voll heißem Wasser ein. Sie war eine rundliche Frau, die nicht sonderlich viel Griechisch konnte, aber freundlich lächelte, als sie das Wasser in die Wanne goss. Sie musste zwei- oder dreimal gehen, bis sie voll war. Dann deutete sie auf einen Stapel Handtücher und Tonkrüge mit Olivenöl, die sie neben der Wanne auf den Boden gestellt hatte. Wir nickten ihr zum Dank zu, und sie ließ uns wieder allein.

»Du solltest …«, hoben wir gleichzeitig an und verstummten verlegen.

»Du solltest zuerst baden«, sagte Hippomenes schließlich, nahm den Stuhl, drehte ihn zur Wand und setzte sich mit abgewandtem Blick darauf. Ich fragte mich, ob ich mich gegen seine höfliche Geste wehren sollte, doch da ich nach mehreren Tagesritten voller Sand, Staub und getrocknetem Matsch war und die schmutzigen, verschwitzten Haare mir schlaff herunterhingen, konnte ich der Versuchung, in das einladend dampfende Wasser zu steigen, nicht länger widerstehen.

Ich zog die Schuhe aus, löste den Gürtel, schlüpfte aus der Hose und zog die Tunika über den Kopf. Nun stand ich nackt hinter Hippomenes, der den Blick nach wie vor auf die Lehmziegelwand gerichtet hielt, die Beine leicht gespreizt. Es fühlte sich merkwürdig an, ihm unbekleidet so nahe zu sein. Ich musste ihm vertrauen, dass er die Situation nicht ausnutzte wie Meleagros. Schützend die Arme vor dem Körper, trat ich an die Wanne und glitt leise seufzend hinein.

Nachdem ich mich gewaschen, mit Öl eingerieben und wieder angezogen hatte, berührte ich Hippomenes leicht am Arm. »Du kannst dich jetzt umdrehen.«

Er entspannte sich. »Den Göttern sei Dank«, sagte er und stand auf. Dann löste er, ohne darauf zu warten, dass ich hinausging, den Gürtel um seine Tunika. Ich bückte mich, um ihm einen Krug mit Öl zu reichen, und als ich mich wieder aufrichtete, stand er mit nacktem Oberkörper vor mir, keine Armlänge von mir entfernt.

An seinen Schultern zeichneten sich die Muskeln ab, die Haut seiner breiten Brust war olivfarben, etwas heller als seine gebräunten Arme, und darüber kräuselten sich kleine braune Locken. Dies war der kräftige, durch harte Arbeit gestählte Körper eines Bauern und Kriegers, nicht die schmale, athletische Figur eines Edelmanns.

Ich biss mir auf die Lippe, senkte den Blick und bemühte mich, seinen Geruch nicht einzuatmen – diese berauschende Mischung aus Pferd, Leder und Schweiß.

»Dein … dein Öl«, stammelte ich und drückte ihm den Krug in die Hand. Sein Kinn war meinem Kopf so nahe, dass es ihn fast berührte. Ich spürte, wie mein Herz schneller schlug.

Hastig verließ ich die Kammer.

Später gesellte sich Hippomenes auf der Weide hinter dem Haus zu mir, wo ich, die Arme um die Knie geschlungen, bei den Pferden saß, die am langen Gras rupften. Ich versuchte, ihn nicht anzusehen, als er neben mir Platz nahm und ein Bein ausstreckte.

Vergiss nicht, warum du hier bist, rief ich mir ins Gedächtnis.

Du bist bei Meleagros schon einmal unvorsichtig gewesen und weißt, wozu das geführt hat.

Ich riss einen Grashalm ab und zerfaserte ihn.

Du willst das Vlies, nichts sonst.

Um mich abzulenken, schaute ich zu dem nahe gelegenen Bach hinüber. Das Wasser floss leise plätschernd über Felsen, und Mauersegler flogen auf der Jagd nach Insekten in der Sommerluft über uns hinweg. Hätte ich es nicht besser gewusst, hätte ich mich in Griechenland gewähnt. Die Olivenbäume auf dem Feld, die felsigen Vorsprünge der Hügel in der Ferne und die Küstenlinie am Horizont, die im Licht der untergehenden Sonne golden schimmerte, wirkten sehr vertraut. Sogar die Glöckchen der Ziegen und der Geruch des Salzwassers, vermischt mit Thymian, erschienen mir wie ein Gruß von zu Hause. Ich bekam ein flaues Gefühl im Magen. *Mögen die Götter es mir vergönnen, vor Jason dort zu sein …*

Hippomenes stand auf, rieb sich den Rücken und streckte die Arme gen Himmel, dessen Farbe gerade von gelb in fahles Türkis wechselte.

»Ich habe zu lange auf dem Pferd gesessen«, stellte er fest. »Meine Glieder sind steif wie bei einem alten Mann.« Er blickte sich um. »Hast du Lust auf ein Wettrennen? Von hier zu der jungen Eiche? Das täte meinen Beinen gut.«

Ich lachte. »Du willst mit mir um die Wette laufen?«

»Warum nicht?«

Ich zupfte einen weiteren Grashalm ab und blinzelte lächelnd ins Licht der Abendsonne. »Weil du nicht gewinnen wirst.«

Nun lachte er. Als ich entrüstet die Hände hob, schmunzelte er. »Tut mir leid, Atalante, aber ich bin einen Kopf größer als du und habe viel mehr Kraft.«

Ich runzelte die Stirn. Ein Teil von mir wollte die Herausforderung nicht annehmen, doch ein anderer – vermutlich der, der mich als Mann verkleidet in die Welt geschickt hatte – war entschlossen, Hippomenes zu zeigen, dass er sich täuschte.

»Gut«, sagte ich, erhob mich, löste die Bänder an meinen Schuhen und schlüpfte heraus, sodass ich den weichen Boden der Wiese unter den Füßen spüren konnte. Dann richtete ich mich auf. »Wenn du unbedingt verlieren möchtest.«

Wir legten die Ziellinie zwischen zwei jungen Eichen

in etwa zweihundert Schritt Entfernung fest. Der Sieger musste diese Linie als Erster passieren. Ich ging in die Startposition, die Fingerspitzen in die Erde gedrückt, die Zehen zwischen dem warmen Gras, sämtliche Muskeln angespannt, den Blick auf den Stamm einer der Eichen gerichtet, deren Blätter sich leicht im Wind bewegten. Die Strahlen der Sonne tauchten das Feld in Rosa- und Goldtöne, oben am tiefblauen Himmel zwitscherte irgendwo ein Vogel, und unten sprudelte der Fluss über Steine.

»Los!«, rief Hippomenes.

Ich rannte los.

Flog dahin wie einer meiner Pfeile, immer geradeaus. Mit den Füßen schien ich kaum den Boden zu berühren, und nach so vielen Tagen auf dem Pferd und in der heißen Sonne spürte ich eine Kraft und Ausdauer in mir, die ich noch nicht kannte. Ich fühlte mich lebendiger denn je. Hinter mir hörte ich die schweren Schritte von Hippomenes, während ich dahinzuschweben schien. Das Laufen kostete mich keinerlei Mühe – es lag mir im Blut, war Teil meines Wesens. Die Luft fühlte sich herrlich kühl an auf meiner Haut. Einen kurzen Moment schloss ich genüsslich die Augen. Als ich sie wieder öffnete, waren die graugrünen Blätter an den Bäumen so nahe, dass ich sie fast im Wind rascheln hörte …

Ich überquerte die Ziellinie mit wehenden Haaren. Hippomenes keuchte mit tiefrotem Gesicht in einiger Entfernung hinter mir her.

Als er die Hände auf die Knie stützte, um wieder zu Atem zu kommen, sah ich ihn grinsend an.

»Noch einmal?«

Später am Abend, als Artemis' fahler Mond durchs Fenster von Illas Kammer schien, begaben Hippomenes und ich uns zur Ruhe. Ich, weil Hippomenes darauf bestand, auf dem Strohsack, und er, seinen Umhang unter sich ausgebreitet, auf dem Boden neben mir. Illa, Mala, Sarpa und die Kinder schliefen bereits. Im Mondlicht glänzten die Konturen des Holzstuhls und der Tonwanne sowie Hippomenes' Profil silbern. Der Geruch des Olivenöls von unserem Bad lag noch in der Luft, vermischt mit dem des Abendtaus von der Wiese draußen. Ich wälzte mich auf dem kratzenden Stroh herum.

Hippomenes lag auf dem Rücken, die Hände unter dem Kopf verschränkt. »Atalante?«, fragte er leise.

»Hmm?«

»Nun reite ich schon wochenlang mit dir und weiß nichts über dich.«

Ich setzte mich auf, um das Stroh unter mir ein wenig zu glätten. »Du kennst meinen Namen.«

Hippomenes lachte. »Den Göttern sei Dank: Immerhin kenne ich deinen Namen.« Er richtete sich auf, drehte sich zu mir und stützte den Kopf in die Hand. »Mich würde noch anderes interessieren, zum Beispiel deine Eltern. Woher du kommst. Wieso du als kretischer Edelmann verkleidet mit uns auf die Jagd gegangen bist.«

Ich biss mir auf die Lippe.

»Willst du mir nicht wenigstens den Namen deines Vaters verraten?«, drängte er mich.

Ich atmete deutlich hörbar aus. *Genau das kann ich nicht.* »Ich … ich kann dir nicht alles sagen«, antwortete ich.

Hippomenes zuckte mit den Achseln. »Dann sag, was du kannst.«

Wie viel durfte ich ihm verraten? Sollte ich ihm überhaupt etwas sagen?

»Von mir hast du nichts zu befürchten«, versicherte mir Hippomenes.

Ich sank aufs Stroh zurück und blickte zu den dunklen Holzbalken der Decke hinauf, um nicht mehr das Gefühl zu haben, dass er mich beobachtete. »Was möchtest du wissen?«, erkundigte ich mich.

»Erzähl mir, woher du kommst.«

Draußen schrie irgendwo eine Eule.

Ich holte tief Luft. »Ich komme aus Pagasä«, erklärte ich stockend. »Vom Festland. Nicht aus Kreta.«

Ich hörte das Rascheln, wie Hippomenes nickte. »Und deine Familie?«

Niemand außer Myrtessa wusste davon. Aber …

Aber ich glaubte, ihm vertrauen zu können.

»Mein Vater hat mich nach meiner Geburt weggegeben.«

Hippomenes wurde sehr still.

»Ich war das Erstgeborene von zwei Kindern«, hob ich an. »Das zweite war ein Junge. Mein Vater, ein Edelmann, er hieß …«, ich suchte nach einem Namen, »… Tegeas, wollte kein Mädchen. Er brauchte einen erstgeborenen Sohn, einen Erben für seinen Besitz. Deshalb hat er …«, ich schluckte, »… mich ausgesetzt.« Tränen liefen mir übers Gesicht und tropften ins Stroh. »Mitten im Winter auf dem Pelion, nur in ein Tuch gehüllt.«

Eine Weile war nur das Zirpen der Zikaden in den Olivenbäumen zu hören.

Ich wischte die Tränen mit dem Handrücken weg. »An den Hängen des Pelion wurde ich von einem Holzfäller aus Kaladrosos gefunden«, fuhr ich fort. Nun empfand ich es fast als Erleichterung, jemandem davon zu erzählen. »Er hat mich als Teil seiner Familie aufgezogen, mir nie verraten, wer ich bin, wie er mich vor dem Tod gerettet hat. Er hat mir beigebracht, wie man mit Pfeil und Bogen umgeht, und das Jagen und Laufen habe ich auf dem Berg gelernt.«

»Doch eines Tages hat mein Vater mir gestanden, dass ich nicht seine Tochter bin, dass er mich auf dem Berg gefunden hat und das Zeichen von Tegeas in das Tuch eingewebt war.« Unwillkürlich wanderte meine Hand zu dem Anhänger an meinem Hals. »Daraufhin bin ich nach Pagasä gegangen, um meine Familie aufzuspüren.« Wieder wurden meine Augen feucht. »Als eine von Tegeas' Sklavinnen mir erzählte, dass er seine Tochter auf dem Berg ausgesetzt, mich auf brutale Weise dem Tod überantwortet hatte, nur deshalb, weil ich ein Mädchen war, fiel es mir wie Schuppen von den Augen: Ich war unerwünscht gewesen.«

Hippomenes regte sich neben mir, als wollte er etwas sagen, doch ich fuhr fort, ohne auf ihn zu achten, weil die Worte herauswollten.

»Als ich dann von Jasons Suche nach dem Vlies erfuhr, beschloss ich, ihn zu begleiten – als Edelmann und Ebenbürtiger. Danach wollte ich in meine Stadt, zu meinem Vater, zurückkehren und ihm zeigen, dass ich würdig war, sein Erbe anzutreten. Ich wollte mich als jedem Mann ebenbürtig erweisen, damit er wusste, was er an mir, einem Mädchen, verloren hatte.«

Ich wandte mich den dunklen Umrissen von Hippomenes zu, der auf dem Boden neben mir lag. Seine Augen schimmerten im Licht des Mondes. Als ich ihn ansah, empfand ich ein merkwürdiges Gefühl der Wärme, der Sicherheit. »Kannst du mich jetzt verstehen?«

Er schwieg ziemlich lange. »Das wusste ich nicht«, meinte er schließlich.

»Ich habe es dir ja auch nicht gesagt.«

»Ich hätte nicht …«

»Du musst dich nicht entschuldigen. Vorbei ist vorbei. Und wie du richtig bemerkst, wusstest du es ja nicht. Die meisten Frauen, die ich kenne, spinnen und schlafen und kümmern sich um ihre Kinder. Du konntest nicht ahnen, dass ich so bin …«

»So anders«, fügte er lachend hinzu. »Nein, das konnte ich tatsächlich nicht.«

Wieder herrschte Schweigen, so lange, dass ich glaubte, Hippomenes sei eingeschlafen. Ich zog die Decke hoch, weil durchs Fenster Wind hereinwehte, und lauschte dem Schnauben der Pferde und dem Zirpen der Zikaden. Nach dem langen Ritt, dem Bad, dem Brot und dem Eintopf, den wir mit Illa und seiner Familie geteilt hatten, wurden meine Augen schwer. Da hörte ich, wie Hippomenes sich auf dem Boden neben mir regte.

»Atalante?«

Ich wandte mich ihm zu. In seinen Augen spiegelte sich das fahle Licht des Mondes. »Ja?«

»Bitte versteh mich nicht falsch.«

»Nein.«

»Wer auch immer dich auf dem Berg ausgesetzt hat, war sehr dumm.«

Ich drehte mich schmunzelnd wieder auf den Rücken. »Danke, Sohn des Megareus«, sagte ich, zog die Decke bis zu den Schultern hoch und schloss die Augen, um zu schlafen.

TEIL IV

GRIECHENLAND
1260 v. Chr.

Denn Ihr herrscht über eine weite Ebene, dicht bewachsen mit Klee, Schilf, Weizen, Roggen und heller, großkörniger Gerste …

Homer

Abschied und Willkommen

Pagasä

Mittagsstunde
Dreißigster Tag des Pflügemonats

Von Kromna aus ritten wir weitere vier Wochen. Wir machten nur halt, um uns frische Pferde zu besorgen, etwas zu essen aufzutreiben und nachts zu schlafen. Aus dem Sommer wurde allmählich Herbst, der Wind kühlte ab, das Abendlicht warf lange goldene Strahlen über die Ebene, und an den Rebstöcken hingen dicht die dunklen Trauben. Wir überquerten die sanften Hügel Anatoliens und die Meerenge des Bosporus, wo die Fackeln von Lygos über dem Propontis leuchteten und das Wasser sanft an den Rümpfen der Handelsschiffe leckte. Als wir das Tal zwischen den lang gestreckten dunklen Bergen von Thrakien erreichten, spürte ich, wie meine Angst davor sich verschlimmerte, dass Jason Pagasä vor mir erreicht hatte …

Dass er das Vlies dem König bereits gegeben hatte …

Diese Angst trieb mich an. An den Handelsposten sprangen wir von unseren schweißnassen, schmutzigen Pferden sofort auf die frischen, um weiter über die nach der Hitze des Sommers ausgedörrten Grasebenen zu donnern, wo der Geruch von Olivenbäumen, Thymian und Salbei in der Luft lag.

Am Ende des Pflügemonats näherten wir uns der Bucht von Pagasä von Norden her. Wir umrundeten den Olymp und folgten einem Tal, das südlich vom Ossa begrenzt wurde, kamen an der Stadt Meliboea vorbei und dann über die Ebene nach Iolkos und Pagasä. Tränen der Freude traten mir in die Augen, als die vertrauten Umrisse des in Nebel gehüllten, mit grünen Hängen bedeckten Pelion und das ruhige Wasser der Bucht von Pagasä vor mir auftauchten. *Gleich dahinter, hinter dem Berg, liegt Kaladrosos …* Vielleicht einen Tagesritt entfernt ging meine Familie alltäglichen Beschäftigungen nach, hackte Holz, fütterte die Ziege. Sie wussten nicht, dass ich da war … Mein Herz schlug laut vor Vorfreude, als ich Seite an Seite mit Hippomenes in der heißen Mittagssonne, die meine Schläfen pochen ließ, einem ausgetrockneten Flussbett folgte. Mein einziger Gedanke war: *Komme ich rechtzeitig?*

Komme ich rechtzeitig, um Jason aufzuhalten, bevor er zum König geht und die Herrschaft über Pagasä übernimmt?

Als wir schließlich die Ebene vor der Stadt erreichten, zügelte ich das Pferd und brachte es zum Stehen. Hippomenes und ich schauten vom Schatten einer Kiefer aus zu den befestigten Stadtmauern und den Wächtern hinauf, die auf den Wällen patrouillierten wie so viele Monate zuvor. Ziegen, deren Glöckchen leise in der Nachmittagshitze bimmelten, rupften am Gras, und vor uns erstreckten sich Reihen um Reihen von Rebstöcken voller Trauben, die wirkten wie die Wogen der dunklen See.

»Hier verlasse ich dich.«

Ich schaffte es nicht, Hippomenes anzusehen, und folgte mit dem Blick einer Ziege, die über die Felsen kletterte. Nachdem wir so viele Wochen miteinander verbracht, gegessen, gelacht und Geschichten ausgetauscht, auf staubigen Wegen Wettrennen veranstaltet und Erklärungen für unsere Händlerverkleidung erfunden hatten, benötigte ich all meine Kraft, um ihm nicht zu sagen, dass er bleiben solle.

Ich muss das allein machen.

»Was hast du jetzt vor?«, fragte er erst nach einer ganzen Weile. Seine Stimme klang kühl.

Vergiss nicht, Atalante, sagte ich mir, *vergiss nicht, was passiert ist, als du dich das letzte Mal einem Mann anvertrauen wolltest.*

Myrtessa und deine Familie sind wichtiger.

Außerdem macht er sich vermutlich überhaupt nichts aus dir.

Ich strich mir die Haare aus der Stirn und schaute übers Meer, dessen Wellen am Hafen leckten. »Wahrscheinlich werde ich zum Haus von Tegeas gehen«, antwortete ich. »Und ihm die geben.« Ich deutete auf einen Beutel an meinem Gürtel, in dem sich einige anatolische Jagdmesser befanden, die ich als Gastgeschenk von einem reichen Händler erhalten hatte, bei dem wir untergekommen waren. »Ich hoffe, dass er meine Würdigkeit nun erkennt.« Ich wandte mich Hippomenes zu. »Und du?«

Mir wurde flau im Magen, als ich seinen harten Blick sah, aus dem alle Sanftheit und Fröhlichkeit gewichen waren. »Ich reite zurück nach Böotien.« Sein Pferd tänzelte und scharrte ungeduldig mit den Hufen. »Das sind nur ein paar Tagesreisen. Ich bin lange genug von zu Hause weg. Mein Vater braucht mich.«

»Du bleibst nicht, bis Jason zurückkehrt?«

Er schüttelte den Kopf. »Ich schulde ihm nichts, denn ich habe mich der Fahrt nicht seinetwegen angeschlossen.« Seine Miene wurde ein wenig weicher, obwohl er nach wie vor nicht lächelte. »Kommst du allein zurecht?«

Fast hätte ich bei der bittersüßen Erinnerung an seine Worte an dem Pass in Kolchis vor so vielen Wochen gelacht. Ich neigte mich vor, um den Hals meines Pferdes zu tätscheln, damit ich ihm nicht in die Augen sehen musste.

Wie anders alles gewesen wäre, wenn ich ihn nicht hätte mitkommen lassen. Das Tier schüttelte den Kopf, um die lästigen Fliegen loszuwerden, die in der warmen Luft herumschwirrten. »Mach dir um mich keine Sorgen, Hippomenes. Ich kann auf mich selbst aufpassen. Und ich komme am besten allein zurecht.«

»Das habe ich schon gemerkt.«

Schweigen, als ich auf die Bucht blickte, wo das Licht der Sonne sich im Wasser des Hafens von Pagasä spiegelte, in dem Fischerboote schaukelten – doch von der *Argo* keine Spur.

Weil sie noch nicht da ist?

Oder weil sie Jason in Pagasä abgesetzt und anderswo angelegt haben?

Der Schrei eines Habichts schrillte durch die Luft. Ich begann leicht zu zittern, als ich kühlen Wind auf meiner Haut spürte – ein Vorbote des Winters. Vielleicht graute mir auch vor dem, was mir bevorstand.

»Ich muss los«, sagte ich schließlich und schlang die Zügel des Pferdes um meine Hände. *Wenn ich zaudere, setze ich alles aufs Spiel.* »Nach Böotien sind es noch etliche Tagesreisen. Du solltest weiterreiten, damit du vor der Nacht einen guten Teil der Strecke schaffst.«

Er neigte das Haupt. »Atalante …«

»Auf Wiedersehen.« Meine Stimme klang schroffer als beabsichtigt. Ich durfte nicht warten, bis er etwas erwiderte, weil ich sonst möglicherweise schwach wurde. »Ich wünsche dir eine sichere Reise zurück zu deiner Stadt.«

Er legte kurz seine warme Hand auf die meine und drückte sie. Als ich den Kopf hob, trafen sich unsere Blicke. Ein wohliges Gefühl stieg in mir auf, meine Haut begann zu prickeln, als würde ich im Hochsommer nackt in der Sonne stehen. Mit letzter Willenskraft entzog ich ihm meine Finger und schnalzte mit den Zügeln. »Gute Reise, Sohn des Megareus«, sagte ich, stieß meinem Ross die Fersen in die Flanken und trabte den Hang hinunter in Richtung Hafen.

Auf halber Höhe des Hügels drehte ich mich um. Hippomenes saß auf seinem Pferd, den Umhang über einer Schulter. Das Licht der Sonne ließ die goldenen Strähnen in seinen Haaren und das Heft seines Schwertes erglänzen. »Mögen die Götter mit dir sein, Hippomenes«, flüsterte ich.

Dann wandte ich mich wieder der Stadt zu und trieb mein Pferd in gestrecktem Galopp den Hügel hinunter. Wütend wischte ich mir die Tränen weg und dachte: *Ich werde ihn nie wiedersehen.*

Ich ritt, so schnell ich konnte, zum Hafen und zwang mich nach der langen Reise über Land und See zu den Enden der Erde und zurück, an das Einzige zu denken, was mir wichtig war.

Das Goldene Vlies und die Rettung meiner Familie vor Jasons Tyrannei.

Die Hufe meines Pferdes rissen dunkle Erdklumpen aus dem Boden. Als die Mauern der Stadt näher kamen und ich die Menschen und Ochsenkarren ausmachen konnte, die durch die Tore strömten, erinnerte ich mich an mein Gespräch mit Myrtessa in Kytoros. Plötzlich meinte ich ganz klar ihre Stimme zu vernehmen: *Es war tatsächlich ein von den Göttern gesegneter Tag, als du dir Zugang zu Pagasä verschafft hast, Atalante … Wir befreien Pagasä von Jason und bewahren Neda und Philoetius, Hora, Opis und deine Familie vor seiner Schreckensherrschaft!*

Während ich vor den hohen Mauern der Stadt dahineilte,

schossen mir weitere Erinnerungen durch den Kopf: Wie Myrtessa und ich auf dem Wall spaziert waren und in Honig getauchte Aprikosen in den Mund gesteckt hatten; die Nächte im Gasthaus; unsere Gespräche mit den Händlern; die geschäftige Küche von Korythos, wo Philoetius, Neda und Hora nach wie vor arbeiteten. Ich runzelte die Stirn, presste die Lippen aufeinander und trieb mein Pferd noch weiter an.

Nein, ich würde Jason nicht die Herrschaft über all das überlassen.

Ich näherte mich dem Hafen im Galopp, sodass der aufwirbelnde Staub auf zwei Händler herabregnete, die miteinander Brot aßen und Wein aus einem Krug tranken. Auf der Straße war nicht viel los; nur ein paar Kaufleute transportierten ihre Waren von und zu den Schiffen. Der Wind trug den Lärm der Stadt zu mir herüber. Ich sprang von meinem Pferd auf das trockene Gras, band es an einem Olivenbaum fest und rannte die Felsen zur Bucht hinunter. Mein Herz schlug wie wild, als ich den Blick über die Küste schweifen ließ, am Pier vorbei, hinaus auf die silberblaue See, auf der Suche nach dem vergoldeten Adler am Bug der *Argo* und ihrem weißen Segel …

Doch auch von hier aus sah ich nur ein paar Fischerboote und ein Handelsschiff, voll beladen mit Waren.

Ich rannte am Ufer entlang auf eine Gruppe von Fischern zu, die an Holzkisten ihre Mittagsmahlzeit einnahmen. Möwen lauerten über ihnen auf Krumen. Als ich mich den Männern näherte, schob ich mir die Haare aus dem Gesicht. Sie starrten mich und meine merkwürdige anatolische Kleidung an. Ich reckte das Kinn ein wenig vor. Von ihnen würde ich mir den Schneid nicht abkaufen lassen.

Einer mit wettergegerbter Haut und knubbeliger Nase,

die mich an die Rinde eines Olivenbaums erinnerte, musterte mich ein wenig länger als die anderen und spuckte vor mir aus. »Was suchst du?«

»Die *Argo*«, antwortete ich. »Habt Ihr sie gesehen?«

Der Fischer trank einen Schluck aus einem Tonkrug. »Und wer will das wissen?«

»Eine … Sklavin von Jason«, sagte ich, das rechte Handgelenk, an dem sich bei einer Sklavin ein Brandzeichen befunden hätte, in der Hoffnung an meine Seite gepresst, dass ihnen das Fehlen eines solchen Zeichens an meinem entging.

Sein Blick wanderte über den Bogen und den Köcher auf meinem Rücken und Korythos' Schwert an meinem Gürtel. Er hob die Augenbrauen.

»Die Waffen gehören Jason«, erklärte ich hastig. »Ich soll sie ihm bringen. Deswegen möchte ich wissen, ob er schon zurück ist.«

Plötzlich wirkten die drei Männer interessiert. »So, so, eins von Jasons Mädchen?«, meinte der Jüngste von ihnen, dessen dunkle Haare mit Salz vom Meer verkrustet waren, mit einem anzüglichen Blick. »Sie ist ein bisschen flachbrüstig, aber …«

»Ich bin nicht hier, weil mich Eure Meinung interessiert, sondern um mehr über die *Argo* zu erfahren.« Meine Stimme klang verbittert und ungeduldig.

Der ältere Mann zuckte mit den Achseln. »Sie ist nicht hier. Ein paar Händler, die vor Kurzem aus Sithonia gekommen sind, behaupten, das Schiff hätte dort angelegt. Du hast doch mit ihnen geredet, oder, Naios?«

Naios, ein Mann mittleren Alters mit sehr hoher Stirn und Schmerbauch, nickte. »Sie sagen, sie wären bei Troja in einen Sturm gekommen, wollten in Olynthos bleiben und das Schiff reparieren. Die Händler haben ihnen Seile verkauft.«

»Wann war das?«, erkundigte ich mich aufgeregt.

Naios brach ein Stück Brot von dem Laib ab und biss hinein. »Vor ein paar Tagen.«

Ich überlegte. Olynthos befand sich etwa dreißig Wegstunden von Pagasä entfernt. Das bedeutete, dass die *Argo* bei günstigem Wind und ruhiger See in zwei Tagen hier sein konnte … Aber wie lange hatten sie sich für die Reparaturarbeiten Zeit genommen? »Herzlichen Dank«, sagte ich und wandte mich zum Gehen.

»Leiste uns doch Gesellschaft«, rief der Jüngste der drei mir nach.

Obwohl mir der Magen knurrte, schüttelte ich den Kopf. Das Risiko, dass die Männer herausfanden, wer ich war, wollte ich nicht eingehen. »Nein danke«, antwortete ich über die Schulter gewandt und rannte zu meinem Pferd zurück.

* * *

Ich verbarg mich zwischen den Ästen eines Olivenbaums, während mein Ross am Gras rupfte und mit den Ohren zuckte, um die lästigen Fliegen zu verscheuchen. Die Sonne ging im Westen über den Bergen unter, und die Sterne tauchten am nächtlichen Himmel auf. Einige Stunden später nahte die Morgendämmerung rosa-golden über dem Pelion, und immer noch war keine Spur von der *Argo* zu sehen. Außer den Früchten der Bäume hatte ich nichts zu essen, und mein Wasser neigte sich dem Ende zu. Die Augen taten mir weh, weil ich so konzentriert Ausschau hielt, meine Glieder waren steif, und das harte Leder meines Köchers presste sich in meinen Rücken, doch ich konnte einfach nicht schlafen. Meine Gedanken kreisten um den Moment, wenn die *Argo* in Sicht käme: *Ich muss Jason zum Zweikampf herausfordern.*

Zum Zweikampf um das Vlies.

Als wieder die Dämmerung hereinbrach und ich die letzten Tropfen Wasser aus meinem Lederschlauch trank, nahm ich aus den Augenwinkeln einen weißen Fleck, ein Segel am Horizont, wahr …

Ich richtete mich so abrupt auf, dass mir der Schlauch herunterfiel.

Die *Argo.*

Mit laut pochendem Herzen kletterte ich weiter den Baum hinauf. Das musste die *Argo* sein, musste einfach …

Das Segel wurde größer, allmählich war das Schiff deutlicher zu erkennen. Fast hätte ich vor Freude laut aufgelacht, als ich die goldenen Schwingen des Adlers am Bug entdeckte, die in der Abendsonne glänzten. Kurz spielte ich mit dem Gedanken hinunterzurennen und das Schiff zu begrüßen, Peleus wiederzusehen und Lykaon, Laertes und Argus, all die Männer, die für mich nun Kampfgenossen, ja sogar Freunde waren.

Doch dann fielen mir Meleagros und Jason ein.

Nicht alle würden dich mit offenen Armen empfangen.

Mittlerweile war die *Argo* in den Hafen eingelaufen; ich konnte schon ihren Namen auf dem Bug lesen. Die Ruderblätter tauchten ins Wasser und wirbelten weißen Schaum auf. Nachdem ich den Riemen meines Köchers festgezurrt hatte, glitt ich von dem Baum und landete leise auf dem trockenen Gras. Ich beobachtete, wie die Ruder eingezogen wurden und der Kiel des Schiffes knirschend über den Kies am Ufer scharrte.

Männer sprangen ins Wasser, um die *Argo* weiter hinaufzuschieben, wie wir es so oft getan hatten, wenn wir für die Nacht an Land gingen.

Ich holte tief Luft.

Dies ist der Augenblick.

Die Rah wurde heruntergelassen, das Segel eingeholt. Sklaven verließen das Schiff – manche erkannte ich, andere nicht. Ich hörte, wie Jason Befehle brüllte; seine Stimme war unverkennbar, trotz des Lärms: Brustharnische, Schilde und Speere wurden klappernd und unter Triumphschreien von Bord geworfen. Die Händler und Fischer, deren Boote am Pier lagen, versammelten sich am Strand, um die Helden zu Hause willkommen zu heißen, und boten ihnen Lederschläuche an, aus denen einige tranken.

Ich legte die Hand zitternd auf den Griff meines Schwertes.

Gerade als ich aus meinem Versteck hervortreten, hinunterlaufen und Jason zum Zweikampf herausfordern wollte, hörte ich von unten laute, sich nähernde Stimmen. Ich wich unter das Blätterdach zurück, eine Hand nach wie vor am Schwertgurt, und lauschte.

»…sollen wir es Iasos sagen?« Das war Laertes; seine Stimme kannte ich.

»Wie soll ich ihm das erklären?«, herrschte Jason ihn an. »Dass ich das Vlies verloren habe?«

Laertes keuchte leicht beim Sprechen. »Wenn Ihr dem König sagt, es sei gestohlen worden, sollte das doch eigentlich genügen.«

Jasons Antwort hörte ich nicht. Ich blieb verdutzt stehen, das gesprenkelte Abendlicht, das durch die Blätter des Olivenbaums fiel, auf meiner Haut, den Rücken gegen den knorrigen Stamm gepresst.

Er hat das Vlies verloren?

Ein Schauder überlief mich. Ich schüttelte den Kopf, weil ich kaum glauben konnte, was ich soeben gehört hatte. Plötzlich ging mir auf, was Jasons Worte bedeuteten.

Er kann die Prophezeiung nicht erfüllen!

Mir wurde heiß, das Blut pochte in meinen Adern.

Er kann die Prophezeiung nicht erfüllen, dachte ich wieder und wieder. *Er kann sie nicht erfüllen.*

Er wird nicht König.

Die Städte des Pelion sind gerettet.

Ich vernahm die Flüche und Vorwürfe Jasons, als er zur Stadt hinaufging, keine hundert Schritte von mir entfernt. Hinter einem sich im Wind bewegenden Ast hervor erhaschte ich einen Blick auf ihn, wie er Straßenhändler und Kaufleute wegstieß, die zusammengelaufen waren, um die Ankunft der *Argo* mit eigenen Augen zu sehen. Ich wagte kaum zu atmen, während ich beobachtete, wie die anderen Männer und ihre Sklaven, die Arme voller Waffen, Jason zur Stadt folgten. Nachdem der letzte der Sklaven – Nestors Verwalter Melanthios – hinter den Bäumen verschwunden war, atmete ich tief durch und schloss die Augen. Zum ersten Mal kam so etwas wie Hoffnung in mir auf.

Da Jason das Vlies nicht hat, sind wir wieder ebenbürtig.

Meine Finger wanderten zu dem Anhänger um meinen Hals.

Möglicherweise besaß ich sogar etwas, das ihm fehlte.

Ich wartete eine Weile, bevor ich Jason und den Fürsten nach Pagasä folgte, lang genug, um sicher zu sein, dass ich ihnen nicht begegnete, jedoch nicht so lange, dass ich so spät am Abend nicht mehr in die Stadt hineinkommen würde. Ich löste die Zügel meines Pferdes und ließ es zwischen den Olivenbäumen grasen, schwang den Umhang über die Schulter, um meinen Bogen und die Pfeile auf meinem Rücken zu verbergen, und schlüpfte mit zwei Gänsehüterinnen, die ihre Schar für die Nacht nach Hause brachten, hinein. Mein Blick fiel auf eine Taverne in der Nähe der Stadtmauern, wo von einer Steintheke aus Wein verkauft wurde. Mit Münzen aus dem Beutel von meiner Mutter – er war inzwischen fast leer –, zahlte ich den Wirt, einen stämmigen Mann mit glänzender Glatze, die er permanent mit einem schmutzigen Tuch abwischte, für Kost und Logis. Er musterte neugierig meine Tunika und die Hose sowie das Schwert an meiner Seite.

»Eine weitere Münze«, sagte ich und griff noch einmal in den Beutel, »für Euer Schweigen.«

Dann kletterte ich die Leiter zu den Räumen im Obergeschoss hinauf. Ein Sklave begleitete mich mit Fleisch, Brot und Wein. Oben angekommen, drückte ich die nächstgelegene Tür auf und bedeutete dem Sklaven, dass er das Essen und den Wein auf den Tisch neben dem Strohsack stellen solle, und bedankte mich. Sobald er die Kammer verlassen hatte, nahm ich Bogen und Köcher vom Rücken, legte mich, die Hände hinter dem Kopf verschränkt, hin und betrachtete die Deckenbalken. Das Licht der Abendsonne fiel durchs offene Fenster herein und färbte den Staub, der in der Luft schwebte, golden. Der Boden war mit Lorbeerblättern bestreut, deren Geruch sich mit dem von Schweiß verband, und der Lärm aus der Küche unter mir wurde vom Zwitschern der Vögel übertönt.

Auf meiner Lippe kauend, dachte ich nach. Inzwischen war Jason bestimmt im Palast. Was ich brauchte, bevor ich mich ebenfalls dorthin begab, waren frische Kleidung und ein Bad: Ich hatte mich schon Wochen nicht mehr richtig gewaschen. Wenn ich den Palast wie ein anatolischer Bauer aussehend und riechend betrat, standen die Aussichten, den König zu überzeugen, schlecht.

Angst und Erregung stiegen in mir auf. Ich stellte mir vor, was passieren würde, wenn ich am folgenden Tag vor dem versammelten Hof endlich erklärte, wer ich war. Sehr wahrscheinlich, dachte ich, als mir einfiel, wie Jason mich in Kolchis allein deswegen ins Exil geschickt hatte, weil ich eine Frau war, würde der König mich ohne das Vlies und, abgesehen von dem Anhänger um meinen Hals, ohne jeden Beweis meiner Würdigkeit aus dem Palast werfen lassen und mich zwingen, nach Kaladrosos zurückzukehren. Nestor hatte Jason mitgeteilt, dass der König seinen Anspruch möglicherweise anerkennen würde. Ich konnte nicht riskieren, dass Iasos Jason zum künftigen König von Pagasä bestimmte, obwohl keiner von uns das Vlies hatte …

Darüber, was geschehen würde, wenn ich das Vlies nicht erränge, hatte ich mir keine Gedanken gemacht, weil die Reise mit Hippomenes mit so vielen Gesprächen und so viel Lachen ausgefüllt gewesen war …

Ich zwang mich, Hippomenes aus meinen Gedanken zu verbannen und mich der harten Realität zu stellen.

Was, wenn alles umsonst war?

Was, wenn der König mich ein weiteres Mal verstößt und Jason zu seinem Nachfolger ernennt?

Was dann?

Nein, dachte ich. *Nein, ich habe zu lange gewartet, zu viel gewagt, um jetzt aufzugeben.*

Ich kann nur die Entscheidung treffen, es zu versuchen.

Ich nahm die kleine Glocke von dem Tisch neben mir und läutete sie. Ein junger Sklave mit rußgeschwärztem Gesicht erschien an der Tür. Ich stand auf und griff nach meinem Beutel mit den Münzen. »Wie heißt du?«

Er schluckte. »Battus, Herrin.«

»Battus, ich möchte mich waschen.« Ich gab ihm eine Münze. »Ein Krug mit heißem Wasser, eine Schale und ein wenig Öl würden mir schon genügen. Und Männerkleidung – etwas, das eines Fürsten würdig ist, falls du so etwas auftreiben kannst.« Battus machte große Augen. Ich schüttelte die Hälfte der wenigen Münzen, die sich noch in meinem Beutel befanden, in meine Hand und streckte sie ihm hin. Seine Augen wurden noch größer. »Und kein Wort zu irgendjemandem – hast du verstanden?«

Der Junge nickte.

»Danke.« Ich ließ die Münzen in seine ausgestreckte Hand gleiten. »Wenn du dir den Rest verdienen möchtest, musst du innerhalb einer Stunde wieder hier sein.«

Frisch gewaschen und mit nach Rosmarin duftendem Öl eingerieben, fühlte ich mich deutlich wohler. Ich hatte meine Haare erneut auf Schulterlänge abgeschnitten und trug ein feines braunes Gewand mit blauen Stickereien, einen dunkelblauen Umhang, einen Ledergürtel und neue Sandalen – das war das Beste, was er für mein Geld hatte erstehen können, versicherte Battus mir. Inzwischen war es dunkel, und die Öllampe auf meinem Tisch warf tanzende Schatten an die Holzwände. Auf dem Marktplatz hatte Battus gehört, dass der König vorhabe, am folgenden Tag zur Begrüßung von Jason den Rat der Fürsten einzuberufen.

»Wäre das alles?«, fragte Battus an der Tür. Er beäugte meine Tunika, den Bogen, den Köcher und das Schwert auf dem Boden.

Ich nickte, bückte mich, um eines der anatolischen Jagdmesser aus meinem Köcher zu ziehen, und reichte es ihm.

Er nahm es mit beiden Händen und betrachtete staunend die Bronzeklinge mit den kunstvollen Verzierungen. »Für deine Dienste. Wer weiß? Vielleicht erkauft es dir eines Tages die Freiheit.« Myrtessa fiel mir ein. »Aber vergiss nicht«, ich legte eine Hand auf seinen Arm, »kein Sterbenswörtchen zu irgendjemandem.«

Er drehte das Messer hin und her. »Ich … danke …«, stotterte er, unsicher, welche Anrede er für mich wählen sollte.

»Du kannst mich Atalante nennen«, sagte ich schmunzelnd.

Er entfernte sich, das Messer in beiden Händen, als bestünde es aus feinstem Elfenbein.

Ich legte mich auf den Strohsack und lauschte dem Knarren der Bodendielen, als er den Flur überquerte und die Leiter hinunterstieg. Dann löschte ich die Lampe und starrte in die Dunkelheit. Durch die dünnen Wände war das Schnarchen der anderen Gäste zu hören. Erst als die Vögel bereits in den Zypressen hinter dem Gasthaus zu zwitschern begannen und die Wände meiner Kammer sich im Licht der aufgehenden Sonne fahlrosa und golden färbten, sank ich in unruhigen, traumschweren Schlaf.

Iris' letzte Botschaft

Auf dem Olymp

Auf der Erde bricht der Tag an; im Osten des Olymp streckt die Morgendämmerung ihre Finger über den Horizont und schiebt ihr rosiges Gesicht in den Himmel. Der Ausblick vom Götterrat auf dem Gipfel des Berges ist spektakulär. Unten erstrecken sich die sanften Hügel und Täler des Gebirgsstocks zu den Dörfern und Städten des Festlandes – Meliboea, Iolkos, Pagasä, Onchestos –, die noch in der Dunkelheit liegen. In der Ferne reflektiert die in Dunst gehüllte See die Strahlen der Sonne in einem bunten Regenbogen. Darüber wird die schwarzblaue Wölbung des Himmels von der verblassenden Sichel des Mondes und dem Morgenstern erhellt, während näher an der Erde Schwalben, vom Licht des Morgens golden beschienen, über die Kiefern des Olymp segeln.

Iris verlässt die Bibliothek der Musen leichtfüßig; ihr Gewand kräuselt sich in fahlen Rosa-, Grün- und Blautönen. Sie hält eine Papyrusrolle lose in der Hand. Die Springbrunnen in den zahlreichen Gärten des Olymp plätschern leise in der Stille, und der Tau im Gras fühlt sich unter ihren Füßen angenehm kühl an. Iris beschleunigt lächelnd ihre Schritte.

Als sie den Ratsbereich mit den leeren Plätzen vor der Lücke zwischen den Wolken mit Blick auf die Erde erreicht, entdeckt sie Hera und Zeus, die nebeneinander auf ihren Thronen sitzen. Sie beugen sich vor, um durch besagte Lücke auf die Wälle von Pagasä zu blicken, die im frühen Licht erstrahlen. Die beiden warten – darauf, dass der Tag beginnt. Sie sind neugierig, wer den Kampf um den Thron von Pagasä gewonnen hat, der schon so viele Monate andauert: Heras Kandidat, der gut aussehende Prinz von Iolkos, oder Zeus' Favoritin, die unerwünschte Tochter des Königs. Als Iris an den Reihen leerer Sitze vorbeischwebt, sieht sie durch den klaren blauen Himmel die Stadtmauern von Pagasä, die Säulen des Palastes, die Eichen sowie das kleine dunkle Gasthaus beim Stadttor, in dem Atalante schläft…

Iris hüstelt. Zeus dreht sich um. »Ah.« Er reibt sich die Hände. »Tochter des Thaumas. Willst du uns zum Frühstück holen?«

Iris knirscht ob dieser Beleidigung mit den Zähnen und nimmt neben Zeus Platz. »Ich muss mit dir reden«, meint sie leise.

Zeus fällt die dicke Papyrusrolle in ihrer Hand auf. »Eine Botschaft für mich?«, fragt er und greift danach, doch sie zieht sie weg.

»Für euch beide«, antwortet sie. »Eigentlich hatte ich auch Poseidon hier erwartet… Aber vielleicht ist es besser so.«

Nur eine kaum merkliche Bewegung von Heras Augenbrauen verrät, dass sie zuhört.

Iris holt tief Luft. »Ich war gestern Abend in der Bibliothek der Musen«, sagt sie in die Stille hinein, in die nur das Zwitschern der Vögel dringt. »Im Saal der Schicksalsgöttinnen. Es gab da eine Frage oder eher ein Rätsel, das ich lösen wollte, und nun weiß ich: Ich hatte recht.« Sie schweigt kurz. »Und ich habe noch etwas anderes herausgefunden, das euch beide interessieren wird.« Sie hält die Schriftrolle hoch.

»Ich vermute schon lange, dass deine Annahme, Atalante sei deine Tochter, nicht stimmt«, wendet sie sich an Zeus. »Was hier drin steht…«, sie hält die Schriftrolle noch einmal hoch, »… bestätigt meine Vermutung. Deine Annahme entbehrt jeder Grundlage. Atalante ist eine Sterbliche.«

Iris sieht Zeus an. »Sie ist nicht deine Tochter.«

Langes Schweigen, nur durchbrochen vom Gesang der Vögel und vom Rauschen des Windes in den Kiefern. Zeus bleibt vor Erstaunen der Mund, um den sich sein Bart lockt, offen stehen, und er macht große Augen. Hera runzelt die Stirn; ihr Blick wandert von der Schriftrolle in Iris' Hand zu Zeus und wieder zurück.

»Nicht … nicht meine Tochter?«

»Nein«, wiederholt Iris und breitet die mit den ordentlichen Buchstaben der Musen beschriebene Rolle, in der sich eine weitere befindet, auf Zeus' Schoß aus. Auf der ersten steht oben »Atalante, Tochter von Iasos«, auf der zweiten »Lykaon, Sohn von Zeus«.

»Sie ist von Iasos«, erklärt Iris und deutet auf die Schrift. »Lykaon ist von dir.«

Zeus streckt die Hand aus, um die Rollen genauer zu betrachten, doch Hera ist schneller als er. Sie reißt sie ihm aus den Fingern und überfliegt sie hastig, bevor sie sie zusammenrollt und damit verärgert an ihr Knie tippt. »Warum bist du nicht gleich zu mir gekommen?«, fragt sie. »Ich bin deine Herrin, Iris. Du schuldest mir Loyalität!«

»Ich bin eine Göttin, meine Herrin, und schulde niemandem Loyalität außer mir selbst«, erwidert Iris mit fester Stimme. »Trotzdem bin ich, wie ihr seht, hier. Ihr seid die Ersten, die es erfahren. Ich habe sonst niemandem davon erzählt.«

Zeus wendet sich Iris zu, ohne auf seine Frau zu achten, die den Mund aufmacht, um etwas zu entgegnen. »Lykaon?« Er runzelt seinerseits die Stirn. »Wer ist dieser Lykaon?«

»Der Prinz und Erbe von Pagasä«, antwortet Iris. »Der Sohn des Königs und Atalantes Zwillingsbruder, wenn auch von einem anderen Vater. Ein Dichter, kein Krieger, obwohl der König es sich anders wünschen würde.«

»Was, dieser blonde Geck?«, fragt Zeus und deutet hinunter

auf den Palast, wo Lykaon, einen Arm lose herabhängend, in seinem weichen Bett schläft.

Iris neigt das Haupt. »Genau der.«

»Aber er sieht ganz anders aus als ich!«

Diese eitlen Worte sind so schnell heraus, dass Zeus selbst merkt, wie töricht sie klingen. »Ich wollte sagen …«, murmelt er, »… ich bin der Gott des Blitzes, der Schutzgott der Städte, der Zerstörer von Reichen. Ich kann doch keinen …«, es scheint ihm Mühe zu bereiten, das Wort auszusprechen, »… Dichter gezeugt haben«, führt er den Satz zu Ende und verzieht das Gesicht.

»Und was ist mit Atalantes Fähigkeiten?«, fragt Hera. »Ihre Schnelligkeit, ihr Geschick mit Pfeil und Bogen – kein Sterblicher kann aus eigener Kraft so gut schießen oder so schnell rennen wie sie. Iris, dir muss ein Fehler unterlaufen sein. Atalante ist so klar das Kind eines Gottes, wie Lykaon es nicht ist.« Sie klingt so bestimmt, und ihre Handbewegung wirkt so majestätisch, dass Zeus schon fast überzeugt ist, das sieht Iris.

»Dennoch ist es die Wahrheit«, entgegnet Iris, die sich zwingen muss, Geduld zu bewahren. »Den Worten der Schicksalsgöttinnen nach ist Atalante die Tochter eines Sterblichen. Ihr Geschick mit Pfeil und Bogen und ihre Schnelligkeit sind ihre ureigensten, selbst erworbenen Fähigkeiten.« Sie hört den Stolz in ihrer Stimme und lächelt fast, als sie sich Zeus zuwendet. »Ich schwöre dir, Lykaon ist dein Sohn.«

Sie wartet, bis die Worte zu ihm durchdringen, sieht die Wut in Heras Gesicht, dessen Farbe sie an den roten Schimmer des Sonnenaufgangs erinnert, und die Enttäuschung in Zeus' Augen, als er erkennt, dass er aufs falsche Pferd gesetzt hat.

Hera sagt zuerst etwas. »Du willst mir also weismachen«, meint sie, ihre Stimme so weich wie das Fell einer skythischen Stute, »dass ich mir völlig umsonst so viel Mühe gemacht habe, sie aufzuhalten?« Iris erwartet einen von Heras wohlbekannten

Wutausbrüchen, doch dieser richtet sich gegen Zeus, nicht gegen Iris. »Sie ist nicht mal dein Bastard?«, brüllt Hera ihren Gatten an. Ihre dunklen Augen funkeln. »Du willst mir sagen, dass all das für nichts und wieder nichts war?«

»Nicht für nichts und wieder nichts, Hera, Schatz. Du hast den Thron für Jason errungen, oder jedenfalls so gut wie. Das ist doch auch etwas, oder? Obwohl …«, Zeus schaut ein zweites Mal auf die Erde und den blonden Prinzen hinab, »… obwohl es vielleicht noch nicht zu spät ist, mich für meinen eigenen Kandidaten einzusetzen.«

»Wage es ja nicht, Lykaon auf den Thron von Pagasä zu bringen!«, kreischt Hera. »Ich habe Jason von Anfang an unterstützt. Es ist deine eigene Schuld, dass du dem Falschen geholfen hast.«

»Ich hatte genauso wenig Ahnung wie du, Hera, Schatz, und ich finde wirklich, dass es nur gerecht wäre, wenn ich meinen eigenen Kandidaten ins Rennen schicke.«

»Keine Chance.«

»Es ist recht und billig …«

»Ich habe einen Betrüger und Schwindler geheiratet …«

»… dass mein Sohn auf den Thron von Pagasä kommt …«

Das Zetern der beiden Götter vermischt sich; der Ratsbezirk wird von wüsten Beschimpfungen und Drohungen erschüttert.

Iris tritt vor die Lücke zwischen den Wolken. »Wenn ihr dann fertig wärt …«, sagt sie.

Zeus und Hera wenden sich ihr erhitzt zu; ihre Mienen verraten, dass sie sie völlig vergessen haben.

»Was ist?«

»Ihr habt mich nicht gefragt, warum ich überhaupt in die Bibliothek der Musen gegangen bin.«

»Warum sollte uns das interessieren?«, fragt Hera verächtlich. »Meinst du denn, wir hätten nichts Besseres zu tun, als uns Ge-

danken darüber zu machen, wo du dich herumtreibst, Iris? Vergiss nicht, wer du bist und woher du kommst.«

Iris zuckt ob der beiläufigen Beleidigung leicht zusammen. Dann holt sie zum letzten Schlag aus. »Ich entstamme den Lenden eines Gottes, genau wie du, Hera. Und ich war in der Bibliothek, um herauszufinden, wer das Königreich erhalten wird.«

Iris beobachtet, wie Heras Entrüstung gegen ihren Zorn darüber ankämpft, dass Iris sich die Freiheit herausgenommen hat, in die Bibliothek der Musen zu gehen, um den Willen der Schicksalsgöttinnen zu erforschen. Denn der ist, wie jeder Gott von Geburt an weiß, eines der tiefsten und grundlegendsten Geheimnisse, das allen Göttern – abgesehen hin und wieder von Zeus – verborgen bleibt. Dass ein Gott die Windungen der Schicksalsfäden ohne die ausdrückliche Erlaubnis der drei Alten erkundet, ist undenkbar, ein Verstoß gegen das einzige und heiligste Gesetz, an das die Götter gebunden sind.

Ein Gesetz, das die Götter fast täglich brechen.

»Das … das geht nicht!«, stammelt Zeus in dem jämmerlichen Versuch, Recht und Ordnung, für die er steht, aufrechtzuerhalten. »Das … das ist gegen die Regeln! Gegen die heiligen Gesetze der Götter und … so weiter.«

»Egal.« Hera schiebt den Einwand ihres Gatten beiseite wie eine lästige Fliege und wendet sich Iris zu. »Hast du sie aufgespürt? Die Prophezeiung über die Königswürde von Pagasä?«

Ob Heras Betonung des Wörtchens »du« hebt Iris die Augenbrauen. Zeus, der zwei und zwei zusammenzählt, blickt von der Botin zu seiner Gattin.

»Du hast sie gelesen, stimmt's?« Er wendet sich Hera empört zu. »Du wolltest das Schicksal von Pagasä erfahren!«

Hera lacht verächtlich. »Du etwa nicht?«

Zeus zögert. »Na schön. Aber du hast nichts herausgefunden, oder?«

Hera schenkt ihm keine Beachtung. »Du hast sie also«, sagt sie zu Iris. »Was steht in der Schriftrolle?« Ihre Augen funkeln. »Wen nennt sie als künftigen König von Pagasä?«

Iris bedenkt sie mit einem Lächeln. »Niemanden.«

»Niemanden?« Heras kaum verhohlene Freude verwandelt sich in Verwirrung und Zorn.

Zeus stöhnt auf. »O nein, es ist doch hoffentlich noch nicht Zeit für diese grässliche ›Herrschaft des Volkes‹, oder?«

Iris schüttelt den Kopf. »Nein. In der Schriftrolle steht einfach nur …«, sie holt tief Luft, »… dass bereits entschieden ist, wer den Thron von Pagasä besteigen wird. Aber nicht die Schicksalsgöttinnen haben das bestimmt.«

Kurzes Schweigen. Dann eine ungeduldige Handbewegung Heras. »Was soll das heißen? Die Schicksalsgöttinnen bestimmen alles.«

»In der Schriftrolle steht, das sei von einer höheren Macht als den Schicksalsgöttinnen entschieden worden.«

»Das kann nicht sein«, entgegnet Zeus. »Jedes Kind weiß, dass wir die mächtigsten Geschöpfe der Welt sind und uns nur vor den Schicksalsgöttinnen verneigen … Wenn eine höhere Macht als diese existierte …«, er sieht seine Gattin an, »… was wären dann wir?«

»Wir sind Götter«, antwortet Hera. »Es gibt niemanden, der mächtiger ist als wir. Wenn du etwas anderes behauptest, verrätst du dich selbst und die deinen, Iris.«

»Das habe ich nicht vor«, meint Iris. »Ich wiederhole nur die Worte der Schicksalsgöttinnen, wie sie in der Schriftrolle stehen, die ich gestern Abend entdeckt habe.«

»Du lügst!«

»Nein.«

Schweigen.

Dann: »Und?« Hera schnippt mit den Fingern. »Erfahren

wir nun, von welcher Macht du sprichst – falls die überhaupt existiert –, oder schaust du uns nur weiter so dümmlich an?«

Iris schluckt ihre Wut hinunter. Ihre Zeit wird kommen – und zwar bald. »Ich spreche von der Macht zur freien Entscheidung.«

»Wie bitte?« Hera wirkt wieder einmal verächtlich, Zeus ratlos.

»Die Entscheidungsfreiheit ist die Macht, die stärker ist als das Schicksal«, erklärt Iris. »Die Entscheidung, sich die Welt untertan zu machen – nicht weil die Schicksalsgöttinnen das so beschlossen haben, nicht weil die Götter es so wollen, sondern weil man selbst es möchte.«

»Was ist das für ein Unsinn?« Hera rümpft die Nase.

»Verstehst du denn nicht?« Iris beugt sich schneller atmend vor. »Das bedeutet, dass es nicht um das Schicksal geht oder darum, die Sterblichen dazu zu bringen, dass sie unseren Willen erfüllen, wie wir dachten. Es geht vielmehr um die Entscheidungen, die Sterbliche treffen – es ist eine freie Welt, in der wir selbst über unser Schicksal bestimmen.« Ihre Augen leuchten im Licht der aufgehenden Sonne.

»Du klingst, als würdest du gleich eine Sterbliche werden wollen«, bemerkt Hera trocken.

»Wenn das möglich wäre, würde ich es tun«, entgegnet Iris. »Auf der Erde leben Sterbliche, die zehn- oder zwanzigmal so göttlich sind wie wir hier oben.«

Hera springt erzürnt auf. Völlig unerwartet legt Zeus eine Hand auf ihren Arm und zieht sie auf den Thron zurück. »Setz dich, Hera, und hör dir an, was das Kind zu sagen hat.«

Iris sieht ihn an. Zeus erwidert ihren Blick mit seltsamem Gesichtsausdruck – als würde er sich an einen längst vergessenen Traum erinnern, der aus den Tiefen der Erinnerung aufsteigt.

»Wir sind Götter und bleiben Götter, so viel weiß ich«, fährt

Iris fort. »Aber wir müssen uns nicht einmischen wie ein lästiger Marionettenspieler, der die Fäden seiner Puppen zieht. Wir brauchen nur die Gesetze des Zufalls zu beobachten, die Entfaltung der Möglichkeiten, die sich aus den Entscheidungen der Sterblichen ergeben und um die wir wissen, weil wir ihren Charakter kennen. Die Gesetze, nach denen sie ihr Leben führen. Die Menschen, die sie lieben.«

Hera sind Skepsis und Wut deutlich anzusehen. Ihr Mund ist eine schmale Linie, ihre Augen funkeln gefährlich.

»Das ist Logik«, spricht Iris weiter, die sich kaum Zeit nimmt, Luft zu holen. »Was wird Iasos tun, wenn er erfährt, dass Atalante seine Tochter ist? Was wird Jason sagen, um ihn für sich zu gewinnen? Wie wird Lykaon versuchen, der Thronfolge zu entgehen, und wie kann Iasos ihn zwingen, seinen Willen zu erfüllen? Versteht ihr denn nicht?«

Hera verengt die Augen zu Schlitzen. »Du sprichst in Rätseln, Iris, und du weißt, dass ich das nicht schätze. Was soll das alles bedeuten?«

»Ich mag nur eine Botin sein und nicht wissen, was das Schicksal vorsieht, aber ich kenne die Sterblichen auf eine Weise, die du, Hera, die du dich immer einmischst, um deinen Willen durchzusetzen, ohne darauf zu achten, wofür die Sterblichen sich selbst entscheiden, niemals begreifen wirst.«

Iris steht auf und marschiert die Reihen leerer Sitze zum Eingang des Ratsbereichs entlang; ihr Gewand weht um ihre Knöchel. Von dort aus blickt sie mit gestrafften Schultern zurück. Ihre Augen schimmern im Licht der aufgehenden Sonne, sie lächelt triumphierend. »Ich weiß, wer den Thron erringen wird.«

Rückkehr in den Palast

Pagasä

Stunde der Musik
Zweiter Tag des Regenmonats

Am folgenden Morgen stand ich mit gewaschenen Haaren und mit Rosmarinöl eingerieben am Tor zur Oberstadt, meinen Umhang über eine Schulter geworfen, meinen Köcher auf dem Rücken. Man konnte mich gut und gern für einen Mann halten, hatte Battus mir versichert. Als ich meinen Namen mit Telamon angab, Sohn des Deukalion, und erklärte, ich wolle der morgendlichen Audienz des Königs beiwohnen, ließen mich die Wachen ohne weitere Nachfragen hinein. Meine Hand wanderte zu dem Lederband um meinen Hals, als ich wie Monate zuvor durch die verschlungenen Flure zu dem Großen Saal geführt wurde, in dem der König Hof hielt.

Der Raum war genau so, wie ich ihn in Erinnerung hatte: Ich sah die hohen, rot bemalten Säulen, den glänzenden Steinfußboden und die gewölbte Decke, doch nun war die Feuerstelle leer, und das fahle Licht des Tages fiel durch die hoch in den Wänden angebrachten Fenster herein. In Gruppen beisammen stehende Edelleute und Höflinge unterhielten sich laut, warteten mit Tontafeln, darauf Bitten an den König, oder mit Münzbeuteln, um einen Schaden wiedergutzumachen. Der König saß auf seinem mit Fellen bedeckten Thron an der hinteren Wand, tippte mit seinen langen Fingern auf seinen Arm und runzelte die Stirn. Ich bahnte mir einen Weg zwischen den Menschen hindurch. Manche machten ein finsteres Gesicht und beklagten sich, andere hoben die Augenbrauen und murmelten einander etwas zu. Im Vorübergehen schnappte ich Satzfetzen auf: »Wo er herkommt…«; »seiner Kleidung nach zu urteilen, ist er mindestens ein Fürst…«; »ein Fremder bei Hof?«

Vor dem Thron des Königs ging ich mit gesenktem Haupt auf ein Knie. Mein Herz klopfte so wild, dass der Anhänger auf meiner Brust hüpfte. Ich hatte ein merkwürdiges Gefühl im Magen, und mein Mund war so trocken, dass ich kein Wort herausbrachte.

Nach all der Zeit bin ich endlich hier.

Wo soll ich anfangen? Wie kann ich ihm sagen, dass ich seine Tochter bin?

Ich spürte den Blick des Herolds auf mir, der mir zu verstehen gab, dass ich mit den Edelleuten warten solle, bis ich an der Reihe sei, als plötzlich König Iasos' Stimme erklang.

»Lass ihn sein Anliegen vortragen, Kopreos.« Ich spürte einen leichten Luftzug auf meinem Gesicht, als der König seinen Umhang zurückwarf und sich zu mir vorbeugte. »Was wollt Ihr?«

Ich schluckte, hob, wie ich es mir schon so lange ausmalte, den Blick und sah meinem Vater in die Augen. »Ich bin kein Mann, mein König«, sagte ich mit klarer, lauter Stimme. »Ich bin eine Frau und Eure Tochter.«

Einen Moment herrschte absolute Stille in dem Raum. Der König starrte mich verblüfft an. Dann begannen plötzlich alle wie auf ein geheimes Signal hin gleichzeitig zu reden – das Gemurmel schwoll schnell zu deutlich vernehmbaren Mutmaßungen und Anschuldigungen an. Der König beäugte mich, die Lippen zu einer schmalen Linie zusammengepresst, wie ein Raubvogel einen Hasen.

»Werft sie aus dem Palast«, sagte er, »und peitscht sie für ihre Dreistigkeit aus.«

Der Herold packte mich an meinem Gewand und zog mich grob hoch.

Doch so leicht würde ich mich nicht geschlagen geben. Ich ballte die Faust und schlug sie mit der Kraft der Verzweiflung in den Bauch des Herolds. Er krümmte sich keuchend und ließ mein Gewand los.

Meine Finger schlossen sich um den Anhänger und rissen ihn von meinem Hals. Die goldene Scheibe landete auf dem Steinboden vor den Füßen des Königs. Als ich mich vor dem Herold wegduckte und zwei Sklaven auswich, die mich festhalten wollten, sah ich, wie er den Anhänger aufhob, wie seine Fingerspitzen darüberglitten, und schließlich, wie sich seine Miene veränderte.

»Halt!«, rief er.

Die Sklaven wichen mit gesenktem Kopf zurück. »Komm her«, wies er mich an.

Ich trat zu ihm.

»Ist dir klar …«, fragte er in so drohendem Tonfall, dass ich erbebte, »… was du da hast?« Er drehte die Scheibe, sodass die winzigen darauf geprägten Figuren im Licht schimmerten, als würden sie sich bewegen.

Ich reckte das Kinn vor und straffte die Schultern.

»Dein Leben ist bereits verwirkt.« Er tippte mit dem Finger auf die Armlehne seines Throns, als würde ich ihn langweilen. »Erkläre uns, woher du diesen Anhänger hast, um dir zumindest einen sehr schmerzhaften Tod zu ersparen.«

Als ich seine Drohung hörte, stieg Wut in mir auf, und ich fand meine Stimme wieder. »Ich habe ihn nicht gestohlen. Er gehört mir.«

»Sie lügt!«, rief einer der Fürsten hinter mir aus.

»Er gehört mir«, wiederholte ich. »Mein Vater, ein Holzfäller aus Kaladrosos, hat mich mit diesem Anhänger um den Hals mitten im Winter ausgesetzt auf dem Pelion gefunden.«

König Iasos wurde blass, doch sein Blick blieb hart.

»Ich bin als Telamon, Sohn des Deukalion, hierhergekommen und habe mich bei der Jagd an Jasons Seite hervorgetan. Dann bin ich nach Kolchis gefahren, um das Goldene Vlies zu erringen und Euch zu beweisen, dass ich Eure Tochter und Erbin bin.« Mein Mut kehrte zurück, ein kleiner Funke Stolz flackerte in meiner Brust. »Ich habe alles getan, was man sich von einem Sohn erhoffen kann, und noch mehr.«

Stille.

»Und was ist mit dem Vlies?«, fragte der König schließlich.

»Leider ... bin ich zu spät gekommen.« Ich knirschte mit den Zähnen. »Aber ...«, ich sah mich nach Jason um, der sich noch nicht im Saal zu befinden schien, »... aber Ihr sollt wissen, dass auch Jason nicht in der Lage war, es zu behalten. Ich schwöre Euch, mein König, ich habe alles in meiner Macht Stehende getan, um es Euch zu bringen und Euch meine Würdigkeit zu beweisen.«

Zu meiner Überraschung lachte der König laut auf und klatschte in die Hände.

»Die Ausreden einer Frau«, spottete er, und die Höflinge begannen ebenfalls zu lachen. »Du warst auf der Suche nach dem Vlies dabei, behauptest du?« Seine Stimme war so kalt wie der Frost im Winter. »Dann erzähl mir doch, gegen welche Ungeheuer du während der Fahrt angekämpft hast. Welche tapferen Helden hast du zu Fall gebracht?« Er tat so, als wischte er mit seinem Umhang Tränen der Belustigung weg.

Der Herold grinste, von allen Seiten scholl mir Gelächter entgegen. Am liebsten hätte ich vor Zorn zu meinem Bogen gegriffen. Da fiel plötzlich die Tür mit einem lauten Knall zu, und ich hörte, wie sich schwere Schritte näherten.

Ich drehte mich um. Jason, begleitet von einer dunkelhaarigen Frau mit schwerlidrigen Augen und sämtlichen Fürsten der *Argo*, von meinem Bruder Lykaon, Meleagros, Nestor, Pollux, Laertes, Orpheus, Theseus, Peleus und Bellerophon – alle außer Hippomenes, fiel mir zu meiner Enttäuschung auf –, marschierte mit wehendem Umhang in den Saal.

Unsere Blicke trafen sich.

»*Du!* Was, beim Hades …«

Schon zückte er sein Schwert, und die lange Klinge blitzte auf. Die Edelleute wichen erschreckt zurück.

»Mein König, diese … diese *Frau* ist eine Lügnerin und ein liederliches Weib«, knurrte Jason und kam auf mich zu. Ich zückte meinerseits das Schwert.

»Ach, tatsächlich? Vielleicht fragt Ihr den König nach dem Anhänger, den er in der Hand hält, bevor Ihr weitersprecht, und vielleicht …«, ich richtete die schimmernde Spitze meiner Klinge auf Meleagros, »… möchte der Fürst Meleagros Euch ja erzählen, wie er versucht hat, mich mit Gewalt zu nehmen, bevor Ihr mich liederlich nennt.«

Jasons Blick glitt zu Meleagros. In diesem Moment schlug ich ihm das Schwert aus der Hand und ließ das meine so herniedersausen, dass es den Stoff seines Gewands an der Schulter aufschlitzte und ihn verletzte. Jason brüllte vor Wut auf und presste die Hand auf die Wunde, aus der Blut tropfte.

»Seht Ihr, Onkel?«, bellte er und hob das Schwert auf. »Seht Ihr ihre Dreistigkeit? Dieses Nichts, diese Tochter eines Schweinebauern, will mir mein Erbe streitig machen!«

Nun führte Jason einen ernsthaften Angriff gegen mich. Ich parierte seine Stöße. Die Fürsten umringten uns murmelnd und flüsternd. Manche feuerten uns an, andere johlten.

Ich wich zur Seite aus, zog den Dolch mit links aus dem Gürtel und schlug Jason damit die Waffe aus der Hand. Dann steckte ich den Dolch wieder in meinen Gurt, hob sein Schwert auf, warf es in die Luft und fing es am Heft auf.

»So wisset, wer ich bin, Jason, Sohn des Aison.« Meine Stimme hallte durch den großen Saal.

Das ist der Moment.

Das ist er.

Das Licht der Sonne, das durch die hohen Fenster hereindrang, ließ den Boden golden erglänzen. Ich straffte die Schultern.

»Mein Name ist Atalante, Tochter des Iasos, und ich stelle Euren Anspruch auf den Thron von Pagasä infrage.«

Verblüfftes Schweigen.

Jasons Augen traten vor Zorn hervor; er suchte nach Worten, machte den Mund auf und schloss ihn wieder.

»Es reicht!«

Die Stimme des Königs hallte durch den Saal. Wir wandten uns ihm zu. Jason presste die Hand auf die Wunde an seiner Schulter. Ich steckte mein Schwert in die Scheide und stützte mich auf das von Jason.

»Offenbar müssen ein paar Dinge geklärt werden«, sagte König Iasos. »Als Erstes möchte ich dem Hof verkünden, dass Jason das Goldene Vlies tatsächlich geholt hat. Allerdings ist es ihm, wie er mir gestern Abend nach seiner Rückkehr mitgeteilt hat, unglücklicherweise während der Rückfahrt entwendet worden. Doch er hat es von Kolchis mitgenommen. Ist es nicht das, was die Prophezeiung verlangt? Darin ist keine Rede davon, dass das Vlies nach Pagasä gebracht werden muss. In meinen Augen und in denen der Götter hat Jason die Prophezeiung erfüllt.«

Die Anwesenden sahen einander erstaunt über diese Neuigkeit an. Einige flüsterten ihrem Nachbarn etwas ins Ohr.

»Falls noch irgendwelche Zweifel daran bestehen sollten, dass Jason der künftige König von Pagasä ist, helfen uns die Schicksalsgöttinnen sogar noch ein bisschen weiter.« Seine Stimme klang glatt wie Olivenöl. »Sie präsentieren uns eine Art Lösung.«

»Es kann keine Lösung geben!«, schrie Jason und ging mit ausgestreckten Händen auf den König zu, als wollte er ihn erwürgen. Ich wich zurück: Sein Gesicht war tiefrot und wutverzerrt, und an seiner Schläfe pochte eine Ader. »Es ist mein Erbe! *Und dieses Erbe werde ich nicht kampflos aufgeben!*«

»Nein, nein, Neffe, Ihr versteht mich falsch«, beschwichtigte der König ihn. »Ihr bekommt Euer Königreich.«

Jason atmete schwer wie ein Krieger in der Schlacht.

Ich sah den König fragend an – *was soll das heißen?*

»Heute konnten wir an diesem Hof meine verloren geglaubte Tochter begrüßen.« Iasos deutete schmallippig lächelnd auf mich und hob das Lederband hoch, sodass alle den Anhänger daran sehen konnten, der sich glänzend im Licht der Sonne drehte. »Nach Überprüfung des Schmuckstücks, meines Geburtsgeschenks an sie, habe ich beschlossen, sie als meine Tochter anzuerkennen.«

Er streckte den Arm mit dem Anhänger aus, auf dem sein Siegel zu erkennen war. »Meine Tochter Atalante ist zurückgekehrt!«

Einige der Anwesenden klatschten, dann folgte erneut leises Gemurmel, das allmählich lauter wurde. Jasons Miene war so finster wie eine Gewitterwolke, wieder pochte die Ader an seiner Schläfe. Ich sah, wie Lykaon mich mit offenem Mund anstarrte.

Und spürte, wie ich blass wurde.

Er erkennt mich an?

Er erkennt mich tatsächlich als seine Tochter an, vor dem versammelten Hofstaat?

»Gäbe es eine bessere Möglichkeit, sie im Palast willkommen zu heißen, als sie zu verloben?«, fuhr der König fort. »Atalante, du wirst Jason ehelichen.« Er hob die Hände zum Himmel. »Der Mann, der das Goldene Vlies errungen hat, wird meine Tochter heiraten. Somit ist er im Sinne der Prophezeiung der Erbe des Reichs und zusätzlich durch die Ehe an Pagasä gebunden!«

Die junge Frau mit den schwerlidrigen Augen, die neben Jason stand, zuckte zusammen; ihr Blick huschte zu mir. Nun riefen alle Edelleute wild durcheinander. Ich nahm ihr Geschrei ob des Dröhnens in meinen Ohren nur undeutlich wahr.

Auf Jasons Gesicht trat ein triumphierendes Lächeln.

Meine Hände begannen vor Zorn zu zittern. Nach allem, was ich getan, nach allem, was ich durchgemacht hatte, sollte das mein Ende sein? Der König hatte mich offiziell anerkannt, doch nun wollte er mich an einen Mann verschachern, der drohte, meine Familie und Freunde umzubringen, der mich geschlagen und hilflos in der Wildnis zurückgelassen hatte. Iasos kalkulierte kühl nach Jasons misslungenem Versuch, das Vlies nach Pagasä zu holen. Er erkannte mich als seine Tochter an, egal, ob ich tatsächlich sein Fleisch und Blut war oder nicht, um Jason auch dann auf den Thron bringen zu können, wenn jemand an seiner Erfüllung der Prophezeiung zweifelte.

»*Nein!*«

König Iasos' Augen verengten sich. Der gesamte Hofstaat verstummte.

»Was hast du gesagt?« Wieder klang die Stimme des Königs drohend.

»Nein«, wiederholte ich, lauter. »Ich habe alles getan, um Euch zu dienen und meine Würdigkeit zu beweisen. Das könnt Ihr nicht machen! Ich will nicht heiraten – und keinen Mann der Welt möchte ich weniger heiraten als *ihn*!« Ich schaute zu Jason hinüber. »Ich habe seine Ungerechtigkeit erlebt und gesehen, mit welcher Kälte er sowohl Ebenbürtige als auch Sklaven behandelt. Er wäre kein guter König für dieses Reich.«

»Du maßt dir an, die Eigenschaften, die der König von Pagasä haben sollte, besser zu kennen als ich?«

»Ich … nein, ich wollte nur …«

Da fiel mir jemand ins Wort. »Stimmt es denn nicht, dass die Tochter des Königs nach den Gesetzen dieser Stadt ein Anrecht auf einen Wettstreit um ihre Hand besitzt?«

Ich wandte mich um. Lykaons Gesicht war ein wenig blass, als fühlte er sich unwohl dabei, vor so vielen Menschen zu sprechen, aber er wirkte entschlossen.

»Was weißt *du* schon von den Gesetzen dieser Stadt?« König Iasos verzog verächtlich den Mund. »Dir sind doch Gedichte lieber als Gesetze.«

Aber Lykaon ließ sich nicht beirren. »Ich habe mich viele Abende lang mit den Gesetzgebern unterhalten, Vater. Die

Gesetze dieser Stadt stehen in Stein gemeißelt vor dem Tempel des Zeus, neben dem Palast.« Er zitierte mit volltönender Stimme: »Wer die Tochter des Königs heiraten möchte, muss sich in einem Wettkampf beweisen. Der Sieger bekommt sie zur Frau und das Königreich Pagasä.«

Ich formte mit den Lippen ein Dankeschön, und er nickte mir scheu lächelnd zu. Der König wandte sich an eine Gruppe zehn betagter Männer, die rechts von ihm auf Stühlen an der Wand saßen. Da sie weiße Bärte hatten und einen zeremoniellen bestickten Gürtel um ihr Gewand trugen, hielt ich sie für Ratsmitglieder. »Ist das so?«, fragte der König.

Einer der alten Männer erhob sich, auf einen Holzstock gestützt. »Der Gesetzgeber fordert es«, antwortete er mit zitternder Stimme, nickte in Lykaons Richtung und wiederholte: »›Wer die Tochter des Königs heiraten möchte, muss sich in einem Wettkampf beweisen. Der Sieger bekommt sie zur Frau und das Königreich Pagasä.‹ So steht es im Gesetz.«

Wieder Gemurmel im Saal.

»Gut«, meinte der König und drehte den Siegelring an seinem Finger, während der Berater wieder Platz nahm. »Wenn wir es so machen müssen, setze ich hiermit einen Wettstreit um Atalantes Hand in drei Tagen fest.« Er wandte sich grinsend mir zu. Dabei kamen seine gelben Zähne zum Vorschein. »Fürst Jason kann sich wie jeder andere Edelmann beteiligen.«

»Und er wird gewinnen, oder?«, fragte ich. »Dafür sorgt Ihr schon.«

Jason machte Anstalten, mit erhobener Hand auf mich zuzukommen, als würde er mir ins Gesicht schlagen wollen.

»Es *reicht*!«, donnerte der König, und Jason blieb, wo

er war. König Iasos wandte sich mir mit eisigem Blick zu. »Atalante, vergiss nicht, dass du als meine Tochter mein Eigentum bist, mit dem ich verfahren kann, wie ich möchte. Du solltest den Göttern auf den Knien danken, dass du einen liebevollen Vater wie mich hast, der so gut für dich sorgt.«

Ich spürte Panik in mir aufsteigen. Eigentlich hatte ich siegreich zurückkehren und meine Würdigkeit beweisen wollen. Doch nun betrachtete mich der König als Eigentum, das er nach Gutdünken verheiraten konnte, als Objekt, mit dem sich das Königreich an einen Tyrannen weitergeben ließ …

Ich hob die Stimme, sodass ich im ganzen Saal zu hören war: »Gesteht mir wenigstens das zu, Vater: Überlasst es mir, die Art des Wettstreits festzulegen.«

Der König hob belustigt die Augenbrauen. »Wenn du meinst, wir würden einen Spinnwettbewerb um deine Hand veranstalten …«

Einige der Anwesenden kicherten.

Ich knirschte mit den Zähnen. »Wenn ich schon heiraten muss, soll es ein Mann sein, der mir ebenbürtig ist. Falls es einem gelingt, mich in einem Wettlauf zu besiegen, gehöre ich ihm. Aber …«, fügte ich laut und vernehmlich hinzu, »… wenn ich gewinne, bin ich frei und werde niemandes Frau.« Ich schwieg kurz. »Ich bettle nicht um das Königreich, sondern will nur meine Freiheit.«

Danach kehre ich nach Kaladrosos zurück und beschütze meine Familie, dachte ich. *Den Vater, der mich aufrichtig liebt, wie du es nie getan hast.*

Der König musterte wie ein Spieler, der das Risiko abwägt, meine dünnen Waden und meinen schmalen Körper, dann Jason, der größer war als ich und schlanke, muskulöse

Beine hatte. Mir war klar, dass er glaubte, ich könne niemals schneller laufen als Jason.

Schließlich ließ er siegessicher den Blick über die Anwesenden wandern.

»Also gut«, sagte er. »Ein Wettrennen. Der Wettkampf um Atalantes Hand wird in drei Tagen stattfinden. Jeder Edelmann, der sein Glück versuchen möchte, ist herzlich eingeladen.«

Er breitete die Hände aus. »Ich schwöre bei allen Anwesenden und bei Zeus, dem Beschützer von Königen und dem Herrscher über die Götter des Olymp, dass der Mann …«, König Iasos' Blick flackerte kurz in die Richtung von Jason, »… dass der Mann, der diesen Wettlauf gewinnt, die Hand meiner Tochter und dieses Königreich erhält.«

Der Wettlauf

Pagasä

Mittagsstunde
Fünfter Tag des Regenmonats

Ich wartete, Schweiß auf der Stirn, in der Startposition. Hörte die Zikaden in den Zypressen und das sanfte Lecken der Wellen an der Küste. Spürte den Sand an meinem Knie, als ich es in den Boden presste, und die Wärme zwischen meinen nackten Zehen. Das Blut pochte in meinen Ohren, mein Puls raste, ich war gespannt wie eine Falle vor dem Zuschnappen.

Ich konzentrierte mich voll und ganz auf ein einziges Geräusch. Das Geräusch, das den Start des Rennens signalisierte. Das Rennen, das meine Zukunft entscheiden würde. Ich musste gewinnen.

Vor allen Dingen muss ich gewinnen.

Rechts von mir hob der Herold seinen Stab. Seine lange weiße Robe bauschte sich um seinen Arm wie eine Fahne. Mein Herz schlug ohrenbetäubend laut, als mein Blick sich auf die Stelle richtete, an der die Ziellinie mit Kreide auf den Boden gemalt war.

Die Reihe der Freier erstreckte sich rechts von mir. *Das Königreich Pagasä ist ein Preis, für den es sich anzutreten lohnt*, dachte ich, als ich mich umschaute. *Nur um meiner Hand allein willen würden bestimmt nicht zwanzig Männer mitmachen.* Manche kannte ich nicht, doch ich entdeckte etliche aus der Mannschaft der *Argo*, unter ihnen Peleus und auch

Pollux. Jason stand neben Theseus, die beiden unterhielten sich. Jason wirkte wie immer überheblich. Mit einem mulmigen Gefühl fragte ich mich, was er und mein Vater ausgeheckt hatten, um mich auszutricksen. Dann sah ich Gold aufblitzen, als Jason Theseus die Hand gab, wie um ihm Glück zu wünschen, und ich bemerkte den Lederbeutel an Theseus' Gürtel. Auch an den Gürteln der anderen Teilnehmer hingen solche Beutel voll mit Münzen.

Alle diese Männer waren von meinem Vater bestochen worden, Jason nicht zu überholen.

Ich atmete langsam aus.

Dass ich schneller als Jason sein würde, war offenbar keinem von ihnen in den Sinn gekommen, denn wer konnte sich schon vorstellen, dass eine Frau einem Mann davonlief?

Aber, dachte ich und drückte die Fingerspitzen tiefer in den Sand, *sie ahnen nicht, wie schnell ich bin.*

Hinter mir nahm ich eine Bewegung wahr. Ein weiterer Bewerber reihte sich neben mir ein.

Ich schaute zu ihm hinüber. Der Mund blieb mir offen stehen.

Hippomenes.

Wie schön, ihn wiederzusehen: seine krumme Nase, seine breiten Schultern, sein markantes Gesicht. Ich rief mir ins Gedächtnis, wo ich war, was ich gleich tun würde. Dass er ausgerechnet jetzt, in diesem so wichtigen Moment, auftauchte …

Ich holte tief Luft. *Ruhig. Sei ruhig und schnell. Konzentrier dich.*

»Was tust du hier?«, flüsterte ich ihm zu. »Ich dachte, du bist in Böotien!«

Er nahm den Umhang von seinen Schultern und löste seine Sandalen. »Was meinst du wohl, was ich tue?«

Mein Herz setzte einen Schlag aus. *Das kann nicht sein.*

»Mach dich nicht lächerlich.«

Kopfschüttelnd ging er neben mir in die Startposition. Seine Fingerspitzen drückten sich so fest in den Sand, dass die Muskeln an seinen schweißglänzenden Armen und Schultern hervortraten. »Mir ist es nie ernster gewesen.«

Schmunzelnd erinnerte ich mich an unser Wettrennen auf den Feldern von Anatolien. »Du weißt, dass du mich nicht schlagen kannst!«

Er zuckte mit den Achseln. »Trotzdem.«

»*Auf die Plätze!*«

Der Ruf des Herolds durchschnitt die Stille. Meine Gegner duckten sich tief hinunter, manche knieten, andere standen, den Oberkörper vorgebeugt. In der Hitze troff allen der Schweiß von der Stirn.

»*Fertig!*«

Ich presste den Fußballen in den Sand, der leicht nachgab.

»*Los!*« Der Herold senkte den Stab. Das Wort war kaum verklungen, als ich schon lief.

Meine Füße eilten über den goldenen Sand, so schnell, dass die Bäume links und rechts von mir zu einer graugrünen Masse verschwammen. Meine Sohlen berührten kaum den Boden; ich war ein Wirbelwind aus Farbe und Klang. Schneller als ein herabstoßender Vogel, schneller als ein Löwe auf der Jagd. Ich war Atalante, die schnellste Läuferin der Welt.

Sie würden mich niemals besiegen.

Ich blickte zurück zu meinen Kontrahenten. Die meisten verschwanden bereits in der Staubwolke, die ich aufwirbelte. Pollux, der sich einen Dorn eingetreten zu haben schien, verfluchte humpelnd die Götter. Theseus keuchte auf gleicher Höhe wie Peleus, der stolperte und zurückfiel. Selbst Jason und Hippomenes, die die Gruppe meiner Verfolger anführten, befanden sich mehr als zehn Schritte hinter mir.

Ich wurde noch schneller, spürte den Wind an meinen Ohren; ich war so schnell, dass ich glaubte, gegen Zephyr selbst zu rennen, den Gott des Westwindes. Meine Zehen fühlten sich auf dem Sand so leicht an, dass ich kaum noch den Boden unter mir spürte. Die Ziellinie kam näher, die Linie, hinter der die Freiheit lockte. Plötzlich hörte ich einen Fluch, einen dumpfen Schlag und wieder Flüche. Als ich über die Schulter blickte, sah ich Jason ausgestreckt auf dem Boden liegen, neben ihm Laertes und Theseus.

Laut auflachend, rannte ich weiter.

Ich gewinne. Ich zeige ihnen, dass eine Tochter genauso gut sein kann wie ein Sohn, dass ich genug Kraft besitze, um die Männer mit ihren eigenen Waffen zu schlagen, wie ich es schon mein ganzes Leben tue. Endlich werden sie mich so sehen, wie ich bin.

Als ebenbürtig.

Ich rannte noch schneller, schaute mich immer wieder um. Hippomenes hatte Jason überholt, der aufgestanden war und ihm Drohungen und Verwünschungen hinterherschickte. Ich hörte Hippomenes, und als ich erneut zurückblickte, sah ich ihn mit schweißüberströmtem Gesicht zehn Schritte hinter mir. Jason war nur noch eine kleine, rotgesichtige Gestalt in der Ferne. Nun konnte nichts mehr schiefgehen. Die Ziellinie war gerade einmal vierzig Schritte entfernt.

Ich bin dabei, selbst über mein Schicksal zu entscheiden.

Ich werde gewinnen.

Da nahm ich aus den Augenwinkeln eine Bewegung wahr.

Etwas Goldenes blitzte auf.

Im Laufen wandte ich den Kopf, um es besser zu erkennen. Es war ein Apfel, ein wunderschöner, runder, goldener Apfel, der, in rasanter Geschwindigkeit neben mir her- und auf dem unebenen Boden springend, an mir vorbeirollte. Kurz sah ich etwas auf seiner Oberfläche aufleuchten: eine Botschaft. Ich beschleunigte meine Schritte, um sie lesen zu können.

Auf der glänzenden Schale des Apfels standen zwei Worte:

ΤΩΙ ΝΙΚΩΝΤΙ.

Dem Sieger.

Als ich schwere Schritte hinter mir hörte, drehte ich mich noch einmal um. Hippomenes holte schwitzend auf; der Staub, den meine Füße hochwirbelten, klebte an seiner Haut. Der Abstand verringerte sich mit jeder Sekunde. Ich blickte voller Panik nach vorn, zu der Ziellinie in dreißig Schritt Entfernung, dann auf den Apfel, der Geschwindigkeit aufnahm, als er die abschüssige Strecke unaufhaltsam in Richtung Klippe und Meer hinunterrollte. Bald schon würde er über die Kante fallen und in der donnernden Brandung verschwinden.

Wie aus weiter Ferne meinte ich Myrtessas Worte vor so vielen Monaten zu hören, als wir auf der Stadtmauer von Pagasä gestanden hatten:

»Bring zurück den Schatz aus Gold, von dem zwei
Sagen singen,
Und der verborgen an der Erde End;
Sonst wirst du nicht die Kron der Stadt erringen,
Und musst noch sehn ihr End.«

Und was hatte sie danach gesagt?

Es heißt, es gebe nur zwei sagenhafte Schätze, auf die sich die Weissagung beziehen kann – das Goldene Vlies von Kolchis ganz im Osten, wo die Sonne aufgeht, oder die Äpfel der Hesperiden am nördlichsten Zipfel der Erde, wo die Sommersonne niemals untergeht.

Die Äpfel der Hesperiden.

Mein Blick huschte hektisch zwischen der Ziellinie und dem Apfel hin und her, der in Richtung Klippe rollte…

Zwei Ziele, eines vor mir und eines seitlich von mir.

Der Sieg in dem Wettlauf, der mich befreien, jedoch Jason zum König machen, oder der Apfel, der mich zur Heirat zwingen, mich aber auch zur rechtmäßigen Königin küren würde.

Zwei Ambitionen.

Zwei Begierden.

Und ich hatte nur Sekundenbruchteile Zeit für meine Entscheidung.

Ich scherte nach rechts aus und rannte, schneller als jemals zuvor, jagte dem goldenen Apfel hinterher, der in der Sonne glänzend hüpfte und rollte wie ein Kiesel, den die Götter vom Himmel heruntergeschnippt hatten. Mir stieg die salzige Luft des Meeres in die Nase; ich war nur noch wenige Schritte von der Klippe entfernt. Der Apfel sprang über einen Stein, hoch, hoch in die Luft…

Ich warf mich auf den Boden, die Hand über die Kante der Klippe ausgestreckt, um ihn zu fangen.

Nur ein bisschen später, und er wäre auf ewig in den Wellen verloren gewesen.

Ich richtete mich, den Apfel in den Fingern, auf, gerade, als Hippomenes, Jason hinter sich, keuchend die letzten Schritte bis zum Ziel zurücklegte… zehn Schritte, fünf…

Er überquerte die Linie und sank auf die Knie.

Der Herold rief, Hippomenes, der Sohn von Megareus, habe das Rennen und somit die Hand von Atalante gewonnen.

»Woher wusstest du, dass ich mich für ihn entscheiden würde?«

Viele Wochen später lagen wir nebeneinander auf dem Bett in unseren Gemächern im Palast von Pagasä, Hippomenes die Finger hinter dem Kopf verschränkt, ich auf dem Bauch, das Kinn in die Hände gestützt. Ich ließ die vergangenen Stunden noch einmal Revue passieren. Meine Haut begann zu prickeln, als ich mich daran erinnerte, wie Hippomenes mich hochgehoben und in das Brautgemach getragen, wie er mich aufs Bett gelegt, mit seinen kräftigen Händen staunend meinen Körper liebkost, meine Ohren, meinen Hals und meine Brüste geküsst … und mich dann, als ich stöhnend seine Berührungen einforderte, genommen hatte, wie wir uns in unserer Lust miteinander bewegt hatten, als wären wir eins …

Der Wind wehte über meinen nackten Rücken und bauschte die Vorhänge am Fenster. Er trug den warmen Geruch von Buchsbaumhecken aus dem Hof herein. Wir hatten am Morgen geheiratet, ich in einem roten Gewand mit einem Brautstrauß aus Myrte und weißen Rosenblüten, Hippomenes in einem dunkelgrünen Umhang, den er über eine Schulter geworfen hatte, das Bronzeschwert in einer Bronzescheide an seiner Seite. Das Rennen auf den sandigen Klippen von Pagasä schien so weit weg zu sein wie die Eilande der Hesperiden, nur noch eine vage Erinnerung – aber trotzdem wollte ich es wissen.

»Wofür entscheiden?«, fragte er mich, als wüsste er es nicht.

»Für den Apfel«, antwortete ich. Das Licht, das, gesprenkelt durch die Blätter der Bäume im Garten, hereinfiel, ließ seine Haare rotgolden leuchten. »Woher wusstest du, dass ich mich dafür und nicht für den Sieg im Wettlauf entscheiden würde?«

Er drehte sich mir zu. »Verrate *du* es mir.«

Ich erhob mich, trat ans offene Fenster und pflückte einen Apfel von dem Baum draußen. Er war rosig rot und fest. Ich warf ihn ihm zu. »Ich möchte dir nicht die Illusionen nehmen.«

Er fing ihn grinsend auf. »Nach den Wochen mit dir auf dem Weg von Kolchis hierher habe ich keine Illusionen mehr.«

Ich pflückte lachend einen weiteren Apfel und biss hinein. »Na schön, wenn du es unbedingt wissen willst: Ich habe den Apfel als den Goldschatz aus der Prophezeiung erkannt.«

Ein Schauer überlief mich. *Die Prophezeiung* … Sie hatte mich ans Ende der Welt und wieder zurück geschickt, den Ausgang des Wettlaufs bestimmt und meine Heirat – höchstwahrscheinlich auch meine Herrschaft über die Reiche des Pelion – herbeigeführt. Myrtessa hätte vermutlich behauptet, alles sei von den Göttern vorhergesagt gewesen.

Aber Folgendes war dir nicht klar, Myrtessa: Die Götter mögen den Apfel geworfen haben, doch ich hätte mich dagegen entscheiden können, ihm zu folgen.

Ich habe mein Schicksal durch meine Entscheidung selbst in die Hand genommen.

Ich wischte mir den Mund mit dem Unterarm ab und setzte mich ans Fußende des Bettes. Stirnrunzelnd erinnerte ich mich an den Moment, in dem ich den goldenen Apfel vor mir hatte rollen sehen. »Mir war klar, dass ich, wenn ich ihn aufhob, die Prophezeiung erfüllen und die Stadt zu meinen eigenen Bedingungen erringen würde, als rechtmäßige Thronfolgerin. Auch wenn das bedeutete, dass ich dich zum Ehemann nehmen musste. Ich dachte mir, das würde ich schon aushalten.«

Er lachte. »Verstehe. Und wenn ich wusste, dass du dich für den Apfel und das Königreich entscheiden würdest? Dass das meine einzige Möglichkeit war, dich für mich zu gewinnen?«

Ich legte mich zu ihm aufs Bett, und meine Lippen berührten sein Ohr. »Ich wusste, dass du es weißt«, flüsterte ich. »Du bist der einzige Mann, der meiner würdig ist, weil du als Einziger mich als das, was ich bin, kennst und achtest.«

»Und das macht uns zu Ebenbürtigen, Atalante, nicht wahr?«

Ich schmunzelte.

»Ja.« Ich sank auf die Decken, schaute hinauf zu dem Baldachin über dem Bett, auf den ein goldener Apfel gestickt war – ein Hochzeitsgeschenk von Hippomenes –, und verschränkte die Finger in den seinen. »Ja, vermutlich ist dem so.«

Epilog

Etwa ein Jahr später blickt eine Frau von der Stadtmauer von Pagasä herunter. Eigentlich wollte sie es sich abgewöhnen, die Dinge von oben zu beobachten, doch es ist zu verlockend.

Nicht heute.

Nicht jetzt.

Was sich unter ihr abspielt, ist spektakulär. Edelleute, Bürger und Sklaven tummeln sich im Hof vor dem Palast, Frauen mit roten, blauen und goldfarbenen Rüschenkleidern, spielende Kinder, Straßenhändler, die Honignüsse, Wein und süßen Met, gewürzt mit saftigen aufgeschnittenen Zitronen, verkaufen. Junge Männer haben einen Kreis um die Feuerschlucker gebildet, die Flammen in den Himmel speien, und in der Mitte des Hofs springt ein dunkelhäutiger, nur mit einem Lendenschurz bekleideter Akrobat umringt von Schaulustigen über die vergoldeten Hörner eines riesigen brüllenden Stiers. Die Haut des jungen Mannes, der Purzelbäume über das Tier schlägt, ist schweißbedeckt.

Sie tritt mit dem Hohepriester aus dem Tempel des Zeus, auf dem Kopf einen dunkelgrünen Lorbeerkranz, über den Schultern ein fließendes weiß-goldenes Gewand und einen mit Goldfäden durchwirkten Umhang, das Zepter des Herrschers von Pagasä in der Hand. Ihr Schritt ist leicht, ihr Haupt hoch erhoben. Atalante.

Die Frau auf der Stadtmauer verfolgt lächelnd mit, wie die neue Königin sich zu ihrem Gatten, dem König, umwendet, der ihr eine Hand auf die Schulter legt. Atalante wechselt ein letztes

Lächeln mit Tyro und Eurymedon, ihren Eltern aus Kaladrosos, die, vor Stolz strahlend, die Augen feucht, links neben ihr stehen. Sie holt tief Luft, drückt Hippomenes' Finger kurz und tritt vor, um sich an die Menge zu wenden.

Jubelrufe und Applaus, als die Königin die wenigen Stufen zu dem Podium neben dem Tempel von Zeus, einer breiten Plattform aus poliertem Kalkstein, flankiert von zwei Bildnissen des Gottes, hinaufsteigt. Die Beobachterin schmunzelt über die kräftige Gestalt, die der Skulptur des Göttervaters verliehen wurde. Seine Arme umfassen schützend die Zinnen der Stadt Pagasä.

Sobald Atalante mit klarer Stimme zu sprechen beginnt, blickt die Frau auf der Stadtmauer über die Ebene nach Norden, über das glitzernde Wasser der Bucht mit den weißen Segeln der Schiffe zu den grünen Hängen des Pelion und den mächtigen, von fädrigen Wolken umhüllten Gipfeln des Olymp.

Lächelnd wendet Iris sich von dem Berg der Götter ab und mischt sich unter die feiernden Menschen.

Anmerkung der Autorin

Die Sage von Jason und den Argonauten gehört zu den ältesten griechischen Mythen und ist sogar noch älter als Homers *Ilias* und *Odyssee*. Sie erzählt von der Suche des Jason, Sohn des Aison, mit den Argonauten nach dem legendären Goldenen Vlies in Kolchis. Die Geschichte liest sich so lebendig wie unwahrscheinlich; darin gibt es bemerkenswerte Schilderungen von Kentauren, Drachen und metallenen Vögeln, von gegeneinander krachenden Felsen und Stieren mit feurigem Atem, von schrecklichen männermordenden Frauen, verführerischen Sirenen und kreischenden Harpyien, die halb Vogel, halb Frau sind.

Hier eine kurze Zusammenfassung der Geschichte, wie sie in den uns bekannten Texten beschrieben wird (man sollte nicht vergessen, dass solche Mythen nicht festgeschrieben sind und sich ständig verändern; Dichter und Historiker haben sie im Lauf der Zeit immer wieder ihren eigenen Bedürfnissen angepasst, weswegen die einzelnen Versionen sich durchaus widersprechen können): Als Jason von den Hängen des Pelion, wo er von dem Kentauren Chiron aufgezogen wurde, herunterkommt und als rechtmäßiger Sohn von König Aison das Königreich Iolkos fordert, rächt sich Pelias, Aisons Bruder und Usurpator, indem er Jason eine Aufgabe stellt. Jason soll das Goldene Vlies holen, das in Kolchis (dem heutigen Georgien) am Ende der damals bekannten Welt aufbewahrt wird, bewacht von einer Schlange, die niemals schläft. Jason schart eine Mannschaft aus den mutigsten Helden Griechenlands um sich – unter ihnen Atalante* – und macht sich mit der *Argo* auf. Unterwegs müssen die Argonauten zahlreiche Abenteuer bestehen und Hindernisse überwinden (unter anderem das vielleicht bekannteste der gegeneinander krachenden Felsen der »Symplegaden«, durch die Jason das Schiff mithilfe des Sehers Phineus lenkt, indem er eine Taube zwischen den Felsen hindurchschickt).

Als er schließlich in Kolchis ankommt, muss er auf Anordnung von König Aietes, dem legendären Herrscher von Kolchis, Sohn des Sonnengottes Helios und Vater von Medea, weitere Prüfungen bestehen, um seine Würdigkeit unter Beweis zu stellen. So muss Jason beispielsweise mit zwei Feuer schnaubenden Stieren ein Feld pflügen und Drachenzähne aussäen, die sich in furchterregende Krieger verwandeln. Diese Aufgabe bewältigt er mithilfe von Medea, die sich in ihn verliebt und ihm mit ihrer (angeblichen) Zauberkraft beisteht. Daraufhin nehmen die Argonauten das Vlies an sich und kehren nach Griechenland zurück, wo Jason den Thron von Iolkos für sich beansprucht.

Die Sage um die Argonauten ist in vielen zentralen Texten der griechischen und römischen Literatur des Altertums zu finden, von Homers *Odyssee* über Hesiods *Theogonie* oder Pindars *Vierte Pythische Ode* bis zu Valerius Flaccus' römischer Version der *Argonautica*. Die berühmteste Ver-

---

* Atalantes Teilnahme an der Suche nach dem Goldenen Vlies wird von einigen Autoren der Antike angezweifelt. Apollodor erwähnt sie in der Liste der Argonauten (*Bibliotheke*, 1.9.16), doch in Apollonios' *Argonautika* heißt es, Atalante habe sich eifrig bemüht, an der Fahrt teilzunehmen, doch Jason habe sie daran gehindert, weil er fürchtete, dass es erbitterte Auseinandersetzungen um ihre Zuneigung geben könne (*Argonautika*, Buch eins, Zeilen 769–771).

sion dürfte jedoch die eines der großartigsten (und trotzdem häufig unterschätzten) Epen der antiken Welt, Apollonios' *Argonautika*, sein. Dieses Werk entstand im dritten Jahrhundert v. Chr. auf Griechisch und wurde von einem Dichter, Gelehrten und Bibliothekar in Alexandria namens Apollonios verfasst. Es ist der einzige überlieferte hellenistische (das heißt nachklassische) epische Text – eine außergewöhnliche Leistung und ein Beleg für die florierende literarische Kultur in Alexandria.

Jason wird in diesem Werk als ziemlich kühl und unsympathisch dargestellt und unterscheidet sich deutlich von den übermenschlichen Helden der homerischen Epen. Erst als Medea eingeführt wird, als die leidenschaftliche Liebe der beiden entbrennt, sie aus Kolchis fliehen und Medea in Korinth schreckliche Rache an Jason nimmt, nachdem er sie verlassen hat (davon erwähnt Apollonios im Gegensatz zu Euripides in seiner bekannten Tragödie nichts), wird die Geschichte wirklich interessant. Doch Medea ist – ähnlich wie Helena von Troja – schwer zu greifen. Immer mehr Gelehrte sind sich darüber einig, dass zum Beispiel Euripides' Beschreibung von ihr uns sehr viel mehr über das klassische Griechenland (fünftes Jahrhundert v. Chr.) und die damaligen männlichen Ängste vor Frauen verrät als über das tatsächliche Leben einer Frau im Mittelmeerraum während der Bronzezeit. Medea, wie wir sie kennen, ist die Ausgeburt einer zutiefst patriarchalischen Fantasie, eine Projektion der geheimsten Ängste einer männerbeherrschten Gesellschaft.

Deshalb habe ich mich, als ich mich mit dem Mythos von Jason und den Argonauten beschäftigte, lieber dem Leben einer Frau zugewandt, die trotz ihres Mutes und ihrer Entschlossenheit oft ignoriert wird. Ich wollte die Geschichte von Atalante erzählen, mich auf die Bemühungen einer Frau und Kriegerin konzentrieren, die sich durchzusetzen und als den Männern ebenbürtig zu beweisen versucht. Als einzige Frau, die an der Suche nach dem Goldenen Vlies teilnimmt, besetzt Atalante eine Nische in einer mythischen Tradition, die weiblichen Figuren ausgesprochen feindlich gegenübersteht (man denke nur an die Sirenen, die Harpyien und natürlich Medea). Aber Atalante hat viel mehr zu bieten als ihre Teilnahme an der Suche nach dem Goldenen Vlies. Ihre Geschichte, die uns in den Werken griechischer und römischer Autoren überliefert ist, die über Jason und das Goldene Vlies schrieben, ist so komplex und schwierig zu fassen wie die Frau selbst. Die Eckpfeiler dieser Geschichte finden sich in dem vorliegenden Roman: Atalantes Geburt als Tochter von König Iasos und Königin Klymene; Iasos Wunsch nach einem Sohn und Thronfolger und seine Enttäuschung über die Geburt eines Mädchens; Atalantes Aussetzung auf dem Berg und ihre Erziehung durch ein Pflegeelternteil (im Mythos eine Bärin); ihre Teilnahme an der Jagd nach dem Kalydonischen Eber mit Jason, Meleagros und anderen aus der Mannschaft der *Argo*, bei der sie dem Eber die erste Wunde zufügt; Meleagros' Interesse an Atalante (das Thema einer verloren gegangenen Tragödie von Euripides); ihre Teilnahme an der Suche nach dem Goldenen Vlies mit Jason und den Argonauten; die Enthüllung ihrer wahren Identität gegenüber ihrem Vater; sein Wunsch, sie zu verheiraten, sowie ihre Bedingung, nur zu heiraten, wenn es einem Freier gelänge, sie in einem Wettlauf zu besiegen (was, wie sie wusste, unmöglich war); und schließlich ihre Niederlage gegen Hippomenes, der ihr einen goldenen Apfel vor die Füße rollte. In meiner Version der Geschichte von Jason und den Argonauten versuche ich, mich vor den zahlreichen Varianten (von Euripides' rachsüchtiger Medea bis zu Apollonios' humorvollen und häuslichen Göttern)* zu verneigen, während ich die fantastischen Elemente – mythische Geschöpfe, gegeneinander krachende Felsen – auf ein Minimum reduziere, um mich voll und ganz auf Atalante als Mensch konzentrieren zu können. Ich entferne mich insofern von den Mythen, als ich Atalante eine Stimme gebe, die es ihr erlaubt, ihre Geschichte selbst und auf ihre eigene Weise zu erzählen. Ein Teil dieser Erzählung besteht aus Reaktionen auf die Mutmaßungen, die in den Mythen über sie angestellt werden – oft von Männern und für Männer ersonnen und später von männlichen Dichtern und Dramatikern umgeschrieben und überarbeitet, bis man die »wahre« Atalante völlig aus dem Blick verlor.

Das brachte mich dazu, über die Gründe nachzudenken, die Atalante für ihren sogenannten »Fehler« gehabt haben mochte: ihre Ablenkung durch den Apfel während des Wettlaufs und daraus folgend ihre Niederlage. Was passierte tatsächlich bei dem Rennen – warum hielt Atalante inne, statt weiterzulaufen und den sicheren Sieg zu erringen? Ich begann mich zu fragen, ob hinter der offiziellen vielleicht noch eine andere Geschichte steckte, eine Geschichte, die Atalantes Entscheidung erklärte, dem Apfel zu folgen, und die ihre außergewöhnlichen Leistungen als Jägerin und Kriegerin motivierte, welche ihr einen Platz auf

* Einer der augenfälligsten Unterschiede zwischen Apollonios' Epos und denen von Homer liegt in Apollonios' Beschreibungen der Götter, die er ziemlich menschlich und alltäglich, fast schon häuslich darstellt – in Buch 3 der *Argonautika* beispielsweise lesen wir, wie Aphrodite sich die Haare kämmt, mit ihrem Sohn streitet und ihm schließlich einen Ball schenkt, damit er Ruhe gibt.

der *Argo* in Gesellschaft so legendärer Helden wie Jason, Theseus oder Perseus sicherte, und welche sie von Griechenland zu den Enden der Erde und wieder zurück führte. Und tatsächlich: Ich fand Motive für Atalantes Teilnahme an der Suche nach dem Goldenen Vlies, nämlich die Prophezeiung mit dem Goldschatz und ihren Kampf mit Jason um den Thron von Pagasä.

Was ist mit den in diesem Buch erwähnten Orten und Personen – gab es sie tatsächlich? Obwohl keine Überreste des alten Pagasä bekannt sind, wird die Stadt doch in alten griechischen Texten als Ort an der Bucht des Pelion-Gebirges genannt – eine bergige Region im Nordosten Griechenlands, nahe der heutigen Stadt Volos. Ihren Hafen bezeichnet Apollonios als Ausgangspunkt von Jasons Fahrt. (Ihr Name lebt in dem der heutigen griechischen Bucht von Pagasä, Pagasitikos, fort.) Aus der Bronzezeitsiedlung Iolkos (das heutige Volos) wurden 1997 wichtige archäologische Funde gemacht – ein Palast im Vorort Dimini, vermutlich Jasons Iolkos, sowie Gräber und Behausungen in der eigentlichen Stadt. Ich habe so viele Erkenntnisse wie möglich aus den Funden – von den Lehmziegelbauten in Dimini bis zu der Beschreibung des Hafens von Pagasä bei Apollonios – einfließen lassen, um diese wichtige Küstenregion Thessaliens von den Hängen des Pelion bis zu den Straßen von Pagasä zum Leben zu erwecken. Das Pelion-Gebirge ist heute eine wunderschöne, erstaunlich unberührte Gegend Griechenlands in der Bucht von Pagasitikos.

Bei der Schilderung der während der Fahrt der Argonauten erwähnten Orte halte ich mich so nah wie möglich an die Beschreibungen aus alten Texten und das heutige Aussehen der Landschaften. Die Hafenstadt Kytoros beispielsweise, die Atalante und die Argonauten während ihrer

Fahrt nach Kolchis aufsuchen, wird sowohl in Homers *Ilias* und Apollonios' *Argonautika* als auch in Strabons *Geographica* und Vergils *Georgica* erwähnt und befindet sich beim heutigen Gideros in der Türkei. Der Hafen sowie die steilen, mit Buchsbaum bewachsenen Klippen sind dort heute noch so zu sehen, wie Apollonios und Vergil sie beschreiben. Weitere Einzelheiten zur genauen Lage von Städten, Orten, Bergen und anderen geografischen Details sowie die Quellen, aus denen ich meine Informationen bezog, sind in der Liste der erwähnten Orte aufgeführt.

Das Königreich Kolchis verdient eine gesonderte Erwähnung. Die Griechen scheinen irgendwann einmal für das Goldene Vlies einen geografischen Ort an der Schwarzmeerküste in der Nähe des Flusses Phasis (heute Rioni) festgelegt zu haben. Wie Richard Hunter bemerkt: »Bereits im siebten Jahrhundert v. Chr. wurde das Königreich [des Goldenen Vlieses] als Kolchis im modernen Georgien identifiziert, wo der Fluss Phasis die östliche Grenze der bekannten Welt bildete.« Doch obwohl die Archäologie Belege für eine eigenständige Bronzezeitkultur in Kolchis liefert, sind bisher keine mykenisch-griechischen Artefakte (das heißt aus der späten Bronzezeit) in dem Gebiet gefunden worden. Folglich ist es wahrscheinlich, dass es in dieser Periode (ca. 1600–ca. 1100 v. Chr.) keine signifikanten Kontakte zwischen den Griechen und dem Königreich Kolchis gab. Man geht davon aus, dass der Mythos von Jason und den Argonauten angesichts späterer griechischer Ansiedlungen am Schwarzen Meer im siebten und sechsten Jahrhundert v. Chr. nachträglich in einer Gegend angesiedelt wurde, die später genauer erforscht und durch Händler erkundet wurde und in der sich blühende kulturelle Zentren wie zum Beispiel Vani befanden. Ich habe mich bemüht, so viel von der Bronzezeitkultur in Kolchis in meine Beschreibungen einfließen zu lassen wie möglich, sowohl in die Schilderung von Dedalis Behausung als auch in die der Gerätschaften, die sie vermutlich verwendet hat. Sie alle erläutert Otar Lordkipanidze in seinem Buch *Archäologie in Georgien* anhand von archäologischen Entdeckungen im Kolchis der Bronzezeit.

Hinsichtlich der Beschaffenheit des Goldenen Vlieses gibt es zahlreiche Theorien: Es könnte ein allegorisches Symbol königlicher Macht und Göttlichkeit oder aber auch, nach neuerer Deutung, eine historische Darstellung örtlicher Methoden des Goldwaschens gewesen sein. Ähnlich wie die Mythen scheint das Goldene Vlies sowohl den Reichtum als auch die Komplexität der Sagen zu symbolisieren.

Wenn Sie mehr über die Welt von Atalante und den Argonauten erfahren möchten: Im Anschluss findet sich eine Liste mit weiterführender Literatur. Oder besuchen Sie doch meine Website www.emilyhauser.com.

Weiterführende Literatur

Der Text von Apollonios von Rhodos' *Argonautika* liegt in einer zweisprachig griechisch-deutschen Ausgabe bei Reclam unter dem Titel *Die Fahrt der Argonauten* (Reclam Band 18231) vor.

Grundsätzlich ist allen an Sagen der Antike Interessierten Gustav Schwabs Nacherzählung *Sagen des klassischen Altertums* zu empfehlen (Ausgaben bei mehreren Verlagen).

Sekundärliteratur

Allgemein

Gutzwiller, Kathryn, J., *A Guide to Hellenistic Literature.* Malden, MA: Blackwell, 2007, S. 74–84.

Hunter, Richard, *The Argonautica of Apollonius: Literary Studies.* Cambridge: Cambridge University Press, 1993.

Ders., »Apollonius Rhodius«, in: *The Oxford Classical Dictionary*, hrsg. v. Hornblower, Simon, u. Spawforth, Antony. Oxford: Oxford University Press, 1996, S. 124–126.

Zu den Mythen um Jason, die Argonauten und das Goldene Vlies

Colavito, Jason, *Jason and the Argonauts Through the Ages.* Jefferson NC: McFarland.

Lordkipanidze, Otar, »The Golden Fleece: Myth, Euhemeristic Explanation and Archaeology«, in: *Oxford Journal of Archaeology* 20 (1), 2001, S. 1–38.
Okrostsvaridze, A., Gagnidze, N., u. Akimidze, K., »A Modern Field Investigation of the Mythical ›Gold Sands‹ of the Ancient Colchis Kingdom and ›Golden Fleece‹ Phenomena«, in: *Quaternary International*, 20. Nov. 2014.
Wood, Michael, *In Search of Myths and Heroes: Jason and the Golden Fleece.* Fernsehserie von BBC Channel 4/PBS, Regie Sean Smith.

Zu Atalante

Barringer, Judith M., »Atalanta as Model: The Hunter and the Hunted«, in: *Classical Antiquity* 15 (1), 1996, S. 48–76.
Harder, Ruth, u. Ley, Anne, »Atalante«, in: *Brill's New Pauly*, hrsg. v. Cancik, Hubert, u. Schneider, Helmuth. Brill Online, 2016.
Mayor, Adrienne, »Atalante, the Greek Amazon«, in: *The Amazons: Lives and Legends of Warrior Women Across the Ancient World.* Princeton: Princeton University Press, 2014, S. 1–16.

Griechenland in der Bronzezeit

Adrymi-Sismani, Vassiliki, »Iolkos: Myth, Archaeology and History«, in: *Phasis* 10 (1), 2007, S. 20–32.
Chadwick, John, *The Mycenaean World.* Cambridge: Cambridge University Press, 1976.
Vermeule, Emily, *Greece in the Bronze Age.* Chicago: Chicago University Press, 1964.

Kolchis in der Bronzezeit und seine Verbindung zu Griechenland

Braund, David, *Georgia in Antiquity.* Oxford: Oxford University Press, 1994, S. 8–39.

Hughes, Bettany, *Caucasian Roots: Episode 1.* Radiosendung von BBC Radio 3, 22. März 2015, verfügbar unter http://www.bbc.co.uk/programmes/b05mqhb3.

Licheli, Vakhtang, »New Discoveries in Colchis and an Interpretative Version«, in: *Phasis* 10 (l), 2007, S. 111–117.

Lordkipanidze, Otar, *Archäologie in Georgien: Von der Altsteinzeit zum Mittelalter.* Weinheim: VCH, Acta Humaniora, 1991, S. 93–145.

Kalender der Bronzezeit

Die kalendarischen Informationen aus den Mykenischen Linearschriften sind fragmentarisch und schwierig zu rekonstruieren, allerdings wurden Begriffe gefunden, die sich auf die Monate des Jahres zu beziehen scheinen. Zum Beispiel *wodewijo* – »Rosenmonat«; *emesijo* – »Weizendreschmonat«; *metuwo newo* – »Monat des Neuen Weins«; *ploistos* – »Segelmonat«; und so weiter. Obwohl wir keinerlei Anhaltspunkte besitzen, welchen heutigen Monaten diese Begriffe entsprachen, habe ich sie in Bezug zu dem landwirtschaftlichen Kalender aus Hesiods *Werke und Tage* sowie zu den Pflanzenwachszyklen und Erntezeiten in Griechenland gesetzt und daraus den folgenden Bronzezeitkalender entwickelt, an den ich mich im gesamten Text halte.

dios	Monat des Zeus	Januar
metuwo newo	Monat des Neuen Weins	Februar
deukijo	Monat des Deukios (?)	März
ploistos	Segelmonat	April
amakoto(s)	Erntemonat	Mai
wodewijo	Rosenmonat	Juni
emesijo	Weizendreschmonat	Juli
amakoto(s)	Weinerntemonat	August
…	Pflügemonat	September
lapatos	Regenmonat	Oktober
karaerijo	…	November
diwijo	Monat der Göttin	Dezember

Die alten Griechen teilten die Stunden mit Tageslicht in zwölf Einheiten auf, egal, welche Jahreszeit herrschte – was bedeutet, dass diese sogenannten »Stunden« im Sommer länger und im Winter kürzer waren. Alle Stunden wurden nach den Horen benannt, den Göttinnen der Jahreszeiten. Ich gehe von den Stunden mit Tageslicht bei der Sommersonnenwende im Gebiet von Iolkos (heute Volos, 14,7 Stunden) aus und teile sie durch zwölf, um einen Näherungswert an die Stunden der Horen zu erhalten:

Augé	Stunde des Tagesanbruchs	06.02 Uhr
Anatolé	Stunde der aufgehenden Sonne	07.16 Uhr
Mousiké	Stunde der Musik	08.30 Uhr
Gymnastiké	Stunde der Körperertüchtigung	09.44 Uhr
Nymphé	Stunde des Bades	10.58 Uhr
Mesémbria	Mittagsstunde	12.12 Uhr
Spondé	Stunde der Opfergaben	13.26 Uhr
Életé	Stunde des Gebets	14.40 Uhr
Akté	Stunde der Abendmahlzeit	15.54 Uhr
Hesperis	Abendstunde	17.08 Uhr
Dusis	Stunde der untergehenden Sonne	18.22 Uhr
Arktos	Stunde der Sterne	19.36 Uhr
…	Nachtstunden	20.50 Uhr
		bis zur Morgendämmerung

Auftretende Figuren

Die meisten Figuren in diesem Buch entstammen den Mythen und Sagen der alten Griechen. Sterbliche sind **fett** ausgewiesen, Götter ***fett kursiv***. Figuren, die ich eigens für meine Geschichte erfunden habe, sind mit einem Sternchen (*) versehen.

Aietes – Mythischer König des Reiches Kolchis, Heimat des Goldenen Vlieses. Vater der legendären Medea.

Aison – Vater von Jason und rechtmäßiger König von Iolkos, bevor er von seinem Bruder Pelias vom Thron gestürzt wurde.

Alkimede – Frau von Aison und Mutter von Jason.

Aphrodite – Göttin der Liebe und Sexualität.

Apollo – Gott der Bogenschieß-, Heil- und Dichtkunst sowie der Sonne.

Ares – Gott des Krieges.

Argus – Erbauer der *Argo* (das Schiff wurde nach ihm benannt), einer der Argonauten.

Artemis – Göttin der Jagd, des Mondes, des Gebärens und der Jungfräulichkeit; Zwillingsschwester von Apollo.

Atalante – Erzählerin der Geschichte. Atalante ist die Tochter von Iasos, König von Pagasä, und eine der Argonauten.

Athene – Göttin der Weisheit und des Krieges.

Bellerophon – Held aus dem alten Korinth, einer der Argonauten.

Castor – Sterblicher Zwillingsbruder von Pollux (und Halbbruder Helenas von Troja), Sohn des Tyndareos von Sparta; einer der Argonauten.

***Dedali** – Priesterin von Suzona; der Name ist abgeleitet von dem Zan-Wort (Zan war die Sprache der alten Kolcher) für »Mutter« oder »Frau«.

Deukalion – Sohn des mythischen Königs Minos von Kreta.

Dolios – Der Name, den Myrtessa annimmt, als sie sich als Sklave verkleidet.

***Eurymedon** – Atalantas Pflegevater in Kaladrosos.

***Hantawa** – Anatolischer Sklave, Verwalter von Bellerophon.

Hera – Königin der Götter und Gemahlin von Zeus; Göttin der Ehe und der Geburt.

Hermes – Sohn von Zeus und Maia. Hermes ist der Götterbote und der Gott der Diebe und Betrüger.

Hesperiden – Töchter des Abends. Diese drei Nymphen halten sich in ihrem Garten am Ende der Welt auf und pflegen die mythischen goldenen Äpfel.

Hippomenes – Manchmal auch Melanion. Hippomenes ist der Sohn von Megareus von Onchestos in Böotien und schließt sich Jason als einer der Argonauten an.

***Hora** – Eine der Sklavinnen in Korythos' Haus.

Iasos – König von Pagasä, Gatte von Klymene und Vater von Atalante.

***Illa** – Der Händler, bei dem Atalante und Hippomenes bei ihrer Rückkehr aus Kolchis unterkommen. Der Name findet sich in anatolischen Texten.

Iris – Götterbotin für Hera und Göttin des Regenbogens; Tochter des Meeresgottes Thaumas und der Nymphe Elektra.

Jason – Sohn von Aison und Erbe des Throns von Iolkos. Jason wird von dem Usurpator Pelias ausgesandt, das Goldene Vlies zu holen, und führt die Fahrt der Argonauten an.

Klymene – Gattin von König Iasos von Pagasä und Mutter von Atalante und Lykaon.

***Korykia** – Atalantes Pflegeschwester in Kaladrosos, Tochter von Tyro und Eurymedon.

***Korythos** – Edelmann in Pagasä und Herr von Myrtessa.

Laertes – König von Ithaka (Vater von Odysseus), einer der Argonauten.

***Leon** – Atalantes Pflegebruder in Kaladrosos, Sohn von Tyro und Eurymedon.

Lykaon – Sohn von König Iasos und Königin Klymene von Pagasä, einer der Argonauten.

***Maia** – Atalantes Pflegeschwester in Kaladrosos, Tochter von Tyro und Eurymedon.

***Mala** – Frau des Händlers, bei dem Atalante und Hippomenes bei ihrer Rückkehr aus Kolchis unterkommen. Der Name findet sich in anatolischen Texten.

Medea – Mythische Tochter von König Aietes von Kolchis, die sich in Jason verliebt und ihn nach Griechenland begleitet, wo sie sich an ihm rächt, als er sie einer anderen Frau wegen verlässt.

Meleagros – Sohn von Oineos, König von Kalydon, einer der Argonauten.

Musen – Die neun Göttinnen der Dichtkunst und des Gesangs, Töchter von Apollo und der Göttin des Gedächtnisses.

***Myrtessa** – Sklavin von Korythos, Gefährtin und Freundin von Atalante.

***Neda** – Eine der Sklavinnen in Korythos' Haus.

Nestor – Griechischer Edelmann und Fürst von Pylos; einer der Argonauten.

***Opis** – Eine der Sklavinnen in Korythos' Haus.

Orpheus – Griechischer Fürst aus Pieria im Norden Griechenlands (und einer der Argonauten). Orpheus' Gesang galt als so bezaubernd, dass er Vögel und andere Tiere damit anlocken konnte.

Peleus – Fürst von Phthia in Thessalien und einer der Argonauten; Vater des legendären Achilles.

Pelias – Halbbruder von Aison und Usurpator des Throns von Iolkos.

***Philoetius** – Einer der Sklaven in Korythos' Haus.

***Phorbas** – Verwalter von Peleus.

Pollux – Unsterblicher Zwillingsbruder von Castor (und Bruder der Helena von Troja); Sohn von Zeus und Leda; einer der Argonauten.

Poseidon – Gott des Meeres und Bruder von Zeus.

***Sarpa** – Schwester des Händlers, bei dem Atalante und Hippomenes bei ihrer Rückkehr aus Kolchis unterkommen. Der Name findet sich in anatolischen Texten.

Schicksalsgöttinnen – Drei Göttinnen, die den Faden des Lebens spinnen.

Telamon – Edelmann aus Kreta, Sohn von Deukalion (und somit Enkel des legendären Königs Minos); der Name, unter dem Atalante sich auf der *Argo* aufhält.

Theseus – Legendärer König von Athen in Attika und einer der Argonauten; auch bekannt dafür, dass er mithilfe von Ariadne den Minotauros auf Kreta bezwang.

***Tyro** – Atalantes Pflegemutter in Kaladrosos.

Zeus – Göttervater, der Donnerer. Gatte von Hera.

Viele der Namen finden sich in Nachschlagewerken in variierenden Schreibweisen.

Erwähnte Orte

Zahlreiche Orte aus diesem Buch existieren in der Realität. Man kann sie noch heute besuchen. Die meisten werden auch in Mythen, Sagen und Literatur der alten Griechen erwähnt. Orte, die ich eigens für meine Geschichte erfunden habe, sind mit einem Sternchen (*) markiert.

Achaia – Stadtstaat im Norden des Peloponnes in Griechenland. Seine wichtigste Stadt in der Bronzezeit war Mykene, Heimat von Atreos, Vater des Agamemnon (später Anführer der Griechen gegen Troja), und Menelaos.

Ägäis – Teil des Mittelmeers, der das griechische Festland von der heutigen Türkei abgrenzt.

Anatolien – Später bekannt als Kleinasien. Region, die die gesamte heutige Türkei sowie einen Teil Syriens und Iraks umfasste, im Westen begrenzt durch die Ägäis und im Osten durch den Euphrat, im Norden durch das Schwarze Meer und im Süden durch das Mittelmeer. Im dreizehnten Jahrhundert v. Chr. (späte Bronzezeit) bevölkert von unterschiedlichen Gruppen, darunter die Masianer und Kaškäer im Norden, die Hethiter, deren riesiges Reich sich über die anatolische Ebene erstreckte, die Trojaner, die Mysier, die Mäonier und die Lykier an der westlichen und südwestlichen Küste der Ägäis.

Anauros – Fluss, der vom Pelion-Gebirge am antiken Iolkos vorbeifließt.

***Aphussos** – Kleiner Ort in der Bucht von Pagasä; dem heutigen Afissos nachempfunden.

Argos – Stadt im Nordosten des Peloponnes in Griechenland, Herrscher Diomedes. Die Ruinen von Argos kann man noch heute besichtigen.

Athen – Die wichtigste Stadt von Attika, ein Stadtstaat auf der attischen Halbinsel; in der Bronzezeit besiedelt und legendäre Heimat von Theseus, allerdings erst ab dem fünften Jahrhundert v. Chr. Zentrum der Demokratie.

Ätolien – Landschaft an der Nordküste des Golfs von Korinth in Griechenland.

Böotien – Region im südöstlichen Teil von Zentralgriechenland, flankiert vom Golf von Euböa und dem Golf von Korinth, wo unter anderen die Städte Theben, Orchomenos und Onchestos lagen. Die breite, fruchtbare Ebene, bewässert durch den Kopaïs-See und andere, führte zum Ruf dieses Gebiets als Agrarland (wo besonders Weizen angebaut wurde). Seine Bewohner wurden in der Antike als grobschlächtige, schlichte Bauern karikiert.

Bosporus – Meerenge zwischen Marmarameer und Schwarzem Meer; trennt das Königreich Thrakien im Westen von Anatolien im Osten.

Delphi – Bei den Griechen der sogenannte »Nabel der Welt«. Delphi ist nach wie vor ein beeindruckender und wunderschöner Ort.

Griechenland – Heimat der Griechen, bestehend aus den Stadtstaaten Achaia, Ätolia, Argos, Attika, Lakonia, Thessalien und anderen.

Hades – Bezeichnet sowohl den Gott der Unterwelt als auch die Unterwelt selbst, in die nach dem Glauben der alten Griechen die Geister der Toten eingingen. Man erreichte den Hades über den Fluss Styx, auf einem Boot, gelenkt von dem Fährmann Charon. Es gab unterschiedliche Teile der Unterwelt: Tartaros, wo Verbrecher bestraft wurden, die elysischen Gefilde, wo sich die Helden aufhielten, und die Inseln der Seligen, das ewige Paradies.

Hellespont – Meerenge gegenüber der alten Stadt Troja; heute Dardanellen.

Hethiter-Reich – Eines der größten Reiche der Bronzezeit; es erreichte seine Blüte Mitte des vierzehnten Jahrhunderts v. Chr. und überdauerte bis zu seinem unvermittelten Zusammenbruch um 1200 v. Chr., etwa gleichzeitig mit dem Niedergang der Bronzezeit-Königreiche in Griechenland und dem Fall von Troja. Seine Hauptstadt war Hattusa (heute Boğaskale in der Türkei).

Imbros – Insel, heute Gökçeada, vor der Westküste der heutigen Nordwesttürkei nahe den Dardanellen (im alten Griechenland Hellespont).

Iolkos – Heute Volos, die Stadt von Aison und später seinem Sohn Jason. Iolkos wird von Homer in seiner *Ilias* erwähnt, außerdem von Hesiod, Pindar und zahlreichen anderen Dichtern des griechischen Altertums. Eine mykenische Stadt aus dem vierzehnten und dreizehnten Jahrhundert v. Chr. wurde kürzlich in der Gegend um Dimini ausgegraben. Die Ausgrabung umfasst mehrere Häuser, eine Hauptstraße, einen Palast und einige Gräber, die darauf hinweisen, dass es sich dabei um das alte Iolkos handeln könnte.

Ithaka – Felseninsel westlich des griechischen Festlands. Herrscher Odysseus.

***Kaladrosos** – Der Ort, in dem Atalante aufwuchs, am Osthang des Pelion.

Kalydon – Stadt im alten Anatolien. Hier soll die Jagd auf den Kalydonischen Eber stattgefunden haben, bei der Atalante den Eber als Erste traf; die Stadt des Helden Meleagros.

Kaška – Region in Anatolien, ans Schwarze Meer grenzend, bewohnt von den Kaškäern, einem halbnomadischen Stamm, der am Rand des Hethiter-Reichs lebte.

Kaukasus – Region, die das große Gebirgssystem gleichen Namens umfasst, welches sich vom Schwarzen bis zum Kaspischen Meer erstreckt.

Kissos – Einer der Bäche im Pelion-Gebirge.

Kolchis – Im Altertum Region an der Ostküste des Schwarzen Meeres (im heutigen Georgien), im Norden begrenzt vom Kaukasus-Gebirge und im Süden vom Meschetischen Gebirge. Kolchis entsprach dem mythischen Sitz des Reichs von König Aietes, wo sich das Goldene Vlies befand. In der Gegend werden immer wieder Überreste aus der Bronzezeit gefunden. Griechische Ansiedlungen aus dem siebten Jahrhundert v. Chr. und später werden besonders um Vani entdeckt.

Kopaïs-See – Großer See im griechischen Böotien, an dessen Ufer die Stadt Onchestos lag. Der See ist mittlerweile trockengelegt, doch die Ebene Kopaïda trägt nach wie vor seinen Namen.

Korinth – Im Altertum Stadt am Golf von Korinth, deren Ruinen einen Besuch lohnen, nahe dem heutigen Néa Kórinthos am nördlichen Peloponnes; Stadt des Helden Bellerophon.

Kreta – Größte der griechischen Inseln und Zentrum einer blühenden griechischen Bronzezeitkultur, besonders in Knossos (das von Sir Arthur Evans ausgegraben wurde; eindrucksvolle, wenn auch großteils rekonstruierte Ruinen kann man heute noch dort besichtigen).

Kromna – Auch »Cromna«. Befand sich beim heutigen Tekkeönü an der türkischen Schwarzmeerküste; von Homer in der *Ilias* erwähnt.

Kytoros – Auch »Cytorus«. Diese Stadt an der Südküste des Schwarzen Meeres (die Nordküste der heutigen Türkei) wird in Homers *Ilias* und Apollonios' *Argonautika* erwähnt. Der Hafen mit seinen buchsbaumbestandenen Klippen befindet sich beim heutigen Gideros in der Türkei.

Lakonien – Im Altertum Stadtstaat im Südosten des Peloponnes, dessen wichtigste Stadt Sparta war. Heimat von Tyndareos, Vater von Castor, Pollux und Helena (später Helena von Troja).

***Lechonia** – Ort etwas weiter im Landesinnern als Kaladrosos, in der Nähe von Iolkos und Pagasä.

Lemnos oder **Limnos** – Insel in der Ägäis, westlich von Troja.

Lesbos – Große Insel in der Ägäis, südwestlich der Troas; später Geburtsort der Dichterin Sappho.

***Makronita** – Bergquell an den Hängen des Pelion über Pagasä.

Maša – Region nördlich des Hethiter-Reichs, angrenzend ans Propontis-Meer (heute Marmarameer).

Meliboea – Ort an der Ostküste von Thessalien (heute Melivoia).

Mykene – Stadt auf dem Peloponnes, eine der größten in der griechischen Welt der Bronzezeit. Herrscher König Agamemnon. Sie wurde 1876 von Heinrich Schliemann ausgegraben. Die Ruinen des imposanten Palastes kann man noch heute besichtigen. Mykene war berühmt für sein Gold: Homer nennt die Stadt »reich an Gold«.

Okeanos – Die alten Griechen glaubten, dass der Ozean die gesamte Welt, eine Scheibe, wie ein Fluss umgebe. Sonne und Mond stiegen ihrer Ansicht nach aus den Wassern des Ozeans auf und versänken auch wieder darin.

Olymp – Gebirgsstock im nördlichen Griechenland, Heimat der olympischen Götter.

Olynthos – Stadt der Bronzezeit im nördlichen Griechenland, auf der Halbinsel Chalkidike, nahe der heutigen Stadt desselben Namens.

Onchestos – Stadt der Bronzezeit, bei Homer erwähnt, in Böotien, auf dem griechischen Festland. Befand sich auf dem Gebiet um Haliartus (heute Aliartos), vermutlich etwa fünf Kilometer östlich des heutigen Aliartos, nahe dem Kopaïs-See, der mittlerweile trockengelegt ist, dessen Name jedoch in dem der Ebene – Kopaïda – fortlebt.

Ossa – Berg im nördlichen Griechenland (heute Kissavos), befindet sich zwischen Olymp und Pelion. In den Mythen heißt es, die Riesen, die gegen die olympischen Götter aufbegehrten, hätten versucht, Pelion und Ossa aufeinanderzusetzen, um den Sitz der Götter zu erreichen.

Pagasä – Im Altertum Hafenstadt in Thessalien. Apollonios gibt sie als Ausgangspunkt für die Fahrt der Argonauten an. Ihr Name lebt in der Bezeichnung für die Bucht, auf

Griechisch Pagasitikos, fort. Pagasä ist in diesem Buch die Heimat von Atalante.

Pelion – Gebirgsstock im südöstlichen Teil des griechischen Thessalien (auf Neugriechisch Pilio), bildet eine Halbinsel am Golf von Pagasä. Mythische Heimat des Kentauren Chiron. Der Berg, auf dem Atalante ausgesetzt wurde.

Peparethos – Alter Name der Insel Skopelos, eine der Sporaden in der nordwestlichen Ägäis.

Phasis – Fluss, der laut Aussage unterschiedlicher Schriftsteller des Altertums entweder Kolchis südlich begrenzte oder hindurchfloss; heute der Fluss Rioni in Georgien.

Phthia – Stadtstaat im nördlichen Griechenland, im südlichsten Teil Thessaliens, Heimat von Peleus (Vater von Achilles).

Pieria – Gebiet im nördlichen Griechenland, jenseits des Olymp; angeblich Heimat von Orpheus und den Musen.

Propontis – Im Altertum Bezeichnung für das Marmarameer, das Binnenmeer, das die Ägäis im Westen und das Schwarze Meer im Osten verbindet. Die Meerenge im Südwesten hieß Hellespont (heute Dardanellen), die im Nordosten Bosporus.

Pylos – Königreich Nestors auf dem südwestlichen Peloponnes. In der Nähe wurden eindrucksvolle Ruinen eines Palasts aus der Bronzezeit (Ano Englianos) entdeckt, die man besichtigen kann.

Schwarzes Meer – Fast vollständig von Land umgeben, mit dem Mittelmeer über den Bosporus verbunden, der Südosteuropa und das westliche Asien voneinander trennt. In der Bronzezeit grenzten daran Thrakien (im Westen, heute Türkei und Bulgarien), Anatolien (im Süden, heute Türkei) und Kolchis an (im Osten, heute Georgien).

Sesamos – Stadt an der nördlichen anatolischen Schwarzmeerküste (heute Türkei), bei Homer erwähnt.

Skiathos – Kleine Insel, dem Pelion vorgelagert.

Sparta – Stadt auf dem südlichen Peloponnes, Herrscher in Atalantes Zeit Tyndareos. Später Heimat von Menelaos und Helena von Troja.

Styx – Der Fluss, der die Grenze zwischen Erde und Unterwelt bildet. Um in die Unterwelt zu gelangen, muss man dem Fährmann Charon Geld geben, damit er die Toten ans andere Ufer bringt. Der Fluss war den Göttern heilig; sie schworen oft auf ihn. Sein Wasser verlieh angeblich Unsterblichkeit. Die Göttin Thetis tauchte ihren Sohn Achilles in der Hoffnung, ihn unsterblich zu machen, in das Wasser des Styx.

***Suzona** – Ort in den Bergen von Kolchis. Der Name ist einem Zan-Toponym (die alte Sprache der Kolcher) nachempfunden.

Thessalien – Große Region im nördlichen Griechenland, in der sich Olymp, Ossa und Pelion sowie die Städte Pagasä und Iolkos befinden.

Thrakien – Gebirgige Region nördlich von Thessalien in Griechenland.

Troja – Alte Stadt des Königs Priamos an der Nordwestküste der heutigen Türkei nahe des Hellespont (heute Dardanellen), die um das zwölfte oder dreizehnte Jahrhundert v. Chr. von den griechischen Truppen unter König Agamemnon belagert wurde. 1871 wurde sie von Heinrich Schliemann auf dem Hügel von Hisarlık in der westlichen Türkei entdeckt. Man kann die Ruinen noch heute besichtigen.

Unterwelt – Auch Hades genannt. Hierhin wanderten die Seelen der Toten nach damaligem Glauben. Man erreichte den Hades per Boot, das vom Fährmann Charon gelenkt wurde, über den Fluss Styx. Es gab unterschiedliche Teile der Unterwelt: Tartaros, wo Verbrecher bestraft wurden, die elysischen Gefilde, wohin die Helden gingen, und die Inseln der Seligen, das ewige Paradies.

Viele der Ortsbezeichnungen finden sich in Nachschlagewerken in variierenden Schreibweisen.

Dank

Viele Menschen sind an der Entstehung eines Buches beteiligt, und es gehört zu den Freuden eines Schriftstellers, mit ihnen zusammenzuarbeiten. Zu allererst möchte ich meinem Verlag Transworld danken: Ich könnte mir keine bessere Heimat für meine Romane wünschen und profitiere jeden Tag von dem Enthusiasmus des Teams und seinem Fachwissen. Besonders möchte ich meinem fabelhaften Lektor Simon Taylor danken, dessen Begeisterung für die Welt der Antike die Zusammenarbeit zu einem Vergnügen macht, sowie Tash Barsby, deren Unterstützung alles erleichtert. Vielen herzlichen Dank auch an Hannah Bright und Patsy Irwin, Viv Thompson, Becky Glibbery, Phil Lord und Candy Ikwuwunna. Außerhalb von Transworld geht mein aufrichtiger Dank an meinen Agenten Roger Field für seine Informationen nicht nur zu Büchern, sondern auch zur Eberjagd, und an meine Korrektorin Hazel Orme. Ich bin euch unendlich dankbar für alles, was ihr dazu beitragt, die alten Mythen neu erstehen zu lassen.

Dank schulde ich auch zahlreichen Gelehrten, die mir bei den Recherchen zu dem vorliegenden Buch geholfen haben, besonders Professor Vakhtang Licheli von der Staatlichen Universität Tiflis in Georgien, für seine Erklärungen zur Geschichte von Kolchis in der Bronzezeit und deren Beziehung zu den Griechen, sowie Professor Richard Hunter, der mich in Cambridge mit Apollonios' *Argonautika* bekannt machte. Otar Lordkipanidzes wichtiges Buch *Archäologie in*

Georgien: Von der Altsteinzeit zum Mittelalter von 1991 war eine unschätzbare Quelle bei meinen Recherchen zur Archäologie im alten Kolchis, und Georgij A. Klimovs *Etymological Dictionary of the Kartvelian Languages* von 1998 hat mir bei Fragen zum Zan und Kartwelischen geholfen. *The Routledge Handbook of Peoples and Places of Ancient Western Asia* von 2009 war eine wertvolle Hilfe beim Verständnis der Geografie und Ethnien des alten Anatolien, und Hara Georgious *Bronze Age Ships and Rigging* von 1991 hat mir geholfen, mir die alte *Argo* vorzustellen – wie natürlich auch unser Besuch der rekonstruierten *Argo* in Volos. Herzlichen Dank an die wunderbare Nasia Chatson für ihre Gastfreundschaft während unseres Aufenthalts am Pelion, bei dem ich die alten Bronzezeitstätten von Iolkos, Pagasä sowie die Hänge des Gebirges erforschen konnte, an denen Atalante aufwuchs. Mein Dank geht auch an den Harvard Archery Club, besonders an Natalie Chew, die mir mit viel Geduld beibrachte, mit Pfeil und Bogen umzugehen und ein Ziel (fast) so gekonnt zu treffen wie Atalante.

Ein Schriftsteller ist nur so gut wie seine Kollegen, Freunde und Familie, die ihn unterstützen und den Vorgang des Schreibens nicht nur ermöglichen, sondern sogar angenehm machen. Meine Kollegen, Freunde und Lehrer in Yale und Harvard – Emily Greenwood, Irene Peirano-Garrison, Diana Kleiner, Linda Dickey-Saucier und alle meine Kollegen von Phelps; Greg Nagy, Ivy Livingston, Teresa Wu, Alyson Lynch, meine Boylston-Freunde und meine Studenten von Latein 1 – haben mir in meinen kreativen Bemühungen weit über das Maß der bloßen Pflicht hinaus beigestanden. Ich bin den wunderbaren Menschen bei *The Biscuit* in Somerville – Hannah, Ryan, Brian, Ilona, Emmy, Emily, Greta und all den anderen – unendlich dankbar, deren Lächeln, Gespräche und Ermutigungen (und Mandel-Chais) die Entstehung dieses Buches beflügelt haben. Meine Freunde – zu viele, um sie samt und sonders namentlich zu erwähnen – in den Vereinigten Staaten, Großbritannien und Österreich sind mir ein permanenter Quell der Inspiration. Ich danke Farzana, Athina, Natalia, Bells, Alice und all den anderen, die mich immer wieder anfeuern.

Dieses Buch ist meinen Eltern Andrew und Jenny gewidmet, deren Liebe und Unterstützung schon seit sechs Jahren über den Atlantik und fünf Zeitzonen hinwegreichen. Ich bin euch dankbar für eure Ermutigung und die wichtigen Dinge, die ihr mir über das Leben beigebracht habt. Und ich widme es auch meinem wunderbaren Ehemann Oliver, dessen Liebe und unerschütterlicher Beistand mir das Schreiben zum Vergnügen machen.